생

활

풍

경

극단 신세계 희곡집

생 활 풍 경

제철소

서문

　　극단 신세계는 2015년에 창단되었다. 새로운 세계, 믿을 수 있는 세계를 만나고 싶은 젊은 예술가들의 모임으로 시작했고, 지금 이 시대가 불편해하는 진실들을 공연을 통해 직접 마주하는 작업들을 주로 해왔다. 그 과정과 성과가 늘 좋았던 것은 아니지만, 치열하게 좌충우돌하며 연극 작업을 지속하려고 노력하고 있다.

　　극단 신세계의 첫 희곡집 『생활풍경』을 내기까지 내부적으로 많은 논의가 있었다. 우선 극단 신세계의 희곡 대부분은 공동창작을 기반으로 한 공연용 대본의 형태이기 때문에, 텍스트만으로는 공연이 담고 있는 함의를 모두 표현하는 데 한계가 있어 책으로 출판되기에 적당한지 고민이 필요했다. 하지만 현재 극단을 함께 운영하고 있는 단원들은 그동안 해온 동료들과의 작업들이 기록되지 못하고 사라져가는 것에 큰 아쉬움을 느끼고 있었다. 희곡집에 실을 작품들을 추리는 과정에서, 물론 그 당시에는 최선이었지만 지금 보면 아쉬운 부분들도 여럿 눈에 띄었다. 그럼에도 우리의 연극 작업이 어느 시대에든, 어떤 형태로든 계속되고 있다는 기록물이 남기를 바랐고, 그것을 더 많은 이와 공유하고 싶었다.

극단을 창단하고 첫 번째 희곡집을 내기까지 정말 많은 창작자와 다양한 형태로 작업을 해왔다. 공연을 함께해준 동료들에게도, 극단 운영을 위해 애써준 동료들에게도 이 자리를 빌려 다시 한번 감사의 마음을 전한다. 지금은 나름의 사정으로 함께하지 못하는 동료들도 있지만, 그들과 지낸 시간들을 떠올리며 희곡집 발간을 준비했다. 이 책이 우리의 또 다른 인연이 될 수 있지 않을까 기대해본다. 극단 신세계와 함께해준 모든 이의 건승을 빈다.

마지막으로 극단 신세계가 지금껏 지치지 않고 공연할 수 있도록 많은 지지와 관심을 보내주는 관객들, 우리의 친구와 가족 들에게도 깊은 감사를 드린다. 언제가 마지막이 될 진 모르지만, 그때까지 나는 극단 신세계와 함께 열심히 작업을 해보려고 한다. 연극을 좋아하는 한 사람으로서, 연극이 이 시대에 계속되길 바란다.

2023년 겨울
극단 신세계 대표 김수정

차 례

생활풍경

시간	2017년 7월 그리고 9월

공간	한강시 수리구 수리초등학교

등장인물	**진행**		
	손숙희	여, 30대, 사회자, 변호사	
	정해진	남, 50대, 한강시 교육청 교육감	
	남대신	남, 50대, 한강시 교육청 교육행정국장	
	한길만	남, 50대, 수리구 옳은정당 국회의원	

한방병원 측(이하 한방 측)

	장황	남, 50대, 수리특수학교설립반대 비상대책위원회 위원장
	방숙자	여, 50대, 수리특수학교설립반대 비상대책위원회 부위원장
	안진대	남, 30대, 수리특수학교설립반대 비상대책위원회 감사
	구사연	여, 40대, 수리구 주민, 마트 직원, 주희 엄마
	최철근	남, 50대, 수리구 주민, 카센터 직원
	박복순	여, 70대, 수리구 주민, 일용직 근로자
	차아영	여, 30대, 수리구 주민, 주부
	지인평	남, 50대, 수리구 주민, 세탁소 사장
	구동산	남, 40대, 수리구 주민, 부동산 사장

특수학교 측(이하 특수 측)

우보영	여, 40대, 특수학교학부모회 수리지회 대표
강혜연	여, 30대, 특수학교학부모회 수리지회 부대표
고성희	여, 40대, 장애인 학부모, 주부, 보경 엄마
이부선	남, 40대, 장애인 학부모, 택배기사, 재웅 아빠
전이혜영	여, 30대, 수리구 주민, 사회복지사 준비생
이경미	여, 40대, 전국장애인학부모협회장
최고은	여, 10대, 수리구 주민, 고등학생
허준희	여, 40대, 수리구 주민, 한의사
고계옥	여, 60대, 수리구 주민, 목욕탕 사장

중립

전건필	남, 60대, 수리구 주민, 택시기사
나웅	남, 30대, 수리구 주민, 신혼부부 남편
임선주	여, 30대, 수리구 주민, 신혼부부 아내
차지원	남, 50대, 수리구 주민, 신문 영업소 사장
한소리	여, 30대, 장애인 이웃, 주부

외 교육청 직원들(홍성배, 김우배 외 다수)과 주민들

* 배우들은 1인 다역을 연기할 수 있다.

1부

1차 토론회

2017년 7월 어느 날 오후, 한강시 수리구 수리초등학교 교실.

토론회가 진행되고 있다. 현수막에는 '수리지역 공립특수학교 신설 주민토론회'라는 글귀가 쓰여 있다. 무대 위 테이블에는 토론회 사회자인 교육행정국장 남대신, 교육감 정해진, 학부모회 대표 우보영, 학부모협회장 이경미, 비대위원장 장황, 비대위부위원장 방숙자가 앉아 있다. 국회의원 한길만의 자리만 비어 있다. 주민들은 테이블 앞에 의자를 놓고 앉거나 서 있는데 손에는 교육청이 배포한 유인물이 들려 있다. 기자들은 돌아다니면서 사진과 영상을 찍는다.

구사연 (소리를 지르며) 야, 이 사기꾼 같은 새끼야!

정해진 (놀라서) 네?

구사연 또 무슨 사기를 치려고 여길 와. 이 개 같은 새끼야!

고성희 주희 엄마! 교육감한테 그러는 거 아니야.

구사연 교육감이고 나발이고 나 이제 못 참아!

고성희 주희 엄마, 나도 참는 데 한계가 있어.

구사연 언니, 나도 보경이 봐서 계속 참았는데 이건 아니지.

고성희   사람이 때랑 장소가 있는 거야. 상황 파악 좀 해.

우보영   보경 엄마, 그만해!

구사연   언니나 상황 파악 좀 하세요. 누가 누구한테 할
소리를……

방숙자   주희 엄마, 그만 좀 해라.

고성희   (달려들며) 야! 오늘 니 죽고 내 죽자.

구사연   (달려들며) 죽여봐! 죽여봐!

두 사람을 간신히 말리는 주민들. 정리가 되면 주민들은 제자리에 앉는다.

남대신   (마이크를 잡고) 여러분, 잠시 소란스러운 상황이
발생했습니다. 토론회 재개하도록 하겠습니다.

최철근   (소리를 높이며) 왜 사회를 교육청에서 하냐?

전이혜영   (소리를 높이며) 왜 안 돼!

정해진   (마이크를 잡고) 네, 저 한강시 교육감 정해진! 모쪼
록 오늘 토론회를 통해서 장애인 특수학교 설립
에 대한 장애인 학부모님들과 지역 주민들의 원
만한 소통이 이루어지길 바랍니다. 10여 년 전 강
남에 특수학교가 설립될 때도, 이렇게 주민 반대
가 심했고……

안진대   잠깐만요! 지금 우리가 뭐라도 한 것처럼 그러시
는데……

방숙자   시작부터 색안경 끼고 그러면 어떡합니까!

장황   교육감님, 지금 혹시 우리를 무슨 반동분자로 생
각하시는 겁니까!

우보영	말 좀 끊지 맙시다.
강혜연	(거의 동시에) 예의가 아닙니다.
정해진	지금은 그 강남의 특수학교가 지역 주민의 사랑 방이자 문화 중심의 공간이 됐어요. 저는 우리 수리구도 충분히 그렇게 될 수 있다고 생각합니다. 제가 꿈꾸는 세상은요, 장애인이나 비장애인이나 잘사는 사람이나 못사는 사람이나 좀 서로 양보를 해서 다 같이 잘 사는 그런 세상을 꿈꾸고 있습니다.
최철근	무슨 도덕 시간이냐?
구사연	가르치려고 하지 마세요!
이부선	여러분, 좀 들어볼까요?
남대신	예, 여러분. 교육감님 말씀 좀 하시겠습니다.
정해진	제가 오만했다면 용서해주시고요. 저는 여러분의 항변을 경청하고 꾸준히 소통하면서 여러분이 환영하는 그런 학교를 만들고자 합니다.
안진대	잠깐만요! 아직 토론 시작도 안 했는데 병원 말고 학교 짓겠다고 하신 겁니까!
방숙자	(유인물을 들고) 그리고, 이게 뭡니까? 여기가 교육청 설명회입니까?
구사연	(일어나며) 지금 우리가 공부하러 왔어?
최철근	(거의 동시에) 무시하냐?
장황	(유인물을 들고) 지금 이건 다 특수학교 얘기밖에 없잖아요, 지금.
남대신	저기, 여러분…….

주민들은 다시 화를 낸다. 사람들이 가까이 다가오자 당황하는 교육청 사람들. 그때 진행요원이 등장해서 길을 터주고, 한길만이 등장해 무대 위로 올라간다. 화를 내던 주민들은 열렬하게 환호하기 시작한다.

장황	여러분!
최철근	(선동하며) 한길만!
한방 측	한길만! 한길만!
한길만	예, 예, 예. 존경하는 수리 주민 여러분, 일정이 있어 조금 늦어 죄송합니다. 저는 수리구의 아들 국회의원 한길만입니다!
최철근	한길만이 최고다!
박복순	맞습니다!
한길만	주민 여러분이 속상하신 것, 모두 다 제 역량 부족입니다. 저는 오늘 우리 주민분들을 위해 권위의식 없이 저를 내려놓겠습니다. 저는 노동가, 운동가 출신이고 또 한때는 사회복지사로서 순수하지만 뜨거웠던 저의 초심을 돌아보고 이 땅에 사회적 약자에 대한 편견과 차별이 영영 사라지길 바랍니다. 모두가 '예스' 할 때 '노' 할 줄 알아야 하고, 모두가 '노' 할 때 '예스' 할 줄 알아야 합니다. 우리 지역의 발전과 주민 여러분을 위해 저 한길만, 최선을 다하겠습니다.
전이혜영	저기요, 정치하지 마세요!
최철근	한길만이 최고다!
박복순	맞습니다!
한방 측	한길만! 한길만! 한길만!

한길만, 자리로 들어가 앉는다.

고성희	한길만 의원님! 거기는 우리 애들 학교 자리라고 요!
이부선	왜 자꾸 거기다 한방병원을 만들겠다는 겁니까!
방숙자	수리구 주민들은 학교가 아니라 병원이 필요하 다고요!
이경미	(갑자기 일어나며) 여러분, 정말 너무들 하시네요!
한방 측	뭐? 누구야?
이경미	안녕하세요. 전국장애인학부모협회 협회장 이경 미입니다. 제가 잠깐 말씀을 드려도······.
방숙자	뭐요? 무슨 협회요?
이경미	전국장애인학부모협회입니다.
방숙자	(자료를 살펴보며) 수리구에 그런 곳도 있나?
이경미	교육감님, 이 토론회는 전제 자체가 잘못된 토론 회입니다. 장애인들의 기본권을 무시하고 지역 주민들의 님비현상······.
안진대	잠깐만요. 혹시 수리구 주민이십니까?
이경미	네?
안진대	(짜증을 내며) 수리구 주민이시냐고요!
구사연	어디서 오셨어요?
방숙자	(자료를 살피며) 수리구엔 그런 협회 없다니까요.
우보영	여러분, 이분은 오늘 토론회를 위해서 특별히 모 신 분입니다.
이경미	교육감님, 이 지역의 특성으로 비추어 볼 때······.
장황	저기요, 당신 우리 동네 사람 아니지? 또 어디서

	사람을 데려와가지고는, 아니 정정당당하게 토론을 하자고 했지, 더럽고 치사하게 싸우지고…….
강혜연	더럽다니요. 말이 너무 심하시네요.
안진대	우리 수리구 주민 아니시죠?
우보영	그게 무슨 상관인데요?
장황	제가 한마디만 하겠습니다. 자, 우리는 교육청에 토론회를 요청했고, 기다리고 기다리다 10개월 만에 드디어, 토론회 기회를 얻을 수 있었습니다. 밀도 있는 토론을 위해서 수리지역 주민만 함께 하기로 약속을 해놓고선 왜 교육청은 타 지역 주민을 데려온 걸까요?
한방 측	맞습니다!
방숙자	우리를 무시하는 겁니까?
장황	(거의 동시에) 무시해?
안진대	이거는 확실히 짚고 넘어가야 합니다!
최철근	민증 까!
구사연	그래, 민증 까!
안진대	(선동하며) 신분 확인!
한방 측	신분 확인! 신분 확인!
방숙자	여러분! 다른 동네 사람들이 와서 구정물 만들면 됩니까, 안 됩니까?
우보영	교육감님, 이건 차별입니다.
고성희	명백한 차별입니다.
구사연	교육청은 누구 편이야?
이부선	여러분, 진정들 하시고 대화를 통해서…….
최철근	대화는 무슨 대화야!

박복순	빙시들 때문에 욕본다.
우보영	(흥분하며) 이보세요!
강혜연	지금 우리 애들보고 병신이라고 하셨어요?
이경미	발언에 책임을 지십시오!
최철근	(화를 내며) 어디 노친네 앞에서 눈을 부라리고 지랄이야. 눈 안 깔아?
고성희	이러니까 수리구 주민들이 무시당하는 거야. 주민 수준이 이따위니까.
구사연	이따위라니? 우리보고 이따위라고 했어?
전이혜영	그래, 이따위라고 했다. 이 무식한 것들아.

장내가 소란스러워진다. 정해진, 이경미에게 다가가 조용히 이야기를 나눈다.

장황	시방 지금 뭣 허는 것이여. 정신들 좀 차리셔! 여러분! 이건 처음부터 잘못된 토론회입니다. 교육청은 주민들 의견은 들을 필요도 없다, 이겁니까?
안진대	이러면 토론 못 합니다.
방숙자	약속을 지키십시오!
남대신	여러분, 교육감님이 말씀하시겠습니다.
정해진	여러분! 진정들 좀 하시고요…….
방숙자	지금 어떻게 진정을 하라는 거야!
안진대	수리구 주민만 오기로 약속했잖아요!
이경미	여러분, 그건 아까 교육청에서도 말했듯이…….
장황	(선동하며) 수리구 주민 아니면 색출하라!

한방 측	색출하라, 색출하라!
장황	수리구 주민 아니면 당장 나가!
한방 측	당장 나가! 당장 나가!
남대신	여러분, 교육감님이 말씀 좀…….
정해진	주민 여러분 의견 잘 알겠습니다. 우선은 저희가 지역 주민이 아닌 참여자분은 발언하지 않고 듣는 쪽으로 그렇게 진행을 하도록 하겠습니다.
장황	니미 씨벌 것. 교육감님 집안일에 다른 사람이 참견하면 기분 좋아요?
안진대	이러면 우린 오늘 토론 못 합니다.
방숙자	교육청에서 우리를 계속 무시하고 있습니다.
한길만	아, 예. 제 생각에 이 토론회는, 특수학교를 짓자 말자가 중요한 것이 아니라 우리 지역의 발전과 주민 여러분의 생존권, 우리 가족의 행복이 달린 중요한 토론의 장입니다. 안 그렇습니까?
한방 측	맞습니다.
장황	여러분! 이 토론회를 계속할 의미가 있습니까?
한방 측	없습니다.
최철근	(선동하며) 교육감은 사퇴하라!
한방 측	사퇴하라! 사퇴하라!
안진대	교육청은 정신 차려!
한방 측	정신 차려! 정신 차려!
안진대	외부인은 당장 나가!
한방 측	당장 나가! 당장 나가!

사람들이 교육청 사람들에게 다가가며 위협을 하자 한길만이 먼저 황급히

자리를 빠져나간다.

남대신　여러분! 이러면 토론회 진행이 어렵습니다. 서로
　　　　　욕하고 싸우고, 듣지도 않고…….

안진대　교육감은 사퇴하라!

한방 측　사퇴하라! 사퇴하라!

정해진　저희가 조만간 반드시 토론회 일정을 다시 잡도
　　　　　록 하겠습니다.

구사연　거짓말하지 마, 이 개새끼야!

주민들이 흥분해서 달려들자 도망가는 교육청 사람들. 주민들은 교육청
사람들을 쫓아 나간다.

박복순　(힘겹게 따라 나가며) 빙시들. 그렇게 때려서 뒤지겠
　　　　　나.

전환.

2차 토론회

1장

———————

2017년 9월 어느 날 오후, 한강시 수리구 수리초등학교 체육관.

행사 시작 전, 음악이 흘러나오고 있다. 1차 토론회보다 더 커진 공간이다. 무대에는 테이블과 의자 들이 놓여 있고, 현수막에는 '수리지역 특수학교 설립 교육감 주민 2차 토론회'라는 글귀가 쓰여 있다. 한쪽 벽면에서 커다란 스크린이 있어 중간에 참고 자료를 띄울 때 사용된다. 교육행정국장 남대신, 변호사 손숙희, 교육청 직원들은 무대 위 세팅을 점검한다. 주민들은 객석에 앉아 있고, 토론회의 주민대표 패널들이 들어와 먼저 와 있던 주민들과 인사를 나눈다. 그때 국회의원 한길만이 들어와 객석에 인사하자 주민들이 환호와 야유를 보낸다. 기자들은 사진과 영상을 찍는다.

남대신   (단상 앞에 서서 마이크를 잡고) 이제 곧 정해진 교육
            감님이 오십니다. 잠시만 기다려주십시오. (정해진

이 들어오는 것을 발견하면) 교육감님 앉으시면 토론 회 진행하도록 하겠습니다.

음악이 꺼진다. 정해진이 객석에 인사하자 주민들이 환호와 야유를 보낸다. 정해진은 한길만, 주민대표 패널들과 인사를 나눈 뒤 자리에 앉는다. 남대신과 손숙희는 단상 앞에 선다.

남대신 지금부터 '수리지역 공립특수학교 신설 2차 주민 토론회'를 시작하겠습니다. 안녕하십니까, 저는 한강시 교육청 교육행정국장을 맡고 있는 남대 신이라고 합니다. 바쁘신 와중에도 불구하고 오 늘 토론회에 참석해주신 내빈 및 주민 여러분께 깊은 감사 인사를 드립니다. 오늘 토론회의 진행 은 지난 7월 3일, 1차 토론회의 아쉬웠던 점을 보 완하기 위해 교육청과 주민대표분들의 추천 끝 에 협의가 된 수리구 주민, 변호사 손숙희 님께서 맡아주시겠습니다.

남대신, 자리로 들어가 앉는다. 손숙희, 단상 앞에 선다.

손숙희 (마이크를 잡고) 안녕하십니까! 수리구 주민 변호 사, 손숙희 인사드리겠습니다. 1차 토론회의 아 쉬웠던 점을 보완해서 좋은 성과를 얻을 수 있 는 토론회가 되도록 방청석에 계신 주민 여러분 의 적극적인 참여 부탁드리겠습니다. 자, 그럼 지 금부터 본격적인 토론회를 시작하도록 하겠습니다. 통상적인 절차들을 생략하지 않고 원칙대로 진행하는 지점 양해 부탁드립니다. 먼저 국민의례가 있겠습니다. 모두 자리에서 일어나 우측에 있는 태극기를 바라봐주시기 바랍니다. (관객들에게) 감사합니다. 국기에 대하여 경례! (국민의례음악이 나오다 끝나면) 바로! 다음은 애국가 제창이 있겠습니다. 애국가는 시간 관계상 1절만 부르도록 하겠습니다. 애국가 제창! (애국가 1절이 끝나면) 바로! 다음은 순국선열 및 호국영령에 대한 묵념이 있겠습니다. 일동 묵념! (음악이 나오다 끝나면) 바로! 모두 자리에 앉아주시기 바랍니다. 다음으로 오늘 토론회에 참석하신 내빈분들을 소개하겠습니다. 방청석에 계신 주민분들은 큰 박수로 환영해주시면 감사하겠습니다. 먼저 한강시 교육청 교육감 정해진 님 참석하셨습니다. 수리구 국회의원 한길만 님 참석하셨습니다. 남대신 교육행정국장님 참석하셨습니다. 다음으로 특수학교 설립 반대 입장을 가진 비대위 주민분들을 소개하겠습니다. 장황 수리특수학교설립반대 비상대책위원회 위원장님 참석하셨습니다. 방숙자 수리특수학교설립반대 비상대책위원회 부위원장님 참석하셨습니다. 안진대 수리특수학교설립반대 비상대책위원회 감사님 참석하셨습니다. 다음으로 특수학교 설립 찬성 입장을 가진 장애인 학부모회분들을 소개하겠습니다. 우보영 특수학교 학부모회 수리지회 대표님 참석하셨습니다. 강혜

연 특수학교학부모회 수리지회 부대표님 참석하
셨습니다. 오늘 토론회에 참석하신 패널분들은
모두 수리구 주민임에 틀림없음을 알려드립니다.
다음으로 토론에 앞서 정해진 한강시 교육감님
의 인사 말씀이 있겠습니다.

정해진, 단상 앞에 선다.

정해진   (마이크를 잡고) 예, 교육감 정해진입니다. 지난 7월
3일 특수학교 설립 1차 토론회가 파행된 이후에
오늘 다시, 수리 주민 여러분과 함께하는 자리가
마련되어 대단히 뜻깊게 생각을 합니다. 저는 한
강시 초중고 교육을 책임지고 있는 교육감으로
서 장애인 학생들의 교육권, 학습권을 보장해야
한다는 법적인 책무가 있습니다. 그래서 특수학
교 설립을 추진하고 있습니다마는, 그래도 수리
주민들께 여러 가지 심리적인, 현실적인 어려움을
드려서 죄송하다는 말씀을 이 자리를 빌려서 드
립니다. 모쪼록 오늘 토론회를 통해서 장애인 학
부모님들과 지역 주민들 간에 접점이 생겨서 그
동안의 오해와 불신이 해소되는 그런 자리가 되
면 어떨까 하는 생각이 듭니다. 예, 고맙습니다.

정해진, 자리로 돌아간다.

손숙희   네, 다음으로 오늘 토론회에 참석하신 한길만 국

회의원님의 인사 말씀이 있겠습니다.

한방 측　　한길만! 한길만!

한길만, 단상 앞에 선다.

한길만　　(마이크를 잡고) 에, 늦은 시간…….

고성희　　뻔뻔하다!

이부선　　(말리며) 보경 어머니!

최철근　　한길만이 최고다!

박복순　　맞습니다!

손숙희　　주민 여러분께서는 잠시 정숙해주시면 감사하겠습니다.

한길만　　(잠잠해지자) 늦은 시간, 이렇게 참석해주신 주민 여러분께 깊은 감사의 말씀을 드리겠습니다. 국립 한방병원 건립은 경제적, 의료복지, 역사적 차원에서도 우리 수리구 지역발전을 위해서 아주 중요한 사업입니다. 전국에서 임대아파트가 단일 지역으로 이렇게 많이 밀집된 지역은 우리 수리구밖에 없습니다. 임대아파트가 이렇게 많이 밀집되어 있다는 것은 사회적 약자인 기초생활수급 고령자, 장애인, 탈북주민을 비롯한 소년소녀가장, 우리 사회에서 가장 취약한 계층이 바로 우리 지역에 제일 많이 사는 것이라는 뜻이죠. 그래서 저는 노동가, 운동가 출신으로서 또 한때는 사회복지사로서 장애인들의 학습권을 존중하고, 그 학생들을 위한 특수학교 건립 문제는 너무나 중요한 일이라고 생각하고 있습니다. 돈 없고 힘없는 우리 서민을 위해 허황된 약속이나 공약을 하는 것이 아니라 우리 모두 조금이라도 잘살게 되는 것, 저의 작은 소망은 이거 하나였습니다. 오늘 이 자리에서 허심탄회하게 마음을 터놓고 토론해서 양측이 완전한 합의는 아닐지라도 큰 틀에서 뜻을 모아 좋은 토론의 시간이 되기를 기원하겠습니다. 감사합니다.

최철근   한길만이 최고다!

박복순   맞습니다!

한길만, 자리로 돌아간다.

손숙희   (마이크를 잡고) 네, 오늘 토론회의 구체적인 진행 순서 및 방법을 알려드리겠습니다. 먼저 특수학교 설립 찬성과 반대, 양측을 대표하는 분들이 각 집단의 입장을 대표해서 발언하는 기조 발언이 있겠습니다. 그다음 참석해주신 양측 패널분들의 개인 자유 발언이 각각 3분씩 진행됩니다. 마지막으로 오늘 토론회에 참석하신 방청석의 수리구 주민 여러분의 개인 자유 발언도 저에게 발언권을 얻고 3분 이내로 진행해주시면 됩니다. 모쪼록 원활한 토론을 위해 상대방의 발언 중 욕설, 비방, 야유, 공격성 발언은 삼가주시길 바랍니다. 대화는 새로운 세계를 만나는 기적입니다. 우리는 대화를 통해 자신과 만나고 타인을 만납니다.

하지만 이해와 공감이 없다면 그것은 대화가 아닌 허공의 메아리가 될 것입니다. 부디 잘 참고하셔서 좋은 토론회가 되길 바라겠습니다. 그럼 먼저 수리특수학교설립반대 비상대책위원회 장황 위원장님의 기조 발언이 있겠습니다.

장황, 단상 앞에 선다.

장황   (마이크를 잡고) 네, 존경하는 수리구민 여러분 안녕하십니까. 본인은 경진초 이적부지 특수학교 설립반대 비상대책위원회 위원장 장황입니다. 먼저 바쁘신 중에서도 이렇게 참석해주신 우리 정치인 한길만 의원님, 대한노인회 부회장님, 수리구 검도협회 회장님, 각 언론사, 그리고 이렇게 많이 참석해주신 우리 수리구민 여러분들께 감사의 말씀을 드립니다. 그런데 여러분, 이 위에 이 현수막을 봐주십시오. 수리지역, 특수학교 설립, 교육감, 주민, 2차 토론회! 이게 뭡니까? 이것은 교육청이 특수학교를 짓는다고 확정을 하고, 우리 주민들을 토론회에 들러리로 세워놓고 쇼를 하겠다, 뭐 이런 것 아니겠습니까? 그래서 저희 비대위에서는 쇼하지 말고, 경진초 부지 활성화 방안을 가지고 토론회를 하자! 이렇게 교육청에 제안을 드립니다. 여러분, 어떻습니까? (사이) 자, 지금부터 저희 비대위가 생계를 접고, 1년 동안 피땀 흘려 밤잠 못 자고 고생했던 경로와 특수학교를 반대하는 사유를 정확히 말씀드리겠습니다. PPT 를 준비했습니다. 비대위의 피 땀 눈물! 첫 번째, 한강시 교육청은 주민들과 한마디 상의도 없이 특수학교 행정예고를 진행해버렸습니다. 이게 뭡니까? 불의를 참을 수 없던 저희 비대위에서는 한강카이아파트 내에서 긴급하게 발족, 대대적인 주민서명운동을 이어나갔습니다. 심지어 교육청에 교육감한테 대화를 하러 갔는데 교육감이, 교육청 철장 문을 닫아버렸습니다. 당시 만삭인 임산부가 같이 갔는데, 닫힌 철장 문 앞에서, 차디찬 바닥에 앉아 짜장면을 먹고 울분을 토하고 온 사람들이, 여기 다 계십니다! 언론사 분들, 진실을 보도해주십시오. 저희는 무작정 특수학교를 반대하는 것이 아니고 이 지역의 현실을 알아달라는 얘기입니다. 두 번째로 저희 비대위는 교육청의 부당행위에 문제를 제기하기 위해 주민 1만 3천 명 이상의 서명을 받아 수차례 교육청에 제출하고, 수차례 토론회를 요청했습니다. 그런데 1년이 지나서야, 이제야, 제대로 된 토론회가 열렸습니다. 대체 이게 무슨 일입니까? 저희는 실망과 분노, 참담하고 분통하고 침통한 마음을 숨길 수가 없습니다. 심지어 지난 1차 토론회 때는 교육청이 수리지역 주민만 함께하기로 한 약속을 지키지 않아 토론회 자체가 아주 그냥 엉망진창으로 끝나버린 것, 잘 아시리라 믿습니다. 그런데 바로 어제 교육청에서 저에게 문자가 하나왔습니다. 저희 비대위에서 오늘 토론회에 참석하는 사람들의 신분증을 요청해서 수리 주민 여부를 확인할 경우, 저를 공무집행방해죄로 고발하겠다는 협박성 문자가 왔습니다. 이게 감히, 공무원이 할 수 있는 일입니까, 이게?

방숙자   여러분, 이걸 보십시오.

안진대   공무원이 보냈습니다!

장황   수리 주민 토론회에, 수리 주민만 오자는 저희의 요청이 그렇게 잘못된 것이었습니까? 심지어 교육감은 지난 1차 토론회가 무산된 후 그날 당일, 지역 주민들과 언론사 앞에서 오늘 2차 토론회를 통해 다시 얘기를 나눠보자고 약속했습니다. 그런데 그로부터 1주일도 안 지난 7월 7일! 교육감은 우리 몰래, 우리 뒤에서, 특수학교를 설계할 공모를 진행해버렸습니다. 이게 뭡니까? 이렇게 이율배반적인 꼼수를 두고 있는 교육청에게 우리 자라나는 어린이, 학부모님 들이 뭘 보고 배울 수 있겠습니까? 심히 교육청이 썩어 문드러져버렸다는 것을 저는 감히, 여러분 앞에서 말씀드릴 수 있겠습니다. (스크린을 가리키며) 보십시오. 저 덤프트럭이 막무가내로 미는 교육청입니다. 자, 세 번째. 한강시는 사각지구를 수리구 특수학교 대체부지로 제공할 의사가 있었다고 합니다. 사각지구는 우리 동네 바로 옆에 있죠. 모르시는 분들을 위해서 지도를 준비했습니다. 우리 동네 수리구입니다. 우리가 위치한 이곳이 여기 수리초등학교죠. 그 건너편이 바로 경진초 폐교 부지. 장애인 학부모님들이 특수학교를 지어달라고 주장하는 곳이자 저희들은 한방병원을 제안하는 곳이죠. 그리고 이 옆 사각지구가 바로 특수학교 대체 부지. 그런데 교육청이 일을 제대로 진행하지 않아 기각이 되었다는 사실을 알고 저희는 기가 막히고 땅이 쳐졌습니다. 이게 뭡니까, 대체! 아니 교육청은 왜 자꾸 일을 안 하고 날로 먹으려고 합니까? 학교 있는 자리에 학교 다시 지으면 편하니까 그래요? 저번에 저희가 밤샘 토론 하자고 했을 때 교육감님이 오케이 하셨죠? 그런데 그렇게 해놓고 아무리 연락을 해도 답변이 없었습니다. 교육청에 연락을 하면 답변이 없어요. 참 기가 막힐 노릇입니다. 국민의 세금을 받아먹고 대체 뭘 짓입니까? 우리가 우스워요? 저희들은 언론사의 잘못된 기사로 정신적인 피해를, 엄청난 데미지를 입은 것이 한 군데가 아닙니다. 부디 언론이 이런 사실을 제대로 알고, 제대로 보도해주시길 간곡히 부탁드리겠습니다. 자, 다음부터 우리 부위원장님께서 진행을 맡아주시겠습니다.

방숙자 (단상 앞에 서서 마이크를 잡고) 네, 안녕하십니까. 저는 수리구 특수학교설립반대비대위 부위원장 방숙자라고 합니다. 저는 이제부터 우리 비대위가 경진초 자리에 왜 특수학교 설립을 반대하는지에 대해서 몇 가지만 간추려서 설명드리겠습니다. 첫 번째, 지금 우리 수리구 상황은 장애인 등에 대한 특수교육법 제6조 1항, 장애인 특수교육 기관은 지역별로 균형 설치 되어야 한다라는 원칙에 위배되고 있습니다. 한강시의 스물다섯 개의 자치구 중에서 여덟 개의 자치구에는 아직 특수학교가 한 군데도 없습니다. 그런데 우리 수리구에는 구선학교라는 장애인 특수학교가 이미 있는데 왜 또 수리구에 밀어붙이느냐 이 말입니다. 우리 수리구 사람들이 봉입니까? 구선학교 108명의 학생 중에 수리구에 사는 장애인 몇 명인 줄 아십니까? 80명입니다. 나머지 전부 다 타 지역에서 오고 있습니다. 이런데도 학교에 자리가 없다고요? 여러분들은 이 사실을 깊이 아셔야 한다는 말씀입니다.

고성희 (피켓을 들고 자리에서 일어서서) 특수학교 설립하자!

구사연 피켓 안 가지고 오기로 했잖아요.

고성희 너네도 저번에 들고 왔잖아.

최철근 비켜!

이부선 (고성희를 말리며) 보경 어머니.

방숙자 (고성희가 앉자) 두 번째로 지금 우리 수리구는 경진초 근처에 이미 행복우리복지관, 노란숲복지관, 푸치나재활센터, 으뜸직업학교, 가진복지관 등 장애우 시설이 밀집돼서 포화 상태입니다. 그런데 왜 또 여기에 장애우 시설을 짓습니까? 뭐 우리 동네는 장애우만 삽니까? 언론은 이런 사실 몰랐을 겁니다. 제발 좀 부각시켜주십시오. 세 번째, 보건복지부가 국비 2억 원을 들여 국립 한

방병원 최적지 조사를 했는데, 한강시 일곱 개 후
보지 중에서 우리 수리구가 1등을 했습니다. 왜
냐? 우리 수리구는 규암 하준 선생님의 탄생지이
자, 유네스코에 등재된 세계기록유산『동애보감』
집필지입니다. 주변에는 수리구청에서 10억 원
을 들여 만든 하준공원과 하준테마거리가 있고,
바로 옆에는 대한민국을 대표하는 한의사협회까
지 있습니다. 심지어 우리 수리구는 의료관광문
화 특구로 지정되어 있고, 향후 SBC 방송국의 영
향으로 한류한방문화의 중심지가 돼서, 경제 수
익 2천 500억 원 이상이 예상됐기 때문에! 그렇
다면 국내 최초의 국립 한방병원은 어디에 세워
져야 하겠습니까? 맞습니다. 상식적으로 우리 수
리구에 국립 한방병원이 세워져야 한다는 말씀입
니다. 네, 저는 여기까지입니다.

전이혜영 경진초는 원래 학교 땅입니다.

박복순 똥 싼다.

장황 따라서 저희 비대위에서는 경진초 부지에 국립
한방병원을 설립해서!

방숙자 장애우, 일반인, 남녀노소 모두가 엄청 싸게 치료
를 받고!

장황 못사는 수리지역 주민들의 더 많은 일자리 창출
을 위해!

방숙자 한류한방문화 중심지로 도약하는 수리구를 위
해!

장황 수리구민 전체의 주민투표를 붙이기를 강력히

촉구합니다.

방숙자	밤샘 토론을 하자고요!
장황	수리구!
방숙자	한방!
고성희	너나 해라, 밤샘 토론!
구사연	끼어들지 마세요.
전이혜영	투표를 왜 합니까?
최철근	(소리를 높이며) 민주주의 사회니까 투표를 해야지.
이부선	(말리며) 소리 지르지 마세요.
손숙희	여러분! 정숙해주십시오. 다음은 특수학교학부모회 수리지회 우보영 대표님의 기조 발언이 있겠습니다.
우보영	(단상 앞에 서서 마이크를 잡고) 수리구 주민 여러분 안녕하십니까? 저는 특수학교학부모회 수리지회 대표 우보영입니다. 현재 저는 장수구에 있는 보람학교로 아이를 통학시키고 있는 수리구 주민입니다. 저는 제 아이가 장애인이기 때문에, 특별하게 배려해달라는 것이 아닙니다. 장애가 있든 비장애든 학교는 가야 되지 않습니까? 그런데 수리구에 있는 구선학교는 아이들을 100여 명밖에 수용할 수 없기 때문에 장애인 인구수가 가장 많은 수리구의 아이들은 갈 곳이 없습니다. 벌써 10년 전, 아니 그 훨씬 전부터 수리구에 있는 우리 아이들은 다른 곳으로 학교를 다니고 있습니다.
구사연	그러면 다른 데 사는 애들을 나가라고 하세요.
우보영	그렇게 해도 수리구에 우리 아이들을 수용하기에

는 턱없이 모자랍니다.

최철근   어쩌라고!

우보영   (울먹이며) 주민 여러분, 여러분의 자녀들은 가까운 학교에 가는데 저희 아이들은 장애가 있다는 이유 하나만으로 집에서 두 시간 전부터 학교를 가려고 나와야 합니다. 여러분도 부모이시고 저도 부모입니다. 단지 장애가 있다는 이유 하나만으로 아이들의 학교를 여기에 지을 수 없다고 하시면 어떻게 할까요? 어떻게 하는 게 좋겠습니까?

최철근   또 우냐!

전이혜영   좀 들어주세요.

손숙희   조용히 해주십시오.

우보영   여러분이 욕을 하시면 욕 듣겠습니다. 여러분이 때리시면 맞겠습니다. 그런데 학교는, 학교는 포기할 수가 없습니다.

안진대   (기자에게) 잠깐만요. 이런 거 찍지 마세요, 기자님!

우보영   우리 장애 아이들도 여러분과 똑같이 교육받을 권리가 있지 않습니까? 운다고 욕하셔도, 연기한다고 욕하셔도 그 욕 다 받겠습니다. 저희한테 욕하십시오! 그런데 여러분! 학교는 포기할 수 없습니다. 학교는 절대로 포기할 수 없습니다. 제발, 도와주십시오.

강혜연   (한길만이 나가는 것을 발견하고) 한길만 의원님!

우보영   (소리를 높이며) 의원님, 가지 마세요. 가지 마시고 제발 저희 얘기 끝까지 들어주세요.

이부선   저희를 좀 도와주세요.

한방 측 주민들, 일어서서 한길만에게 인사를 한다.

최철근   우리 한길만이 최고다!

박복순   맞습니다!

방숙자   빨리 끝내요.

손숙희   기조 발언 마무리해주세요.

최철근   질질 짜지 말고!

우보영   수리구에 사는 아이들은 당연히 수리구 안에서 교육받을 권리가 있습니다. 저희들은 부모이기 때문에 아이들의 권리를 위해서 여러분과 끝까지 소통하도록 노력하겠습니다. 무조건 장애인 싫다, 집값 떨어진다, 이렇게 생각하지 마시고, 조금만 마음을 열어 도와주시면 감사하겠습니다.

방숙자   누가 집값 떨어진다고 했어요?

고성희   저번에 했잖아요!

이부선   (말리며) 싸우지 마세요.

주민들, 자리에 앉아 불만을 토로한다.

전환.

2장

전 장면과 이어진다. 장내는 소란스럽다.

손숙희　(마이크를 잡고) 여러분, 이어서 자유토론을 진행할 건데요, 먼저 패널분들이 3분 이내로 자유 발언을 진행해주시고, 혹시라도 방청석에 계신 주민분들도 발언을 원하시면 저에게 발언권을 얻고 3분 이내로 진행해주시면 됩니다. 토론 과정에는 서로가 존중하는 태도를 갖고 욕설이나 비방은 삼가주시기 바랍니다. 토론을 방해하는 행위가 나올 시 토론을 중지하고 장내를 정리하고 이어가겠습니다. 누가 먼저 시작하시겠습니까?

설 계 공 모 , 학 교 땅

안진대　(손을 들고) 제가 먼저 시작하겠습니다.

손숙희　네, 자유토론 시작하겠습니다.

안진대　(마이크를 잡고) 아, 아. 교육감님이 1차 토론회가 무산되고 2차 토론회를 약속하면서 모든 행정절차와 설계 공모를 중단하겠다고 주민들과 언론 앞에서 약속했습니다. 그런데 1주일도 안 돼서, 특수학교 설계 공모 진행하셨죠? 혹시 교육감님은 우리 주민들이 우습습니까? 저희 비대위는 지금 당장 교육감님이 특수학교 설계 공모를 중단하고, 앞으로 모든 절차는 주민들과 토론을 통해 진행하겠다는 확답을 해야만 토론을 진행하겠습니다. 여러분 어떻습니까!

웅성거리는 장내. 난감한 정해진은 남대신과 귓속말을 주고받는다. 남대신이 손을 든다.

손숙희	남대신 국장님 발언하시겠습니다.
안진대	교육감님이 말씀해주십시오.
남대신	(마이크를 잡고) 예, 실무를 담당하고 있는 행정국장 남대신이라고 합니다. 예, 우선 오늘 이렇게 함께해주시는 주민 여러분께 감사의 마음을 전하고 싶고요…….
최철근	교육감이 답하라고!
남대신	제안하신 내용은 지금 진행 중인 특수학교 설계 공모를 중단하고 토론회 후 결정하자, 맞습니까?
안진대	제안이 아니고 교육감님이 약속하셨던 부분입니다.
남대신	예, 주민분들의 이해를 돕기 위해서 제가 특수학교 설립 절차에 대해서 말씀드리겠습니다. 그 부지는 교육청 부지입니다. 저희는 법으로 정해진 절차를 따르고 있을 뿐이고요…….
구사연	(일어나며) 교육감이 답하라고!
손숙희	말씀 중에는 끼어들지 마십시오. 자리에 앉으십

시오.

고성희	자리에 앉으세요!
남대신	(마이크를 입에 가까이 대자 소리가 뭉개지며) 우리가 일반 초, 중, 고등학교를 설립하는 것과 똑같은 절차로 특수학교도 설립이 됩니다. 일단 학생 수요를 파악하고…….
최철근	안 들려!
안진대	안 들립니다!
방숙자	마이크에 대고 웅얼웅얼대서 뭐라는지 하나도 못 알아들었어.
남대신	죄송합니다.
손숙희	네, 발언하시는 분들께서는 마이크를 입에서 좀 떼고 발언을 해주시면 감사하겠습니다.
남대신	예, 우리가 일반 초, 중, 고…….
손숙희	안진대 감사님께서는 주민과 합의 없이 진행된 절차에 대해 멈춰달라고 하셨는데요, 남대신 행정국장님은 법적 절차라서 어쩔 수 없다고 설명해주신 것 같습니다.
남대신	예, 우리가 일반…….
안진대	잠깐만요! 지금 모든 절차를 중단하고 토론회를 통해 진행하겠다고 답변 주신 겁니까? (사회자 말을 끊으며) 질문에 정확하게 답변해주시기 바랍니다. (말을 또 끊으며) 답변해주세요!
손숙희	답변이 부족할 경우 추가로 발언권을 얻어서 질문하십시오. 지금은 넘어가겠습니다.
박복순	멋지네.

38

손숙희	(장황이 손을 들자) 네, 발언하세요.
장황	(마이크를 잡고) 지금 교육청이 그 땅의 주인이라고 생각하고 계신 것 같은데 그 땅은 공공의 땅입니다. 헌법도 개정이 되는 시대인데, 국민의 힘으로 법을 못 바꾼다는 게 말이 됩니까? 절차라는 것이 있다면 중단도 있고, 변경도 있는 겁니다.
손숙희	교육청에서 답변 주시겠습니다.
남대신	(마이크를 잡고) 예, 공공시설은 여러 용도가 있는데요…….
사람들	안 들려요!
방숙자	마이크 대고 웅얼웅얼하지 말고 떼고 말하라고.
남대신	예, 죄송합니다. 공공시설은 여러 용도가 있는데요, 학교 부지는 기반 시설이라 그 외의 목적으로는 법적으로 쓸 수 없게 되어 있습니다.
장황	그러면은 주민들한테 사전 설명회 없이 설계 공모 진행하는 건 괜찮은 겁니까?
남대신	우리가 일반 초, 중, 고등학교를 만들 때 주민들의 의견을 수렴하지 않지 않습니까? 공공시설이기 때문에…….
장황	이건 뭐 교육청의 갑질이 아니에요?
남대신	예, 좋은 말씀 감사합니다. 저희는 법적 절차라 죄송하다는 말씀밖에 드릴 수 없는 것 같습니다.
손숙희	(강혜연이 손을 들자) 네, 말씀하세요.
강혜연	(마이크를 잡고) 네, 저도 수리구 주민이자 장애 아이 엄마로서 여기 나왔습니다. 오늘은 선선한 바람이 불어서 가을 운동회 하기 좋은 날인데 마치

장애, 비장애가 청군, 백군으로 나뉘어서 이겨라, 져라, 하는 것 같아서 마음이 참 씁쓸하네요. 상대방의 말을 잘 듣고 말을 할 수 있으면 좋겠습니다. 여러분이 자신의 권리를 주장하듯 우리 아이들도 권리가 있습니다. 아까 수리구 주민이 아닌 학생들 구선학교에서 내보내라고 하셨죠? 저, 저희 아이 수리구 학교에 자리가 없어서 장수구에서 졸업시켰습니다. 만약에 장수구 주민 아닌 사람들 학교에서 나가라고 했으면 저희 아이 낙동강 오리알 될 뻔했습니다. 똑같은 상황 만들 수 없습니다. (사이) 저도 제가 장애 아이를 갖게 될 줄 몰랐습니다. 하지만! 여러분은 다행히 아주 큰 행운을 얻으셔서 장애 아이를 기르는 이 마음 알 수가 없습니다. 이 아이들에게 절대적으로 필요한 기본권인 학습권이라는 거, 아이들에게 주어져야 마땅하다고 봅니다. 그리고요, 아까 위원장님이 기조 연설하실 때 '교육청이 이렇게 처사를 하면 우리 아이들이 뭘 보고 배우겠습니까'라고 하셨는데요. 저는 여기 계신 어머님, 아버님 들이 이런 식으로 행동하는 걸 자식들이 보면 뭘 보고 배울지 한번 묻고 싶습니다. 남비하지 마십시오.

안진대 (마이크를 잡고) 잠깐만요, 아까 저희가 행운을 얻었다고 하셨죠? 그럼 이 얘기를 듣고 있을 장애 아이들이 '아, 우리 엄마는 운이 나빠서 나를 낳고 기르는구나!' 하겠군요. 마음이 아프네요. 그 다음, 아까 남비 얘기하셨죠? 저희는 저희 입에서 한 번도 님비라는 단어를 꺼낸 적이 없습니다. 님비의 뜻이 뭔지는 아십니까? Not In My Backyard! 오히려 여러분이 한방병원 짓는 것을 님비하고 있는 것 아닌가요? 하준 선생님께서 통곡하실 일입니다.

강혜연 제가 알기로 하준 선생님은 약자들, 돈 없고 힘없는 사람들, 병원 못 가서 죽는 사람들 위해『동애보감』 편찬하셨습니다. 그 하준 선생님께서 '그래! 최약자들 다 쫓아버리고 날 위해서 한방병원 지어라' 이러시겠습니까?

안진대 잠깐만요, 계속 장애인이 같은 사람이라고 했으면서 왜 본인들이 불리할 때만 '약자, 장애인'입니까? 그리고 저희는 지금 하준 선생님 말씀대로 돈 없고 힘없는 사람들을 위해 한방병원을 짓자는 것입니다. 아시겠습니까?

손숙희 (방숙자가 손을 들자) 네, 발언하세요.

방숙자 (마이크를 잡고) 지금 우리끼리 싸우는 게 뭔 소용 있습니까? 저는 정해진 교육감님께 묻겠습니다. 지금 이 토론회 왜 하고 있습니까, 목적이 뭡니까? 주민들끼리 싸우는 거 구경하러 오셨어요? 말씀해보세요! 질문이 어렵다, 좋습니다. 그러면은 1번! 독고다이로 특수학교 짓겠다고 통보하러 왔다. 아니면 2번! 주민들이랑 대화를 하려고 왔다. 1번입니까, 2번입니까? 1번입니까, 2번입니까? 교육감 벙어립니까?

구사연 (갑자기 일어서며) 아니, 왜 대답을 안 하는 겁니까?

우리 무시하는 거야?

구사연, 무대 위 교육감에게 다가가 항의한다. 교육청 직원들, 구사연을
제지시켜 돌려보낸다.

구사연 어딜 손대! 어딜 손대냐고! (교육청 직원을 밀치며)
    비켜, 이 씨발놈아.

손숙희 욕설은 삼가주십시오.

정해진 (마이크를 잡고) 네, 답변드리겠습니다. 잘 들어주
    십시오. 특수학교를 설립하는 데 경진초 부지는
    굉장히 큰 편입니다. 그렇기 때문에 특수학교와
    함께 주민들이 원하는 편의시설, 뭐 필요하다면
    한방병원 일부가 들어올 수도 있겠죠.

방숙자 그게 뭔 소리입니까?

정해진 사실 학교를 하나 만들려면 굉장히 많은 과정이
    필요합니다. 지금은 기초과정이고 언제든지 설계
    를 변경할 수도 있다, 뭐 여러 가지 할 수 있으니
    까요. 그런 점에서 저희 교육청에서는 경청하려
    는 입장이다, 그렇게 이해를 해주시면 되겠습니
    다.

방숙자 (마이크를 잡고) 저희는 벌써 교육청한테 수십 번
    속아왔습니다. 거기는 일을 제대로 하는 사람이
    없어요. 전화를 하고, 또 해도 계속해서 기다리라
    고만 하지 제대로 된 답이 안 와. 그게 무슨 경청
    입니까? 자, 우리 수리구에는 주민 기피 시설, 혐
    오 시설이라고 하는 거 싹 다 모아났습니다. 이렇

게 지역 불균형이 심한 곳이 없어요! 제가 교육감을 뒤에서 만났는데 이런 얘기를 합디다. 특수학교가 쓰레기 소각장보다 낫지 않겠냐고! 여러분 이게 교육감입니다. 속지 마십시오. 저희는 한 번도 특수학교를 혐오 시설이라고…….

전이혜영 거짓말 좀 하지 마세요.

고성희 거짓말하지 마!

이부선 (말리며) 보경 어머니.

방숙자 오늘 토론회 진행될 때까지 어떤 행정절차도 밟지 않겠다고 약속했잖아요! 당장 대답하세요!

손숙희 교육청에서 답변 주시겠습니다.

정해진 (마이크를 잡고) 네, 답변드리죠. 예를 들면 저희 교육청에서 포클레인을 동원해가지고 공사를 시작했다면 그게 정말 문제가 되겠지만 지금은 설계, 행정, 이런 아주 기초적인 걸 진행하는 거거든요. 그래서 그런 점에서 오해가 있으셨다면 저도 죄송스럽게 생각을 하고요.

안진대 잠깐만요, 토론회가 끝났습니까? 우리는 지금 그 절차에 대해 얘기하자고 온 겁니다.

정해진 그것은 법적 절차라서 저희 교육청을 조금만 이해를 해주시면 고맙겠습니다. 자, 그다음에 제가 장수구에 삽니다. 현재 수리구에는 특수학교가 한 개, 장수구에는 두 개가 있어요. 현재 수리구의 많은 장애 학생들이 장수구에 있는 특수학교를 다니고 있습니다. 수리구 장애 학생 645명 중에 대다수가 수리구에서 학교를 다니지 못하는 상황입니다. 그래서 저희 교육청에서는 수리구에 특수학교가 더 필요하다고 판단을 하게 된 겁니다. 아까 한강시 여덟 개 구에는 특수학교가 없다고 하셨죠? 그런데 두 개 있는 구도 많습니다. 저희는 모든 구에 하나씩 만드는 걸 목표로 하고 있습니다. 강남도 그렇고요. 저 교육감 많이 미우실 겁니다. 저도 솔직히 여기 주민들, 이렇게 많은 분들한테 미움받고 싶겠습니까? 그런데 저희가 아이들의 공교육을 책임지고 있는 입장에서 또 그런 면이 있다는 것도 조금만 이해를 해주십시오. 예, 고맙습니다.

최철근 무슨 말을 그따위로 해?

손숙희 네, 말씀 잘 들었습니다. 다음은…….

차별, 혐오

이부선 (손을 들며) 사회자님! 죄송하지만 발언권 좀 주실 수 있을까요? 한 말씀 드릴게요.

장황 아직 아니에요.

손숙희 네, 알겠습니다. 마이크 좀 주세요.

이부선 (나와서 마이크를 받고) 감사합니다. 먼저 교육감님께 드리고 싶은 말씀이 있는데요, 저는 교육감님 안 미워해요. 힘내시면 좋겠습니다. 파이팅! 저는 수리구 토박이고요, 두 장애 아이의 아빠 이부선입니다. 큰아이는 열한 살, 지적장애 2급. 둘째는 아홉 살, 다운증후군 2급이에요. 처음에 우리 아이들을 만났을 땐 눈앞이 깜깜했습니다. 그런데 3년 동안 울면서 어두운 동굴을 지나고 나니 우리 아이들의 눈에서 반짝이는 별을 보게 됐습니다. 그제야 길이 보였습니다. 전 아이들에게 인내를 배우고, 배려를 배우고, 사랑을 배웠어요. 만약에 하나님이시든, 조물주시든 지나가시다 저에게 갖고 싶은 게 뭐냐고 물어보신다면, 저는 두 장애를 그냥 달라고 할 거예요. 왜냐하면 너무 배운 게 많아요, 우리 아이들한테. 우리 장애인 부모님들은 그걸 아세요, 우리 아이들 너무 순수해요. 특수학교는 절대 혐오 시설 아닙니다, 같이 있으면 마음이 따뜻해져요. 아이들에겐 가까운 학교가 너무 소중합니다. 여러분 집에 수도꼭지가 고장 나도 누군가의 도움이 필요해요. 혼자 할 수 있는 것은 없습니다. 우린 서로 돕고 살아야 해요. 부탁드립니다. 저희 아이들을 도와주세요.

방숙자   우리도 좀 도와주세요.

최철근   부탁하는 거면 거절해도 되는 거 아닙니까?

이부선   아니죠. 저는 우리 아이들이 장애인이라 차별받지 않고 평범하게 이 세상을 살아가면 좋겠습니다. 감사합니다.

방숙자   (발끈하며) 누가 차별했어요? 요새 누가 장애우 차별합니까?

손숙희   발언권을 얻고 말씀하세요.

방숙자   예, 저 발언권 좀 주십시오. (마이크를 잡고) 장애인 주차장, 장애인 화장실, 장애인 저상버스, 이거 다 우리가 배려한 것들 아닙니까? 장애우 시설이 얼마나 많습니까? 호의가 계속되면 권리인 줄 안다고 장애우분들은 왜 자꾸 바라는 게 많아집니까? 그거 특권의식입니다.

우보영 장애인 시설이 비장애인 시설보다 많습니까?

방숙자 그거야, 우리 수가 장애우보다 월등히 더 많으니까…….

우보영 (마이크를 잡고) 지금 주민들께서 특수학교 반대하지 않는다, 계속 말씀을 하시는데요, 지난번 토론회 때 어떤 분께서 그러셨죠. 저런 애들한테 학교가 뭐가 필요하냐, 산속에 시설 짓고 처넣으면 되지, 장애인들 눈앞에 알짱대는 거 짜증 난다, 이거 다 지역이기주의입니다. 우리가 한방병원 부지에 학교 짓자고 한 적 있습니까? 없습니다. 학교 부지에 학교 짓자고 하는 겁니다! 님비하지 마세요.

방숙자 뭐? 님비?

강혜연 (마이크를 잡고) 우리 아이들 혐오스러운 아이들 아닙니다. 아픈 아이들이라 더 귀하고 공들여 키우는 아이들이에요. 이 아이들이 여러분과 같이 더불어 살고 싶은 게 욕심입니까?

안진대 잠깐만요, 장애가 아픈 겁니까? 왜 자기 자식들을 아프다고 하십니까? 장애는 아픈 게 아니라 다른 겁니다. 지금 학부모님들은 자기 자식들을 차별하고 계십니다.

강혜연 그쪽은 차별이라는 말, 입에 올릴 자격 없습니다.

당신들이 아픈 아이라고 생각하기 때문에 거기에 맞춰서 설명을 한 것이지 저희는…….

안진대   설명을 쉽게 하려고 차별 발언을 하셨다고요?

강혜연   수박 겉핥듯이 들리는 대로만 생각하지 마시고…….

안진대   세종대왕님이 왜 한글을 만드셨는지 아십니까. 백성들의 마음을 언어에 담기 위해서 만든 거예요. 여러분의 말에는 차별의 마음이 담긴 겁니다.

강혜연   아니, 이래 가지고 무슨 토론을 하겠습니까?

안진대   잠깐만요, 제가 말씀드리는 것은 이분이 차별을 했다는 것을 인정을 하시고…….

강혜연   저는 끝말잇기 하는 사람과 토론 못 합니다.

우보영   꼬투리 좀 그만 잡으세요!

손숙희   여러분, 토론회는 식순이 있고 정해진 시간이라는 게 있습니다. 계속해서 소모적인 논쟁하시면 곤란합니다.

안진대   사회자님!

전이혜영, 손을 든다.

손숙희   다음으로 넘어가겠습니다. 네, 말씀하세요.

전이혜영   (나와서 마이크를 받고) 사회복지사 준비하고 있는 전이혜영입니다. 우리가 장애인을 좀 이해해보려고 하면 어떨까요?

장황   아니, 내가 장애인이 아닌데 어떻게 장애인을 이해합니까? 장애인은 나 이해해요?

전이혜영	어떻게 장애인을 이해하느냐가 아니라 왜 장애인을 이해하느냐가 중요하지 않을까요? 사실 장애인의 문제는 장애인만의 문제가 아니라 비장애인을 포함한 사회 전체의 문제입니다.
최철근	도덕 시간이냐?
손숙희	발언 조심하십시오.
전이혜영	작년 겨울, 전 사고로 발목을 수술해서 처음으로 양쪽 목발을 두 달 동안 짚었습니다. 그리고 한강시라는 도시가 지옥으로 변했습니다. 편해서 좋아했던 지하철은 눈 오는 날마다 공포스러워졌습니다. 멀쩡한 사람들을 위한 출구는 여덟 개나 있는데, 제가 이용할 수 있는 출구는 고작 하나, 엘리베이터였습니다. 그마저도 찾기가 너무 힘들어서, 50분 넘게 헤맨 날도 있었습니다. 한참을 울었습니다. 노약자석에 앉아 있는 멀쩡한 인간들, 엘리베이터 타고 그냥 올라가버리는 젊은 사람들, 다 죽여버리고 싶었습니다. 우리가 평소에 장애인을 왜 많이 못 보는 줄 아세요? 나와서 돌아다닐 수가 없어서입니다. 그런 저를 도와준 건 휠체어를 탄 장애인분들, 노약자분들이셨습니다. 저는 진심으로 부끄러웠습니다. 왜 저는 목발을 짚고 나서야 이 지옥 같은 한강시를 마주 볼 수 있게 된 걸까요?
최철근	다치지 말든가.
전이혜영	여러분, 우리나라 장애인 중 90퍼센트 이상이 후천적인 장애인입니다. 우리 누구도 장애로부터

	자유로울 수 없다는 말입니다. 장애인이기 때문에 차별받는 게 아니라 차별받기 때문에 장애인이 되는 겁니다.
장황	말이 길어요. 사회자님 말씀 못 들었어요?
전이혜영	저, 이제 전에 다니던 직장을 그만두고 사회복지사를 준비하고 있습니다. 모든 사람이 장애인들의 상황을 이해할 수 있을 때까지 저는 차별에 맞서 싸우고 싶습니다.
장황	지금 우리한테 같이 싸우자는 겁니까, 뭡니까? 자꾸…….
손숙희	(차아영이 손을 들자) 네, 발언하세요.
차아영	(나와서 마이크를 받고) 안녕하세요. 저, 좀 떨려서 잠시만요. (휴대폰을 보며) 전 얼마 전에 수리구에 이사 온 차아영이라고 합니다. 먼저 좋은 말씀 감사해요. 장애인을 이해해보자. 전 이 앞에 큰 도서관도 생기고, 국립 한방병원도 생긴다고 해서, 애들한테 좋겠구나 싶어서 이사 왔는데요, 대출을 받기는 했지만 좋았어요. 근데 특수학교가 생길 수도 있다고, 취지는 좋은데, 솔직히 우리 동네에 밖에서 쉽게 볼 수 없는 분들이 되게 많으시잖아요.
고성희	그게 무슨 말입니까?
차아영	백번 양보해서 신체장애까지는 괜찮은데 정신장애면, 소리 지르고 뭐 던지고 그러면, 엄마 된 입장으로 생각해보세요. 우리 애가 걱정이 되는데 어떻게 쉽게 특수학교 편을 들 수 있겠어요. 전

장애인 학부모님들께 죄송하지만, 특수학교가 수리구에 더 세워지면 그만큼 장애 학생들도 몰려들 거고, 그럼 특수학교가 더 세워질 거고, 지금도 다른 동네보다 장애인들 많잖아요.

고성희 그게 뭐 어쨌다는 겁니까?

차아영 저는 엄마 된 입장으로 교육청한테 대책이 있는 건지 여쭙고 싶습니다. 장애 학생들 말고 우리 애들한테도 교육권이 있잖아요. 솔직히 저도 여자로서 무섭습니다.

최철근 저도 딸만 셋입니다. 교육감, 대책을 좀 세우라고!

고성희 (갑자기 피켓을 들고 무대로 들어와서는) 특수학교! 설립하자!

구사연 (무대로 따라 들어와서) 이거 치우시라고요!

고성희 내가 만든 거 내가 들고 있겠다는데 왜?

장황 오늘은 이런 거 안 들고 오기로 약속했잖아요!

손숙희 (일어나며) 그만들 하세요. 지금 뭐 하시는 겁니까?

구사연 (고성희의 머리채를 잡으며) 야!

고성희 (구사연의 머리채를 잡으며) 왜!

손숙희 장내 정리 좀 부탁드립니다. 이 상태로는 토론을 진행할 수 없습니다.

최철근 아, 지랄 염병들 하고 있네. 아줌마들아! 그만 좀 해!

고성희 당신이 날 언제 봤다고 아줌마라고 하는 거야?

이부선 보경 어머니!

최철근	그럼 아줌마한테 아줌마라고 하지 뭐라고 해?
고성희	아줌마, 아줌마 하지 마! 듣는 아줌마 기분 나쁘니까!
손숙희	퇴장하세요. 강제 퇴장입니다.
최철근	네가 전두환이야? 21세기인데 퇴장은 무슨 퇴장이야?
고성희	퇴장시켜봐! 퇴장시켜보라고!
손숙희	여러분, 토론 그만하고 싶으세요? (장내가 정리되면) 토론 계속 진행하겠습니다. (손을 든 안진대에게) 네, 발언하세요.

전환.

3장

전 장면과 이어진다. 장내는 소란스럽다.

통합교육, 분리교육

안진대   (마이크를 잡고) 장애인 학부모님들께서 아이들이
          평등하게 어울려 살기를 원한다면, 비장애인 학
          부모님들께서 장애인이 더 늘어나는 것을 걱정하
          신다면, 우리 수리구에 특수학교를 더 만들지 말
          고 일반학교에서 장애인도 함께 수업받는 제대
          로 된 통합교육부터 시도해보는 게 어떻겠습니
          까?

강혜연   여기서 통합교육 얘기가 왜 나옵니까? 뭘 좀 알
          고 말씀하시죠?

안진대   저도 배울 만큼 배운 사람입니다. 장애 아이들이
          걱정돼서 특수학교 같은 곳에 가둬놓고 키우는
          것이, 근본적으로 내 자식을 위하는 길인지 생각
          해보시면 좋겠습니다.

전이혜영   그 부분은 저도 동의합니다. 사실 벌써 북유럽 같
          은 데는 90년대에 모든 장애인 시설이 폐쇄됐다
          고 해요. 장애인의 인권침해를 막기 위해 탈시설
          을 했다고 합니다.

강혜연	(마이크를 잡고) 저기요, 사회복지 공부하고 계시는 건 알겠는데요. 이상과 현실은 완전히 다릅니다. 뭘 좀 알고 말씀하시죠? 지금 당장 특수학교들 없애고 전국의 모든 일반학교에 우리 아이들을 위한 시설을 만들 수 있습니까? 대다수의 학교가 휠체어 한 대도 못 들어가는 상황인데요? 지금 한국의 상황에서는 특수학교의 분리교육, 일반학교의 통합교육이 함께 갈 수밖에 없는 실정입니다.
안진대	특수학교 같은 시설은 너무 폐쇄적이어서 툭하면 폭력 사건이 일어난다고 뉴스에 나오지 않습니까?
강혜연	일반학교 한 곳에서 폭력 사건이 일어난다고 전국의 모든 일반학교에서 폭력 사건이 일어납니까? 지금 당장 무조건적인 통합교육은 정답이 아닙니다. 뭘 좀 알고 말씀하시죠.
우보영	대체 왜 우리가 이런 얘기를 들어야 하는 거죠?
손숙희	(최고은이 손을 들자) 네, 발언하세요.
최고은	(앞으로 나와 마이크를 받고) 안녕하세요. 저는 수리고등학교 2학년 1반 최고은입니다. 어른들은 어떨지 모르지만, 저희는 어릴 때부터 수리구에서 자라서 장애인 친구들과 많이 어울렸습니다. 저희 반에도 장애인 친구가 한 명 있는데요. 친구들이 잘 챙겨줘요. 쌤이 특별히 부탁하기도 했고요. 제가 그 친구랑 제일 친한데 반장이라서 그렇습니다. 저는 그 친구를 참 많이 도와줍니다. 선생

님 말 끊고 도망치면 가서 잡아 오고, 화장실 가겠다고 벌떡 일어서면 수업 중에라도 같이 화장실을 가줘요. 요즘은 숙제나 준비물들 적어서 개 부모님께 따로 연락도 드려요. 그런데요. 이번에 모의고사를 봤는데, 제 성적이 2등급씩 떨어졌어요. 학원 쌤이 이 점수 가지고는 한강시 안에 대학은 갈 수가 없대요. 장애인 친구들과 어울리는 거 너무 좋아요. 하지만 단 하나, 함께 할 수 없는 게 있다면 그건 바로 수능입니다. 저와 같은 고등학생들을 생각해서 특수학교 꼭 지어주시면 좋겠습니다. 저, 진짜 대학 가고 싶습니다.

방숙자 대학이 인생의 전부는 아니야.

최고은 학원 가야 해서 여기까지 하겠습니다. 감사합니다.

고성희 (나가는 최고은을 보고 손을 들며) 저도 발언하겠습니다.

손숙희 네, 하세요.

고성희 (앞으로 나와 마이크를 받고) 아, 아. 요즘 학생들 참 약아빠졌네요. 고성희라고 합니다. 저도 수리구에 사는 장애 학생 엄마입니다. 우리 딸도 일반학교를 다녔습니다. 그런데 못돼처먹은 애들한테 온갖 수모를 다 당해서 때려치우게 했습니다.

구사연 지금 뭐 일반학교 애들이 다 나쁘다는 겁니까?

고성희 우리 딸, 지금은 근처 특수학교에 자리가 없어서 여기서 두 시간 반 걸리는 특수학교에 다닙니다. 멀어서 셔틀도 안 와요. 맨날 제가 데려다주고 데려오고, 하루 종일 아무것도 못 해요. 왔다 갔다 어른인 나도 미치겠는데 몸도 편하지 않은 애는 괜찮겠습니까?

박복순 카모 이사 가지.

고성희 얼마 전에 남편이 사고로 다쳐서 일을 그만뒀어요. 지금은 실업급여로 버티기라도 하는데, 이게 얼마나 가겠어요? 제가 일을 해야겠죠. 대출에다, 남편이랑 애 병원비에다, 정말 길거리에 나앉게 생겼거든요. 이사고 나발이고, 우리 장애 아이들의 엄마들은 학교가 없으면 노예나 다름이 없습니다. 아무것도 못 해요.

구사연 그래서 지금 당신 편하자고 여기에 특수학교 짓자는 거야?

고성희 주희 엄마는 주희 학교 보내는 이유가 주희 엄마 편하자고 보내나 봅니다. 저는 아닙니다.

손숙희 2분 남았습니다.

고성희 특수학교가 장애 학생 수보다 훨씬 적고, 경쟁률도 너무 세서 들어가는 건 하늘의 별 따기입니다.

최철근 한방병원도 없다고.

고성희 우리가 장애 예술고를 해달랍니까, 장애 과학고를 해달랍니까? 그냥 여러분이 다녔던, 그 길 가다 발에 차이는 의무교육 학교를 하나 지어달라고 하는 겁니다. 특수학교는요, 일반학교처럼 나뉘어 있지 않아요, 한 학교 한 건물에 유치원부터 고등학교까지 다 쑤셔 박아놨습니다. 그게 장애인을 위한 특수학교라는 겁니다. 돈도 없고 인력도 없고 땅도 없어서요! 학교 하나 지어주는 게 그렇게 힘듭니까? 저희도 저희 자식, 당신들처럼 초중고 다 따로 보내고 싶습니다. 그런데 저희한테 선택권이 있습니까? 다들 억지 좀 그만 부리시고!

구사연   빨리 끝내세요.

최철근   징징대지 말고!

고성희   마지막으로 교육청! 특수학교도 일반학교랑 똑같이 의무교육 대상이라서 이런 토론회 필요 없잖아요, 왜 하는 거예요? 그러니까 주민들이 쓸데없는 희망들만 생겨서 헛소리 찍찍 하잖아요. 다음부터 이런 것 좀 하지 마세요. 아주 그냥 속이 썩어 문드러져요.

경진초

손숙희   (손을 든 구사연에게) 네, 발언하세요.

구사연   (앞으로 나와 마이크를 받고) 말씀 잘 들었습니다. 웃기는 얘기네요. 마양 5단지 사는 구사연입니다. 뭐 임대아파트 산다고 하소연하러 나온 거 아니고요, 애가 둘인데 딸은 고등학생, 아들은 여덟 살입니다. 제 아들은 작년에 길에서 정신지체 장애인한테 폭행을 당했습니다. 들어보셨죠, 묻지마 폭행. 그리고 애를 난간에서 밀어버려서 지금은 척추가 마비돼서 병원에 누워 있어요. 긴말 안 할게요. 그냥 나는 장애인이라면 치가 떨려요. 안 그래도 먹고살기 힘든데, 진짜 미쳐버릴 것 같아요. 장애인 학부모님들, 당신들 자식이 당신한테 소중한 만큼 나한테도 내 자식이 소중해. 특수학교 무더기로 생기고 장애인이 길거리에 득실득실하면 나는 그냥 돌아버릴 것 같습니다.

고성희   그렇게 말하는 거 아니야.

구사연   입장 바꿔 생각해봐. 언니면 안 그럴 것 같아? 내 팔자가 왜 이렇게 박복한지 몰라도 나는 수리구라면 정말 지긋지긋합니다. 떠나고 싶어도 형편이 안 돼서 떠나지를 못해요. 네, 아시다시피 제 딸은 경진초 나왔습니다. 교육청 때문에 강제 폐교 됐는데, 이제 거기에 특수학교가 생긴다고 하니 세상 참 우습네요. 안 그래도 맞벌이라 힘든데, 경진초는 임대아파트 가족들 생각해서 아침에 급식도 주고, 방과 후 활동도 잘 돼 있고, 너무 고마웠죠. 그때 주변에 폐교 안 되게 아무리 도와달라고 해도 아무도 거들떠를 안 봐. 내가 그냥 얼마나 한이 맺혔는지!

남대신   (마이크를 잡고) 그건 오해입니다…….

손숙희   여기는 특수학교 설립 토론회입니다. 주제에 관련 없는 발언은…….

구사연   (소리를 높이며) 좀 들어보세요, 사람 무시하지 말고!

박복순   (사이) 잘한다.

구사연   교육청이 여기를 공동통학구역으로 만들어서 좋은 아파트 사는 애들은 다 여기 이 수리초등학교로 오게 했고, 임대아파트 사는 애들은 다 경진초 다니게 했잖아요. 기억나세요? 덕분에 애들은 맨날 가난하다고 무시당하고 놀림받고, 교육청에서 앵무새처럼 하는 말이라고는 인구수가 줄어서 경진초에는 입학생이 없을 거다, 그래서 폐교한다, 애들 다 강제 전학 시켜놓고는! 이제는 뭐, 그 자리에 특수학교를 만들겠다고요? 그때도 교육청은 이랬어요. 우리들이, 우리 학부모들이 그렇게 사정하고 부탁해도 들어처먹지를 않고, 딱 한 번 토론회랍시고 자리 만들어서 뭐 했어요? 아주 그냥 지금이랑 똑같잖아요, 어쩔 수 없다!

방숙자   주희 엄마, 그만해.

우보영   사회자님, 토론 주제에 벗어난 얘기 같습니다.

구사연   (소리를 지르며) 제가 지금 말하고 있잖아요!

최철근   (사이) 뭐 하는 거야!

구사연   경진초 강제 폐교 될 때 비대위분들 뭐 하고 계셨습니까? 장애인 학부모들 뭐 하고 계셨습니까? 자기 일 아니라고 모르는 척했죠. 임대라고 몰아세우고 학교 없애고, 이제는 특수학교까지 세우겠다고요? 우리 마양아파트가 만만해서 그렇죠, 돈 주고 산 집도 아니니까. 잘사는 한강카이아파트 같았으면 똑같이 했을까요? 교육청은 맨날 돈 있는 사람들 편들어주고, 장애인들은 맨날 지들 필요할 때만 불쑥 나타나서 도와달라 그러고. (울먹이며) 그럼 우리는 대체 누가 도와줍니까? 누가 도와주냐고요?

방숙자   (구사연에게 다가오며) 주희 엄마, 그만 좀 하자.

고성희   됐어, 다 말하라 그래.

구사연	그래서 내가 지금 장애인 엄마들이 서명 받으러 다니는 거 안 해주는 거예요. 괘씸해서! 남은 도와주지도 않더니, 지들 필요하니까 찾아와가지고는…….
고성희	그래서 그런 거 아니라고 했잖아!
구사연	우리 주희, 빨간 딱지 붙은 책상에서 수업받고 있을 때 뭐 하셨어요? 내가 집집마다 사정하면서 서명지 돌릴 때 뭐 하고 계셨냐고요?
고성희	몇 번을 말해. 나도 그때 애가 수술받고 있어서 제정신 아니었다고!
구사연	됐어. 나는 언니한테 안 풀려, 여기 응어리가! 안 풀 거야. 장애인 학부모들 맨날 자기들이 사회적 약자다, 도와달라 그러죠? 저기요, 그쪽들보다 우리가 더 약자예요. 당신들이 우리보다 더 좋은 집에 살고 더 좋은 옷 입는 거 다 알고 있잖아요. 우리는 장애 가정이 아니라서 대접도 못 받는다고요. 알겠어요?

고성희와 구사연, 운다.

전이혜영	죄송합니다.
박복순	장애인 무서버가 아 키우겠나.
이부선	우리 애들 나쁜 애들 아닙니다.
강혜연	우리 애들 차 타고 학교 다니지 혼자 못 돌아다닙니다.
손숙희	교육청, 답변 주시겠습니까?

정해진	(마이크를 잡고) 네, 교육감으로서 경진초가 공동 통학구역으로 변경이 되면서 폐교가 된 지점에 있어서 제 임기 전에 일어난 일이라 굉장히 안타깝게 생각을 합니다. 앞으로는 행정절차상의 문제로 이러한 일이 재발되지 않도록 더불어 사는 환경을 만들도록 검토하겠습니다.
고성희	장애인이든 비장애인이든 나쁜 놈들은 늘 나쁜 짓을 합니다! 한두 명 때문에 전체를 싸잡아서 욕하는 건 아닌 것 같네요. 그럼 우리 전부 다 나쁜 년, 놈 들 아니겠어요?
손숙희	네, 어머님들 이제 진정하시고…….
최철근	뭐 하는 거냐고!
우보영	됐어, 이제 그만해.
방숙자	야야, 그래, 서로 불쌍한 얘기들 좀 그만하고.
구사연	지금 뭐라고 했어요?
방숙자	뭐, 내가 틀린 말 했나? 툭하면 힘들다, 어쨌다, 지겹지도 않나?
구사연	그래서 언니가 우리한테 해준 게 뭐가 있는데? 맨날 돈, 돈 거리기나 하고, 돈 없으면 사람 취급도 안 하잖아. 그래서 지금…….
방숙자	시끄럽다, 이 가시나야. 이게 무슨 행패야!
구사연	행패? 내가 진짜 행패 한번 보여줘?
최철근	(소리를 높이며) 아, 진짜 꼴값들을 떨고 있네. 여기 당신들만 있어?
손숙희	발언권 얻고 말씀하세요.
최철근	발언권은 개뿔, 지금까지 그냥 다 말하고 있잖아.

손숙희	발언권 얻고 말씀하시라고요!
최철근	거두절미하고! (앞으로 가서 마이크를 뺏고) 앉아, 앉아. 지하철에서 소리 지르는 장애인, 앵벌이 하는 장애인, 침 질질 흘리는 장애인 보면 무슨 생각이 듭니까? 좋습니까? 나는 내 눈앞에서 장애인들 알짱거리면 짜증이 납니다. 기왕이면 나랑 같이 안 탔으면 좋겠는데, 저만 그렇게 생각합니까.
박복순	맞습니다.
손숙희	제가 발언권 드리지 않았습니다.
최철근	장애인을 멀리하는 건 어떻게 보면 인간의 보편적인 심리입니다. 한강시 어디를 가도, 경상도, 전라도 어디를 가도 다 똑같이 장애인 멀리합니다. 누가 내 새끼들이 장애인들 보면서 자라는 걸 원하겠습니까? 우리만 특별히 나쁜 게 아닌데 왜 자꾸 우리만 나쁜 사람 만듭니까?
고성희	나쁘니까 나쁘다고 하는 거야!
이부선	(말리며) 보경 어머니.
손숙희	발언 그만하시라고요.
최철근	기왕이면 우리 집 앞에 정상적인 사람이 살면 좋겠습니다. 기왕이면 일반인보다 연예인들 많이 살면 좋겠고, 기왕이면 대기업 총수들 많이 살면 좋겠습니다. 기왕이면 우리 지역에 도움이 되는 그런 시설들이 많이 들어왔으면 좋겠습니다. 안 그렇겠습니까?
손숙희	계속 말씀하시면 퇴장시키겠습니다.
최철근	마지막으로 장애인 부모들한테 묻겠습니다. 당

신들 가족 중에 장애인 없어도 그 자리 지킬 겁니까? (사이) 여기까지 하겠습니다.

손숙희 (단호하게) 방금 말씀하신 분 퇴장하세요!

최철근 (소리를 지르며) 개소리하지 마! 여자가 진행을 하니까 개판 아니야!

손숙희 (소리를 높이며) 진행요원분들, 퇴장시켜주십시오.

최철근 (진행요원이 잡으려고 하자) 놔, 안 놔! 너네 몇 살이야? 너네 내가 누군지 알아?

홍성배 나가세요.

최철근 이거 성추행이야. 이거 성추행이라고!

김우배 아, 아저씨 가시라고요.

최철근 내 발로 나갈 거야! 어린놈의 새끼들이 말이야!

최철근, 퇴장하고 장내가 소란스럽다. 갑자기 들리는 호루라기 소리. 놀라는 사람들.

전건필 자, 자! 여러분! 싸우지 말고 서로 사랑해야 합니다. 사회자님! 저, 발언권 좀 주십시오.

손숙희 네, 말씀하십시오.

전건필 (마이크를 받고) 네, 여러분! 저는 수리구 뻐꾸기자원봉사대 대장 전건필이올시다. 반갑습니다. 여러분, 이렇게 자꾸 싸우지 말구, 서로 사랑허고 감사허는 마음으로 웃으면 복이 옵니다. (갑자기 웃으며) 여러분, 다 같이 웃어볼까요? (갑자기 웃으며) 사람의 손바닥에는 오장육부의 혈자리가 다 들어 있어요. 그래서 박수를 치면 건강해집니다.

다 같이 박수! (박수를 치며) 네, 저희 뻐꾸기자원봉사대는 수리구의 지역 주민에게 필요한 차량 무료 이송, 교통질서 자원봉사활동을 허고 있습니다. 네, 원래 수리구는 자연경관이 빼어난 동네였어요. 근데 허구헌 날 개발만 허구 건물들만 지어대니까 환경이 파괴되고 있걸랑요? 식목일에 나무 한 그루도 심지 않으면서 자꾸 이렇게 산을 깎고 터널 뚫고 하면은 지구온난화가 더 심해지면서 빙하가 녹고, 해수면이 올라가서 북극곰이 죽게 되고, 제주도 부산 인천 강원도가 물에 잠기면서 지구가 멸망하는 것이올시다. 그러니까 여기에 뭐를 자꾸 짓자고 허지 마시구 미국의 센트럴파크를 본받아서! 우리 자라나는 아이들이 뛰어놀 수 있는 공원, 제2의 수리구 센트럴파크를 만들면 어떻겠습니까, 여러분! 자, 그런 의미로다가 제가 여러분을 위해서 축하 공연을 준비했습니다.

손숙희　　선생님! 지금 토론 중입니다.

전건필　　(소리를 높이며) 지금은 내 발언 시간이올시다. 말을 하는데 말을 못 하게 하고 있어. 어린것이 싸가지 없이…….

전건필, 노래를 부른다. 당황하는 사람들. 교육청 직원들이 전건필을 제지하여 내보낸다. 장내가 소란스럽다.

전환.

4장

전 장면과 이어진다. 장내는 소란스럽다.

장황   저기 사회자님!

손숙희   네, 주민 여러분, 다소 혼란스러웠던 상황 양해 부탁드립니다. 타인의 의견을 경청하는 것이 토론의 기본자세입니다. 부디 성숙한 시민의…….

장황   왜 저한테 발언권도 안 주고, 말을 못 하게 막네요, 참!

손숙희   토론에는 정해진 시간이라는 게 있으며…….

장황   (말을 끊고 마이크를 잡으며) 대한민국은 민주공화국이다. 대한민국의 주권은 국민에게 있고, 모든 권력은 국민으로부터 나온다. (호응을 유도하며) 한방병원 주민분들! 대, 한민국! 수리구, 한방!

고성희   (호응을 유도하며) 우리도 박수 한번 칩시다. 특수학교 설립하자!

장황   자, 오늘 토론회에서 저희 비대위가 참석자들의 신분증 검사를 하면, 교육청에서 저를, '공무집행방해죄로 고발을 하겠다' 협박성 문자를 보냈습니다. 이게 말이 되냐고요?

안진대   (일어나며) 교육감님!

방숙자   (거의 동시에) 해명해라!

한방 측	해명해!
손숙희	정숙해주십시오. 앉아주세요, 자리에!
정해진	(마이크를 잡고) 네, 답변드리겠습니다. 고발하겠다고 한 부분은 금시초문인데 (국장을 쳐다보자, 국장이 고개를 가로젓고) 저희가 그런 일은 없는 것 같습니다. 어디서 들으셨나요? 제가 고발하겠다고?
장황	교육감님이 시킨 거 아닙니까? 시키지 않고 직원이 어떻게 문자를 보냅니까!
방숙자	(교육감에게 문서를 주며) 여기 증거가 있습니다!
안진대	이게 교육청의 행태입니다, 여러분!
최철근	(문 앞에서) 이야, 교육청의 갑질 행정!
손숙희	여러분! 제발 좀 앉아주십시오.
정해진	제가 볼 때는 지금 교육청하고 다 동일한 걸로 아시는데. 저희가 교육본청이 있고요, 한강시 교육청이 있고 열한 개의 교육 지원청이 있습니다. 저라고 이 모든 걸 제 마음대로 할 수 있는 그런 입장이 아니고요.
안진대	지금 마음대로 하셨잖습니까.
장황	거, 설계 공모에 대해서는 왜 대답을 안 하십니까!
정해진	현재 저희 위에 저희를 감시하는 의회가 있습니다. 제가 교육감이라고 해서 엄청 높아 보이시겠지만 권한이 그렇게 많지도 않습니다. 그 점을 이해해주시죠.
장황	교육감님, 왜 설계 공모를…….
정해진	제가 계속 말씀드렸습니다. 제가 뭐 포클레인을 들여서…….

장황	언제까지 같은 얘기만 하실 겁니까?
최철근	녹음기냐?
정해진	아직 대단히 많은 과정이 남아 있습니다. 이상입니다.

장내가 어수선해진다.

빈곤, 병원

손숙희	여러분, 제발 진정들 좀 하시고. (박복순이 손을 든 것을 보고) 예, 어르신 말씀하세요.
박복순	(손을 들고) 나도 좀 얘기합시다. (마이크를 받고) 마양아파트 사는 박복순이라고 합니다. 나는 못사는 부모 밑에 태어나서, 나처럼 기구한 인생이 없어요. 바깥양반 사업 망하고 갈 데가 없었는데, 다행히도 우리 영감이 풍이 와서 장애인이 되는 바람에, 예. 영감은 지체장애 2급, 나는 당뇨도 있습니다. 그래서 임대아파트 들어올 수 있게 됐어요. 여기 들어온 것부터가 인생 실패야. 평생 가난하다는 딱지를 뗄 수가 없으니까. 일만 하다 보니까 몸이 안 아픈 데가 없어요. 그런데 단돈 몇천 원이 아까워서 병원을 못 갔습니다. 내 새끼들 다른 엄마들보다 잘해주지는 못해도 다른 엄마들만큼은 해주고 싶어서. 다 늙은 노인네 입장에서는 국립 한방병원이 들어오면 한 번쯤 용기 내서 가보고 싶습니다. 영감도 나도 싸게 치료받고,

	혹시 압니까? 병원 생기면 우리 새끼들 취직할 수
	도 있잖아요.
전이혜영	선생님, 지금까지 한방병원 없어서 병원 못 가셨
	어요?
이부선	다른 병원 잘 가셨잖아요.
장황	거 어르신 말씀하시는데!
우보영	병원 없어서 못 가는 사람은 없어도 학교가 없어
	서 못 가는 사람은 있습니다.
안진대	학교 못 가서 죽는 사람은 없어도 병원 못 가서
	죽는 사람은 있습니다.
박복순	병원 있어도 못 가는 사람도 있습니다.
손숙희	(박복순에게) 발언 끝나셨나요? 할머니, 발언 끝나
	셨어요?
고성희	솔직히요, 우린 병원 생기면 청소밖에 못 합니다.
	우리 중에 의사, 간호사 이런 거 할 수 있는 사람
	이 얼마나 있어요?
안진대	잠깐만요, 지금 청소 노동자분들 비하하신 겁니
	까? 차별하지 마십시오.
손숙희	발언권 얻고 말씀하세요. (손을 든 안진대에게) 네,
	발언하세요.
안진대	(마이크를 잡고) 우리 어르신 같은 기초생활수급자
	분들은 지원을 받아도 병원비를 감당하기가 힘
	듭니다.
전이혜영	요새는 의료보험 다 됩니다.
안진대	네, 맞습니다. 요새는 단돈 몇천 원이면 병원 갑니
	다. 그런데 건강보험에는 본인부담금이라고 비급

여라는 것도 있죠. 이게 바로 환자가 부담해야 하
는 금액입니다. 쉽게 말해서 여러분 입원 많이 하
시죠? 국립병원은 입원 비용이 3만 원에서 6만 원
정도고, 일반병원은 10만 원대에서 비싸면 20만
원 넘는 데도 있습니다. 제가 열흘 입원했다고 칩
시다. 그럼 병원비가 30만 원과 200만 원입니다.
여러분은 30만 원과 200만 원 중 어느 병원을 가
시겠습니까?

강혜연 그럼 여태까지 그 좋다는 국립 한방병원이 안 지
어진 이유는 뭘까요?

안진대 그걸 제가 어떻게 알죠?

강혜연 국립 한방병원에서 심장 멈추려는 환자를 살릴
수 있습니까? 교통사고로 사지 절단된 응급 환
자 살릴 수 있습니까? 지금 수리구에는 한방병원
이 세 개, 한의원은 161개가 있고요, 특수학교는
딱 하나가 있습니다.

우보영 뭘 더 세워야 합니까?

방숙자 그게 중요한 게 아니라, 국내 최초 국립 한방병원
이라는 게 중요한 겁니다! 한의원은 한방 진료밖
에 못 하는데 한방병원은 양방, 한방을 같이 해서
환자에게 몇 배의 시너지 효과를 줄 수 있습니다.

장황 여러분, 특수학교는 잠깐 거쳤다 가는 곳이지 아
이들 인생 전체가 아닙니다. 아이들도 늙으면 병
원이 필요할 겁니다.

허준희 (손을 들고) 저도 발언해도 되겠습니까?

손숙희 네, 발언하세요.

허준희	(마이크를 받고) 수리구에서 한의원하고 있는 허준희입니다.
한방 측	(박수 치며) 한의사님이십니다. 한방! 한방! 한방!
허준희	죄송한데 지금부터 말씀드리는 것은 어디까지나 저의 개인적인 입장입니다.
장황	네, 얼마든지 말씀하십쇼!
허준희	저는 솔직히 수리구에 국립 한방병원이 들어오는 걸 반대합니다. 저희 병원 매출이 떨어지니까요. 국립병원과 붙어서 이길 수 있는 개인 병원이 어딨겠습니까?
장황	저 여자 누가 데리고 왔어?
허준희	그런데도 한의사협회 쪽에서 수리구에 국립 한방병원을 밀고 있는 건 그분들이 업계에 업적을 남기고 싶어서겠죠. 한의업계의 일자리를 창출했다! 사실 그러려면 일반종합병원에 한의학과가 하나씩 들어가는 게 훨씬 나을 텐데 쉽지가 않습니다. 왜냐하면 양방에서는 한방이 필요 없으니까요. 한방은 미병을 치료하는 학문입니다. 사람의 건강 상태를 최고 10점으로 치면, 9점이나 8점은 치료할 수 있습니다. 미병이니까요. 그런데 그 이하의 병들은 양방으로 치료하는 것이 좋습니다. 한방은 부작용이 없지만, 그 효과가 양방에 비해 미비하니까요.
방숙자	한의사님.
허준희	아까 말씀하셨죠. 그래서 한방병원에는 당연히 양방이 들어와야 합니다. 돈 벌어야 하니까요. 나

	홀로 설 수 없는 것이 한의학입니다.
장황	한의사님! 그만하시죠.
허준희	안 그래도 요즘 한의원들이 너무 많이 생겨서 먹고살기 힘듭니다. 저도 수리구 주민이자 영세 한의원의 한의사 입장으로서 수리구에 국립 한방병원이 들어오는 것을 반대합니다. 감사합니다.
특수 측	(환호하며) 감사합니다.

허준희가 나가고, 최철근이 들어온다.

장황	저거 뭐 하는 년이야? 저기 금방 망하겠어.
방숙자	(황급히 마이크를 잡고) 솔직히, 늙으면 우리 모두 다 장애인 됩니다. 그러면 뭐가 필요할까요?
한방 측	한방병원!
방숙자	허리에도 침 맞고, 무릎에도 침 맞고…….
손숙희	발언권을 얻고 말씀하세요.

부동산, 빈부격차

구동산	(손을 들고) 저도 발언해도 될까요?
손숙희	네, 발언하세요.
구동산	(마이크 받고) 안녕하세요. 수리구 사는 부동산 중개업자 구동산입니다. 저는 수리구에 왜 한방병원이 들어와야 하는지 부동산계 입장으로서 쉽게 설명드릴게요.
전이혜영	설명 필요 없습니다.

구동산	자, 여러분이 살고 계신 동네에 큰 병원, 게다가 국내 최초 국립 한방병원이 생긴다면 어떤 일이 일어날까요?
이부선	안 일어나도 됩니다.
구동산	첫째, 우선 땅값이 오릅니다.
고성희	거봐, 이거 땅값 때문에 이러는 거라니까.
구동산	문제는 '얼마나 오르냐'겠죠. 예를 들어 중원시, 여러분 중원시 아시죠? 거기에 강성대학 병원이 생겼어요. 근데 근처에 있던 25평대 아파트가 1년 만에 7천이 올랐습니다. 왜냐? 의세권이 됐으니까! 역세권 위에 의세권! 같은 기간에 다른 아파트들은 3프로가 올랐는데 여기는 16프로가 올랐다는 거죠.
강혜연	이거 계속 들어야 합니까?
구동산	두 번째, 여러분 연봉이 어떻게 되세요? 제가 중원시에서 1년 만에 7천 올랐다고 했죠. 아마 수리구에 한방병원이 지어지면 그거보다 훨씬 더 많이 오를 겁니다. 대한민국의 수도 한강시니까요. 정말 적게 잡아서 집값이 1억이 뛰었다고 생각해볼게요. 연봉 3천인 사람이 숨만 쉬고 3년을 모아도 1억 못 모아요. 그리고 사람이 숨만 쉬고 살아지나요? 식비, 생활비, 세금…… 다 하면 10년을 해도 모을까 말까예요. 그런데 병원만 들어오면! 여기 계신 대다수 주민들한테 숨만 쉬고 1억 원 이상이 생긴다는 겁니다.
고성희	때려치워라.

구동산	여기서 끝이 아닙니다. 일단 병원 생기면 수천 명에 달하는 의료업계 종사자의 일자리가 창출됩니다. 그럼 그 사람들은 어디서 밥을 먹을까요?
방숙자	여기?
구동산	어디서 커피 마실까요?
한방 측	여기!
구동산	그렇죠! 병원 근처겠죠. 그리고 병원에는 업계 종사자만 있습니까? 의사, 간호사, 환자, 간병인, 가족. 사람 수가 수십만 명에 이를 겁니다. 여기 자영업 하시는 분들 많으신 걸로 아는데요. 치킨집, 세탁소, 편의점! 자영업 하시는 분들이 가장 중요하게 여기는 게 뭐죠? 바로 유동 인구. 얼마나 많은 사람이 여기를 드나드냐에 따라서 수입이 결정된다는 겁니다. 달랑 병원 하나가 아니라는 거예요.
강혜연	사회자님!
구동산	마지막으로 우리 학부모님들, 아이들 통학시키느라 힘드시죠? 땅값이 오르면 팔아서 장애 시설이 많은 지역으로 이사를 가실 수도 있습니다. 우리 아이들을 위해서 홈스쿨링, 활동 보조인을 고용하는 것도 가능해집니다. 돈 있으면 더 좋은 교육 시킬 수 있습니다. 감사합니다.
방숙자	들으셨죠, 여러분! 어느 한쪽만 잘살자는 얘기가 아닙니다.
장황	우리 수리구민 모두가 다 같이 잘살자는 얘기입니다. 자, 여러분 함께합시다!
한방 측	수리구! 한방!

우보영	우리가 지금 왜 이런 얘기를 듣고 있어야 하는 겁니까?
강혜연	교육감님! 무슨 말씀이라도 해주세요.
구사연	저기요, 다 같이 잘살긴 뭘 잘살자는 겁니까? 그거 다 당신들처럼 있는 사람들 얘깁니다.
장황	뭐라고요?
구사연	땅값 오르면 전세, 월세도 오를 거고, 그럼 그 사람들은 어디로 갑니까?
방숙자	주희 엄마, 왜 그래?
최철근	아니, 듣고 보니까 그러네. 솔직히 한강시에서 자기 돈으로 집 살 수 있는 사람 몇이나 됩니까? 먹을 거 안 먹고, 입을 거 안 입고, 대출을 껴도 살까 말까입니다. 우리한테 좋은 게 뭡니까?
손숙희	발언권 얻고 말하세요.
장황	여러분, 저는 뭐 날 때부터 잘산 줄 아십니까? 저도 밑바닥에서부터 피땀 흘리면서 우리 집안 일으킨 사람입니다. 여러분도 할 수 있습니다. 그쵸, 최철근 씨?
방숙자	맞습니다. 저도 이 나이 먹도록 돈 벌려고 계속 공부합니다. 그러니까 여러분도 힘들다, 힘들다만 하지 말고 노력을 좀 더 하시면…….
구사연	우리가 노력을 안 합니까? 돈 없는 사람들도 새벽부터 일어나서 밤늦게까지 뼈 빠지게 일합니다!
최철근	아, 골치 아픈 건 모르겠고. 한방병원 들어오면 통장에 수천만 원 꽂힌다잖아요. 남들 다 부동산으로 돈 벌고 하잖아요. 나도 자식들 위해서 돈

한번 벌어보자고요.

장황 자자, 여러분! 우리가 여기 온 취지를 잊은 것 같은데 한방병원이 들어서는 게 첫 번째고, 두 번째로 돈이나 그런 부분은……

박복순 돈이 왜 2번이야! 1번으로 해야지! 우리나라 잘 살려면 1번 찍어야 돼.

장황 어르신, 저희가 돈 바라고 한방병원 짓자는 게 아니지 않습니까.

박복순 한방병원 들어오면 땅값 오른다고 했잖아.

방숙자 저 할매가 노망이 났나? 우리가 언제 그랬어요?

박복순 장애인 학교 생겨봤자 땅값이나 떨어지지……

우보영 (마이크를 잡고) 지금까지 특수학교 생긴 곳에 땅값 떨어진 곳 단 한 군데도 없었습니다. 오르면 올랐지요. 뭘 좀 제대로 알고 말씀하세요!

손숙희 여러분, 정숙해주십시오!

복지, 재활, 장애우, 빙시

방숙자 (손을 들고) 저, 발언하겠습니다. (마이크를 잡고) 저희도 특수학교 들어오는 것 반대하지 않습니다. 다만 어떤 것이 우리 지역에 더 필요한가……

우보영 계속 특수학교를 반대하는 것이 아니라고 말씀하시는데 그럼 비상대책위원회 이름도 바꾸셔야죠. 특수학교설립반대추진 비상대책위원회라고 이름을 딱 만들어놓고는 뭘……

방숙자 우리는 적이 아닙니다! 장애우와 정상인이 함께 더불어 사는 사회를 꿈꿉니다.

고성희 저기요. 부위원장님, 장애인들과 더불어 살고 싶다고 한 분이 왜 자꾸 장애우, 장애우 하시는 건가요?

방숙자 네?

고성희 그건 틀린 말입니다.

방숙자 단어에 대한 이해도는 서로 다를 수 있잖아요.

고성희 장애우란 말은 장애인을 인격적으로 인정하지 않고 늘 부족한 존재, 동정해야만 하는 존재로 보는 것입니다. 부위원장님이 정상인이면 우리 아이들은 비정상이라는 말입니까? 정상의 기준이 대체 뭔데, 어떻게 인간에게 정상과 비정상이라는 단어를 사용할 수 있죠? 모두가 다른 인격체인데?

최철근 잘났다, 이년아.

전이혜영 선생님!

이부선 (말리며) 그만하세요.

방숙자 예, 오늘에서야 비로소 크게 하나 배웠습니다. 제가 뭘 모르고 그랬던 점 사과드립니다. 그런데 저도 사과받고 싶습니다. 저희가 집값 때문에 이런다고요?

우보영 아까 그랬잖아요.

방숙자 언제요? 저희 집값 때문에 이러는 거 아닙니다. 사람이 얘기를 하면은 잘 들으시고…….

전이혜영 선생님 먼저 들으세요.

방숙자 들으세요! 듣지 않고 어떻게 압니까! 남의 의견을! (사이) 들으시라고! 귀로 듣고 얘기를 하십시오. 안 듣고 얘기하시면 안 되지 않습니까! 우리는 누구도 뭐 어디로 가라, 이런 얘기를 하는 것이 아니라……

손숙희 발언 마무리해주세요.

방숙자 네?

손숙희 발언 마무리하시라고요.

방숙자 세상에! 어느 것이 이 자리에 옳으냐, 주민들이 어느 것이 좋으냐……

전이혜영 3분 지났습니다!

손숙희 부위원장님, 발언 정리해주세요.

방숙자 뭐라고요? 떠들어서 도저히 말을 못 하겠습니다!

손숙희 발언 정리해주세요.

방숙자 떠든 부분은 빼야지!

손숙희 네, 그 부분 빼고 쟀으니까요.

방숙자 그래요? 그래서 우리가 하고 싶은 말이……

차지원 (갑자기 토론장에 들어와서 소리를 지르며) 0778! 0778 흰색 쏘나타!

방숙자 누구야?

차지원 0778?

방숙자 어마, 전데요.

차지원 아줌마! 차를 그따위로 세워놓고 전화를 안 받으면 어떻게 해.

방숙자 죄송합니다.

차지원 내가 지금 30분째 전화했어. 부재중 몇 통 왔는지 봐봐.

방숙자	엄마야, 죄송합니다.
차지원	아, 됐고! 빨리 차 빼. 나 지금 바쁘니까.
방숙자	그런데 지금 제가 행사 중이라서…….
차지원	차 빼!
우보영	빼셔야겠는데요.
차지원	(나가면서) 개나 소나 차를 끌고 다니고 지랄이야, 지랄이. 사람이 예의가 없어, 예의가.
방숙자	죄송합니다. 저 차 좀 빼고 오겠습니다.
차지원	(소리를 지르며) 빨리 빼!
방숙자	(나가며) 네, 죄송합니다.
구사연	왜 소리를 지르고 지랄이야, 지랄이.
강혜연	그러니까요.
손숙희	토론회 재개하도록 하겠습니다.
박복순	(마이크를 잡고) 우리 어릴 때는 '장애인' 이런 거 없었습니다. 다 '빙시'라 했지. '빙시야, 바보야' 이런 게 '씨발놈아' 이런 말이 아니고 '동네 친구야' 이런 뜻입니다.
이부선	어르신!
박복순	나 어릴 때는 언니랑 산에 가서 나무껍질 떼 먹고 산 사람이요, 먹고사는 게 1번이다, 이 말이야.
고성희	어머님!
장황	어르신이 말씀하시잖아요.
박복순	박정희 대통령이 고속도로 깔고 우리나라 이렇게 좋아졌어요.
강혜연	저기요.
박복순	한길만 선생님도 없이 사는 사람들, 빙시들을…….

고성희	네, 맞습니다! 우리 애들은 병신입니다. 병신이라도 당당한 병신이 됐으면 좋겠습니다. 욕을 한 트럭 먹더라도 우리 문제가 해결이나 됐으면 좋겠습니다.
장황	거 어른한테 무슨 말버릇이에요!
고성희	니 말뽄새나 신경 써라!
박복순	내가 미안합니다. 장애아들도 성치도 않은 몸으로 공부하기가 좀 힘들겠습니까? 한방병원 지어가 장애아들도 재활받고 몸 고쳐가…….
전이혜영	선생님, 사실 장애인들의 몸은 고쳐 써야 하는 몸이 아니라 우리와 다른 몸입니다. 장애인들에게 재활은 선택이지만 교육은 필수란 말입니다.
최철근	가르치냐?
전이혜영	우리나라 장애인 두 명 중 한 명은 학력이 초등학교 이하입니다. 왜 그러겠습니까?
최철근	덜떨어졌으니까 그렇지!
전이혜영	제발 좀! (참으며) 엘리베이터, 전동 칫솔, 자동문 이런 것 다 장애인 때문에 생긴 것입니다. 장애인에게 좋은 건 비장애인에게도 좋습니다. 장애인을 차별하지 마십시오!
최철근	너나 나 차별하지 마! 무시하냐?

소란스러워지는 장내.

전환.

5장

전 장면과 이어진다. 장내는 소란스럽다.

손숙희   여러분! 조용히 해주십시오. 자꾸 발언권을 얻지 않고 말씀하실 겁니까?

장황   (손을 들고) 저 이번엔 손들었습니다.

손숙희   네, 발언하세요.

장황   (마이크를 잡고) 여러분! 우리는 사회적 약자입니다. 이렇게 교육청의 갑질로 끝나게 되면 어떻게 될지 모릅니다. 지금 이 순간, 설계 공모를 중단하고 모든 것을 토론회를 통해 진행하지 않으면 우리는 지게 됩니다. 너무 억울합니다.

강혜연   저희도 억울합니다!

남대신   (마이크를 잡고) 네, 여러분. 그것은 제가 다시 설명⋯⋯.

방숙자   교육감이 답하세요!

정해진   (마이크를 잡고) 네, 제가 답변드리겠습니다.

장황   똑바로 답하세요!

정해진   네! 그러니까 아까도 제가 말씀드렸습니다만, 제가 뭐 포클레인을 들여서⋯⋯.

장황   니미 씨벌, 포클레인!

최철근   그놈의 포클레인 한 번만 더 말해, 녹음기냐!

정해진	기왕 얘기를 꺼낸 김에 끝까지 들어주시죠. 제가 사실은 한방병원에 관한 얘기를 지난 총선 때 처음 들었습니다. 그래서 제가 직원들을 불러다가 회의를 했어요. 이게 말이 되느냐? 여러분께도 땅이 있다고 쳐봅시다. 제 땅도 아닙니다. 교육청 땅입니다. 그런데 여러분 땅에 여러분과 상의도 없이 갑자기 어떤 사람들이 와서 호텔 짓자, 지하철 깔자, 이래 버리면 여러분은 어떠실까요?
구사연	그걸 내가 어떻게 알아?
정해진	아까 가신 한길만 의원님을 탓하는 게 아니라 제가 사실은 수리 주민들을 존중하는 의미에서 선거 과정에 관여하지 않고 정말 아무 말도 않고 가만히 있었습니다. 그런데 솔직히 '한방병원을 지을 수 있는데'라는 말은 한길만 의원님이 만드신 가공의 희망입니다.
최철근	너 뭐라고 했냐?
구사연	저 또라이 새끼가!
손숙희	욕설은 삼가주십시오!
장황	(마이크를 잡고) 여러분, 교육청은 주민들의 반발이 심하니까 벌써 한강시에 다섯 번이나 특수학교 대체 부지를 요청했었습니다. 결국 한길만 의원님이 노력을 해주셔서 사가지구에 특수학교 설립 가능성이 생겼는데 갑자기 변덕을 부린 건 정해진 교육감입니다!
강혜연	똑바로 알고 말하세요.
방숙자	교육감은 이런 사람입니다.

장황	한길만 의원님이 가공의 희망을 줬다고 펑계를 대기 전에! 왜 교육청은 다섯 번이나 특수학교 대체 부지를 한강시에 요청했는지, 무슨 연유로 다시 마음을 고쳐먹은 건지, 왜 자꾸 갈팡질팡, 오락가락, 와리가리 해서 주민들을 혼란스럽게 하는 것입니까!
정해진	네, 저희 교육청에서 사각지구 입지 검토요청을 한 것은 사실입니다.
한방 측	거봐, 맞잖아!
정해진	다만 사각지구는 용도변경이 불가능했습니다. 그 이유는 첫 번째로 사각지구 대체 부지는 학교를 짓는 데 있어 면적이 좀 작습니다. 둘째, 공원 용지를 학교 용지로 변경하는 데 있어서 벌써 사각지구 주민들께서 집단 반대 민원을 넣어주셨고요.
안진대	잠깐만요, 우리도 넣었잖습니까? 반대 민원!
정해진	마지막으로 사각지구 용지 주변에는 초고압시설이 있습니다. 교육환경보호법에 따라서 사각지구 내 특수학교 설립이 불가능하다 이렇게 결론을 내린 것입니다.
안진대	여러분, 교육청은 부동산 사업자도 가지고 있다고 합니다. 교육청이 전체 행정기구 중에 가장 많은 땅을 가지고 있는 땅 부자라고 합니다. 그런데도 여기에 다른 것은 지을 수 없다는 것이, 그게 무슨 횡포입니까?
우보영	여러분, 더는 의미 없는 얘기를 반복하지…….

방숙자   이게 왜 의미가 없습니까?

장내가 소란스러워진다.

점거 농성

손숙희   여러분, 제발! 오늘 어렵게 만든 자리인데 언성만
          높이다 돌아가면 안 되잖아요. 이해와 공감이 없
          는 대화는 허공의 메아리다! 기억하시죠? 조금만
          가라앉히시고 자리에 좀 앉아주십시오.
장황   (마이크를 잡고) 저희 비대위가 볼 때는요, 작년에
          장애인 학부모님들이 점거 농성으로 교육청을 협
          박했기 때문에! 이딴 사달이 난 것이 아닌가 하는
          생각을 하고 있습니다.
고성희   뭔 헛소리야!
이부선   (말리며) 보경 어머니.
손숙희   어머님!
강혜연   그건 또 무슨 말씀이세요?
안진대   잠깐만요, 지금 혹시 뜨끔하신 겁니까?
장황   교육청에 애들 버리고 온 적 있습니까, 없습니까?
          있습니까, 없습니까?
강혜연   지금 그 얘기가 대체 왜 나옵니까?
전이혜영   주제와 상관없는 얘기 같습니다.
장황   여러분은 이 사실을 똑똑히 아셔야만 합니다.
          2016년 3월 18일! 장애인 학부모님들은 교육청
          에서 특수학교를 지어달라고 점거 농성을 했습

니다. 그러다 말을 안 들어주니까, 교육청 건물에 애들을 버리고 왔습니다. 장애인 애들을! 무려 4박 5일을! 대체 이게 뭐 하는 짓입니까? 아무리 그래도 그렇지 세상 어느 부모가 자식을 팔아먹습니까?

안진대 애들이 느꼈을 공포와 두려움은 생각해보셨습니까?

최철근 뭐 하는 거야?

구사연 미쳤냐?

손숙희 여러분!

우보영 (마이크를 잡고) 아무리 특수학교가 필요하다고 해도 우리 얘기를 들어주지 않으니까, 어쩔 수 없이 아이들을 두고 왔습니다. 교육청이 특수학교 없이 아이들을 돌보는 경험을 직접 해봐야, 달라질 거라고 생각했습니다.

강혜연 그리고 우리 엄마들! 그 시간 동안 누구보다 고통스럽게 보냈습니다.

장황 그렇게 고통스러웠다는 분들이 하루도 아니고 4박 5일이나 애들을 버려둡니까?

우보영 다시 찾으러 갔습니다. 보고 싶은 마음에 새벽에 담까지 넘어서 들어갔어요. 그런데 이번엔 교육청이 애들을 못 만나게 했습니다. 아무런 답변도 주지 않고 애들을 데려간다는 조건에서만 우리를 만나게 해주겠다고 했습니다. 거기까지 가서 어떻게 포기하겠습니까?

장황 자, 자, 흥분하지 마시고요. 아이들이 중요합니

	까, 특수학교가 중요합니까? 세상 어느 부모가
	자식을 가지고 거래를 합니까?
방숙자	이런 일이 뉴스를 찾아봐도 잘 안 나와요. 우리 주
	민들을 악한 사람들 만들어놓고, 장애 학부모들
	의 악행은 알려지지가 않아요.
안진대	온 세상이 무슨 장애인 편입니까?
손숙희	여러분!
이부선	여러분, 우리 학부모님들이라고 왜 안 힘들었겠
	어요? 그리고 아이들도 평생 잊지 못할 상처를
	받았을 겁니다. 제가 대표해서 아이들에게, 여러
	분께 사과드리겠습니다.
고성희	당신이 뭔데 사과를 하는데? 그때 같이 있지도
	않았으면서 재웅 아빠가 뭘 안다고 사과를 하냐
	고!
이부선	그걸 꼭 해본 사람만 아나요? 솔직히 어머님들이
	심하셨잖아요.
고성희	말이면 단 줄 아나. 주둥이만 살아가지고.
이부선	우리, 애들 엄마고 아빠잖아요.
고성희	그러니까 그랬다고!
손숙희	여러분! 발언권 얻고 말씀해주세요.
고성희	(빠르게 달려가서 마이크를 받고) 네, 저는 거기 갔었
	습니다. 우리 애는 소풍인 줄 알고 따라갔습니다.
	애를 거기 놓고 오는데, 애가 불안해서 나를 계속
	따라오는데, 너 오늘 여기 있어야 된다, 저 아주
	독하게 마음먹고 돌아섰습니다. 그리고 경찰서에
	자수하러 갔습니다. 우리는 죄인이다, 우리 좀 잡

아가라. 우리는 애를 버렸으니까 교육청 너네가
키워라, 후회 안 합니다. 그 짓 안 했으면 오늘 여
기까지도 못 왔을 겁니다. 교육감님, 그때도 특수
학교 세워준다고 약속했잖아요. 그때부터 지금
까지 시간이 얼마나 지났습니까? 대체 뭐가 됐습
니까?

손숙희   주민 여러분, 소란을 멈춰주시길 바랍니다. 교육
청에서 답변을 주시겠습니다.

남대신   (마이크를 잡고) 네, 잠시 진정들 해주시고요…….

고성희   교육감이 말하라고.

남대신   저희도 전담 인력을 배치해서 24시간 아이들을
돌봤고요…….

고성희   당신이 돌봤어, 당신이 돌봤냐고?

이부선   보경 어머니.

구사연   뭐가 자랑이라고 떠들고 있어!

전이혜영   함부로 얘기하지 마십시오!

최철근   어딜 가나 장애인들이 문제야.

우보영   당신 지금 뭐라고 했어?

산전검사, 인간&동물

나웅   그만하십시오.

최철근   엄마들이 이 모양이니까 애새끼가 그 모양 아냐.

고성희   너 지금 뭐라 그랬어?

나웅   그만해!

최철근   넌 뭐야? 여자들이 말이야, 술 먹고 담배를 피우

	니까 기형아가 나오는 것 아니겠냐고…….
나웅	그만하라고, 이 미친 새끼야! 애가 다 듣는다고!
임선주	(소리를 지르며) 여보, 하지 마!

나웅, 달려 나와 최철근을 때리려다 멈춘다. 놀라는 사람들.

나웅	(사람들을 둘러보며) 당신들이 사람이야? 당신들이 사람이냐고? (임선주의 손을 잡아끌며) 가.
임선주	싫어.
나웅	가자고.
임선주	싫다고. 나 말하고 갈 거야.
나웅	마음대로 해!

거칠게 나가버리는 나웅. 모두 조용히 자리로 돌아간다.

박복순	(사람들에게) 괜찮아요?
이부선	(사람들에게) 괜찮으세요?
최철근	저 새끼 누구야! 내가 누군 줄 알고!
손숙희	자리에 앉아주십시오. 발언하시겠습니다.
임선주	죄송해요, 제 신랑이요. 저, 산전검사 받았는데요, 지금 제 배 속에 있는 아이가 다운증후군 수치가 높대요. 병원에서는 저희보고 선택하라고 했어요. 혹시나 여기 오면 답이 나올까 해서 왔는데, 고맙습니다. 역시 낳지 않는 게 좋을 것 같네요. 결정하게 해주셔서 감사합니다.

임선주, 나간다.

장황   보십시오. 교육청에 애들 버리고 가는 엄마들이나, 애 지우겠다고 하는 엄마들이나.

고성희   이게 누구 때문인데!

우보영   당신들이 자꾸 우리 새끼들 차별하니까 이렇게 된 거 아니야.

안진대   왜 또 우리를 나쁜 사람 만듭니까?

손숙희   여러분, 자리에 앉으십시오. (화를 내며) 여러분! 진짜 너무들 하시네요. 지금 뭣들 하시는 겁니까?

손숙희, 마이크를 놓고 나가버린다. 놀란 정해진과 남대신. 황급히 남대신이 따라 나간다. 잠시 조용해지는 장내.

장황   왜 성질을 지가 부리고 난리야.

정해진   예, 여러분 잠시만 기다려주시면…….

방숙자   저기요. 말 나온 김에 여기 계신 장애우 어머님들께 툭 까놓고 하나 물어볼게요. 당신들 산전검사 안 받았어요?

강혜연   그 얘기가 지금 여기서 왜 나옵니까?

방숙자   당신들도 애 태어나기도 전에 손가락, 발가락 열 개씩 있는지 없는지 궁금했던 거 아니냔 말입니다.

전이혜영   한국에서는 모든 임산부가 통상적으로 받는 것이 산전검사입니다.

방숙자   그러니까 받았다는 거잖아요. 그래놓고 왜 자꾸 우리한테 차별한다 하면서 나쁜 사람을 만듭니까?

강혜연	한국은 낙태가 불법입니다. 그런데 장애아 낙태는 합법이에요. 이걸 부모의 선택이라고 미뤄두는 게 산전검사입니다. 부모들 잘못이라고 말하지 마세요.
방숙자	다 똑같다고, 차별하지 말라 해놓고 태어나기도 전에 장애우인지 아닌지는 왜 들여다봅니까?
박복순	성치도 못한 애들 낳는 거 다 부모 욕심이야.
강혜연	어르신! 그럼 어차피 곧 죽을 사람들한테 병원 왜 지어줘야 합니까? 똑같은 논리 아닙니까?
장황	이보세요!
강혜연	저는 장애가 있을 거라는 거 알고 제 아이 낳았습니다. 욕심 아닙니다. 저는 제 아이에게 삶을 준 부모로서 제 아이 책임지고 삽니다.
장황	그럼 그 책임을 왜 지금 우리보고 나누자고 하냐고요.
구사연	저기요, 장애인으로 태어난 애들한테 미안하지도 않아요? 사지육신 멀쩡한 나도 이렇게 살기 힘든데, 애들은 오죽하겠어요? 여기 있는 사람 다 잡고 물어봐요. 장애 있는데 애 낳을 거냐고!
전이혜영	말씀이 지나치십니다. 그만하십시오.
이부선	전 몇 번이고 우리 아이들 선택할 겁니다. 너무 많은 걸 배웠어요.
고성희	안 낳을 수 있으면 안 낳아야지, 재웅 아빠!
이부선	보경 어머니, 그게 무슨……
고성희	나는 지울 겁니다.
이부선	보경 어머니!

고성희	어떻게 또 낳습니까. 이 지긋지긋한 세상에서 저런 거지 같은 인간들하고 맨날 싸워야 하고! 항상 지기만 하고 이겨도 얻는 게 없는 이 싸움을 우리 애가 평생 하면서 살아야 되잖아요. 내 소원은요, 불쌍한 내 새끼보다 딱 하루 더 살고 죽는 거예요. 안 낳을 수 있으면 안 낳아야죠. 피할 수 있는데 왜 안 피합니까?
전이혜영	선생님! 진짜 너무하시네요. 그게 지금 아이를 키우시는 분이 하실 말씀이에요?
강혜연	저기요, 말 쉽게 하지 마세요! 애 안 낳아보셨잖아요, 엄마들 마음 잘 모르시잖아요!
우보영	여러분, 저희 정말 어려운 환경 속에서 이 자리까지 왔습니다. 아이들의 학교 하나만을 위해…….
방숙자	잠깐만요, 대표님. 은근슬쩍 넘어가려고 하지 마세요. 니도 니 애 장애 판정받기 전에 왜 저런 애들 낳아서 기르는지 모르겠다고 했잖아.
우보영	(사이) 네, 저도 장애인 싫어했습니다. 여러분과 똑같았어요. 산전검사도 받았고 장애가 없어서 낳았습니다. (기자에게) 찍지 마세요! 우리 애가 사고만 안 났어도 그쪽에 앉아서 한방병원 세워달라고 시위했을 겁니다. 됐어요?
강혜연	대표님.
우보영	네, 저 장애인한테 관심 없었습니다. 우리 애도 장애가 있다고 했으면 지웠을 겁니다.
이부선	대표님, 어떻게 그런 말씀을 하세요!
우보영	장애가 원래 있던 애를 기르는 부모의 마음과 나

중에 장애를 갖게 된 애를 기르는 부모의 마음은 다릅니다.

고성희 그게 무슨 말입니까? 대표님 새끼 장애인 아니었다고 유세 떱니까?

우보영 그런 말이 아니잖아요! 우리 애도 사고만 안 났으면 제대로 된 멀쩡한 학교 갔을 겁니다. 다른 애들처럼 평범하게 살 수 있었을 겁니다. 그런데 이제는 우리 애가 갈 학교가 없잖아요. 나는 엄마니까 우리 애가 원래 갔어야만 했던 그 학교를 어떻게든 보낼 겁니다! 됐습니까?

우보영, 나간다. 소란스러워지는 토론회장.

강혜연 저기요, 장애인 부모가 아닌 분들은 이 마음 모를 겁니다. 그러니까 부탁드립니다. 더 이상…….

방숙자 모르긴 뭘 모릅니까, 다 압니다. 우리 집 강아지 밍키가 녹내장 왔습니다. 앞이 안 보여서 여기저기 부딪쳐서 온몸에 피멍이 들고, 자꾸만 잠을 잡니다.

고성희 지금 우리 애가 당신 집 개새끼랑 똑같다는 거야?

방숙자 개새끼, 개새끼 하지 마세요. 얘는 나한테 자식입니다.

고성희 개새끼랑 우리 새끼랑 같냐고!

방숙자 사람 새끼 키워봤자 아무짝에도 쓸모없더라. 개새끼 키우는 게 훨씬 더 낫습디다.

장황	그만들 좀 하세요! 언제까지 개 타령할 겁니까?
방숙자	지금 가장 먼저 나서서 차별하고 편 가르는 게 누구입니까! 인간이랑 동물은 다 똑같은 생명입니다. 당신들이 뭔데 우리 밍키를 함부로 대합니까? 나한테는 자식입니다.
전이혜영	억지 좀 그만 부리세요.
이부선	우린 모두 조물주 앞에서 똑같은 죄인이고 어린 양입니다.
박복순	(나가면서) 뭐라 씨부리노. 개판이다.
고성희	아니, 부위원장님! 대체 왜 그럽니까?
방숙자	뭐가요?
고성희	사람이 어떻게 이렇게까지 할 수 있어요! 당신이 사람이야?
방숙자	(갑자기 소리를 지르며) 보기 싫다고!
고성희	뭐라고요?
방숙자	보기가 싫다고, 보기가! 안 그래도 살기 힘든데 숨 돌리려고 공원에 앉았어. 그런데 장애인 한 명 보이잖아? 그래, 감사하자. 저 사람들은 얼마나 힘들겠나. 불쌍해. 그런데 어떻게 그거 매일 보고 삽니까? 나도 쉬고 싶어요. 나보다 힘들게 사는 사람 보면 보기가 싫어. 불편해! 내 사는 게 안 힘들면 모르겠는데, 남 힘든 것까지 보면서 어떻게 계속 참고 사냐고!

장내가 소란스러워진다.

조명 변화. 시공간이 장애가 주류인 사회로 변화한다. 각 인물은 인물의 특성에 맞추어 각기 다른 장애를 가지고 있다.

장황   시방 지금 뭔 짓거리야. 정신들 좀 차리셔!

남대신   여러분, 교육감님이 말씀하시겠습니다.

정해진   여러분! 진정들 좀 하시고요…….

우보영   저는 제 아이가 장애가 없기 때문에, 특별하게 배려해달라는 것이 아닙니다.

최철근   어쩌라고!

우보영   여러분의 자녀는 가까운 학교에 가는데 저희 아이들은 장애가 없다는 이유 하나만으로 집에서 두 시간 전부터 나와야 합니다. 단지 장애가 없다는 이유 하나만으로 이곳에 학교를 지을 수 없다고 하시면…….

안진대   (기자에게) 잠깐만요. 이런 거 찍지 마세요. 기자님!

최철근   징징대지 말고!

고성희   무조건 비장애인 싫다, 집값 떨어진다, 이렇게 생각하지 마시고, 조금만 마음을 열어주셔서 도와주실 수 없겠습니까?

방숙자   누가 집값 떨어신다고 했어요?

고성희   저번에 했잖아요!

이부선   싸우지 마세요.

강혜연   저도 장애가 없는 아이 갖게 될 줄 몰랐습니다. 님비하지 마십시오.

안진대	잠깐만요, 저희는 저희 입에서 한 번도 님비라는 단어를 꺼낸 적이 없습니다.
이부선	전 우리 아이들이 장애가 없어도 차별받지 않고 평범하게 이 세상을 살아가면 좋겠습니다.
방숙자	(발끈하며) 아니, 누가 차별했어요? 요새 누가 비장애인 차별합니까?
손숙희	발언권을 얻고 말씀하세요.
방숙자	비장애인 주차장, 화장실, 이거 우리가 다 배려한 것들 아니겠습니까? 비장애인 시설이 얼마나 많습니까?
우보영	비장애인 시설이 장애인 시설보다 많습니까?
방숙자	그거야, 우리 수가 비장애인보다 월등히 더 많으니까…….
강혜연	우리 아이들 혐오스러운 아이들 아닙니다. 장애가 없어서 아픈 아이들이라 더 귀하게 키우는 아이들입니다.
안진대	잠깐만요, 장애가 없는 게 아픈 겁니까? 장애가 없는 건 아픈 게 아니라 다른 겁니다.
전이혜영	우리가 비장애인을 좀 이해해보려고 하면 어떨까요?
장황	아니, 내가 비장애인이 아닌데 어떻게 비장애인을 이해합니까, 비장애인은 날 이해해요?
전이혜영	어떻게 비장애인을 이해하느냐가 아니라 왜 비장애인을 이해하느냐가 중요하지 않을까요?
최철근	도덕 시간이냐?
구시연	나는 그냥 비장애인들이 득실득실하면 진짜 돌

아버릴 것 같습니다.

손숙희   발언 조심해주세요.

최철근   거두절미하고, 지하철에서 멀뚱하게 서 있는 비장애인, 앵벌이 하는 비장애인 보면 무슨 생각이 듭니까? 좋습니까?

고성희   그래 좋다! 비장애인 좋다!

최철근   나는 내 눈앞에서 비장애인들 알짱거리면 짜증이 납니다.

손숙희   제가 발언권 드리지 않았습니다.

최철근   비장애인을 멀리하는 건 어떻게 보면 인간의 보편적인 심리입니다. 어디를 가도 다 똑같이 비장애인 멀리합니다. 누가 내 새끼가 비장애인 보면서 자라는 걸 원하겠습니까? 우리만 특별히 나쁜 게 아닌데 왜 자꾸 우리를 나쁜 사람 만듭니까?

고성희   나쁘니까 나쁘다고 하는 거야!

이부선   보경 어머니.

최철근   기왕이면 우리 집 앞에 장애인이 살면 좋겠습니다.

손숙희   계속 말씀하시면 퇴장시키겠습니다.

최철근   마지막으로 비장애인 부모들한테 묻겠습니다. 당신들 가족 중에 비장애인 없어도 그 자리 지킬 겁니까? (사이) 여기까지 하겠습니다.

고성희   예, 맞습니다. 우리 애들은 병신입니다. 병신이라도 당당한 병신이 됐으면 좋겠습니다. 장애가 없다고 욕을 한 트럭 먹더라도 우리 문제가 좀 해결이나 됐으면 좋겠습니다.

전이혜영   우리나라 비장애인 두 명 중 한 명은 학력이 초등학교 이하입니다. 왜 그러겠습니까?

최철근 비장애인이니까 그렇지!

전이혜영 제발 좀! (참으며) 비장애인들 차별하지 마십시오!

최철근 너나 나 차별하지 마! 무시하냐? 어딜 가나 비장애인들이 문제야.

우보영 당신 지금 뭐라고 했어?

나웅 그만하십시오.

최철근 엄마들이 이 모양이니까 애새끼들이 장애가 없지.

나웅 그만해!

최철근 여자들이 말이야, 술 먹고 담배를 피우니까 장애 없는 새끼가 태어나는…….

나웅 그만하라고, 이 미친 새끼야! 애가 다 듣는다고!

임선주 (소리를 지르며) 여보, 하지 마!

나웅, 달려 나와 최철근을 때리려다 멈춘다. 놀라는 사람들.

나웅 (화에 못 이겨) 아이 씨! (사람들을 둘러보며) 당신들이 사람이야? 당신들이 사람이냐고?

거칠게 나가버리는 나웅. 천천히 앉는 철근. 사람들, 조용히 자리로 돌아간다.

이부선 괜찮으세요?

손숙희 자리에 앉아주십시오. 발언하시겠습니다.

임선주 죄송해요, 제 신랑이에요. 저, 산전검사 받았어요. 지금 제 배 속에 있는 아이가 장애가 없을 확률이 높대요. 병원에서는 저희보고 선택하라고 했어요. 역시 낳지 않는 게 좋을 것 같습니다. 감사합니다.

임선주, 나간다.

우보영   당신들이 자꾸 우리 새끼들 차별하니까 이렇게 된 거 아니야.

방숙자   왜 또 우리를 나쁜 사람 만듭니까?

고성희   아니, 부위원장님! 대체 왜 그럽니까?

방숙자   뭐가요?

고성희   사람이 어떻게 이렇게까지 할 수 있어요! 당신이 사람이야?

방숙자   (갑자기 소리를 지르며) 보기 싫다고!

고성희   뭐라고요?

방숙자   보기가 싫다고! 보기가! 안 그래도 살기 힘든데 숨 한번 돌리려고 공원에 앉았어. 그런데 장애 없는 사람이 보이잖아? 그래, 감사하자. 저 사람들이 얼마나 힘들겠나. 불쌍해! 그런데 어떻게 매일 그러고만 삽니까? 나도 쉬고 싶어요. 나보다 힘들게 사는 사람 보면 보기가 싫어. 불편해! 내 사는 게 안 힘들면 모르겠는데, 남 힘든 것까지 보면서 어떻게 계속 참고 사냐고!

장내가 소란스러워진다.

전환.

6장

___

조명 변화. 시공간이 비장애가 주류인 사회로 변화한다.

전전 장면과 이어진다. 장내는 소란스럽다.

장황	(마이크를 잡고) 교육감님, 당장 설계 공모를 중단하겠다고…….
특수 측	그만 좀 해라!
정해진	(마이크를 잡고) 저도 계속 같은 입장입니다, 제가 뭐 포클레인을…….
장황	니미 씨벌, 포클레인!
최철근	포클레인 얘기하지 말라니까!

한방 측의 책상이 무너지며 안진대가 넘어진다. 사람들이 정신없이 수습한다.

장황	제가요, 이 생각이라는 것을 해봤습니다. 교육감은 왜 저 자리에 앉아서 계속 똑같은 말만 씨불여대는 걸까? 교육감! 임기 얼마나 남았습니까? 연임이 목적 아닙니까?
정해진	아닙니다. 저 그렇게 속 시끄러운 사람 아닙니다.
안진대	(선동하며) 교육감은 대답해라!
한방 측	대답해라! 대답해라!

정해진	제 말씀을 한번 들어보시고…….
최철근	녹음기 그만 틉시다.
정해진	제 말씀을 들어보시고…….
최철근	녹음기 그만 틉시다
정해진	제 말씀을…….
최철근	녹음기 그만 틉시다.
정해진	(흥분하며) 그래요. 연임 생각 있다고 칩시다. 그런데 그게 그렇게 큰 잘못도 아니잖아요. 계속하게 되면 솔직히 좋죠. 정치가 아니라 교육에 대한 꿈이 있으니까. 마음이 참 분주하네요.
장황	쇼하지 마시고! 연임이 목적이면 차라리 자서전 쓰고 외국 생활 하십시오. 나가서 국토대장정을 하세요. 그러는 게 뉴스에 더 많이 나올 겁니다!
정해진	(화를 내며) 아니, 제가 연임을 하겠다고 말씀드린 게 아니잖습니까?
방숙자	봐요, 또 거짓말을 합니다.

손숙희, 남대신, 우보영이 등장한다.

정해진	사회자님 오셨습니다.
장황	자, 우리 사회자님 말 잘 들읍시다. 또 나갈라.
손숙희	(마이크를 잡고) 모두 착석해주시길 바랍니다. 토론회를 재개하도록 하겠습니다.
장황	(손을 들고) 사회자님. (마이크를 잡고) 여러분, 방금 전 우리는 이곳이 정해진 교육감의 악랄한 정치 투쟁의 장이라는 걸 알게 됐습니다. 안 그렇습니까?

남대신	정치 투쟁이라뇨?
장황	저 썩어빠진 나랏놈들에게 맡길 게 아니라, 수리구의 진짜 주인인 우리가 직접 나서야 합니다. 그래서 저는 이 자리에서 주민투표를 제안하는 바입니다.
강혜연	거기는 원래 학교 땅입니다. 왜 그걸 투표에 부칩니까?
안진대	잠깐만요, 그 땅이 태초에 지구가 생길 때부터 학교 땅이었습니까?
고성희	그럼 아주 그냥 전 국민투표를 합시다. 수리구에 님비 때문에 장애인이 갈 곳 없다고!
방숙자	뭔 소리입니까? 투표는 여기 사는 우리 수리구 주민만 해야지요. 솔직히 집에서 테레비 보면서 우리 보고 님비다, 차별이다, 손가락질밖에 안 하는 사람들이 투표를 왜 합니까? 다 자기네들하고 상관없으니까 그렇게 말할 수 있는 사람들입니다.
이부선	그런데 여기에 수리구 주민 모두가 있는 게 아니지 않나요? 정말 다 오셔야 할 텐데…….
장황	아, 그딴 것 모르겠고! 당장 투표합시다.
손숙희	네, 여러분! 교육청에서 발언하신다고 합니다.
남대신	네, 실무 담당 국장입니다.
장황	교육감이 말하세요!
남대신	제가 실무 담당입니다. 특수학교 설립 여부는 교육감님 재량이 아니고 법상이기 때문에 지금 이것을 중단하는 것은 불가하다, 이렇게 말씀드리겠습니다.

장황	그러니까 주민투표를 하겠다고요! 저희가 말하는 거 듣고는 계십니까?
정해진	지금 대표님께서는 계속 주민투표를 얘기하시는데 예를 들면 국가사업 사드 배치에 대해 주민투표를 통해서 결정할 수 있습니까? 국가사업은 투표로 결정하기 어렵습니다.

장내가 소란스러워진다.

손숙희	네, 이제 주어진 시간이 얼마 남지 않았습니다. 마지막으로 주민분들의 의견 듣고 토론 시간을 마무리하려고 하는데 자리에서 손 들어주시면 저희가 마이크 가져다드리겠습니다.
장황	아니, 밤샘 토론 하기로 했잖습니까?
방숙자	또 거짓말을 합니까?
안진대	교육감님!
손숙희	(손을 든 고계옥에게) 네, 발언하세요.
고계옥	(마이크를 받고) 안녕하세요, 저는 수리구 주민 고계옥입니다. 그 자리에 병원은 안 됩니다.
최철근	뭔 소리야!
고계옥	음기가 꽉 차서 절대 안 돼요. 수리구는 풍수지리학적으로다가 앞에는 한강이, 뒤에는 산이, 동서남북으로 산과 들이 있어서 명당입니다. 그런데 그 가운데 음기가 있는 병원이 딱 들어오면 다 같이 망하자는 거지. 차라리 양기가 가득한 건물이 들어와야 하는데 그게 바로 학교입니다.

특수 측	맞습니다.
고계옥	우리 장애자 엄마들 오늘 보니까 아주 씩씩해. 나라면 진짜 죽고 싶었을 것 같아. 그래도 해 뜰 날이 올 겁니다. 장애자 엄마들 힘내요! 파이팅!
손숙희	(손을 든 지인평에게) 네, 발언하세요.
지인평	(마이크를 받고) 따자하오. 나는 지인평! 연변 사람이오. 25년 전에 수리구에 와서 그때부터 쭉, 산전수전 겪고, 지금은 번듯한 세탁소도 갖고 있소. 나 교육감한테 묻겠소. 여기서 25년 산 지역 주민이 우선권이 있소, 교육감이 우선권이 있소? 당신은 2년, 3년이면 그만두겠지만, 우리는 여기서 뼈를 묻소! 우리한테는 한방병원이 필요하오. 여러분 내 말이 맞으면 박수 주오!
손숙희	네, 여러분. 조용히 해주시면 감사드리겠습니다. (이부선이 손을 든 것을 보고) 네, 발언하세요.
이부선	(마이크를 받고) 네, 저는 아까 인사드렸듯이 수리구에 사는 두 장애 아이의 아빠 이부선이라고 합니다. 오늘 토론회는 정말 얼굴이 후끈거리네요. 다들 말을 어쩜 그렇게 험하게 할까. 아무리 그래도 이웃끼리 그러는 거 아니죠. 기자분들도 와계시고 보는 눈이 얼만데 조심들 좀 하시지. 그런데 또 들어보니까 반대하시는 분들 입장도 이해는 가요. 다들 얼마나 힘들면 저럴까.
강혜연	재웅 아빠.
이부선	잘살고 싶다는 게 잘못은 아니잖아요. 어쨌든 오늘은 우리의 미래, 아이들 보는데 부끄럽지 않게

싸우지 말고 잘 마무리했으면 좋겠습니다. 그래 주실 수 있죠? 저는 우리 아이들한테 배운 것을 여러분에게 행동으로 보여드릴 건데요, 특수학교 정말 간곡히 부탁드리겠습니다. 큰절 올리겠습니다.

안진대 (큰절을 올리는 이부선을 보며) 잠깐만요. 기자님, 찍지 마세요!

구사연 재수 없게!

최철근 초상났냐?

손숙희 (손을 든 최철근을 보고) 하세요.

최철근 (마이크를 받고) 교육감! 당신 집 앞에다 세워! 당신 집 앞에다 세우라고!

손숙희 고성은 삼가주십시오.

최철근 우리 정해진 교육감님 집 앞에다 특수학교 세워봅시다. 어떻게 될까요? 교육감! 수많은 사람들이 설계 공모 중단하라고 하는데, 끝까지 구렁이 담 넘듯이 넘어가는 이유가 뭐야. 우리가 우스워? 교육감이 설계 공모를 왜 못 멈추는데? 우리가 힘없고 가난하고 무식해 보이니까 이러는 겁니다. 이상한 것들 죄다 수리에다 처넣고! 특권층 근처에다 세워봐요! 맞아 죽습니다. 그래서 여러분! 정신 똑바로 차리시고 끝까지 목숨 걸고 반대해야 합니다! 여기서 자빠지면 안 됩니다!

우보영 저 사람 퇴장시키세요!

강혜연 퇴장시키라고!

손숙희 네, 더 발언하실 분 안 계신가요? 지금까지 발언 안 해주신 방청석의 다른 수리구 주민분들도 발언하셔도 됩니다. 자리에서 손들어주시면 저희가 마이크를 갖다드리겠습니다. 시간 관계상 지금이 마지막 발언이 될 수도 있습니다. 안 계신가요? 더 안 계세요? 네, 저기 맨 뒤의 분 발언하세요.

한소리　(마이크를 받고) 솔직히 말해도 되죠? 옆집 언니가 같이 가자고 해서 따라왔는데. 언니, 미안해. 와보니까 진짜 뭐 엉망이구먼. 서로 듣지도 않고 자기 할 말만 하고. 솔직히요. 뭐 학교 없으면 뒤진대요? 한방병원 없으면 죽어? 그 땅 뭐라고 이러고들 있어? 저는 지금 뭣들 하고 계시는지 잘 모르겠고 알아서들 잘 해결하시면 좋겠습니다. 아주 응원해요.

손숙희　네, 응원 말씀 감사합니다.

고성희, 앞으로 나와 마이크를 뺏는다.

고성희　(마이크를 받고) 예, 발언하겠습니다. 어디서 들었는데 진짜 지옥은 없다데요. 여기가, 지금 우리가 살고 있는 이 세상이 지옥이래요. 악마가 다 여기 모여 같이 사니까. 우리가 지옥에서 어떤 벌을 받고 있냐면, 잘 살아보려고 발악하는 벌.

구사연　우리가 벌을 왜 받아?

고성희　차라리 불구덩이에 뛰어드는 게 낫겠어요. 그런데 지옥도 하나의 소속이래요. 지옥에도 속하지 못하고 쫓겨난 사람들의 기분을 아세요? 그게 우리 아이들입니다. 장애가 있는 우리 아이들! 우리 아이들은 지금 불행한 게 아니라 불평등한 처사를 받고 있는 거예요. 오늘 여기서 계속 토론하는데 내가 지금 여기서 뭐 하고 있는지 모르겠어요. 계속 이렇게 토론하는 건 쓸데없이 시간 낭비라고 생각하고요, 여러분 다 그렇게 생각하시죠?

지인평　헛소리 작작해라.

고성희　우리 장애인 부모들이 지금까지 별짓 다 해서, 죽도록 노력해서 18년 만에, 한강시에서 18년 만에 특수학교를 짓게 됐어요. 그런데 이제 안 되겠어요. 당신들 욕심 때문에. 그 18년이 없어질까 무섭습니다. 제가, 저희가 수리구 주민 여러분께 이렇게 부탁할게요. 저희 제발, 학교 좀 짓게 해주세요. 제가 이렇게 무릎 꿇고 사정하겠습니다. 부탁합니다.

고성희, 무릎을 꿇는다. 당황하는 주민들.

장황　지금 뭐 하시는 거예요?

지인평　일어나라.

최철근　(소리를 지르며) 이거 찍지 마!

다른 학부모들도 나와 무릎을 꿇는다.

우보영　(울먹이며) 저희 엄마들은 몇 번이고 무릎 꿇을 수 있습니다.

전이혜영　일어나세요! 울지 말고 싸우셔야 된다고요!

이부선	부탁드립니다.
손숙희	자리에 앉으세요. 여러분, 자리에 앉으시죠. 지금 이러시면 토론회 진행이 어렵습니다.
구사연	(화를 내며) 왜 자꾸 우리를 나쁜 사람 만들어?
안진대	(무릎 꿇으며) 저희도 부탁드립니다.
강혜연	(화를 내며) 저기요, 당신이 무릎 꿇을 자격 있어요?
고성희	(울면서) 제발 저희 아이들 학교 좀 짓게 도와주세요.
지인평	(소리를 지르며) 싹 다 처울고 자빠졌네.
최철근	(소리를 지르며) 질질 짜지 말라고!

학부모들, 울고 있다.

장황	여러분! 여기서 포기하면, 언론은 또다시 우리를 가해자로 만들 겁니다. 오늘 반드시 주민투표를 해야 합니다!
방숙자	(마이크에 대고) 교육감님! 왜 자꾸 주민들 무시하고 나쁜 사람 만듭니까?
손숙희	(소리를 높이며) 모두 자리에 돌아가주세요.

기자들이 카메라로 이 모습을 찍고 있다. 숨죽여 우는 장애인 학부모들의 모습.

장황	(선동하며) 교육감은 대답하라!
최철근	대답하라!

지인평	대답하라!
손숙희	(소리를 높이며) 다들 자리에 앉아주세요!
방숙자	(교육감이 나가려고 하자) 교육감님!
구사연	(나가려는 교육감에게) 어딜 가!
최철근	어딜 가!
장황	가시려면 매듭을 짓고 가셔야죠. 어딜 가십니까.
정해진	예, 제가 1분만 말씀드리겠습니다. 아까 주민대표하고 저희하고…….
이부선	교육감님, 제발요!
지인평	니 빨리 대답해라!
정해진	저희가 주민대표하고 협의책을 구상해서 상의하도록 하겠습니다. 왜냐하면 이렇게 어려우니까요.
남대신	다음에 또 대화를 나누도록 하겠습니다.
구사연	그럴 거면 토론을 왜 하자고 했어!
정해진	토론이라는 것은…….
손숙희	(급히 마무리하며) 네, 오늘 주민 여러분께서 보여주신 성숙한 토론 모습에 감사드립니다. 이것으로 오늘 토론 종료하도록 하겠습니다.

단상 앞쪽에는 장애인 학부모들이 무릎을 꿇은 채 울고 있고, 한쪽에서는 교육감을 향해 소리치는 사람들이 있다.

지인평	(소리를 지르며) 질질 짜지 마라!
최철근	(화를 내며) 울지 말라고!
손숙희	(급히 마무리하며) 수리 주민 여러분께서는 늦은

밤, 질서 있게 귀가해주시면 감사하겠습니다. 이곳은 내일 우리 수리초등학교 아이들의 수업 준비를 해야 하니 협조해주시기 바랍니다. 감사합니다. 예, 음악 틀어주세요.

행사 마무리 음악이 흘러나온다. 토론장을 빠져나가는 교육청 사람들. 장황과 방숙자는 교육감을 붙잡으며 따라간다.

방숙자　　(울부짖으며) 다음 토론회 때는 한강시 시장님도 같이 오십시오.

장황　　(교육감을 잡으며) 지금 이 문제는 한강시에서도 잘못을 한 거니까 대안을 찾자고요, 대안을!

우보영　　(울부짖으며) 교육감님! 장애인 부모 불러다가 고문하는 겁니까?

강혜연　　(울부짖으며) 언제까지 엄마들이 무릎을 꿇어야 합니까!

이부선　　(울부짖으며) 애가 갈 데가 없어요.

전이혜영　　(소리를 지르며) 도망가지 마십시오!

안진대　　(소리를 지르며) 교육감님!

구사연　　(소리를 지르며) 교육감!

고성희　　(울부짖으며) 어딜 가!

교육청 사람들, 나간다. 주민들은 교육청 사람들을 따라 나가려다 서로 몸싸움을 하기 시작한다.

손숙희　　오늘 성숙한 토론 모습을 보여주셔서 감사합니

다. 수리 주민 여러분께서는 질서 있게 귀가해주
시면 감사하겠습니다. 이곳은 우리 수리초등학
교 아이들이 공부하는 곳입니다. 감사합니다.

더욱 소란스러워지는 장내. 음악이 커진다.

막

별들의
전쟁

시간	2021년
공간	베트남 미퐁마을 위령비에 적힌 민간인학살 내용을 덮은 연꽃 비석 안 허구의 공간이다. 동시에 이 공간은 대한민국, 서울의 한 극장 법정이기도 하다.

등장인물	손중재	재판장
	박용미	원고 소송대리인 변호사 1
	민기현	원고 소송대리인 변호사 2
	이진호	피고 소송대리인 변호사 1
	박애경	피고 소송대리인 변호사 2
	응우옌티쭝	원고
	전웅대	법원 경위
	고정수	베트남 민간인학살 관련 전문가 / 원고 측 증인
	엄원희	고엽제 참전군인 어머니 / 피고 측 증인
	이문안	21년 장룡부대 군인 / 원고 측 증인
	변구윤	학살 부인 참전군인 / 피고 측 증인
	유정호	포로 참전군인 / 원고 측 증인
	여상미	참전 간호장교 / 피고 측 증인
	쩐반낌	라이따이한 / 원고 측 증인
	장용선	참전군인 손녀 / 원고 측 증인
	나무	

1부

관객들이 극장으로 들어오는 방향의 극장 문은 미풍마을 위령비의 연꽃
비석 모양이다. 관객들이 이 비석의 문을 열고 극장 안으로 들어오면 가운
데에 커다란 잔디밭이 펼쳐져 있고, 이 잔디밭 위에는 몇 개의 나무 그루
터기가 놓여 있다. 재판이 진행되면 변호사들과 증인들이 이 그루터기를
앉거나 서는 용도로 사용한다. 잔디밭 밖의 공간에는 사방으로 의자가 놓
여 있고 배심원 역할을 하는 관객들은 모두 이 자리에 앉는다. 전체 공간
의 한쪽 벽면 가운데에는 재판장의 의자가 놓여 있고, 왼쪽으로는 원고 응
우옌티쭝의 의자가, 오른쪽으로는 피고 대한민국의 의자가 놓여 있다. 한
쪽 벽면에는 커다란 스크린이 놓여 있으며 재판이 진행되는 동안 참고 자
료들이 보여진다. 한쪽 구석에는 야유나무 한 그루가 서 있다. 잠시 후, 법
원 경위가 들어온다. 배심원 역할을 하는 관객들이 들어와 자리에 앉는다.
원고와 원고 측 대리인 1, 2가 들어와 자리에 앉는다. 피고 측 대리인 1, 2
가 들어와 자리에 앉는다.

재판부의 입정 및 개정선언

전웅대 안녕하세요. 재판을 시작하기에 앞서 몇 가지 안
내 말씀 드리겠습니다. 첫 번째로 휴대폰은 반드
시 꺼주시기 바랍니다. 재판 중에는 작은 소음도

방해가 될 수 있으므로 사진이나 영상 촬영은 삼가주시길 바랍니다. 두 번째로 법정에서 재판 진행에 방해가 되거나 다른 사람의 방청을 방해하는 소란 행위를 할 경우 퇴정 조치 당하실 수 있습니다. 참고 부탁드리겠습니다. 세 번째로 취재진의 경우에는 개정 후에 재판부의 안내에 따라서만 촬영이 가능합니다. 양해 바랍니다. 이제 곧 재판이 시작되겠습니다. 재판장님 들어오십니다. 모두 자리에서 일어나주십시오.

공간에 있는 모든 사람이 자리에서 일어선다. 잠시 후 재판장이 들어온다.

전웅대   (재판장이 자리에 앉으면) 모두 자리에 앉아주십시오.

공간에 있는 모든 사람이 자리에 앉는다.

변론기일의 시작, 관계인의 출석 확인, 재판 설명

손중재   안녕하십니까, 판사 손중재입니다. 지금부터 베트남전쟁 시기 한국군에 의한 민간인학살 사건에 대한 재판을 시작하겠습니다. 이 사건은 사실 대한민국 법으로는 공소시효가 지나 재판이 불가능한 사건입니다. 그러나 법이라는 것이 항상 정의를 실현시키지는 못하며 가끔은 아이러니한 판결을 불러오기도 합니다. 법은 사람이 만드는 것이니 사람이 바꿀 수도 있지 않을까요? 따라서 오늘 우리는 기존의 법정을 사실적으로 구현하지는 않습니다. 기존에 재판에 대해 알고 계셨던 것들이 있다면 잠시 잊어주시고, 배심제 형식이라는 점만 기억해주시기 바랍니다. 쉽게 말해서 이 자리에 계시는 우리 배심원 여러분들이 피고의 유죄, 무죄를 가려주시면 원고 측의 청구 내용에 따라 재판부에서 구체적인 형벌을 선고하는 방식입니다. 먼저 당사자 출석 확인하겠습니다. 원고 응우옌티쭝. (원고가 일어나서 인사하면) 출석하셨습니다. 그럼 원고 소송대리인은 어떤 분들이 출석하셨습니까?

박용미   (일어나서 인사하며) 변호사 박용미 출석했습니다.

민기현   (일어나서 인사하며) 변호사 민기현 출석했습니다.

손중재   피고는 대한민국이기 때문에 출석이 불가능하고, 피고 소송대리인은 어떤 분들이 출석하셨습니까?

이진호   (일어나서 인사하며) 변호사 이진호 출석했습니다.

박애경   (일어나서 인사하며) 변호사 박애경 출석했습니다.

손중재   오늘 재판은 한국군의 베트남 민간인학살 피해자 원고 응우옌티쭝이 피고 대한민국을 상대로 소송을 제기한 사건입니다. 원고 응우옌티쭝은 이 재판에 참석할 의무를 가지고 있지 않으나 이 재판의 처음부터 끝까지 함께하고 싶다는 본인의 의지로 함께하게 됨을 공유드립니다. 마지막으로 배심원분들도 자리해주셔서 감사드립니다.

(공간에 있는 모든 사람이 박수를 치고) 저희는 오늘 여러분을 이 재판의 평결을 내릴 배심원이자 대한민국의 국민으로서 이 법정에 모셨습니다. 피고 대한민국의 유·무죄를 가리는 데 있어서 신중한 판단 부탁드립니다. 각자 양옆에 계신 분들을 보고 인사를 나눠주시겠습니까? 함께 평결을 내릴 배심원분들이십니다. (인사를 나누면) 네, 감사합니다. 그리고 우리 법원 경위. (인사를 하면) 이분은 재판의 진행을 도와주실 뿐만 아니라 재판 중 비상 상황이 발생할 때 해결을 해주실 분이기도 합니다. 자, 이제 오늘 재판에 있어 배심원분들이 공정하게 직무를 수행하겠다는 것을 다짐하는 배심원 선서를 진행하겠습니다. 모두 자리에서 일어나주십시오.

전웅대   모두 자리에서 일어나주십시오.

공간에 있는 모든 사람이 자리에서 일어선다.

손중재   (배심원 대표에게) 본인은 배심원 대표이십니다.

경위, 배심원 중 한 명에게 다가가 마이크를 건네준다.

손중재   배심원분들은 모두 오른손을 들어주십시오. (배심원들이 오른손을 들면) 배심원 대표께서는 화면에 보이는 것을 낭독해주십시오.

배심원 대표   (마이크에 잡고) 선서! 본 배심원들은 오늘 재판에

있어 사실을 정당하게 판단할 것과 진실한 평결
을 내릴 것을 엄숙히 선서합니다.

손중재　　바로! (배심원들이 손을 내리면) 네, 감사합니다. 모
두 자리에 앉아주십시오.

전웅대　　모두 자리에 앉아주십시오.

공간에 있는 모든 사람이 자리에 앉는다.

원고 소송대리인 요지 진술

손중재　　네, 그럼 본격적으로 재판을 시작하겠습니다. 혹
시 원고 측, 피고 측 추가로 신청하실 증거나 증
인이 있으십니까?

박용미　　없습니다.

이진호　　없습니다.

손중재　　알겠습니다. 그럼 우선 원고 측에서는 피고를 상
대로 왜 소송을 제기했는지, 이 재판을 통해 무엇
을 원하는지 말씀해주시기 바랍니다.

박용미　　(잔디밭으로 나오며) 네, 안녕하십니까. 저는 원고
응우옌티쭝의 대리인 박용미입니다. 베트남의 문
화는 한국의 문화와 많이 닮았습니다. 베트남의
이름도 성 다음에 이름이 오는데요, 원고의 응우
옌티쭝이라는 이름은 응우옌이 성이고, 쭝이 이
름입니다. 티는 보통 여성의 중간 이름입니다. 응
우옌은 베트남에서 가장 많은 성씨로 우리나라
의 김 씨와 같다고 생각해주시면 됩니다. 이외에

도 명절, 종교, 한자를 사용하는 언어문화까지 닮은 것은 많지만 아주 멀리 살고 있던 한국과 베트남의 사람들, 서로에게 어떤 원한도 없던 이들은 50여 년 전 갑자기 만나 싸우고, 서로를 죽였습니다. 어떻게, 왜 그렇게 되었을까요? (사이) 배심원 여러분, 이 사건을 이해하기 위해서는 우선 베트남전쟁을 이해해야 합니다. 한국과 미국은 베트남전쟁이라고 부르고, 베트남은 미국전쟁 또는 항미구국전쟁이라고 부르는 이 전쟁, 이 전쟁의 진짜 이름은 무엇이어야 할까요? (사이) 본 법정에서의 베트남전쟁은 1955년부터 1975년에 걸쳐 일어났던, 미국이 아시아의 공산화를 막고자 개입해서 베트남을 남과 북으로 갈라놓은 뒤 일어난 전쟁이었습니다. 한국은 이때 미국의 지원병으로 파병돼서 남베트남 군대와 함께 북베트남을 상대했습니다. 하지만 이 전쟁은 미국이 지면서 끝이 났습니다. 결국 베트남전쟁은 남베트남의 패배로 미국도 한국도 완벽하게 패배한 베트남의 민족해방전쟁이었습니다. 한국에서는 월남전이라고 불렸던 이 전쟁에 한국군은 무려 8년 6개월 동안 32만 명 이상의 군인이 참전을 했고, 한국군의 베트남 민간인학살도 이 시기에 일어났습니다. 그런데 주목할 것은 미국은 이 전쟁에 개입한 것이 잘못된 선택이었다고 인정하는 반면, 한국은 경제성장의 원동력이 된 전쟁이라고 말하며 아직도 자랑스러워한다는 것입니다.

왜 우리는 베트남전쟁에서 무슨 일이 있었는지, 어째서 전쟁 이후 얻은 것이 돈밖에 없었는지, 질문하지 않는 것일까요? 그 결과 한국전쟁에서 시작됐던 민간인학살은 베트남전쟁을 거쳐 광주학살을 비롯한 한국 현대사의 수많은 비극으로 이어졌습니다. (사이) 배심원 여러분, 이제부터 베트남에서 한국군이 저질렀던 민간인학살에 대해 말씀드리고자 합니다. 자, 이것은 베트남 지도입니다. 아마 한국인에게 친숙한 곳으로는 유명한 휴양지인 하노이, 다낭, 나트랑, 호찌민 등이 있을 겁니다. 베트남전쟁 당시 한국군은 여기 이렇게 다섯 개의 성에 주로 파병이 됐습니다. 베트남에서의 '성'은 한국의 '도'와 같습니다. 경기도, 충청도, 경상도, 전라도 등으로 생각해주시면 좋겠습니다. 지금까지 조사된 한국군의 베트남 민간인학살 수는 총 90여 건에 희생자 수가 9천여 명입니다. 훨씬 더 많은 학살이 있었을 가능성이 제기됐음에도, 2000년에 나온 이 통계 이후 20년이 지나도록, 베트남과 한국은 그 어떤 책임 있는 조치와 절차를 진행하고 있지 않습니다. 저희 원고 측이 문제로 삼는 것은 '대체 대한민국이 언제까지 이 사건에 대해 진상조사를 하지 않을 것인지'입니다. (사이) 베트남 중부에 있는 마을들에는 사진과 같이 한국군의 민간인학살을 잊지 않기 위한 증오비가 많습니다. 그 내용들은 다음과 같습니다. "하늘에 가닿을 죄악 만대를 기억하리라,

한국군은 여든 살 노인을 잡아다 참수하여 머리를 들판 한가운데 진열하니, 여성들은 집단윤간을 당한 뒤 죽임을 당했다. 어린아이는 사지를 찢어 불에 산 채로 태웠다." 과연 우리가 이 사진을 보고 있는 걸까요, 이 사진이 우리를 보고 있는 걸까요? (사이) 우리 사회에서는 흔히 잊지 말자는 이야기를 많이 합니다. "제주 4.3을 잊지 말자, 광주 5.18을 잊지 말자, 그리고 세월호를 잊지 말자." 우리는 한국군의 베트남 민간인학살을 어떻게 잊지 말아야 할까요?

민기현   (박용미가 나가면 잔디밭으로 나오며) 네, 원고대리인 변호사 민기현입니다. 원고 응우옌티쭝은 꽝남성 대학살 중 1968년 2월 15일 미퐁마을 학살 현장에 계셨던 분입니다. 당시 장룡부대 1대대 1중대가 이 마을에서 작전을 펼쳤고 그 결과 209명의 민간인이 학살당했습니다. 여기서 끝이 아닙니다. 한국군은 불도저를 동원해서 살아남은 사람들이 가매장한 무덤과 시신까지 전부 밀어버렸습니다. 지금부터 학살에 대한 증거들을 보겠습니다. 첫째로 한국군의 군사기록물입니다. 국방부의 파월한국군전사에 따르면 1968년 2월 15일 장룡부대 1대대 1중대가 오전에 미퐁마을로 진입해서 작전을 펼쳤다고 기록하고 있습니다. 이것은 학살이 우연히 벌어진 일이 아니라 한국군이 계획한 작전에 의해 벌어진 일임을 알 수 있습니다. 둘째로 희생자 명단입니다. 미퐁마을에는 미퐁학살 위령비가 있습니다. 여기에는 209명의 희생자 명단이 있는데요, 50세 이상의 노인이 40명이 넘고 열 살 이하의 아이가 80명이 넘습니다. 이 중에서 여섯 살도 되지 않은 아이가 45명입니다. 심지어 68년생도 있습니다. 학살이 68년 2월 15일에 일어났는데 태어난 지 두 달도 지나지 않은, 기어 다니지도 못하는 아이들까지 전원 살해당했습니다. 셋째로 군인들의 증언입니다. 우선 주월미군감찰보고서에 따르면 미군 존 상병은 "한국군이 마을 사람들에게 사격을 하고 있음을 알 수 있었다"고 했습니다. 지금부터 존 상병이 찍은 당시 미퐁마을의 학살 관련 사진을 보여드릴 건데요, 사진을 보는 것이 고통스러우신 분들은 보지 않으셔도 괜찮습니다. 원고, 진행해도 괜찮을까요? (원고가 고개를 끄덕이면 사진을 보고) 여성과 아이 들은 집단으로 살해당했습니다. 칼로 가슴이 잘린 여성의 사진입니다. 이 사진을 찍을 당시 여성은 살아 있었다고 합니다. 어린아이까지 학살당했습니다. 가운데 보이는 여성은 임산부인데 총을 맞아 얼굴이 날아간 모습입니다. 이 아이와 여성 들은 가까운 거리에서 총을 맞았습니다. 마을이 불타 잿더미로 덮여 발만 보이는 시신의 모습입니다. 존 상병은 이처럼 대부분의 민간인들이 무장을 하지 않았다는 걸 확인할 수 있는 근거리에서 죽었다고 했습니다. 고의에 의한 학살이고 살해입니다. 이외에 장룡부대 1대대 1

중대 3소대 일부 분대원들이 이 사건을 저질렀다
는 한국군의 증언까지 나왔습니다. 넷째로 미퐁
마을 주민들의 증언입니다. 증언에 따르면 "한국
군이 사람들을 모아놓고 총을 쏘거나 수류탄을
던져 살해했다. 한국군은 갓난아이까지 전원 살
해하고 사람 기척이 없을 때까지 확인 사살을 했
다"고 합니다. 도대체 한국군은 왜 이렇게 학살
을 한 것일까요?

원고 측의 대한민국에 대한 청구 내용

민기현   다음으로 원고 측의 피고 대한민국에 대한 청구
내용입니다. 그동안 원고를 비롯한 많은 베트남
민간인학살 피해자들은 대한민국에게 끊임없이
요청해왔습니다. 정신적, 신체적, 물질적 손해를
배상금으로 지급해달라, 인간으로서 최소한의 명
예와 존엄을 회복하기 위해 대한민국이 공식 사
과를 해달라, 이 사건에 대한 진상조사를 실시하
고 그 결과를 공표해달라, 베트남전쟁 참전을 홍
보하고 있는 모든 공공시설에 대한민국 군대가
불법행위를 하였다는 것을 전시하고 알려달라
등등. 그러나 20년이 넘게 철저히 묵살당해왔습
니다. 그럼에도 불구하고 원고께서는 우리를 용
서하고 싶다고 합니다. 원고가 그 긴 세월을 혼
자 삭이며 용서라는 숭고한 결정을 내리고 있을
때 대한민국은 아무것도 밝히려 하지 않고 학살

사실조차 묵인하고 부정해왔습니다. 이것은 비단 원고와 베트남전쟁에 한정되는 것이 아닙니다. 한국의 현대사는 이런 비극의 반복이었습니다. 우리는 4.3에서도, 5.18에서도, 4.16에서도 아무것도 배운 것이 없습니다. 그 어떤 경우에도 피해자는 있지만 가해자는 없었습니다. 진상규명부터 책임자 처벌까지 아무것도 이루어지지 않았으며, 피해자들은 용서하고 싶어도 용서할 대상을 찾을 수가 없었습니다. 대한민국은 이런 비극의 역사를 반복하지 않을 자신이 있습니까?

박용미 (잔디밭으로 나오며) 저희 원고 측 대리인들은 이러한 이유로 피고 대한민국의 유죄가 분명하다고 생각합니다. 저희는 20년간 지속되어온 원고의 청구 내용과 함께, 대한민국의 국민으로서 대한민국은 정상적인 국가를 지속할 자격이 없다는 판단하에, 국가자격상실을 정식으로 청구합니다.

손중재 (장내가 소란스러워지자) 정숙하십시오.

박용미 대한민국이 없어진다면 당장에는 국민들이 고난을 겪게 될 것입니다. 하지만 장기적으로 봤을 때 이건 더 나은 국가를 찾거나 만들 수 있는 또 다른 기회가 되리라 생각합니다. 이상입니다.

손중재 (박용미와 민기현이 잔디밭에서 나가면) 네, 아주 엄중한 형벌을 청구하셨네요. 배심원분들의 정당한 평결 부탁드립니다.

손중재 그럼 이제 피고 측에서 말씀하시겠습니까?

이진호 (잔디밭으로 나오며) 네, 피고 대한민국 소송대리인 변호사 이진호입니다. 우선 원고께서 겪은 불행한 사건으로 피해를 입으신 것에 대해 진심으로 위로의 말씀을 전합니다. 하지만 대한민국을 피고로 소송 제기를 한 것도 모자라 국가자격상실을 청구하다니요? 배심원분들께 묻고 싶습니다. 이게 과연 우리 대한민국이라는 국가가 국가자격을 상실할 정도의 일입니까? 극단적인 주장에 극단적으로 답하겠습니다. 우선 저희는 왜 50여 년 전에 원고 개인이 입은 피해를 2021년의 대한민국이 책임져야 하는지 잘 모르겠습니다. 이런 식으로라면 고려시대 때 거란족이 쳐들어온 것과 조선시대 때 청나라가 침략해 온 것도 지금 사과를 요구해도 된다는 겁니까? 지금부터 피고 대한민국의 국가자격상실 청구가 부당한 구체적인 이유를 제시하겠습니다. 첫째, 우선 대한민국의 입장을 이해하기 위해서는 베트남에 한국군이 파병된 배경과 이유를 짚어보아야 합니다. 우선 원고 측에서는 한국군의 파병 자체에 부정적인 의견을 갖고 계시는데요, 1960년대 대한민국은 북한에 의해 국가안보가 지속적으로 위협받고 있었습니다. 만약 한국군이 베트남전에 참전하지 않아서 한국에 주둔하고 있던 주한미군 두 개 사단 규모의 병력이 베트남으로 빠져나갔다면 아마 제2의 한국전쟁이 벌어졌을 겁니다. 그래서 박정희 대통령은 파병이라는 특단의 조치를 내린 것입니다. 보시는 표와 같이 한국군은 총 4차에 걸쳐 베트남에 파병을 하기 시작했습니다. 전투부대인 장룡부대와 대호부대 외에 베트남 민간인 지원을 위한 종달새부대와 군의관도 포함되어 있었습니다. 그리고 베트남전 파병으로 인해 얻어진 50억 달러가 넘는 수익은 한국 경제발전에 초석이 되었습니다. 총 10만 명 이상의 민간인 노동자와 기술자가 베트남에 파견이 되었고 이로 인해 한국의 현대, 대우, 한진 등의 기업들이 전쟁 특수로 성장할 수 있게 됐습니다. 만약 파병이 없었다면 한국은 지금처럼 발전할 수 없었을 것입니다. 가장 큰 성과는 한국군의 군사력 강화였습니다. 무기 및 작전 기술이 부족했던 한국군은 베트남전 파병을 통해 현장 경험을 쌓아 군사력이 월등히 증진되었습니다. 둘째, 베트남전쟁의 특수성을 이해해야 합니다. 우선 원고 측의 주장인 의도적인 집단살상이었나? 한국군의 작전수행 중 불가피하게 민간인이 희생된 적이 있었다는 사실은 인정합니다. 그러나 그것은 명백하게 전쟁 중 전투 행위였지 의도적인 집단살상은 아니었습니다. 민간인뿐만 아니라 한국군도 많이 죽었습니다. 당시 한국군의 메인 전략은 '100명의 베트콩을 놓치는 한이 있더라도 한 명의 양민을 보호하라'였기 때문에 이것만 봐도 한국군이 의도적으로 집단살상을 했다는 주장은 논리가 희박합니다. 혹시라도 학살이 있었다면 그것은 한국군 전체의 문제가 아니라 일부 개인 병사의 일탈 행위였을 겁니다. 다음, 정말로 한국군이 순수한 민간인을 죽였나? 주월한국군사령관 최명진 장군은 1968년 주월미군사령관 웨스트멀랜드에게 보낸 공문에서 한국군은 자체 조사를 실시했고 이 지역에서 베트콩이 한국군의 위장용 군복을 입고 민간인을 죽인 뒤 그 책임을 한국에 돌리는 일이 종종 있었다고 말하고 있습니다. 결국 '한국군이 미퐁마을을 떠난 뒤 베트콩이 미퐁마을에서 한국군의 위장용 군복을 입고 잔혹 행위를 저질렀다'는 결론을 내릴 수 있습니다. 과연 미퐁마을에서 학살을 한 것은 한국군이 맞을까요? 베트남전쟁은 게릴라전이었습니다. 누가 적군이고 민간인인지 구분할 수 없는 전쟁이었습니다.

박애경　(이진호가 나가면 잔디밭으로 나오며) 네, 저는 피고 대한민국의 변호사 박애경입니다. 세 번째로 원고 측이 제시한, (그때 경위가 전하는 메모를 확인한 뒤) 시간이 많이 지났다고 간단하게 진행하라고 하네요. 얼른 진행하겠습니다. 셋째로 원고 측이 제시한 증거에 대한 반박입니다. 우선 미군 측의 주월미군감찰보고서를 자꾸 증거로 제시하시는데 이 보고서는 전쟁범죄 보고서가 아니라 의혹 보고서입니다. 한국군이 학살을 했을지도 모른다고 말하고 있고 증거가 부족하기 때문에 단정을 짓기는 어렵다, 그렇게 밝히고 있고요. 넷째로 원고 측이 제시한 증언들에 대한 반박입니다. 원고 측은 학살을 당한 마을 사람들의 증언만을 내세우고 있는데 왜 한국군에게 도움을 받은 주민들의 이야기는 거론하지 않으시나요? 또한 일부 미군과 한국군의 증언을 제시하셨습니다. 그러나 그와 반대 의견을 가진 다른 군인들의 증언이 훨씬 더 많이 존재합니다. 그렇기 때문에 원고 측에서 제시한 증인들의 증언만으로는 사실관계를 판단할 수 없다, 그렇게 생각하고요. 마지막으로 원고 측의 피고 대한민국에 대해 청구한 내용에 대한 반박입니다. 우선 원고 측은 배상금 지급과 공식적인 사과 등을 요청하셨습니다. 그러나 그 청구 내용을 수행하기 위해선 진상규명이 선행되어야 합니다. 근데요, 베트남은 '승전국으로 패전국에 속하는 한국의 사과를 받지 않겠다'는 입장과 더불어 '과거를 닫고 미래로 나아가자'라는 요 슬로건과 함께 한국과 베트남 교류에 집중을 하고 있는 상태입니다. 궁금합니다. 사과를 하고 싶어도 상대가 사과를 원하지 않는데 무엇을 할 수 있을까요? 그럼에도 불구하고 2000년대 초반 한국은 베트남 피해지역에 각종 학교 및 시설을 지어줬고, 김대중, 노무현, 문재인 대통령까지 세 번이나 우회적인 사과를 시도했습니다. 이 사건에 대한 진상조사는 한국이 단독으로 진행할 수 없음에도 불구하고 우리 대한민국은 진상규명을 위해 노력한 증거들이 있는데요, 보시는 것과 같이 통아일보, 온겨레21 기사, 최명진 장군의 인터뷰 등에서는 한국군은 일부 민간인학살을 저지른 병사들에게 철저한 조사를 통해 무기징역 및 엄벌을 처한 사례가 10여 차례나 있었다고 전하고 있습니다. 배심원 여러분, 대한민국이 무엇을 더 해야 할까요? 베트남전쟁은 수많은 참전군인이 목숨을 바친 전쟁이었습니다. 그들의 명예가 이렇게 훼손되어선 안 됩니다. 미퐁마을 사건은 전체가 아닌 일부 군인에 해당하는 사건으로 대한민국이 이 모든 것을 책임질 수 없다는 사실을 알아주시면 감사하겠습니다.

이진호   (잔디밭으로 나오며) 따라서 저희 피고대리인들은 대한민국은 무죄이며, 나아가 국가자격상실이라는 말도 안 되는 처벌을 받을 수 없음을 알아주시면 감사드리겠습니다. 이상입니다.

진호와 애경, 잔디밭에서 나간다.

원고 측 반박

손중재   네, 그럼 원고 측 반박 내용 있으신가요?

박용미   (잔디밭으로 나오며) 네, 반박 있습니다. 첫째로 피고 측이 제시한 한국군의 베트남파병 배경과 이유에 대해 의문을 제기합니다. 대부분의 사람들은 미국의 압력 때문에 어쩔 수 없이 한국군이 파병됐다고 알고 있습니다. 그러나 그것은 잘못된 정보입니다. (박애경이 끼어들면) 일단 보시죠. 이승만 정부는 세 차례나 베트남파병 의사를 밝혔는데 미국으로부터 자국 방어도 못 하는 가난한 나라의 군인들은 받아들일 수 없다며 보기 좋게 거절당했습니다. 그 뒤 박정희 정부도 포기하지 않고 두 차례나 한국군의 베트남파병 의사를 밝혔고, 때마침 미국은 전 세계적으로 베트남전쟁에 대한 당위성을 인정받지 못해 궁지에 몰려 있었기 때문에 지원군으로서 한국군 파병을 받아들이게 된 것입니다. 한국이 이렇게도 파병을 원했던 가장 큰 이유는 한국전쟁 당시 전쟁 특수로 일본이 엄청난 경제성장을 이룬 것을 지켜봤기 때문이었습니다. 세계평화를 위해 참전한다던 한국은 미국에 지속적인 금전적 요구를 했고 결국 파병에 소요되는 모든 경비를 미국이 부담한다는 약속까지 받아냈습니다. 한국 군인들의 목숨을 담보로 금전을 약속받은 것입니다. 이것이 전쟁 당시 군인들이 받았던 급여입니다. 미국, 태국, 필리핀이 이렇게 됩니다. 그러나 한국군은 이렇게 형편없는 대우를 받았습니다. 과연 한국군의 베트남파병은 누구를 위한 선택이었을까요? 하지만 더 문제는 전 세계에서 베트남전쟁에 대한 반전운동이 일고 있을 때 우리나라는 유일하게 국민적 차원에서 참전 자체를 전폭적으로 지지했다는 것입니다. 어떻게 32만 명이 넘는 군인들의 목숨을 담보로 경제 수익을 올리는 데에 전 국민이 동의할 수 있었을까요? 그러나 우리는 그 이면을 잊어서는 안 됩니다. 한국의 베트남파병은 북한을 자극해서 남·북 간의 충돌이 열 배 이상 증가했습니다. 이로 인해 1968년부터 효율적인 관리를 위해 18세 이상 모든 국민들에게 주민등록증이 발급되었습니다. 또한 징병제도가 강화되고 학교에는 교련 과목 등이 추가되었는데 이는 대한민국 사회 전역에 군대문화가 확산되는 결과를 가져왔습니다. 우리는 흔히 우리를 백의의 민족, 평화를 사랑하는, 다른 나라를 한 번도 침략한 적이 없는 민족이라고 부릅니다. 과연 그럴까요? 한국군은 32만 명 이상의 참전군인을 파병해서 5천여 명의 전사자, 1만여 명의 부상자, 그리고 13만여 명의 고엽제 피해자라는 돈으로 환산할 수 없는 인명 피해를 입었습니다. 우리는 대체 왜, 무엇을 위해 베트남의 외세 침략을 막기 위한 민족해방전쟁에 파병을 했던 걸까요?

민기현　(잔디밭으로 나오며) 둘째로 피고 측은 미퐁마을 사람들이 순수한 민간인이 아니었다고 주장합니다. 아까 희생자 명단에서 보셨듯이 갓 태어난 68년생 아이들이 무기를 들었다고 주장하는 겁니까? 제네바협약은 전쟁으로 인한 희생자 보호를 위해 스위스 제네바에서 체결된 국제조약입니다. 제네바협약에서는 민간인인지 불분명한 경우 민간인으로 간주하고 보호해야 한다고 나와 있습니다. 또한 전쟁포로도 심문과 재판 절차를 거치지 않고 처벌할 수 없으며, 보복 공격을 금지한다고 나와 있습니다. 그러나 한국군은 이 모든 조약을 위반했습니다. 특별한 교전도 없는 상태에서 한국군은 이른 아침 마을로 들어와서 사람들을 모아 놓고 전원을 살해합니다. 확인 사살까지 했습니다. 과연 이것이 의도적인 집단살상이 아닌가요? 마지막으로 원고가 이 사건에 소를 제기한 이유는 참전군인 개개인의 책임을 묻고자 하는 것이 아니라 참전 여부를 결정할 수 있는 대한민국의 책임을 묻고자 하는 것입니다. 자꾸 사건의 논지를 병사 개인의 잘못으로 몰고 가지 말아주시길 바랍니다. 피해를 당한 것은 베트남이 아니라 피해당사자 개인입니다.

박용미와 민기현, 잔디밭에서 나간다.

피 고 측 반 박

손중재 네, 그럼 이제 피고 측에서도 의견이 있으신가요?

박애경 (자리에서 일어서서) 먼저 저희에게 5분 내로 끝내달라고 이렇게 메모를 주시고, 원고 측은 이렇게 길게 반박하는 것은 좀 불공정하지 않나, 그런 생각이 들어서요.

손중재 아, 그럼 5분 정도 더 쓰셔도 됩니다. 많은 증인들이…….

이진호 (잔디밭으로 나오며) 괜찮습니다, 재판장님. 애경 씨! 피고 측 반박입니다. 우선 첫째로 원고 측 말씀대로 이 문제는 국가의 문제가 아니라 피해자들 개인의 문제입니다. 그렇기 때문에 자꾸 국가를 개입시키면 이 문제를 해결하기 어려워질 것입니다. 국가 차원에서 거부하는 사과와 진상규명을 대한민국이 강행해야 되는 당위성과 이유는 무엇인지 궁금하고요, 둘째로 베트남전쟁은 실은 한국과 베트남의 문제가 아니라 미국과 베트남의 문제입니다. 한국은 미국을 도우러 파병이 된 지원 국가였습니다. 심지어 미국은 베트남에서 무수히 많은 학살을 저질렀는데 왜 그 문제는 다루어지고 있지 않은지 의문을 제기하고 싶고요, 결국 우리 한국군도 모두 피해자라는 의견을 전해드리고 싶습니다. 이상, 피고 측 반박 간단하게 마무리하겠습니다.

재판장 쟁점 정리

손중재 네, 피고 측의 언짢으신 심기 조금 풀어지시면 좋겠고요. 저는 질문을 드리고 싶은데 지금 양측 모두 베트콩이라는 명칭을 자주 사용하고 계시잖아요? 배심원분들에게 왜 이 호칭을 사용하고 있는지 전달되어야 하지 않을까요?

박애경 저, 제가 답변드려도 될까요?

손중재	네, 그렇게 하시죠.
박애경	(잔디밭으로 나오며) 감사합니다. 재판장님, 아까는 제가 너무 흥분을 해서 실언을 한 점에 대해서는…….
손중재	네, 진행하세요.
박애경	알겠습니다. 베트콩의 정식 명칭은 남베트남민족해방전선입니다. 남베트남 지역에서 독립운동을 전개하는 북베트남 단체인데 이것을 디엠이라는 남베트남 대통령이 비하하는 의도로 베트남 공산주의자, 베트콩이라고 부르기 시작해서 널리 퍼지게 되었습니다. 예를 들면 조선인들을 일본인들이 조센징이라고 부르는 것과 유사하게 생각해주시면 됩니다. 그러나 우리 법정에서는 베트남전쟁 당시 한국군이 베트콩이라는 명칭을 광범위하게 사용한 점을 감안하여 '역사 용어'로서 베트콩이라는 명칭을 사용하기로 했습니다. 이상입니다.
손중재	네, 감사합니다. (박애경이 자리로 들어가면) 지금 원고 응우옌티쭝 측과 피고 대한민국 측에서 자신들의 의견을 강력하게 피력해주셨는데요, 이제부터는 원고 진술과 증인 조사가 시작될 예정입니다. 배심원분들은 원고 측과 피고 측의 주장에 근거해서 대한민국의 국민으로서 대한민국이라는 국가의 유죄 혹은 무죄를 신중히 판단해주시기 바랍니다.

손중재 다음은 원고 응우옌티쭝의 진술이 있겠습니다. 원고, 진술하실 준비되셨나요? 참고로 원고 진술에서는 피해 사실이 직접 발화됩니다. 따라서 피해당사자 보호를 위해 양측 대리인의 신문 절차는 제외하도록 하겠습니다.

응우옌티쭝 (증인석으로 나와서) 안녕하세요, 여러분. 저는 응우옌티쭝이에요. 베트남 꽝남성 미퐁마을에서 왔어요. 지금으로부터 53년 전 1968년 2월 15일, 그때 저는 열두 살이었는데…… 학살은 있었어요. 내가 그 증인이에요. 지금부터 제가 기억하는 그날을 말씀드려볼게요. (사이) 아침이었어요. 포탄소리가 들려 놀라서 깼어요. 엄마는 급하게 오빠랑 저, 여동생을 미리 파놓은 방공호로 데리고 들어갔어요. 우리는 소리도 못 내고 떨면서 서로 안고만 있었는데, 멀리서 들려오는 총소리. 점점 가까워져. 그사이로 애기가 울고, 사람들이 소리를 질러. 엄마는 "금방 지나갈 거다, 지나갈 거야" 등을 쓰다듬어줬어요. 그때 갑자기 총이 하나가 들어와. "라이, 라이!" 밖으로 나오라고. 하나둘씩 나갔는데 군인들이 우리한테 총을 겨눠. 얼룩무늬 군복을 입었고 어깨에는 용이 그려져 있었는데, 옷이랑 말씨를 보니까 며칠 전에 우리한테 쌀을 가지고 왔던 한국군들이야. 우리를 논으로 끌고 갔어요. 마을 사람들이 죄다 모여 있었는데 한국군들이 사람들을 하나씩 우물에 집어 던져. 갑자기 우리를 엎드리게 하고는 자기들을 못 보게 해. 그리고 총소리. 너무 놀랐는데…… 다행히 엄마가 우리를 안고 있어서 그때까지는 괜찮은 것 같았어요. 그런데 갑자기 엄마 발 사이로 수류탄 하나가 굴러들어와. 엄마는 소리를 지르면서 우리를 밀쳐냈어요. (사이) 정신을 차려보니까 연기가, 연기가……. 옆집 아저씨는 몸에 불이 붙어서 소리를 지르고 난리고, 잘린 팔다리들이 여기저기, 피랑 살점들이 사방에……. 엄마는, 다리가 완전히 없어졌고 피가 흥건해. 우리 엄마 안 같애. 숨을 쉴 때마다 입에서 피가 볼록볼록, 그러다 멈췄어. 여동생은 한쪽 머리가 다 부서져서 얼굴이 없어, 뇌수가 흘러나와가지고……. 오빠가 나를 불렀어요. 오빠는 배에서 창자가 흘러나왔는데 다행히 죽지는 않았어. 놀라서 울고만 있는 나한테 오빠는 부축을 해달라고. 나는 오빠를, 오빠는 창자를 안고 천천히 개울가에 있는 나무로 걸어갔어요. 그런데 또다시 총소리. 나는 놀라서 나무까지 달려갔어. 오빠는 쓰러졌는데 안 움직여. 그때 갑자기 누가 내 팔을. (사이) 다시 눈을 떴을 때, 다시 눈을 떴을 때……. 죄송해요. 이다음은 이상하게 잘 기억이 안 나네.

손중재 원고, 괜찮습니다.

응우엔티쭝 처음에는 학살이 없었다고 말하는 사람들한테 우리 엄마랑 오빠, 여동생이 죽은 거를 어떻게 설명해야 될지 몰랐어요. 억울하게 죽은 사람들은 있는데 죽인 사람들은 없다고 하니까. 아마 그때 한국 사람들을 만났으면 그 자리에서 죽여버렸을 겁니다. 당신들은 단지 돈 때문에, 가족 때문에 전쟁에 참여했다고 들었어요. 어떻게 본다면 당신들도 희생자가 아닐까, 그렇게 생각하게 됐어요. 우리 가족들을 죽인 당신들도 힘들었을 거야. 우리 인생이 그렇게 산산조각 난 것처럼 당신들의 인생도 그렇게 됐을 거니까. 한국에 와서 길거리에 있는 당신들을 봤어요. 군복을 입고 악을 쓰고 있는 당신들은 아직도 그 전쟁을 하고 있구나. 안쓰러웠어. 당신들도 당신들의 응어리를 내려놓고, 나랑 같이 대한민국한테 책임을 물으면 좋겠어요. 왜 우리한테 그런 일이 생기게 했냐고. (사이) 오늘 이 재판은 저 응우옌티쭝이 대한민국을 상대로 소송을 제기하는 자리예요. 저는 당신들도 꼭 저랑 같이했으면 좋겠어요. 53년 전에 우리 가족을 죽인 분들께서는 부디 이 재판이 끝나기 전까지, 이 자리에 함께하셔서, 저랑 같이 대한민국한테 책임을 물을 수 있게 되면 좋겠어요. 지금 이곳에는 당신들의 자리가 있어요. 기다릴게요.

손중재　네, 진술 마치셨나요?

응우옌티쭝　네, 다 했습니다.

손중재　감사합니다. (응우옌티쭝이 자리로 들어가면) 그럼 원고의 요청에 의해서 재판 진행 중 재정증인을 열어두도록 하겠습니다. 재정증인이라 함은 사전 협의 없이 법정 현장에서 바로 채택해서 증언을 할 수 있는 증인을 말합니다. 50여 년 전 원고의 가족에게 가해를 가한 참전군인이 이 자리에 온다면, 언제든지 재정증인 신청해주십시오. 기다리겠습니다.

전환.

2부

1 피고 측 증인 : 엄원희

손중재　지금부터 증인 신문을 시작하겠습니다. 피고 측의 첫 번째, 엄원희 증인! (대답을 듣고) 증인석으로 나와주시기 바랍니다. 경위님, 신분 확인 부탁드립니다.

엄원희　(증인석으로 나오며) 안녕하세요, 안녕하세요. 어서 오세요.

손중재　(경위가 신분을 확인하면) 큰 소리로 선서서 읽어주시면 됩니다.

엄원희　증인 선서! 나는 오늘 이 법정에서 양심에 따라 오로지 진실만을 말하겠다고 맹세합니다.

손중재　네, 감사합니다. 앉아주시고요. 피고대리인, 신문 진행해주세요.

엄원희   안녕하세요.

이진호   (잔디밭으로 나오며) 네, 안녕하세요. 피고대리인 이
         진호입니다. 먼저 증인의 성함을 말씀해주시겠습
         니까?

엄원희   제 이름은 엄원희입니다.

이진호   네, 엄원희 님. 증인은 베트남전쟁과 어떻게 연관
         되어 있으십니까?

엄원희   둘째 아들이 67년도에 월남에 갔다 왔어요.

이진호   둘째 아드님이 참전용사시군요. 증인의 고향은
         함경도, 현재는 서울에 살고 계시는데 어떻게 서
         울로 오시게 됐나요?

엄원희   내래 일제 때 태어나서 열여섯에 광복을 맞았어요.
         이제야 사람답게 살아보겠구나 했는데 6.25가 터
         졌어. 그때 난 남편이랑 아들 둘이랑 살고 있었는
         데, 무조건 남으로 가야 산다고 했거든. 그래서
         피란을 가는데 남편이 작은놈 데리고 가고 있으
         면 따라오겠다고, 그게 끝이었죠, 뭐.

이진호   그럼 남편과 큰아들은…….

엄원희   이북에 있겠지. 살아는 있을랑가 모르겠네. 그렇
         게 서울에서 살게 됐어요.

이진호   네, 안타깝습니다. 그럼 둘째 아드님은 어떻게 베
         트남전에 참전하게 됐나요?

엄원희   그땐 다들 먹고살기 힘드니까, 내래 안 해본 일이
         없어요. 그런데 어느 날은 아들놈이 자기가 1년

만 고생하고 오면 우리 잘살 수 있다고, 월남을 가겠다는 거야. 그래서 내가 몇 날 며칠을 드러누웠어. 어미 혼자 두고 못 간다, 나 죽는다. 그랬더니 이놈이 하루는, "어머니, 나 가진 건 불알 두 쪽밖에 없어도, 나 절대 안 죽어요" 그래.

이진호 아이고, 효자네요. 혹시 아드님의 부대 이름도 기억하십니까?

엄원희 그럼요, 그걸 내가 어떻게 잊겠어요. 귀신 잡는 해병대, 장룡부대 1중대 3소대!

이진호 네, 감사합니다. 배심원 여러분, 우리 증인의 아드님께서는 앞서 언급됐던 미퐁마을의 1중대 3소대 사병이셨습니다. 증인, 아드님을 보내고 나서의 삶은 어떠셨나요?

엄원희 (눈물을 훔치며) 내가 그 말을 하면 눈물이 나. 월남이란 나라가 얼마나 먼 나라인지, 내 가슴에 날개라도 돋쳐 있으면 날아서라도 훨훨!

손중재 혹시 아드님께서 전사하셨습니까?

엄원희 (화를 내며) 아니에요, 아직 살아 있어요.

이진호 네, 아직 살아계시다고 합니다. 다음입니다. 아드님이 베트남에서 한국으로 부쳐주던 돈이 생활에 많은 보탬이 됐을까요?

엄원희 그럼요, 내가 그때 시장서 호떡 팔았는데 그걸로 얼마나 벌겠어요. 아들내미가 보내준 돈으로 난생처음 파마도 하고, 삐딱구두도 신고. 그런데 그 꼴을 하고 내가 또 한참을 울었어. 내 아들내미 몸값으로 뭐 하는 건가. 나도 여자였나 봐. 그 뒤

	로는 한 푼도 안 쓰고 다 저금했습니다. 지금 살고 있는 집도 그때 돈 불려서 산 거예요.
이진호	잘하셨네요. 혹시 아드님이 돌아오고 나서의 삶은 어땠나요? 달라진 점은 없었나요?
엄원희	이놈이 아가였는데, 웬걸? 늠름한 남자가 돼서 왔어요. 피부도 까매지고, 눈빛도 변하고. 대한민국이 우리 아들을 이렇게 늠름하게 키워줬구나, 감사했습니다.
이진호	아드님이 정말 장하셨겠어요.
엄원희	두말하면 입 아프죠! 그런데 그때 다니던 공장 기계에 오른쪽 손이 빨려 들어갔어. 그래서 잘라 냈어. 그때부터 애가 점점 이상해지는데, 충격이 컸나 봐. 자꾸 월남 사진을 보는 거야. 자기 전우들이래. 그래서 내가 집에 한번 불러라. 엄마 닭백숙 해줄게. 그랬더니 몇 놈 못 살아 돌아왔다고. 그 뒤로는 직장도 한 군데를 길게 못 다니고, 여자도……. 아직 혼자야. 잠도 잘 못 자고, 말수도 줄어들고. 보약을 해 먹여도 낫지를 않으니까…….
이진호	그럴 만도 하죠. 전쟁에도 무사히 갔다 왔는데 여기까지 와서 장애를…….
엄원희	주변에서는 월남 귀신 든 거 아니냐고, 내 굿까지 해봤는데 소용이 없어. 하도 답답해서 애 등을 떠밀어서 교회를 보내봤거든. 세상에! 하나님을 만났더니 괜찮아지는 거야.
이진호	괜찮아지셨어요? 아이고, 다행입니다. 그러니까

아드님이 베트남에서 돌아와서는 괜찮았는데, 손을 다치고 나서부터 조금씩 이상해졌다라는 거죠. 혹시 아드님이 베트남에서 있었던 억울한 일에 대해서는 말씀하신 적 없나요? 1968년 2월 15일의 일이라든가⋯⋯.

엄원희　　뭐, 딱히⋯⋯. 걔가 워낙 어른스러워서 나 걱정할까 봐 그런 소리 일절 안 해요.

이진호　　네, 알겠습니다. 마지막으로 하나만 더 여쭙겠습니다. 증인께서는 아드님이 베트남에서 민간인을 학살했을 가능성이 있었다고 보십니까?

엄원희　　내가! 그 소리를 듣고 울화통이 터져서 여기까지 왔습니다. 우리 아들은 월남 가서 나라가 시키는 대로 열심히 싸우고만 왔거든요. 우리 아들은요, 떠돌이 개들을 보면, 아빠 잃고 떠도는 우리 같다고 꼭 챙겨주고요, 길 가다 구걸하는 사람을 봐도 그냥 지나치는 법이 없어요. 동네 사람들 다 알아. 유명해. 그런데 우리 아들 보고 살인자냐고요? 너무 억울합니다. 대체 누굽니까, 그런 헛소리를 씨불인 사람이? (원고를 보며) 너지, 이년아? 이 베트콩 년아! 어디서 헛소리야! 너희 나라로 돌아가!

응우옌티쭝　　(자리에서 일어나며) 내가 무슨 헛소리를 했다고 그래요!

엄원희　　(소리를 높이며) 왜 남의 나라를 와서 난장질을 치냔 말이야, 난장질을!

응우옌티쭝　　(소리를 높이며) 아니, 내가 언제 난장을⋯⋯.

손중재	어머님, 진정하시고요. 저희는 아드님을 벌주려는 사람들이 아닙니다.

손중재   어머님, 진정하시고요. 저희는 아드님을 벌주려
         는 사람들이 아닙니다.

이진호   그러니까 어머님 말씀은 우리 아들은 절대로 누
         군가를 학살했을 리가 없다?

엄원희   베트콩들이 얼마나 무서운지는 우리 같은 옛날
         사람들은 다 알거든요. 6.25 때도 빨치산이 많았
         어. 요즘 젊은 사람들은 빨치산이 얼마나 무서운
         지를 모르니까 함부로 씨불이는 거야. 대한민국
         사람들이, 저 베트콩 년 말만 듣고, 나라를 위해
         희생한 사람들을 범죄자 취급하는 게 이게 대체
         말이 되냐고요.

이진호   네, 의견 주셔서 감사합니다. 이상, 신문 마치겠습
         니다.

엄원희   (이진호가 들어가면) 언제 끝나요? 나, 갈래.

손중재   네, 서둘러서 진행하겠습니다.

원고 측 반대신문

손중재   원고 측 반대신문 해주십시오.

박용미   (잔디밭으로 나오며) 네, 원고대리인 박용미입니다.
         증인, 아드님이 참전군인이시라고요?

엄원희   (단호하게) 아니요. 참전용사입니다.

박용미   네, 그러니까 참전군인이요.

엄원희   아니요. 그거랑 그거는 다른 거예요. 우리 아들은
         월남파병 참전용사입니다.

박용미   네, 죄송합니다. 참전용사. 그런데 오늘은 왜 증

인이 자리에 나오셨어요?

이진호 증인은 증인 신청하고 채택돼서 나온 겁니다.

박용미 지금은 제 신문 과정입니다. 왜 아드님이 아니라
증인이 나오셨어요? 직접 오셔서 얘기하는 편이
더 나았을 텐데.

이진호 (일어나며) 그건 증인 가족의 프라이버시입니다.

박용미 지금 병원에 계시죠? 아프시죠?

이진호 저기요!

엄원희 암인데요, 후두암.

박용미 왜 아까는 아드님이 암에 걸렸단 얘기 안 하셨어
요? 숨기신 겁니까?

엄원희 안 물어봤잖아요.

박용미 아, 네. 지금 아드님의 상태는 어떤가요?

엄원희 그냥 잘 버티고 있어요.

박용미 병원에서는 암에 걸린 이유가 뭐라고 하던가요?

이진호 그만하시죠. 재판과 관련 없는 이야기입니다.

박용미 관련 있습니다. 아드님이 암에 걸린 이유가 뭡니
까?

엄원희 (조심스럽게) 고엽제라고 하던데…… 솔직히 처음
에는 고엽제인지도 몰랐어요. 애가 워낙 건강했
으니까. 처음에는 놀랐는데 또 우리나라 복지가
워낙 잘되어 있어서 치료하는 데 있어서 돈이 나
오니까 우리는 좋아요. 시끄러운 일 만들고 싶지
도 않고.

박용미 피고대리인은 재판과 관련이 없다고 하셨는데,
고엽제가 뭘까요? (사이) 배심원 여러분! 고엽제

는 피고 대한민국의 책임 여부를 판단하는 데 있어 굉장히 중요한 증거입니다. 마를 고(枯)에 잎 엽(葉), 고엽제는 나무나 식물을 말라 죽게 하는 제초제인데요, 베트남전쟁 당시 베트콩이 숨어 있는 정글을 없애려는 미군 측에 의해 약 7천 400 만 리터가 살포됐죠. 엄청난 양입니다. 그 독성이 청산가리의 1만 배, 1그램이면 사람 2만 명을 죽인다고 하죠. 특히 공중 살포 때, 병사들은 모기에 물리지 않는다고 좋아하면서 떨어지는 물세례를 반기며 샤워를 한 군인들도 있다고 하죠. 심지어 베트남 전역에 뿌려져 베트남 주민들도 피해를 입었습니다. 고엽제는 체내에 축적이 되어 있다가 10-20년이 지난 후 천천히 증상이 나타나는데 각종 암, 피부염, 골수증, 파킨슨, 그리고 2세에게까지 유전돼서 엄청난 피해를 끼치고 있다고 하죠. 보십시오. 고엽제 피해자분들입니다. 아직도 본인이 고엽제 피해자인 줄 몰라서 등록 신청조차 못 하는 분들도 계십니다. 증인, 아드님은 등록 신청을 하신 거죠? 정부 보상금이 얼마나 됩니까?

엄원희   그거는 얼마였더라…….

박용미   아마 100만 원 정도 될 겁니다. 질병마다 급이 있는데 암이 제일 높은 등급입니다.

엄원희   그리고 우리는 나라에서 이것저것 돈이 나와요. 고엽제다, 국가유공자다, 장애인이다, 하면서 계속 돈을 주는데 우리는 복도 많지. 나라에 감사해, 진짜.

박용미　네, 알겠습니다. 아드님이 입원해 계신다고 했죠? 병원비가 상당할 텐데 나라에서 주는 보상이 충분하다고 생각하십니까?

엄원희　사람이 너무 욕심을 부리면 벌 받아요. 나라에서 뭔가를 해주고 있다는 게 중요한 거지. 우리 박정희 대통령이 독재를 안 했으면 우리가 이렇게 못 살지. 요즘 젊은 사람들은 고마운 줄 모르고. 문재인이를 감빵에 넣어야 돼.

이진호　재판장님, 큰 오해의 소지가 있어 제가 한 가지만 짚고 가도 되겠습니까?

박용미　안 짚으셔도 됩니다.

손중재　네, 가능하면 짧게 부탁드립니다.

이진호　감사합니다. 제가 고엽제가 이 재판과 관련 없다고 말씀드린 이유는, 고엽제 살포 주체가 원고 측도 말씀하셨다시피 미국이기 때문입니다. 그럼에도 한국은 나라를 위해 싸우러 나가 피해를 입은 이들에게 아직까지 최선을 다해 보상을 하고 있습니다. 우리 엄원희 증인의 사례만 봐도 알 수 있지 않습니까?

박용미　네, 좋은 정보 감사합니다. 다음 질문 드릴게요. 증인, 아드님이 베트남에 다녀오고 나서는 괜찮았는데 장애인이 되고 나서 이상해졌다고 하셨잖아요.

엄원희　뭐라고요?

박용미　아드님이 장애인이 되고 나서 이상해졌다고 하셨잖아요. 정말입니까? 혹시 증세는 그 이전부터 있었는데 증인이 보지 않으려고 노력하신 거 아닙니까?

박애경　재판장님, 원고대리인은 지금 신문을 유도하고 있습니다.

박용미　저기요.

엄원희　내가 못 배워서 그런지 몰라도 우리 변호사 선생님이 나를 이상한 애미로 만들려고 하는 거 같아. 나 갈래.

박용미　잠시만요, 마지막 질문 드릴게요. 증인, 아드님이 베트남에서 주 업무가 뭐였는지 아십니까?

엄원희　그럼요! 베트콩 때려죽이는 거!

박용미　증인은 빨치산을 본 적이 있다고 했죠?

엄원희　네.

박용미　6.25 당시에도 게릴라전이 있었는데 알고 계십니까?

엄원희　그럼요! 빨치산 가족도 다 빨치산이니까 속속들이 찾아내서 죽였죠.

박용미　증인의 고향이 함경도죠?

엄원희　네.

박용미　증인의 가족은 현재 북한에 있습니까?

엄원희　아까 말했잖아요.

박용미　증인은 빨갱이입니까?

이진호　(사이) 저기요!

엄원희　(당황하며) 지금 무슨 말 같지도 않은 소리를 하고 있어!

이진호	재판장님, 계속 두실 겁니까?
손중재	원고대리인, 경고입니다.
박용미	재판장님, 증인의 말대로 빨치산 가족이면 빨치산이라는 것과 증인의 가족이 북한 사람이기 때문에 증인이 빨갱이라는 것과 뭐가 다른가요? 베트콩은 다른가요?
엄원희	(소리를 높이며) 어디 베트콩이랑 우리나라 사람을 비교해?
박용미	증인이 빨갱이가 아니라면 증인의 아들이 죽인 사람들이 베트콩이라는 건 어떻게 알죠?
엄원희	(화를 내며) 베트콩을 안 죽였으면 내 아들이 죽었습니다. 어디 우리를 살인자 빨갱이로 몰고. 새파랗게 어린 년이 뭘 안다고!
손중재	원고대리인, 경고입니다.
박용미	네.
엄원희	(박용미가 나가면 울면서 나가며) 못된 년.
손중재	대리인분들, 신문 유의해주세요.
대리인들	네, 알겠습니다.
손중재	이상으로 엄원희 증인 신문 마치겠습니다. 배심원 여러분, 여러분은 피고 대한민국이 유죄라고 생각되는지 무죄라고 생각되는지 신중한 판단 부탁드립니다.

전환.

2 원고 측 증인 : 고정수

손중재	다음으로 원고 측의 첫 번째, 고정수 증인 나와 계십니까? (대답을 듣고) 증인석으로 나와주시기 바랍니다. (증인이 나오면) 경위님, 증인 신분 확인 부탁드립니다. (경위가 신분을 확인하면) 큰 소리로 선서서 읽어주시면 됩니다.
고정수	증인 선서! 나는 오늘 이 법정에서 양심에 따라 오로지 진실만을 말하겠다고 맹세합니다. 고정수.
손중재	네, 감사합니다. 앉아주시고요. 원고대리인, 신문 진행해주세요.

원고 측 신문

민기현	(잔디밭으로 나오며) 네, 원고대리인 변호사 민기현입니다. 신문 시작하겠습니다. 안녕하세요. 우선 본인의 소개 부탁드립니다.
고정수	네, 고정수입니다. 기자이자 연구자로 활동하고 있습니다.
민기현	증인은 언제부터 한국군의 베트남 민간인학살과 관련된 연구와 취재를 시작하셨나요?
고정수	20년 조금 넘었습니다.

민기현	네, 다음입니다. 미국에서 32년 만에 기밀이 해제된 주월미군감찰보고서입니다. 이걸 가지고 미퐁마을을 방문하셨다고요?
고정수	네, 이 보고서에는 아까 보셨듯이 살해당한 주검들의 사진이 있었어요. 학살 직후에 미군이 직접 들어가서 찍은 사진들이었는데요, 그래서 미퐁마을에 갈 때 이 사진을 들고 이 주검들이 누구인가, 누구의 가족인가 확인하기 위해서 갔습니다.
민기현	그 사진 속의 사람들을 직접 만나보셨나요?
고정수	네, 사진 속에 자신이 아는 사람이 있는 분들은 저한테 와달라고 부탁을 했고, 그런 분들이 계속 나타났습니다. 뭐 생존자도 계셨고 돌아가신 분의 유가족도 있었고요, 원고 응우옌티쭝의 어머니도 그 사진 속에 있었습니다.
민기현	원고, 사실인가요?
응우옌티쭝	네, 맞아요. 풀숲에 무더기로 죽어 있는 사람 중 한 명이 저희 엄마였는데, 사실 엄마 사진이 한 장도 없어가지고, 죽어계신 엄마 사진이라도 얻을 수 있어서 다행이다. 그랬어요.
민기현	감사합니다. 그럼 학살 생존자나 유족이라고 주장하는 베트남인들 중에 허위로 학살 피해를 주장할 가능성은 없나요? 예를 들면 베트콩인데 그걸 숨기고 피해를 입었다고 한다든가…….
고정수	없다고 봅니다.
민기현	그 이유가 뭔가요?
고정수	베트콩 상태에서 죽었다고 하면 베트남 정부로

부터 수당, 연금, 주택, 의료, 이런 여러 가지 혜택을 받는 국가유공자 대접을 받게 됩니다. 굉장한 가문의 영광이죠. 베트남분들은 "한 집에 베트콩 열사 한 명만 있어도 온 가족이 먹고산다" 이렇게들 말씀을 하시는데 굳이 베트콩 신분을 숨길 필요가 있었을까요?

민기현   다음입니다. 미퐁마을에는 희생자 위령비가 있습니다. 2002년에 한국월남참전군인회가 기부를 해서 세워졌는데요, 주민들은 이 위령비에 한국군의 가해 사실을 다음과 같이 적었습니다. "(……) 1968년 장룡부대 군인들이 나타나 양민들을 미친 듯이 학살했다. 마을은 붉은 피로 덮였고, 집들은 사람과 함께 태워졌다. 아이는 죽은 엄마 배 위에서 젖을 찾고 입술이 없어져 물을 마실 수가 없다. (……)" 이후 이 사실을 알게 된 한국대사관과 참전군인회에서 이 위령비에 새겨진 한국군의 가해 사실을 지우라고 압박한 사실이 있나요?

고정수   네, 그렇게 전해 들었습니다.

민기현   현재 미퐁마을 위령비에는 희생자 209명의 이름만 새겨져 있고 한국군의 가해 사실이 적힌 비문은 보이지 않는데요, 그렇다면 유족들은 참전군인회의 요구를 수용한 건가요?

고정수   아니요, 그렇지 않습니다. 베트남 중앙정부가 비문을 수정하라고 공문을 보냈었는데요, 그때 제가 미퐁마을에 갔었습니다. 주민들은 저를 위령비 앞으로 데리고 가서 "오늘 우리는 어쩔 수 없이 이 비문을 수정하거나 닫아야 하는데 그럴 수 없으니, 이 비문을 그대로 두고 연꽃 문양이 그려진 대리석 한 장을 얹어서 가리겠다. 오늘 외부인이라고는 너밖에 없으니 증인이 돼달라" 그러면서 "우리의 비문은 한 글자도 고치지 않았다. 머지않은 미래에 한국 친구들이 도와서 이 비문을 꼭 다시 열어달라" 이런 부탁을 했습니다. 그리고 20년이 다 되도록 그대로 덮어두고만 있는 상황인 거죠.

민기현   원고, 사실인가요?

응우옌티쫑   네, 사실입니다.

민기현   그렇다면 당시 심경이 어땠나요?

응우옌티쫑   나는 그랬어요. 한국군이 주민들을 다 죽이고 그랬던 게 첫 번째 학살이라면, 그다음 날 불도저 끌고 와서 무덤까지 밀어버린 건 두 번째 학살이고, 또 수십 년이 지나서 비문까지 수정하라고 하는 건 우리들의 정신까지 말살시키려는 세 번째 학살이 아니냐고요.

민기현   네, 알겠습니다. 보십시오. 좌측은 건립 당시의 위령비, 우측은 비문을 덮은 후의 위령비입니다. 마지막 질문입니다. 피고 대한민국은 한국군의 범죄사실을 계속 부인하고 있는데요, 증인은 미퐁 마을에서 한국군에 의한 민간인학살이 있었다고 보는 이유가 뭔가요?

고정수   증거가 많지 않습니까?

민기현	증거가 많다?
고정수	네, 제가 비유를 한번 해보겠습니다. 이태원 살인 사건 아시죠? 1997년 이태원 버거킹 화장실에서 한국인 대학생이 칼에 찔려 죽었습니다. 용의자는 미국인 두 명이었는데 둘 다 현장에는 있었지만 자기는 죽이지 않았다고 했습니다. 미퐁마을 사건의 한국군도 현장에 있기는 했는데, 누군가가 죽였지만 자기들은 죽이지 않았다고 합니다. 가령 미국이 이태원 사건에서 이런 결론을 냈다면 어땠을까요? 미국인은 죽이지 않았다. 미국을 음해하려는 반미운동가 한국인이 미국인으로 변장을 하고 찔러 죽이고 도망간 것이다. 웃기지 않나요?
민기현	네, 감사합니다. 이상입니다.

피고 측 반대신문

손중재	(민기현이 나가면) 네, 피고 측 반대신문 해주십시오.
박애경	(잔디밭으로 나오며) 피고 대한민국의 변호사 박애경입니다. 반대신문 시작하겠습니다. 안녕하세요.
고정수	네, 안녕하세요.
박애경	증인, 미퐁마을의 피해자들 신분은 어떻게 되나요, 양민인가요?
고정수	제가 묻고 싶은데요, 양민이라는 게 뭔가요?
박애경	그들은 민간인인가요?

고정수	양민의 기준이 뭔가요?
박애경	그들은 민간인, 양민……. 증인, 지금은 제가 증인에게 질문을 하는 시간이고요, 증인이 저에게 질문을 하는 시간이 아닙니다. 그렇기 때문에…….
고정수	일단 그 기준을 먼저 말씀해주셔야 될 것 같은데…….
박애경	그렇다면 당시 피해자들의 신분은 민간인이었습니까?
고정수	보통 이제 뭐 양민이냐, 아니냐를 많이 따지는데요. 저는 이 기준 자체가 퇴행적이고 후진적이고 구시대적이라고 생각합니다. 가령 남베트남을 지지하는 한 주민이 북베트남을 지지하는 친척과 밥도 먹고 술도 마셨습니다. 그럼 이 사람은 양민입니까, 비양민입니까?
박애경	질문의 요지를 파악하지 못하시는 것 같네요. 피해자들은 양민이었습니까?
손중재	저기, 대리인. 다른 질문으로 대체하시는 게 어떨까요?
고정수	(소리를 높이며) 그 사람들이 누구냐고 물으신다면, 그 사람들은 사람입니다, 사람! 양민을 죽였느냐, 베트콩을 죽였느냐가 아니라 그냥 사람을 죽였습니다!
박애경	다음입니다. 존 상병이 찍은 사진을 보면 시신이 무자비하게 훼손됐고 학살 수법이 매우 잔인한데요, 한국군이 이렇게 살상한 원인은 무엇이라

고 생각하시나요?

고정수   많은 분들이 한국은 유교적인 나라라서 그럴 리가 없다고 주장하는데요, 사실 한국 현대사만 봐도 특수한 경우는 아니라고 생각하고요. 왜 그렇게 죽였는지 저도 모르죠. 왜냐하면 내가 죽였다고 말하는 사람을 단 한 번도 본 적이 없으니까. 원고는 오늘 그런 사람을 만나서 같이 대한민국을 고소하려고 이 법정에 나와 있는 거고요.

박애경   시신 훼손 정도를 봤을 때 원한이 있었다고 생각되지는 않나요?

고정수   아니, 아무리 원한이 있어도, 사람을 죽여서 우물에 던지고, 여성의 가슴을 칼로 난자하고, 아기들을 총으로 난사하고, 도저히 정상적인 상태가 아니지 않나요?

박애경   한국군 공식 문서에는 사건 전날 베트콩 소탕 작전을 벌이던 중 한국군이 사망을 했고, 다음 날 보복성 소탕전을 했다고 하는데, 어떻게 생각하세요?

고정수   참 내, 소탕 작전이라는 건 기본적으로 적과 교전을 한다는 건데 주민들은 비무장 상태였고 대부분이 어린이, 노인, 여성 들이었습니다. 이걸 어떻게 소탕 작전이라고 합니까? 네, 일단 양보해서 그 기록이 사실이라고 해도 그러면 그렇게 막 죽여도 되나요?

박애경   자꾸 저한테 질문하지 마시죠. 증인의 서적에는 "미퐁마을은 베트콩들의 해방구였다. 마을 인구는 300여 명, 활동하는 베트콩 조직원은 80여 명, 촌장도 베트콩이었다"라고 나와 있죠? 이러면 베트콩 마을이 아닌가요?

고정수   제 책을 잘못 이해하신 거 같은데, 미퐁마을에는 남베트남 가족도 많았지만 베트콩 가족도 많았습니다. 자기 가족 같은 사람들이 그렇게 많은데 베트콩들이 어떻게 죽일 수가 있겠습니까? 오히려 이건 감히 베트콩들이 죽일 수 없는 지역이었단 걸 입증하는 거죠. 이런 질문 그만 좀 하시면 안 될까요?

박애경   안 됩니다. 베트콩 마을임을 인정하신 걸로 알겠습니다. 다음입니다. 증인은 피해자들 외에 한국 참전군인들의 증언은 얼마나 청취를 하셨나요?

고정수   정확히는 제가 세지를 않아서…… 아마 열 분 이상은 되는 것 같습니다.

박애경   열 분 이상은 된다? 혹시 너무 적은 수 아닌가요?

고정수   저기 그게…….

박애경   증인의 자료는 너무 편향적이지 않습니까? 그러면 증인이 조사한 내용을 발표할 때는 피해자들의 진술에만 근거했고, 가해자 쪽은 거의 청취하지 못했다는 것을 밝혀야죠.

고정수   굳이 그것을 밝혀야 됩니까? 예를 들어서…….

박애경   대부분이 피해자 쪽 진술에만 의존하는데 그게 객관적이고 공정한 자료라고 할 수 있을까요?

고정수   제가 더 이상 참고할 수 있는 자료가 없었습니다.

박애경   증인은 통계자료를 작성할 때 한국군 공식 문서를 보고 크로스체크를 했다고 말씀하셨죠?

고정수   물리적으로 모든 것은 불가능하지만 하려고 노력했습니다.

박애경   (소리를 높이며) 하려고 노력했나요, 했나요?

고정수   (소리를 높이며) 했죠, 네!

박애경   (소리를 높이며) 그럼 출처에 왜 단 한 곳도 인용이 안 됐나요?

고정수   (소리를 높이며) 한국군 공식 문서에는 학살에 대한 언급이 하나도 없었습니다. 저는 학살을 얘기하고 있는 자료들의 출처를 밝힌 겁니다.

박애경   (소리를 높이며) 그럼 왜 다 그냥 '한국군'인가요? 단 한 건의 학살에 대해서도 부대를 특정하지 않았습니다.

고정수   저는…….

박애경   본 거 맞습니까?

고정수   저는…….

박애경   본 거 맞습니까?

고정수   예를 들면 지금…….

박애경   봤는데도 왜 부대를 특정하지 못하죠? 그게 얼마나 많은 오해를 불러일으키는지 모르십니까? 지금 모든 참전군인의 명예를 훼손하고 있지 않습니까?

고정수   (화를 내며) 저기요, 말 좀 끊지 맙시다. (진정하며) 지금 미퐁마을처럼 굉장히 많은 증거가 있어도 한 부대를 특정하기가 어렵습니다. 여러 부대가 관련이 있으니까요.

박애경   이상입니다. 미퐁마을의 사건으로 대한민국의 잘
              못을 따지기에는 지금까지 제시된 증거들과 증
              언들이 너무 편향적이지 않나 생각하고요, 반대
              신문 마치겠습니다.

손중재   (박애경 들어가면) 네, 감사합니다. 증인, 고생하셨
              습니다.

고정수, 들어간다.

전환.

3 원고 측 증인 : 이문안

손중재   다음으로 원고 측 이문안 증인! 증인석으로 나
와주시기 바랍니다. (증인이 나오면) 이제 우리 어
느 정도 아니까 신분 확인과 선서는 넘어갈까요?
(대답을 듣고) 원고대리인, 신문 진행해주세요.

원 고 측 신 문

박용미   (잔디밭으로 나오며) 네, 시작하겠습니다. 증인, 이
름을 말씀해주시겠습니까?

이문안   이문안인데요, 안녕하세요. (원고에게) 안녕하세요.

응우옌티쭝   네, 안녕하세요.

박용미   네, 이문안 님. 전역한 지 얼마 안 되셨다고요.

이문안   네! 올해 초에 전역했습니다.

박용미   어디 부대에서 복무하셨나요?

이문안   장룡부대, 81대대 소속이었습니다.

박용미   아, 장룡부대……. 장룡부대에 입대한 계기가 있
습니까?

이문안   멋있잖아요. 학교 선배가 어차피 군대 갈 거면 해
병대 가라고, 해병대 정신 갖고 사회에 나오면 뭘
해도 된다고 했거든요. 그 선배 전역하고 바로
소방시험 붙어서 결혼까지 쭉 갔는데 그거 보고

'아이 씨, 나도 어차피 조진 인생, 해병대나 가보자' 그래서 들어갔어요.

박용미 아, 네. 해병대가 자부심이 굉장한 것 같은데 해병대 병영문화만의 특징인가요?

이문안 병영문화요? 문화라고 부르기도 애매한데……. 아! 많이 맞고 많이 때려서?

박용미 아, 많이 맞고 많이 때린다고요?

이문안 그럼요, 말하기 시작하면 끝도 없죠. 상관이 명령하면 하관은 무조건 복종해야 되는데, 사실 이게 (손목을 보여주며) 선임이 제가 팔자걸음 걷는다고 군기 빠졌다고 메뚜기 자세를 시켰는데, 절 걷어찼어요. 그런데 제가 잘못 넘어져가지고 손목이 부러진 거예요. 제가 매일 아대 차고 다니니까 사람들이 자살 시도 한 거 아니냐고, 아무튼 그래요.

박용미 아, 네, 알겠습니다. 증인은 2021년 현재의 군 실태의 일부를 공유해주신 것 같습니다. 본론입니다. 증인은 군복무를 하기 전에 베트남전쟁에 대해서 알고 있던 게 있습니까?

이문안 몰랐어요. 베트남 하면 쌀국수? 쌀국수 먹고 싶다. 휴양지? (원고에게) 아줌마, 저 군대 가기 전에는 거기서 전쟁이 있었는지 몰랐어요, 진짜.

응우옌티쭝 아, 네.

박용미 증인은 장룡부대가 베트남파병을 위해 창설된 부대라는 사실을 알고 계셨나요?

이문안 그럼요, 우리나라 최초의 파병부대라고, '베트남

전장의 전설, 신화를 남긴 해병대' 하면서 가르쳐 줘요. 훈장도 많이 받았다고 하던데요.

박용미   그럼 요즘 장룡부대에서는 베트남전쟁에 대해서 어떻게 가르쳐주나요?

이문안   베트남에서 장룡부대가 1번 국도를 개척했고, 베트남에서 대승을 거뒀다?

박용미   그럼 부대 내에 전해오는 전투지침이라든가, 베트남전쟁 관련해서 들은 게 있습니까?

이문안   전투지침은 따로 못 들었던 것 같고…… 그 얘기는 하죠. 놀라지 마세요. "악! 싸워서 죽이고, 뛰고, 그다음에 생각해라, 질 바엔 죽어라!" 그런 내용이 베트남전쟁 때 불렀던 군가에도 있거든요? 그걸 아직까지 부르는데 〈원더풀 해병〉이라고, 불러볼까요? "싸워서 이기고 지면은 죽어라 헤이 빠빠리빠!" 이런 게 있어요. 또 이것도 파병 갔을 때부터 불렀던 군가래요. 〈장룡은 간다〉라고, "월남의 하늘 아래 메아리치는, 귀신 잡던 그 기백 총칼에 담고, 붉은 무리 무찔러 자유 지키러, 삼군에 앞장서서 장룡은 간다". 필승!

변구윤   (갑자기 자리에서 일어서서) 야, 인마, 너 몇 기야?

이문안   1225기입니다!

변구윤   (잔디밭으로 나와 돈을 건네며) 일로 와봐. 나는 네가 자랑스럽다.

이문안   (돈을 받으며) 감사합니다. 필승! 2절도 부를까요?

박용미   아뇨, 됐습니다.

이문안   (변구윤이 들어가면) 아, 네. 들어가면 이런 군가들은 당연히 전부 다 외워야 되고요, 못 외우면 또 처맞아요. 평생 맞을 것 다 맞아서 죽어서도 안 까먹을 것 같아요.

박용미 그렇다면 증인, 혹시 군대에서 장룡부대가 저지른 베트남 민간인학살에 대해서 배운 적은 없습니까?

이문안 안 배웠는데요.

박용미 아예 언급이 없었나요, 한국군의 미퐁마을 민간인학살이라든지?

이문안 저 나름 정신교육 열심히 받는 편이었는데 기억이 안 나요.

박용미 네, 알겠습니다. 다음입니다. 증인 아버지께서 이라크로 2005년에 파병을 다녀오셨다고 했죠?

이문안 네, 중사로 참여하셔서 그 당시 돈으로 월 500 정도 받았다고 하셨어요.

박용미 파병 이후에 아버지가 뭔가 달라졌거나, 그런 점은 없었습니까?

이문안 음…… 아! 포탄 소리를 너무 많이 들으셔서 이명이 생기셨대요. 귀가 웅웅거리고 삐 소리가 들린다고, 밤마다 거실에서 서성거리고 계셨던 게 기억나요. 그거 말고 특별한 건 없었습니다.

박용미 네, 감사합니다. 배심원 여러분, 1968년 미퐁마을에서 학살을 저질렀던 장룡부대는 2021년 현재 베트남에서의 한국군을 신화와 전설로만 미화하면서, 학살에 대한 언급은 전무한 상태입니다. 질 거면 죽으라는 극도의 야만성, 폭력의 악습, 붉은 무리 무찔러 자유를 지키러 가자는 노래가 2021년에도 계속되고 있는 것은 우리 증인을 통해 너무나도 잘 드러났습니다. 또한 증인의 아버지께서는 2005년, 민간인 희생자가 145만 명이 발생한 이라크로 파병을 다녀오셨습니다. 베트남전쟁과 이라크전쟁의 공통점은 모두가 동의하지 않는 명분 없는 전쟁이었다는 것입니다. 우리가 과거에 대해 반성하지 않는 이상, 우리는 또 다른 전쟁에 파병을 할 것이고, 또 다른 민간인학살은 계속될 것입니다. 이렇게 해서 우리에게 남는 게 대체 무엇입니까? 대한민국은 국가로서 학살을 은폐한 혐의에 대해 책임을 지고, 다시는 이런 비극이 일어나지 않도록 노력해야 할 것입니다. 이상입니다.

손중재 (박용미가 들어가면) 네, 피고 측 반대신문 해주십시오.

피고 측 반대신문

이진호 (잔디밭으로 나오며 박용미에게) 네, 감동적인 연설 잘 들었습니다. 증인, 신문 시작해도 되겠습니까?

이문안 그런데 원래 증인이 이런 건가요?

이진호 네?

이문안 저한테 듣고 싶은 얘기만 다 뽑아먹고, 이렇게 사람 앉혀놓고 기분 이상하게 만드는 거? 전 괜찮은데, 저희 아버지도 이상해지는 건 좀 아닌 것 같습니다. (사이) 그런데 괜찮습니다.

이진호 원고대리인께서 결례를 범해 제가 대신해서 사과의 말씀을 드립니다.

박용미 저기요, 왜 그쪽이 사과를 하세요. 나대지 마세요.

이진호 나대지 말라니요, 변호사가 그런 말씀을 써서 되겠습니까?

박용미 제 증인입니다, 제가 알아서 하겠습니다.

이진호 증인께서 기분이 이상하시다잖아요.

박용미 네, 증인, 제가 사과드리겠습니다. 죄송합니다.

이진호 제대로 사과하세요.

손중재 두 분 적당히 하시죠.

박용미, 이진호 죄송합니다.

손중재 증인, 계속 진행해도 될지, 혹시 시간이 더 필요한지 말씀해주실래요?

이문안 네, 뭐, 해보겠습니다.

이진호 감사합니다. 재판장님! 신문 시작 전, 군인의 지위 및 복무에 관한 기본법을 잠시 짚고 가도 되겠습니까? 군대와 군인에 대한 개념이 잘못 전달되고 있는 것 같아서요.

손중재 네, 알겠습니다.

이진호 감사합니다. 제1장 총칙의 요약 내용입니다. 군인의 기본정신! 증인께서 한번 멋있게, 군인처럼 읽어봐주시겠습니까?

이문안 네! 하나, 군기! 군기는 군대의 규율이며 생명과 같다. 군기를 세우는 으뜸은 명령에 대한 자발적

인 준수와 복종이다. 둘, 사기! 군대는 사기에 좌
우된다. 군인은 굳센 정신력과 튼튼한 체력을 길
러 죽음에 임하여서도 맡은 바 임무를 완수하겠
다는 왕성한 사기를 간직해야 한다. 셋, 단결! 전
쟁의 승리는 오직 단결된 힘에서 얻을 수 있다.
부대의 전통과 명예를 위해 지휘관을 중심으로
굳게 단결해야 한다.

이진호   네, 여기까지입니다. 감사합니다, 증인.

이문안   네, 감사합니다.

이진호   군대는 일상의 공간이 아니라 대한민국을 지킬
수 있는 군인을 만들고 훈련시키는 곳입니다. 본
재판을 진행하기 위해서 군대의 목적이 뭔지, 군
인의 사명이 뭔지, 우리 박용미 원고대리인께 잘
전달이 되었으면 좋겠습니다. 신문 시작하겠습니
다. 장룡부대는 용맹한 전투력 외에도, 맞춤형 대
민지원과 사고자 구조 등으로 유명한 걸로 알고
있습니다. 증인께서도 복무 중 대민지원에 참여
한 적이 있습니까?

이문안   네, 있습니다! 저도 방역이나 태풍 복구 지원에
자주 나갔고, 제 선임은 휴가 중에 바다에서 익수
자 구조해서 포상 휴가를 받았습니다. 저는 솔직
히 훈련 안 하고 대민지원 나가면 꿀이라서 좋아
했습니다.

이진호   네, 감사합니다. 장룡부대는 베트남전쟁 당시에
도 다리 건설, 도로 신설, 의료 봉사, 보급품 전달
등 현지에 큰 도움을 줬죠. 그래서 아직까지 한국

에 호감을 갖고 반기는 베트남인들도 많습니다. 이게 베트남전쟁에서부터 지금까지 우리 장룡부대가 이어온 하나의 가치가 아닌가, 생각이 들고요. 증인, 군 생활의 긍정적인 면은 뭐였을까요?

이문안   군대 갔다 오면 사람 된다고 하는데 제가 보기엔 사람이 아니라 바위가 되는 것 같아요. 사람이 하도 다져지다 보니까 단단해지는? 진짜 남자가 된 것 같습니다.

이진호   이야, 제 생각에 우리 증인에게 해병대는 정말 안성맞춤이었던 것 같습니다. 감사합니다.

이문안   네, 감사합니다!

이진호   혹시 아버지께서 이라크전쟁 당시 참여하셨던 파병부대는 어디였습니까?

이문안   자이툰부대에서 복무하셨습니다.

이진호   자이툰부대요? 자이툰부대는 현지에서 무료 진료, 직업 교육, 마을 재건 등에 참여했고 테러 예방까지 수행했습니다. 현지인들의 환영은 물론이고, 미 국방장관이 벤치마킹을 하겠다는 의사까지 보였죠? 증인, 아버지 자랑스러워하셔도 됩니다.

이문안   네, 감사합니다!

이진호   한국군 해병대는 평화 재건 목적으로 파병을 가서 대외적인 이미지도 훌륭합니다. 베트남전쟁에서 배운 게 없었다면 이런 평가가 가능했다고 생각하십니까? 파병 자체가 잘못된 건가? 이제는 진영 싸움으로 파병을 하는 게 아니잖아요. 원고

	대리인 말씀은 대한민국 군대가 민간인학살만을 위한 군인을 생산해내고 있는 것처럼 들려서요.
박용미	네, 왕성한 사기로 잘 한번 생각해보겠습니다.
이진호	네, 감사합니다. 그래서 본인은 대한민국의 파병과 군대의 역사는 시간이 흐를수록 긍정적인 방향으로 발전되고 있다는 주장을 드린 겁니다. 감사합니다.
이문안	(이진호가 들어가면) 뭐, 더 궁금한 건 없으신가요? 저 시간 많은데…….
이진호	네, 괜찮습니다. 감사합니다, 증인.
손중재	증인, 고생하셨습니다.
민기현	자리로 돌아가시면 됩니다.
이문안	수고하셨습니다. (변구윤에게) 필승! (원고에게) 수고하셨습니다!

이문안, 나간다.

전환.

4 피고 측 증인 : 변구윤

손중재 다음으로 넘어가기 전 확인하겠습니다. 혹시 재정증인 신청 있으신가요? 있으신가요? (사이) 알겠습니다. 넘어가겠습니다. 다음으로 피고 측, 변구윤 증인. 증인석으로 나와주시길 바랍니다.

변구윤 (자리에 나와서) 필승!

손중재 네, 필승입니다. 피고대리인, 신문 진행해주세요.

피 고 측 신 문

변구윤 (이진호가 잔디밭으로 나오면) 여러분, 월남전은 아직 끝나지 않았습니다.

이진호 증인?

변구윤 (소리를 높이며) 저 반민족좌파 빨갱이 세력인 고정수와 무리들은 자폭하라, 자폭하라!

손중재 증인, 실례지만 여기에 나오신 이유가 뭡니까?

변구윤 오는 길에 눈부신 발전을 이룬 건물들을 보면서, 숨겨간 전우들을 대신해 나만 호사하는 게 아닌지 송구스러웠습니다. 내 목숨이 끊어지는 한이 있더라도, 월남전 참전은 하늘을 우러러 한 점 부끄러움이 없다는 것을 우리 후대에게 알리기 위해 내 이 자리에 왔습니다.

손중재	네, 좋고요. 한 가지만 부탁드리겠습니다. 오늘 이 법정에는 원고이자 피해당사자이신 응우엔티쭝이 같이 있습니다. 부디 최소한의 예의를 지켜주시면 감사드리겠습니다.
변구윤	네, 명심하겠습니다. 재판장님!
이진호	괜찮으시면 시작해도 될까요?
변구윤	네, 그럽시다.
이진호	먼저 증인의 성함을 말씀해주시겠어요?
변구윤	변, 구 자, 윤 자. 변구윤이라고 합니다. 현재 대한참전군인회 부회장을 역임하고 있습니다.
이진호	네, 부회장님. 증인은 1967년도부터 1968년까지 장룡부대 25중대 1소대에 계셨다고요?
변구윤	네, 맞습니다.
이진호	그 기간 장룡부대는 '흑룡1호 작전'을 약 한 달간 추진했는데 오늘 법정에서 다루고 있는 미퐁마을 사건도 이 작전 중에 일어난 일입니다. 알고 계셨나요, 증인?
변구윤	네, 그런데 그것은 우리 중대 관할은 아니었습니다.
이진호	네, 변구윤 님의 중대 관할은 아니었다. 그럼 미퐁마을뿐만 아니라 그 꽝남성 일대의 마을 총 30여 개에서 4천여 명 이상의 민간인 사망자가 나온 것으로 추정되고 있습니다. 이에 대해서는 어떻게 생각하십니까?
변구윤	내가 그 현장에 있었던 사람으로서 그게 다 민간인이었다는 거에는 동의를 할 수가 없어요.

이진호	변구윤 님께서는 당시 사망자가 모두 민간인이 었다는 것에는 동의하지 않는다는 의견을 주셨 습니다. 그러면 그 '흑룡1호 작전'에 대해 증인이 아는 대로 간단히 설명해주시겠습니까?
변구윤	네, 고것은 제가 전문가니까. 자, 엄연히 전쟁에도 약속은 있어요. 네, 1968년 1월에 베트콩들이 구 정 연휴에는 휴전을 하자고 제안해왔습니다. 그 래가 우리는 베트남 양민들을 생각해서 오케이 했죠. 그런데 1월 31일 구정 당일 날 갑자기 베트 콩 새끼들이 약속을 깨고 베트남 전역에서 공격 을 해왔습니다. 이걸 바로 구정대공세라고 부른 다, 아시겠죠? 그래가 우리가 얼마나 열이 받았 겠습니까? 그래서 우리 한국군하고 미군은 지지 않고 곧바로 싸그리 격퇴시켜버렸습니다. 여기서 끝나지 않고 약 한 달간 잔당 소탕 작전에 들어 갑니다. 왜냐! 베트콩 새끼들이 남아서 부비트랩, 지뢰, 이런 것을 사방에 깔아놓고 뭐 지랄들을 하 고 있었으니까요. 이것이 '흑룡1호 작전'이다, 아 시겠죠?
이진호	네, 감사합니다. 너무 잘 설명을 해주셨네요. 그 렇다면…….
변구윤	그러니까 지금 계속해서 우리 한국군한테 왜 민 간인을 학살했냐고 따지기 전에! 사건의 시초가 되는 구정대공세를 베트콩 새끼들이 대체 와 저 질렀는지, 여기서부터 문제 제기가 되어야 올바 른 겁니다. 약속을 안 지킨 건 베트콩 새끼들입니

다. 아니, 그것 때문에 발생한 민간인 사망자들이 우리 탓이라고요? 민간인만 죽었습니까? 우리 한국군은요? 제발 좀 우리 한국군을 욕하기 전에 단 한 번만이라도 제대로 알고, 욕을 해주시면 감사드리겠다, 이 말입니다. 아시겠죠?

이진호 그러니까 베트콩이 먼저 약속을 깨서 한국군이 피해를 입었다는 거죠?

변구윤 처참히 죽었습니다.

이진호 네, 알겠습니다. 그럼 그 '흑룡1호 작전' 중에 기억에 남는 사례가 있을까요?

변구윤 당시에 우리 중대 임무가 도로 정찰이었습니다. 1번 국도라고, 우리나라로 치면 경부고속도로. 한번은 정찰을 마치고 철수를 하는데 갑자기 옆 동네에서 총탄이 날아와. 그래가 우리가 세 개 조로 나뉘어서 수색을 하는데 갑자기 잘 가던 두 놈이 땅으로 꺼지는 겁니다. 내 가보니까, 구덩이 안에 죽창이 서 있는데 한 놈은 하반신이 그대로 꽂혔고 한 놈은 그게 튀어 올라서 얼굴에 그대로 박혔어. 방금까지 나랑 떠들던 놈인데 악 소리도 못 내고 죽은 거야. 그러니 우리가 어떻게 됐겠습니까? 눈깔이 막 뒤집혀버리죠. 중대장은 곧바로 공격 명령 때리고 우리는 베트콩 마을로 들어가 작전을 했어요.

이진호 당시 한국군은 어떻게 그곳이 베트콩 마을이라고 판단할 수 있었나요?

변구윤 (소리를 높이며) 거기서 총을 갈겼다니까!

이진호 네, 제 말은 조금 더 구체적으로 말씀을…….

변구윤 전투 경험입니다. 베트콩은 총소리부터 달라. 베트콩은 소련제 소총을 썼고 우리 한국군하고 미군은 미제 M16, 종류가 다릅니다. 실제로 전투를 못 해본 사람들은 죽었다 깨어나도 모릅니다. 그게 전투고, 전쟁입니다.

이진호 원고 측에서는 아이와 노인 들은 베트콩으로 볼 수 없다고 계속 주장하고 계시는데 이에 대해서는 어떻게…….

변구윤 이런 말이 있습니다. "유일하게 좋은 베트남인은 죽은 베트남인이다." 꼬마들이 "따이한 찌렌, 찌렌" 하면서 담배 달라고 따라와. 꼭 우리 6.25 때 '깁미 쪼코렛, 깁미 쪼코렛' 했던 것 같아서 내 머리를 쓰다듬어주잖아? 갑자기 이 개새끼들이 수류탄 까고 정글로 토까는 겁니다. 월남에 양민이라고 확신할 수 있는 건 없어. 남녀노소 뼛속 깊이 다 베트콩이야!

이진호 그러니까 증인께서는 민간인학살이 아니라 베트콩과의 전투였다고 말씀하시는 거죠?

변구윤 우리는 학살이 아니라 전쟁을 한 겁니다. 뭣도 모르고 양민학살이라고 지랄해대는 것들이 하도 상스러워서 내 참고 참다가, 정말 해도 너무해서 이렇게 솔선수범해서 나왔습니다. 우리 참전군인, 나아가 대한민국은 하나도 잘못이 없습니다.

이진호 네, 감사합니다. 이상입니다.

손중재 (이진호가 들어가면) 네, 원고 측 반대신문 해주십시오.

민기현 (잔디밭으로 나오며) 네, 신문 시작하겠습니다. 안녕하세요. (사이) 안녕하세요! 증인은 베트남전에 참전하신 계기가 뭡니까?

변구윤 군인이 전쟁하러 갔지, 쌀국수 먹으러 갔겠습니까? (사이) 돈 준다니까 갔습니다. 가난이랑 싸우러 간 겁니다. 됐습니까?

민기현 바로 본론으로 들어가겠습니다. 증인은 베트콩 총소리를 듣고 베트콩 마을로 판단하셨다고 하셨는데, 그렇다면 마을로 진입했을 때 베트콩과의 교전이 있었습니까?

변구윤 없었습니다, 다 숨어버렸지. 우리가 워낙에 철저히 수색을 하니까 무서워서. 전부 끌어내서 처벌했습니다.

민기현 그 사람들이 전부 다 베트콩이라는 증거가 있습니까?

변구윤 아니, 결백한 양민이 와 땅굴 속에 숨어 있었겠습니까?

민기현 어떻게 확신할 수⋯⋯.

변구윤 아유, 우리가 작전을 했던 꽝남성은 미국도 빨갱이 지역이라고 했던 곳입니다. 기습당해버리는 경우가 허다했단 말입니다. 딱 봐도 베트콩 총소리고, 내 옆에 전우들 머리가 터지는데, '당신은 베

트콩입니까?' 물어보고 '아, 맞아요' 이러면 죽여
도 된다, 뭐 이런 거예요?

민기현 최소한의 노력이라도 했어야 한다는 말입니다.
언제까지 민간인 죽인 걸 전쟁이라 어쩔 수 없다
고만 할 겁니까?

변구윤 변호사 당신이 거기에 있었으면 안 그랬을 것 같
습니까, 안 그러면 당신이 죽는데?

민기현 물론 군인의 죽음도 안타깝습니다! 하지만…….

변구윤 지금 뭐 베트콩 빨갱이 편들어주는 겁니까? 그럴
거면 베트남 가서 재판을 하세요!

민기현 그래서 민간인학살 하셨냐고요? '네, 아니요'로
답해주십시오.

변구윤 야, 이 사람아! 그거는 '네, 아니요'로 답할 수 있
는 그런 문제가 아니에요. 전쟁이 뭔지도……. (민
기현에게) 군대 갔다 왔습니까?

민기현 (당황하며) 지금은 제 군대 얘기를 하는…….

변구윤 군대 갔다 왔습니까, 안 갔다 왔습니까?

민기현 저기요, 증인…….

변구윤 군대 갔다 왔습니까, 안 갔다 왔습니까?

민기현 (사이) 면제입니다.

변구윤 에헤이, 남자가? 군대에 가면 전쟁의 목적이 민간
인 살리기라고 안 배웁니다.

민기현 제 말을 끊지…….

변구윤 누가 민간인이 잘 죽었다고 합니까? 요즘 같은
시대가 아니라 전쟁이었다는 겁니다.

민기현 자꾸 전쟁이라 어쩔 수 없다고 하시는데……. 넘

어가겠습니다. 당시 한국군의 전술지침을 보겠습니다. 하나, 보이는 것은 모두 베트콩들이다. 둘, 깨끗이 죽이고 불태우고 파괴한다. 셋, 물을 퍼서 고기를 잡는다.

변구윤 (끼어들며) 넷, 어린이도 첩자다. 다섯, 놓치는 것보다 오인사살이 낫다. 여섯, 적을 안 죽이면 내가 죽는다. 전술지침은 곧 생존지침이었습니다.

민기현 배심원 여러분, 여기서 물은 민간인, 고기는 베트콩을 뜻합니다. 민간인을 퍼서 베트콩을 잡는다는 것은 한국군의 학살이 우발적인 것이 아니라 조직적인 학살이라는 것을 보여주고 있습니다.

변구윤 그러니까 애초에, 애초에 정정당당하게 정규군만 전투를 했으면 이런 일이 없었을 것 아닙니까? (울먹이며) 베트콩들이 먼저 민간인인지 베트콩인지 구분 안 가는 전술을 썼다, 이 말입니다. 이게 왜 우리 잘못입니까? 그리고 베트콩은 뭐 맨몸으로 덤빈 줄로 알아요? 걔네들은 소련하고 중공한테 지원을 어마무시하게 받았습니다. 또 거기가 베트콩 홈그라운드 아니겠습니까? 누가 유리합니까? 쉽게 보이면 우린 싹 다 몰살이었습니다. 전쟁에서 중요한 건 이기고 지는 게 중요한 게 아니라 살아남는 게 중요한 겁니다. 어디 다른 방법 있으면 한번 말씀을 해보세요!

민기현 (변구윤이 울먹이는 것을 바라보다) 배심원 여러분, 우리 참전군인들은 식민지배, 한국전쟁을 겪어오며 모든 불행은 빨갱이 때문이라고 배워왔습니다. 어쩌면 피해 민족으로 당해온 억울함을 애꿎은 대상한테 분풀이한 것일 수도 있습니다. 그런데 국가는 이들에게 폭력을 사주하고 복종을 강요하면서도 책임지지 않고 빠져나갔습니다. 저는 우리 증인도 피고 대한민국의 피해자라고 생각하며 대한민국은 민간인학살에 대한 책임을……

변구윤　(눈물을 닦으며) 에이, 변호사님! 나는 그거는 아니라고 생각합니다. 대한민국이 와 책임을 집니까? 그리고 전쟁을 일으킨 미국은 처벌받았습니까? 미국한테는 찍소리도 못 내면서 우리 대한민국한테 이러는 거 웃기지 않아요?

민기현　그렇다고 대한민국과 한국군의 잘못이 없어지는 것은 아닙니다. 그걸 따져보자는 자리고요.

변구윤　뭘 따져봐요, 이미 민간인학살이라고 땅땅땅 정해놓고서! 그리고 베트남에서는 뭐라고 했습니까? 사과는 용병이었던 한국군이 할 게 아니라, 패전국인 미국한테 받아야 된다! 베트남에서 원하지 않는 사과를 우리가 억지로 밀어붙이는 게 맞습니까?

민기현　베트남에서 사과를 원하지 않는 게 아니라요…….

변구윤　압니다, 알아요. 한국군의 민간인학살이 문제가 되면 베트콩들의 민간인학살도 문제가 되니까 몸 사리는 거지. 베트콩들도 민간인 엄청 죽였으니까요.

민기현　증인, 계속해서 모든 걸 국가 간의 문제로 돌리려고 하고 있는 것 같은데요, 이 사건의 원고는 피해당사자 개인, 응우옌티쭝입니다.

변구윤 그러니까 내 말이요, 이건 개인의 문제라는 겁니다. 와 쓸데없이 대한민국을 피고로 만들어서 일을 복잡하게 만듭니까?

박용미 그럼 좋습니다, 저도 질문 하나 드릴게요. 증인은 일본이 일본군 '위안부' 피해자들에게 사과해야 한다고 생각하십니까?

박애경 재판장님, 원고대리인은 이 재판과 관련 없는 질문을 하고 있습니다.

손중재 일단 한번 들어보겠습니다.

변구윤 사과를 해야죠, 쪽바리 새끼들이.

박용미 이유는요?

변구윤 그거야 쪽바리 새끼들이 우리 할머니들을 거시기, 자빠뜨렸으니까 당연히 사과를 해야죠.

박용미 그렇다면 베트남 민간인을 살해하고 베트남 여자들을 성폭행한 한국군의 행위에 대해 한국이 사과를 해야 한다고 생각하십니까?

변구윤 뭔 말도 안 되는 소리를 하고 있어. 쪽바리 새끼들이랑 우리랑 같아?

박용미 뭐가 얼마나 다릅니까? 일본 욕을 그렇게 하면서 지금 사과 못 하겠다고 잡아떼는 건 똑같은 거 아닙니까?

변구윤 저기요! 우리가 쪽바리 새끼들처럼 식민지배 했습니까? 베트남 여자들을 납치해가지고 위안소에 넣고 성 노리개 만들었어요? 어디 우리를 쪽바리 새끼들이랑 똑같이 보고 있어?

손중재　증인, 진정해주십시오.

박용미　우리가 베트남에 사과하지 않으면 일본에게 사과받을 수 있습니까? 그럴 자격이나 됩니까?

박애경　듣자 하니까 말이 안 되는 것 같아서요, 우리가 일본한테 사과받으려고 베트남한테 사과해야 하는 겁니까?

박용미　네?

박애경　우리가 베트남한테 사과 안 하면, 일본도 우리한테 사과 안 해도 되는 거네요?

박용미　그게 아니라 우리가 가해자라는 걸 인정하자는 겁니다.

손중재　여기 법정입니다, 최소한의 예의를 지켜주세요!

박용미, 박애경　죄송합니다.

변구윤　재판이 개판이야.

민기현　마지막 질문 하겠습니다. 대한민국은 증인의 목숨값을 대신 받고, 증인을 무자비한 전쟁터로 몰았습니다. 그런데도 대한민국이 원망스럽지 않으신가요?

변구윤　다 이유가 있을 겁니다. 요즘 젊은것들은 애국심이란 걸 개미 똥만으로도 안 보는데, 나라가 있어야 국민이 있는 거고, 국민이 있어야 나라가 있는 겁니다! 우리 참전용사들 덕에 누릴 건 다 누려놓고 살 만해지니까 이제 우리한테 살인죄를 묻겠다는 겁니까? 이 재판이 우리 참전용사들에겐 엄청난 실망이고 상처다, 이 말입니다!

민기현	그러니까 국가가 그 상처를 외면하고 있잖아요.
변구윤	재판은 당신들이 열었고 저 베트콩 년이 연 거 아닙니까?
응우옌티쭝	지금 뭐라고 하셨어요?
박용미	증인, 원고에게 예의 지키십시오!
변구윤	(소리를 높이며) 우리한테나 예의 지켜, 이 빨갱이 새끼들아!
박애경	증인!
변구윤	(화를 내며) 베트콩 년들 말만 말이야? 우리 말은 귓등으로도 안 들어? 사람 말 무시하지 마!
박애경	증인, 흥분하지 마시고요.
민기현	신문 마치겠습니다.
변구윤	(민기현이 들어가는 동시에 소리를 지르며) 저 반민족 좌파 빨갱이 정권은 자폭하라! 자폭하라!
손중재	증인, 퇴정하세요.
변구윤	(경위가 가까이 다가가자 팔을 뿌리치고 나가며) 됐습니다. 내가 나갈 겁니다. 아주 빨갱이 소굴이야, 빨갱이 소굴!
손중재	원고, 괜찮으십니까?
응우옌티쭝	네, 괜찮습니다.

추가 증거물 공유

손중재	다음으로 넘어가겠습니다.
이진호	죄송합니다, 재판장님. 배심원분들과 추가 증거물 하나만 공유해도 되겠습니까?

손중재	네, 그러시죠.
이진호	(잔디밭으로 나오며) 배심원분들, 앞에 사진을 봐주 시겠습니까? (사이) 여러분은 누가 베트콩으로 보 이고 누가 민간인으로 보이십니까? (사이) 이상입 니다.

이진호, 들어간다.

전환.

5 원고 측 증인 : 유정호

손중재   네, 다음으로 넘어가겠습니다. 원고 측 유정호 증인! (대답을 듣고) 증인석으로 나와주시기 바랍니다. (증인이 나오면) 원고대리인, 신문 진행해주세요.

원고 측 신문

박용미   (잔디밭으로 나오며) 네, 편하게 본인 소개 부탁드립니다.

유정호   저는 유정호입니다. 전쟁포로였습니다.

박용미   전쟁포로 유정호 님. 국방부는 32만 명이 참전한 베트남전쟁이 끝난 직후 한국군 사망자는 4천여 명, 실종자는 여섯 명, 포로는 단 한 명도 없었다고 발표합니다. 그런데 본인이 포로였다고 주장하시는 이유는 뭔가요?

유정호   포로였으니까요.

박용미   조금만 더 구체적으로…….

유정호   변호사님은 32만 명이 넘게 나간 전쟁에 포로가 빵 명인 걸 믿으세요? 한국군은 용맹해서 포로 따위는 없다! 지들 딴에는 이렇게 주장했는데 전쟁 끝난 해에 갑자기 북베트남에서 미군을 통해가지고 한국군 포로 한 명을 보낸 거야. 어떻게 해? 한국 입장에서는 거짓말하다 들켜서 쪽팔리지만 안 받을 수 없잖아요? 그 뒤로 한두 명 더 들어오고. 공식적으로는 그게 끝이고 전 비공식적으로 들어온 포로입니다. 그 뒤로 더 있다고 알고 있어요.

박용미   왜 대한민국이 한국군 포로를 숨겼는지 궁금하네요. 그럼 어떻게 포로가 되고 어떻게 한국에 다시 들어오게 되셨나요?

유정호   그게…… 제가 원래 처음 파병 갔을 때 6개월 정도는 통신대에 있었습니다. 그런데 내가 성격상 할 말은 해야 합니다. 이것 때문에 인생 여러 번 꼬였는데 여기서 또 이러고 있네요. 여하튼 그때도 선임한테 밉보여가지고 13중대 전투소대로 전출당했습니다.

박용미   그럼 전출되시고 나서 거기서 무슨 일이 있었나요?

유정호   즈그들 작전하면서 구르고 있을 때 후방에서 뺑이 치고 왔다고 얼마나 무시를 하던지. 우리 업무가 수색정찰 도는 거였는데, 나갔다 오면 심심하니까 베트콩 용의자를 꼭 체포해 왔습니다. 그런데 보통 용의자는 일단은 심문을 한다거나 수용소로 보내는 게 상식이잖아요? 우리는 그런 거 없었습니다. 일단 잡아 오면 무조건 2-3일 내로 처치했습니다.

박용미   베트콩이라고 제대로 확인도 안 하고요?

유정호	일단 잡아 오면 그 사람은 베트콩, 여자면 베트콩 마누라, 아이면 베트콩 자식이에요.
박용미	혹시 기억에 남는 사례가 있다면 말씀해주실 수 있을까요?
유정호	그게…… 마을에서 잡아 온 30대 초반 되는 남자가 있었는데 갑자기 선임이 "데려가자" 그러는 겁니다. 제 신고식 해준다고 네 명이서 한 조로 갔어요. 인간들이 심심하니까 가면서 총으로 그 남자를 쿡쿡 쑤셔대. 철조망 지나서 100미터쯤 지났나? 갑자기 그 남자가 생똥을 싸. 이제 자기가 죽으러 가는 걸 아는 거지. 그걸 또 재밌다고 얼마나 놀려대던지. 선임들은 걔한테 자기 무덤을 직접 파라면서 야전삽을 던져 줬는데, 울면서 무덤을 파는 걸 보면서도 총으로 쏴 죽이기 아까우니까 재밌게 죽이자, 목을 따자, 삽으로 죽이자 개지랄 염병을 하는 거야.
박용미	그래서 그 사람은 어떻게 됐나요?
유정호	(소리를 높이며) 어찌 되긴 뭐가 어찌 돼! 구덩이에 세워놓고 총으로 쏴 죽였지. 머리를 쏘니까 피보다 골이 더 많이 나와. 나보고 묻으라고. 그래서 대충 묻어놓고 왔어요. 사람이 사람한테 그렇게 하나…….
박용미	정말 믿을 수가 없네요.
유정호	그래서 중대장을 찾아갔습니다. 그때 분명히 해결해준다고 했는데, 소대장이 저를 따로 불러서는 하는 말이, 중대장이 나를 관리하라고 했다고.

그때 내가 든 생각이, 군대라는 곳은 절대로 믿어 서는 안 되는 집단이구나.

박용미   네, 그랬군요. 그 후로는 어떻게 됐나요?

유정호   뻔하지 않겠습니까? 틈만 나면 패고, 욕하고, 인 간 취급 안 하고 제가 진짜 얼마나 서러웠는 지…….

박용미   그럼 혹시 포로로 잡혀가신 것도 이것과 관련이 있습니까?

유정호   그렇죠. 하루는 또 베트콩 여자 데리고 죽이러 간 다 그래. 이러다 내가 완전 미쳐버리겠는 거야. 그 래서 딴 사람들이 한눈팔고 있을 때 그 여자한테 달려갔습니다. "도망가세요!"라고 했어요. 그런 데 그 여자가 오히려 내가 지를 어쩌하는 줄 알고 먼저 내빼기 시작하는 겁니다. 차라리 잘된 거죠. 그런데 생각해보니까 나도 갈 데가 없어. 가면 또 처맞을 건데. 그래서 그 포로를 따라 냅다 달렸습 니다. 그래가 베트콩한테 잡혀 포로가 됐습니다.

박용미   네, 그랬군요. 그럼 포로로 잡혀가신 다음에는 어 떻게 됐나요?

유정호   아…… 그게, 고문이란 고문은 다 당하고 캄보디 아 감옥으로 넘겨졌는데, 전쟁 끝나고 1-2년 지 나니까 저를 풀어준다고 합디다. 한국에 연락했 다고.

박용미   한국의 반응은 어떻던가요?

유정호   그때 이미 한국은 포로가 없다고 선언한 상태니 까 저보고 하는 말이 "조용히 들어와라". 들어가니까 내가 전사자가 돼 있더라고요. 그 뒤로 호적에는 '부활'이라고 적혀져 있고, 훈장 주면서 유공자라고 합디다, 유공자. 받고 입 다물라고.

박용미　　어떻게 살아 있는 사람을 죽은 사람으로 처리할 수 있는 거죠?

유정호　　선임들이 저를 찾고 싶었겠습니까? 실종 몇 개월 적어놓으면 사망 처리 될 건데. 전쟁 때 보고서들 죄다 뻥이예요. 전사자, 부상자, 베트콩 수, 지어낸 거 많습니다. 위에서 성과 올리라고 시키니까. 제가 수용소에서 직접 본 한국군 포로만 해도 네 명입니다, 네 명. 나라에서는 우리를 찾지도 않고 관심도 없습니다.

박용미　　네, 알겠습니다. 증인은 혹시 대한민국에 바라는 것이 있으십니까?

유정호　　사과받고 싶습니다.

박용미　　사과를 받고 싶으시다고요?

유정호　　필요 없어지니까 버린 것에 대해 제대로 사과받고 싶습니다.

박용미　　네, 알겠습니다. 배심원 여러분, 피고 대한민국은 베트남전쟁에서 또 다른 잘못을 저지른 것이 밝혀졌습니다. 국가는 자국군인 포로들을 찾을 수 없었던 게 아니라 찾지 않은 것입니다. 이상입니다.

손중재　　(박용미가 들어가면) 네, 피고 측 반대신문 해주십시오.

박애경   (잔디밭으로 나오며) 네, 반대신문 시작하겠습니다. 증인은 아까 수용소에 한국군 포로들이 더 있다고 하셨는데 그분들은 어떻게 됐죠?

유정호   모르죠. 다만 포로 중에 제일 쓸모없는 포로가 한국군 포로인 건 압니다. 나라에서 원치도 않고 몸값도 안 주니까요.

박애경   그런데 저희가 입수한 정보에 따르면 북한으로 넘어간 포로들도 많다고 들었는데 북한은 어떻게 가게 되는 건가요?

유정호   북한에서는 적어도 저희 몸값을 주니까 베트콩 입장에서도 그게 낫지 않을까요? 그래서 우리를 꼬십니다. 한국은 너네를 버렸지만 북에 가면 대접을 받을 거다.

박애경   그래서 다른 포로들은 자발적으로 북한으로 갔다는 말입니까?

유정호   그게 아니라는 거죠. 우리가 얼마나 힘이 들었는지…….

박애경   전쟁은 힘든 겁니다. 그래서 당시 탈영병들이 그렇게 많았던 겁니다. 다만 대한민국에서는 포로에 대해 전혀 알 수가 없었습니다. 기록이 없었기 때문이죠. 증인의 말대로 병사들은 거짓 보고서를 보내왔고, 그것을 보고받는 대한민국 입장에서는 어쩔 수 없었던 것입니다.

유정호   (소리를 높이며) 그건 상관의 명령이었습니다.

박애경	(소리를 높이며) 그 상관은 누굽니까? (사이) 대한민국은 포로들을 찾지 않은 것이 아니라 찾을 수 없었던 것입니다. 그리고 북으로 넘어간 포로들은 선전 삐라, 방송 인터뷰를 하면서 당시 남쪽의 국민을 동요시켰어요.
유정호	(소리를 높이며) 그 사람들 빨갱이 아닙니다. 협박당한 겁니다.
박애경	(소리를 높이며) 증인이 도망간 것도 협박을 받아서였습니까? (사이) 우리는 당시 북한과 포로들 사이에 어떤 거래가 오갔는지 알 수 없었습니다. 결국 대한민국은 북으로 넘어간 포로들을 탈영 월북자로 규정지을 수밖에 없었고, 국가가 나서서 찾아야 할 의무가 없었던 것입니다.
유정호	(화를 내며) 저기요!
변구윤	(소리를 높이며) 나가라, 이 배신자 새끼야!
손중재	(소리를 높이며) 경위!
박애경	다음 질문 드리겠습니다. 증인은 아까 베트콩 사살 현장에 계셨다고 했지요, 맞습니까?
유정호	베트콩 아니고 용의자입니다.
박애경	증인은 단 한 번도 사살에 동참하지 않으셨나요?
박용미	이 재판과 관련 없는 이야기입니다.
박애경	관련 있습니다.
유정호	(화를 내며) 저는 죽이지 않았습니다!
변구윤	(소리를 높이며) 거짓말하지 마!
박애경	증인은 확인 절차도 없이 베트콩 용의자를 풀어

쳤습니다. 그 용의자가 전우들을 습격하고 증인
까지 죽일 수 있다는 생각은 안 해보셨습니까?

유정호 그런 일은 안 생겼잖습니까?

변구윤 고작 한 일이 베트콩 풀어준 거밖에 없는 게 자랑
이야? 네가 그러고도 군인이야?

손중재 증인, 조용히 하십시오!

변구윤 (화를 내며) 죽은 전우들한테, 대한민국한테 사과
부터 해, 이 새끼야!

유정호 (화를 내며) 사과는 대한민국이 나한테 해야지, 내
가 왜 사과합니까?

변구윤 쪽팔린 줄 알아야지!

손중재 증인!

유정호 (울먹이며) 내가요! 내 평생 대한민국한테 제대로
된 사과를 받는 게 소원이었습니다. 사과하는 게
뭐가 그렇게 어렵다고 사과를 안 하나. 그런데 저
불쌍한 베트남 아줌마 얘기 들으면서, 내가 먼저
솔선수범해야겠구나 싶었습니다. 나는 불쌍한
베트남 사람들을 죽이지 않았습니다만 우리 부
끄러운 대한민국과 참전군인을 대표해서 사과할
수 있습니다. 진심으로 미안합니다. 이렇게 사죄
드리겠습니다.

유정호, 응우옌티쭝에게 다가가 무릎을 꿇는다. 사람들은 놀란다.

변구윤 일어나, 이 새끼야! 니가 뭔데 우릴 대표해서 사
과를 해?

186

손중재	변구윤 증인, 정숙하십시오!
유정호	사과를 받아주시고, 우리 서로 용서합시다.
박용미	증인! 증인은 죽이지도 않았다면서 뭘 사과하고…….
변구윤	저 새끼 저거 지 손에 피 묻혔다고 하기 싫어서 사과로 퉁치려고 하는 겁니다. 어디 혼자서 깨끗한 척하고 있어!
유정호	당신도 힘들고 참전군인 모두가 힘든 거 아니까, 제가 대표해서 사과드립니다.
민기현	증인, 그만하세요!
변구윤	이딴 새끼들 때문에 우리 참전용사들이 욕을 처먹는 거야. 그만해!
박애경	증인, 일어나세요.
변구윤	어디 참전용사 명예를 짓밟아!
응우옌티쯩	일어나세요. 나는 이런 걸 원한 게 아니에요.
유정호	내 사과를 받아주시고 우리 대한민국과 베트남의 평화를 위해 같이 나아갑시다!
이진호	증인, 우선 일어나시고요.
박용미	그만하세요, 증인!
유정호	내가 사과해서 우리 마음이 조금이라도 가벼워진다면 이 사과 백번이라도 더 하겠습니다.
응우옌티쯩	(소리를 높이며) 그만하고 일어나세요!
유정호	(화를 내며) 아니, 사과했잖아요. 혹시 뭐 더 바라는 거 있습니까?
응우옌티쯩	(당황하며) 뭐라고요?
유정호	내가 지금 사과하고 있잖아요, 대한민국을 대표

해서 미안하다고.

응우옌티쭝	그만하세요!
유정호	대체 안 받아주는 이유가 뭔데요?
응우옌티쭝	나는 이런 방식의 사과를 원한 게 아니에요. 강요하지 마세요.
손중재	증인, 자리로 돌아가세요.
박용미	상대가 원하지 않는 사과는 잘못된 겁니다.
유정호	아니, 원했잖아요? 그러면 어찌하면 용서해줍니까? 말을 해보세요.
변구윤	거봐, 저 새끼 지 손에 피 묻혔다니까!
응우옌티쭝	(화를 내며) 사과하면 끝입니까! (사이) 당신 편하자고 하는 사과는 받고 싶지 않아요. 제발 그만하세요.
유정호	좋습니다. (다시 무릎을 꿇으면서) 받지 않아도 어쨌든 나는 다시 한번 사죄드립니다. 미안합니다. 여기 있는 당신도 피해자고, 나도 피해자고, 우리 모두 피해잡니다. 나는 사과함으로써 우리 시대의 과오와 나의 마음의 짐을 내려놓고 싶습니다. 이제 좀 쉬고 싶습니다.

유정호, 민기현을 불러 귓속말을 한다.

민기현	재판장님, 유정호 증인 급한 사정 때문에 5분 정도…….
손중재	무슨 일이시죠?
민기현	그게, 소변이 급하셔서 한 10분 정도만 휴정하

면……

손중재 네, 알겠습니다. 그럼 잠시 휴정하는 동안 배심원
분들은 피고의 유·무죄에 대해 신중히 고민해주
시면 감사드리겠습니다. 10분 휴정했다가 다시
재판 재개하도록 하겠습니다.

엄원희 변호사 선생님, 언제 끝나요. 나 갈래!

전웅대 10분간 재판을 휴정하겠습니다.

전환.

3부

6 피고 측 증인 : 여상미

전웅대   기다려주셔서 감사합니다. 잠시 후 재판을 재개
하도록 하겠습니다. 재판장님 들어오십니다. 모
두 자리에서 일어나주십시오. (공간의 모든 사람이
자리에서 일어나고 재판장이 들어와 자리에 서면) 모두
자리에 앉아주십시오.

손중재   (공간의 모든 사람이 자리에 앉으면) 지금부터 베트남
전쟁 시기 한국군에 의한 민간인학살 사건에 대
한 재판을 재개하겠습니다. 앞의 증인은 신문이
끝난 관계로 넘어가겠습니다. 다음으로 피고 측
여상미 증인! (대답을 듣고) 증인석으로 나와주시
기 바랍니다.

여상미   (나와서 경례하며) 필승.

손중재   네, 피고대리인, 신문 진행해주세요.

이진호	(잔디밭으로 나오며) 네, 시작하겠습니다. 안녕하세요, 어머니.
여상미	어머니가 아니고 간호장교입니다.
이진호	죄송합니다.
여상미	다시.
이진호	안녕하세요, 간호장교님.
여상미	저는 여상미라고 합니다.
이진호	네, 여상미 님. 시작할까요? 우선 선생님께서는 몇 년도에 참전을 하셨죠?
여상미	1968년에 배 타고 가서 1970년에 한국에 왔죠.
이진호	여자로서 전쟁터에, 쉬운 선택은 아니셨을 텐데 참전하게 된 계기가 어떻게 되시나요?
여상미	나라가 힘들 때 여자라고 해서 고거를 보고만 있으면 안 되겠다, 죽어서 돌아오지 못할 수도 있다는 각오로, 신체검사도 다 하고 남자들하고 똑같이 훈련받았습니다.
이진호	그러면 근무하시면서 어려웠던 점은 없었나요?
여상미	병원도 전쟁터죠. 전투가 있는 날에는 환자가 100명도 넘어. 눈 뜨고 볼 수 없는 처참한 사람들도 많고. 수술하는 데 끝도 없어. 그래가지고 우리 국민들이 피를 모아서 보내주기도 했거든.
이진호	국민들이 피를 모아요?
여상미	그때는 그랬어. 그런데도 모자란 거야. 그래가지고 우리 피를 스스로 뽑고 그랬어요. 그런데 참

웃겨요, 전쟁터라는 곳이. 죽는 게 아주 흔했어요. 나중엔 무감각해져. 그런데도 우리 군인들 시체를 보면 그렇게 화가 나고 슬펐어요. 어디 팔다리를 다치면 우리가 치료라도 해주겠는데 이거는 뭐 머리에 한 방, 가슴에 한 방, 우리가 해줄 수 있는 게 없어. 그래가지고 "그래, 저승 가는 길이라도 깨끗하게 가시오" 하면서 피를 닦아줬어요.

이진호 직접 시체 피를요?

여상미 그게 우리 일이니까. 남의 집 귀한 자식들인데 전쟁터에서 돌아가지도 못하고……

이진호 네, 안타깝죠. 선생님께서는 근무하시면서 베트콩들도 치료를 해주셨다고 했는데 위험하지는 않았나요?

여상미 중환자실에 병상이 열다섯 개 정도였는데 서너 개는 늘 베트콩 환자, 나머지는 한국군 거였어요. 말이 안 통해서 진심으로 대하려고 노력했거든. 어머, 그래! 한번은 치료받은 베트콩 두 명이 회복되고 안 돌아간다고, 그래가지고 회복실에서 보조원으로 일하기 시작했죠.

이진호 그러면 업무 외의 시간은 어떻게 보내셨나요?

여상미 베트남이 의료시설이 워낙 후져가지고 베트남 사람들이 우리 병원에 정말로 많이 왔거든. 노인, 아이, 임산부. 대민 치료를 열심히 했고, 대민지원을 나갔는데 이게 학교, 경로잔치, 나병환자 병원, 이런 데 가서 봉사도 하고 공연도 하고. 우리가 한국에서 한복, 장구, 족두리, 이런 걸 가지고 갔

	거든. 그래가지고 군악대랑 공연도 많이 하고.
이진호	베트남 사람들이 많이들 좋아하던가요?
여상미	말해 뭐 해! "따이한 최고, 당신네들은 월남에 꼭 남아주세요." 월남 대통령 별장에 초대돼가지고 표창도 받았어요.
이진호	베트남 대통령 표창까지요? 이야, 정말 이런 게 국위선양입니다. 요즘 말로 K-간호장교라고 해도 과언이 아니겠는데요.
여상미	그런 건 모르겠고.
이진호	다음입니다. 지금 원고 측에서는 한국군이 조직적으로 민간인을 학살했다고 주장하고 있습니다. 이에 대해서는 어떻게 생각하십니까?
여상미	저기요, 한국 군인들은 태생이 그러지를 못해요. 심성이 곱고 착해.
이진호	그러니까 간호장교인 선생님 생각에 한국군은 조직적으로 민간인을 학살할 수 없다?
여상미	말해 뭐 해! 거기 있으면 군인들의 민낯을 다 보게 되잖아요. 작전 중에 자기 때문에 한 명이라도 죽었으면 너무 속상해하면서 견디지를 못해요. 우리가 6. 25가 있었잖아. 남북베트남전쟁을 보니까 그 사람들이 겪는 아픔이 남 일 같지 않은 거지. 그래가지고 더 마음 아파했어요.
이진호	네, 그렇군요. 선생님께서는 혹시 다시 참전하라고 해도 하시겠습니까?
여상미	말해 뭐 해! 나 말고 내 동기들도 다 그래요. 해외 방문이 처음이었고 다녀와서 시야가 너무 넓어졌

어요. 장기적으로 미국 의학을 접하면서 한국의
간호 비전을 세울 수 있는 기회였죠. 그런 경험을
어디서 하게 해줘?

이진호   좋습니다. 그럼 마지막으로 베트남전쟁과 관련해
서 하고 싶은 말씀은요?

여상미   네, 우리 군인들이 정말로 많이 죽었거든요? 군인
들이 목숨 바쳐서 지금 한미동맹 만든 거지. 그런
데 요즘 사람들은 자꾸 참전용사들 욕하고, 텔레
비전에서도 그런 식으로 몰아가고. 인정할 것은
해줘야지. 나는 만약에 다시 간호장교로 간다면
더 열심히 일할 겁니다. "생명의 구호에는 적과 적
국이 있을 수 없다." 나이팅게일의 그 숭고한 정
신으로 한 명이라도 더 살리고 올 겁니다.

이진호   네, 감사합니다. 배심원 여러분, 베트남전쟁 당시
간호장교로 복무했던 여상미 님께서는 아직까
지도 참전을 귀중한 기억으로 남겨두고 계십니
다. 그리고 한국군이 조직적으로 민간인학살을
수행했다는 것에는 동의하지 않는다는 의견을
주셨습니다. 대한민국은 과연 유죄일까요? 이상
입니다.

원고 측 반대신문

손중재   (이진호가 나가면) 네, 원고 측 반대신문 해주십시
오.

민기현   (잔디밭으로 나오며) 네, 안녕하세요. 우선 간호사의

숭고한 정신으로 많은 생명을 살린 것에 존경을 표합니다.

여상미 간호사가 아니라 장교입니다.

민기현 죄송합니다.

여상미 다시.

민기현 네, 간호장교님. 간호장교님은 아까 한국군이 조직적으로 민간인학살을 할 사람들이 아니라고 하셨잖아요. 그런데 실제로 그런 일이 일어났습니다. 어떻게 생각하시나요?

여상미 거기 간 우리 한국 군인들, 내 남동생 같은 군인들이 또 무슨 죄가 있어요. 사병이 적으면 열다섯 살에서 많으면 이십대 초반인데 뭘 안다고! 저는요, 민간인들 죽음도, 우리 한국 군인 죽음도 다 불쌍해요. 민간인도 군인도 다 피를 흘리는 사람입니다.

민기현 네, 알겠습니다. 군대는 철저히 남성 위주의 집단입니다. 그 안에서 여성으로 겪었던 차별은 없으셨나요?

이진호 그것은 본 사건의 요지에서 벗어난 질문입니다.

민기현 벗어난 질문 아닙니다.

이진호 우리는 민간인학살을 다루고 있지 성차별에 대해서 다루고 있지 않습니다. 그런데 지금…….

손중재 계속 들어볼게요.

민기현 차별은 없으셨나요?

여상미 뭐, 워낙에 옛날이다 보니까 그런 게 있긴 있었죠. 아니, 이래 봬도 내가 장꾼데 아침에 차 타고 이동할라 그러면 운전병 그 새끼가 해 뜨자마자 보는 게 여자라고 재수 없다고 경례도 안 하고. 그 싸가지 없는 새끼가 장교인 나한테 그런다니까. "나도 너 같은 여동생이 있다, 오빠라고 불러라." 그러니까, 계급 그런 거 다 남자들끼리 얘기고. 뭐 우리는 병실 돌다가도 한국군들 사기 올려줘야 된다고 한복 입고 만둣국 나눠주라 그러고. 우리도 군인이잖아, 파병 간 군인. 장교라도 여자라면 그렇게 취급하는데 베트남 여자들한텐 오죽했겠냐고. 사령부에서 파티만 있으면 우리 간호장교들을 불러. 여자라고, 지들 술 마시는데 옆에 있으라고.

이진호   증인.

여상미   (소리를 높이며) 뭐, 왜!

민기현   그때는 거절할 수도 없으셨죠? 사령부라고 하면 훨씬 계급이 높은 사람이기도 하고…….

여상미   나는 다 얘기했거든, 전쟁터에서 무슨 파티냐! 그러면 수술하고 있는데도 무작정 와라. 그러면 내가 화가 나서 여기 팔다리 잘린 병사들 있는데 안주로 가져갈까? 그러면 뚜뚜뚜뚜. 군대 갔다 왔습니까? 전시에 상관 명령 불복종하면 어떻게 됩니까?

민기현   어떻게 되죠?

이진호   사살!

여상미   그렇지, 그러면 내가 "우리들 자꾸 부를 거면 차라리 나를 사살해라, 아니면 조기 귀국 시켜라,

그러면 육군본부 가서 낱낱이 고할 거다".

민기현　알겠습니다. 그리고 증인, 조사 중에 이런 진술이 있었습니다. 어떤 베트남 간호보조원이 배가 불렀는데, 그게 귀국한 한국군의 아이였다. 한국군에 의한 성폭행 사건이 많았나요?

박애경　재판장님, 저희가 다루고 있는 건 한국군의 민간인학살 사건입니다. 성폭행 사건이 아닙니다.

박용미　재판장님, 저희는 민간인학살 사건을 다루고 있지만 전지성폭력도 민간인학살 범주에 속한다고 생각하는데요. 어떤 여성에게 성폭행은 살해를 당하는 것과 같은 폭력입니다.

박애경　성폭행과 살해는 엄연히 다른 부분이에요.

손중재　원고 측 대리인 의견에 동의합니다. 계속 진행하세요.

박용미　감사합니다.

민기현　증인, 한국군에 의한 성폭행 사건이 많았나요?

여상미　한국군 애를 가진 베트남 여자들이 많았어요. 그런데 그게 다 성폭행은 아니죠. 예를 들면 어떤 보조원은 애가 셋인데 하나는 월남, 하나는 미군, 하나는 한국군 아이였어요. 저는 이것도 전쟁의 상처라고 봅니다.

민기현　네. 감사합니다, 증인. 베트남 여성들한테 한국군이 성폭행을 한 구체적인 사례를……

여상미　아이, 정말! 파티 있으면 차 타고 클럽 같은 곳에 가는데 거기 일하는 여자들도 보죠. 난 우리나라 양공주 보는 것 같아서 마음이 정말……. 어머,

그래! 거기 일하는 여자가 만삭이 돼가지고 나한테 한국 애를 임신했는데 남자가 안 찾아온다고, 찾을 수 있는 방법이 없겠냐고. 미군이 한국 와서 하던 짓을 한국군이 베트남 가서 똑같이 합디다.

민기현 증인, 우선 성매매 얘기 말고, 베트남 민간인 여성들을 대상으로 한 성폭행 사건을 먼저 말씀해주시겠습니까?

여상미 (소리를 높이며) 아니, 그러면 거기서 일하면 민간인이 아니라는 말이야? 뭐 클럽에서 일하면 임신시켜도 된다는 말이야?

민기현 아, 그게 아니라요…….

여상미 (소리를 높이며) 아니긴 뭐가 아니야. 확실히 우리 간호장교들이 대민지원 나가면 여자라서 그런지 편하게 얘기를 해줘. 한국군들이 마을 여자들 이유도 없이 끌고 가서 성폭행했다고, 살아서 돌아오면 다행일 정도라고.

민기현 살아 돌아오면 다행일 정도다?

여상미 그래, 이런 얘기 해달라는 거잖아.

이진호 증인.

민기현 네. 감사합니다, 증인. 이제 성매매 관련해서 질문 드리겠습니다. 당시 베트남에는 참전군인들을 대상으로 성매매를 하는 여성들이 많았나요?

여상미 그랬죠.

민기현 그렇다면 나라나 군 차원에서 어떤 대책이 세워졌나요?

여상미 그거를 왜 나라에서 합니까? 즐긴 놈들이 문제지.

그렇지 않은 군인들도 많았어요.

민기현 그것은 개인의 문제다?

여상미 그래서 당신들 지금, 참전용사들이 다들 성폭행 하고 학살했다고 말하려고 하는 거죠?

민기현 다 그랬다는 게 아닙니다.

여상미 조용히 해보세요. 저 원고한테 한마디 하겠습니다. 우리 참전용사들이 한국에 와가지고 제일 힘 들어했던 게 바로 이겁니다. 나라가 보상을 덜 해주고 이런 게 아니라, 월남에 다녀왔다는 이유 하나로 이 사람들은 다 살인자, 강간범 누명이 씌워지는 겁니다. 그러다 보니까 사람들 만나기가 두려워지고 혼자 술독에 빠지고. 그런데 요즘 사람들은 이런 거를 모르고 우리 참전용사들을……. 지금 당신이 우리 참전용사들을 이렇게 만들고 있다는 거 압니까?

응우옌티쫑 나는 그렇게 만들 생각 없었고요, 그렇게 생각하는 사람들이 문제 아니에요?

여상미 (소리를 높이며) 뭐요?

응우옌티쫑 그리고 나는 대한민국을 고소한 거지, 참전군인들을 고소한 게 아니에요. 뭘 좀 똑바로 알고 말씀하세요.

여상미 (울먹이며) 내가 이런 걸 보고 있으면 월남에서 죽은 시체들 볼 때만큼이나 가슴이, 가슴이 미어집니다.

응우옌티쫑 연기하지 마세요.

여상미 뭐라고요?

손중재	여기까지 하시죠.
민기현	네, 알겠습니다.
손중재	그래서 증인은 일부 사람들의 사례로 모든 사람들을 매도해서 판단하지 않았으면 좋겠다는 의견을 주신 것 같습니다, 맞죠?
여상미	네, 맞습니다, 재판장님.
민기현	배심원 여러분, 저희 원고대리인들은 증인 여상미 님과의 신문을 통해 한국군의 민간인학살 사례는 존재했었다는 것을 확인했고, 그 외 한국군의 다양한 성범죄들도 민간인학살의 범주에서 함께 다루어져야 한다는 것을 확인했습니다. 이상입니다.
여상미	(민기현이 들어가는 동시에) 아이, 뭐 하는 거야!
손중재	네, 증인, 고생하셨습니다.
여상미	필승!
손중재	네.

여상미, 들어간다.

전환.

7 원고 측 증인 : 쩐반낌

손중재	네, 다음으로 원고 측 쩐반낌 증인! 증인석으로 나와주시기 바랍니다. (증인이 나오면) 원고대리인, 신문 진행해주세요.

원 고 측 신 문

박용미	(잔디밭으로 나오며) 네, 자리해주셔서 감사합니다. 증인, 소개 부탁드립니다.
쩐반낌	안녕하세요, 쩐반낌입니다. 베트남 호찌민에서 왔습니다.
박용미	네, 쩐반낌 님, 먼 길 와주셔서 감사합니다. 우리 증인 쩐반낌은 넉넉지 못한 형편이지만, 많은 한국 사람들의 도움으로 벌써 다섯 번째, 아버지를 찾기 위해 한국에 들어온 분입니다. 질문드리겠습니다. 증인은 증인의 아버지에 대해 얼마나 알고 계십니까?
쩐반낌	잘 모릅니다. 어머니가 미퐁마을 학살 때 한국군에게 성폭행당하셔서 제가 태어난 것만 알고 있습니다.
박용미	그 사실을 언제 알게 되셨나요?
쩐반낌	사실 사람들이 저한테 라이따이한이라고 하기 전

까지는 아버지가 한국 군인이라는 것도 몰랐는
데 나중에 알고 보니까 동네 사람들이 저만 빼고
다 알고 있었대요. 와, 그때 진짜 배신감이…….

박용미 참고로 아시는 분들은 알겠지만 '라이'는 경멸스
러운 혼혈, '따이한'은 대한을 뜻합니다. 경멸스
러운 대한의 혼혈! 증인은 열세 살 때 학교를 중
퇴하셨습니다. 왜 그런 선택을 하셨나요?

쩐반낌 맨날 학교 가면 듣는 소리가 "우리는 미국이랑
싸웠는데 넌 왜 한국인이냐, 너네 아빠 따라서 한
국으로 꺼져라". (사이) 사실 그때쯤에 할아버지
가 저 때문에 돌아가셨다는 것도 알게 됐어요. 할
아버지가 사람들한테 고문당했다고, 딸이 적과
붙어먹어서 애를 낳았는데 그걸 숨기려고 성폭행
당했다고 한다고. 아니, 얼마나 심하게 당하셨으
면 집에 돌아오셔가지고 며칠 만에 그냥 돌아가
셨겠어요?

박용미 원고 응우엔티쭝, 사실인가요?

응우엔티쭝 네, 맞아요. 그렇게 알고 있어요.

박용미 어쩔 수 없는 불행으로 태어났지만 어머니는 증
인을 많이 사랑하셨을 겁니다. 배심원 여러분, 대
한민국은 베트남전쟁이 끝난 직후 한국 교민과
베트남인 사이에서 태어난 아이들은 한국에 들어
오게 했지만, 성폭행과 매춘을 통해 태어난 아이
들은 한국에 들어오지 못하게 했다고 합니다. 그
이유는 무엇이었을까요? 우리 증인 쩐반낌도 그
때 한국에 들어오지 못하고 베트남에 남게 되니

다. 증인은 그 이후로 어떤 삶을 살고 계신가요?

쩐반낌 동네 사람들이 싫었어요. 안 그래도 우리 집이 동네에서 제일 못살았는데 배급 때 쌀도 제일 적게 주고 배가 너무 고팠어요. 더럽고 치사해가지고 어머니 돌아가시자마자 동네를 나왔습니다. 떠돌아다니면서 먹고살다 지금은 호찌민에 살고 있고요, 결혼도 했고 딸도 하나 있습니다. 정부에서 극빈층한테 지원해주는 복권을 받아서 복권 장사 하면서 살고 있습니다.

박용미 증인은 그렇다면 언제부터 아버지를 찾고 싶다는 생각을 하게 되셨나요?

쩐반낌 하루는 길에서 복권을 팔고 있는데 인상 좋은 한국인 관광객 아저씨가 저한테 오는 거예요. 분명 처음 보는 사람인데 뭔가 아는 사람 같고 통하는 그런 느낌? 그래서 저도 모르게 "저희 아버지도 한국 사람이에요, 저는 라이따이한입니다" 이래버렸어요. 그랬더니 그 양반이 웃으면서 "널 도와줄게" 복권을 열 장이나 사주는 거예요. 그 아저씨를 보면서 '어쩌면 이 사람이 내 아버지일지도 모르겠다. 날 데려가줬으면 좋겠다' 그랬어요. 그런데 집에 와서 보니까 그 돈이 다 가짜였어요. 사기를 친 거죠, 저한테. 와, 진짜 내가 너무 한심하고, 태어나서 그때처럼 많이 울었던 적은 없었던 것 같아요. 어머니 돌아가실 때도 그렇게 안 울었는데…… 그때부터 진짜 아버지를 찾아야겠다는 생각이 들었어요.

박용미	네, 그랬군요. 그런데 아직까지도 증인 쩐반낌 님은 아버지의 얼굴을 보지 못했습니다. 증인은 한국 축구를 좋아하신다고 했죠?
쩐반낌	그럼요, 박항서 감독님 때문에 베트남 사람들이 한국 축구 많이 좋아해요. 누가 그랬는데, 한국 남자들이 축구를 그렇게 좋아한다고.
민기현	다음에 같이 한번 해요.
쩐반낌	네, 나중에 아버지 만나면 같이 축구하고 싶고 얘기하고 싶어요.
박용미	네, 좋네요. 배심원 여러분, 1990년대 초 한국 정부는 베트남 정부와 교류하면서 라이따이한 문제에 관심을 갖는 모습을 보였다고 합니다. 라이따이한을 찾아다니며 증거가 될 만한 사진이나 물건 들을 참고 자료로 쓸 예정이라며 모조리 회수해 갔다고 합니다. 하지만 그 뒤로 지금까지 무려 30년간을 침묵으로 일관하고 있습니다. 그나마 한다는 소리는 베트남전쟁 당시 한국군과 베트남인 사이에서 태어난 혼혈아는 공식적으로 확인할 수 없다는 말뿐입니다. 이제는 원정 성매매를 하는 한국인 관광객과 베트남인 사이에서 태어난 '신 라이따이한'까지 생겨나고 있다는데요, 대체 대한민국은 언제까지 침묵으로 대응할까요? 현재까지 비공식적으로 집계된 라이따이한의 수는 약 3만여 명입니다. 증인, 마지막으로 하고 싶은 말씀 있으신가요? 피고 대한민국에게 바라는 것이라든지……. (사이) 증인?

쩐반낌	솔직하게 말해도 되나요?
박용미	네, 편하게 말씀해주시면 됩니다.
쩐반낌	여기까지는 제가 변호사님들과 협의된 내용이고요, 솔직히 이제 저는 한국한테 바라는 게 없습니다.
박용미	(당황하며) 증인, 지금 뭐 하시는 겁니까?
쩐반낌	솔직히 말해도 된다면서요.
박용미	네, 그런데 여기 법정이잖아요. 저희랑 협의된 내용을…….
손중재	원고대리인, 증인 이야기 끝까지 들어보겠습니다.
박용미	네, 알겠습니다.
쩐반낌	저는 한국이 이 법정에서 유죄를 받든 무죄를 받든 관심 없습니다. 그냥 이제 제발 저를 더 이상 한국과 엮지 말아달라고 부탁하려고 이 자리에 나왔습니다.
응우옌티쭝	쩐반낌!
쩐반낌	여러분은 제가 베트남 사람으로 보이시죠? 그런데 전 베트남에 가면 한국 사람입니다. 제가 왜 한국 사람일까요? (소리를 높이며) 여기 있는 누구도 저를 한국 사람이라고 생각하지 않는데. (사이) 전쟁 끝나고 베트남 사람들이 우리 모두 피해자라고 서로 안아주고 위로하고 그랬는데 우리 엄마랑 나는 아무도 안 안아줬습니다. 매국노라고 불렀습니다. (울먹이며) 평생을 그렇게 지옥 속에서 살았어요. 그런데 내 딸은! 내 딸은 절대 그렇게

만들고 싶지 않습니다. 절 도와주시던 한국분들이 저랑 상의도 없이 딸애 학교에 찾아가서 촬영을 했다고 하더라고요. 덕분에 제가 라이따이한이라는 게 알려져서 딸이 학교에서 옛날의 저랑 똑같은 말들을 들었다고 합니다. "한국으로 가버려라, 너한테는 강대국 한국의 피가 섞여 있는데 왜 한국에서는 아무것도 안 해주고 그따위로 버렸냐?" 애가 집에 와서 통곡을 하는데…… (사이) 내가 지금 뭘 하고 있나 싶더라고요. 우리 딸이 BTS 음악을 그렇게 좋아했는데 이제는 듣지도 않습니다. 분명 날 태어나게 해준 아버지는 있는데, 아버지가 없는 기분을 아세요? 아까 원고 쪽 아줌마가 그랬죠? 분명 죽은 사람은 있는데 죽인 사람이 없다고. (소리를 높이며) 저도 똑같은 기분입니다! 저를 도와주신다고요? 대체 왜, 뭘 위해서 절 도와주려고 하셨나요? (사이) 그동안 제가 한국에서, 저희 아버지와 함께 살고 싶어서 했던 그 모든 행동을 후회합니다. 이제 더 이상 저를 라이따이한이라는 이유로 한국과 엮지 말아주십시오. 부탁드립니다.

쩐반낌, 나가려고 한다.

박애경 증인, 아직 안 끝났습니다. 저희 피고 측 신문을 하셔야지만…….

쩐반낌 (화를 내며) 못 들었어요? 방금 내가 얘기했잖아요. 좀 들어달라고요, 제발!

박애경   왜 저한테 화를 내고 그러세요?

쩐반낌   (사이) 나는 저기 앉아 있는 원고 쫑 아줌마가 부
럽습니다. 아줌마는 베트남에서도 위로받고 여기
서도 위로받잖아요.

응우옌티쭝   너 이러면 괜찮아질 거 같냐?

쩐반낌, 나간다.

전환.

8 원고 측 증인 : 장용선

손중재　　모두 자리에 앉아주십시오. 증인께서 자진 퇴장
하신 관계로, 다음 신문으로 넘어가겠습니다. 양
측 모두 준비되셨나요? 다음으로 원고 측 장용
선 증인! (대답을 듣고) 증인석으로 나와주시기 바
랍니다. (증인이 나오면) 원고대리인, 신문 진행해
주세요.

원 고 측 신 문

민기현　　(잔디밭으로 나오며) 안녕하세요.

장용선　　안녕하세요.

민기현　　우선 증인의 성함과 직업을 알려주시겠습니까?

장용선　　장용선이고, 대학생인데요?

민기현　　네, 감사합니다. 이 법정에는 어떻게 오시게 됐나
요?

장용선　　할아버지가 베트남파병 갔다 왔어요.

민기현　　혹시 할아버지의 소속부대와 참전 기간을 알고
계시나요?

장용선　　귀에 못이 박이도록 들었죠. 66년부터 68년까지,
장룡부대.

민기현　　네, 좋습니다. 증인은 베트남 민간인학살에 대해

서 들어보신 적이 있나요?

장용선 학살 얘기를 했다기보다는 군대 얘기를 입에 달고 살았는데, 내가 베트남에서 벌어 온 돈으로 이 집 산 거다, 베트콩들이 나만 보면 벌벌 떨었다, 어떤 새끼는 무서워서 오줌까지 지렸다, 내가 총으로 갈겨 죽인 놈이 몇 놈인 줄 아냐, 이런 얘기들? 저희 엄마가 베트남 사람인데요, 엄마한테 넌 내 며느리라서 복 받은 거라고, 며느리 아니었으면 어떻게 내 앞을 지나다녔겠냐고.

민기현 증인은 민간인학살이 실재했다고 보십니까?

장용선 당연히 있었겠죠. 요즘도 범죄자들이 사람 죽이고 다니잖아요. 그땐 총까지 있고, CCTV도 없는데 못 죽일 이유가 뭐가 있겠어요?

민기현 그러면 증인은 할아버지께서 학살에 가담했다고 보시는 건가요?

장용선 음⋯⋯. 가담 수준이 아닌 것 같은데, 듣고 있다 보면 좀 역겹거든요? 아니, 자기가 몇 놈을 죽였다는 얘기가 가해자 아니면 할 수 있는 얘기예요? 지 입으로 자백하는 건데 그걸 모르고 자랑인 줄 알아. 사람 죽인 돈으로 집 산 게 인생 최고의 자랑이라니까, 멍청한 새끼.

손중재 (당황하며) 증인, 언어 순화 부탁드립니다.

장용선 네.

민기현 할아버지께서 자신의 가해 사실을 자각하지 못한다, 알겠습니다. 할아버지께서 가정폭력을 휘두르셨다고 하셨는데 맞나요? 편하게 말씀해주시면 됩니다.

장용선　저희 할아버지 진짜 개쓰레기거든요. 집에서 할아버지한테 안 맞아본 사람이 없어요. 할머니는 하도 맞아서 골병들어 죽었고, 저 때리는 건 당연하고, 저희 엄마 머리통도 맨날 때렸거든요. 아빠만 이제 자기보다 힘세니까 못 때리는 거지 아빠도 어릴 때는 존나 맞았대요. 아빠도 미친놈인 게 할아버지랑 같은 부대 출신이에요. 자기 아빠 범죄자 집단에 아들이 들어간 거잖아요.

민기현　증인, 말을 조금만 순화해서…….

장용선　편하게 하라면서요, 하지 마요? 혹시 해병대에요? 아무튼 〈원더풀 해병〉이란 군가 가사에 '라이, 라이' 어쩌고가 있어요. '라이, 라이'가 베트남 사람 죽일 때 '일로 와, 일로 와' 했다는 거라던데 그걸 맨날 엄마한테 불러요, 지 딴에는 장난이라고. 사이코패스 아니에요?

민기현　혹시 '라이, 라이'의 의미는 어머니께서 알려주신 건가요?

장용선　아닌데요? 제가 학교 동아리에서 전쟁과 전지성폭력 공부하다가 베트남 민간인학살에 대해서 알게 된 거예요. 보니까 할아버지 부대에서, 할아버지가 있던 기간에 학살이 존나 많이 일어났더라고요. 놀랍지도 않아. 그 새끼가 거기 가서 민간인 존나 죽였겠구나, 한 거죠.

민기현　(소리를 높이며) 증인! 아무리 그래도 할아버지한테 새끼는 조금…….

장용선	평생 뒤지게 맞고 살았는데 맘대로 부르면 안 돼요?
민기현	그래도 여기서…….
장용선	노력은 해볼게요.
민기현	피고 측에서는 학살이 어쩔 수 없이 일어난 일이라고 하는데 어떻게 생각하세요?
장용선	말이 돼요? 어쩔 수 없이 학살이 일어났으면, 어쩔 수 없이 성폭행도 일어날 수 있겠네?
민기현	네, 다음 질문 넘어가겠습니다. 아버지에 의한 폭력도 있으셨나요?
장용선	네, 아빠가 지 애비한테 배운 게 때리는 거밖에 없으니까 맨날 엄마랑 저 패고……. 이게 정상이에요?
민기현	증인은 개인이 겪은 폭력이 어떻게 이 재판과 연결된다고 생각하세요?
장용선	애초에 베트남에서 사람 죽인 새끼들 다 잡아서 감빵 처넣었으면 이런 일이 생겼겠어요? 할아버지가 감빵 갔으면 할머니가 맞아 죽을 일도 없었고, 엄마가 아빠랑 결혼해서 맞고 살 일도 없잖아요. 저도 없을 거고.
민기현	국가가 책임지지 않았기 때문에 일어난 일이다?
장용선	국가가 살인자를 키웠고 지금 방목하고 있는 거잖아요. 지금이라도 좀 더 잡아서 사형을 시키든 뭐든 했으면 좋겠어요.
민기현	네, 감사합니다. 증인의 불행한 가정사 때문에 이렇게 다소 공격적인 언행이 나올 수밖에 없었다

는 점, 재판부와 배심원분들께 양해를 구합니다.

장용선   저기요, 아저씨가 뭔데 저 대신 양해를 구하는데
요?

손중재   증인, 정숙하시고 발언 유의해주세요.

장용선   아니, 아저씨는 판사람시고 앉아가지고…….

민기현   그러니까 증인은, 국가가 잘못을 인정하고 진상
조사를 해야 한다는 말씀이신 거죠?

장용선   아, 말했잖아요.

민기현   죄송합니다.

장용선   아, 사실 전 아직도 한국에서 베트남학살이 계속
되고 있다고 봐요.

민기현   지금 한국에서 학살이 일어나고 있다고요?

장용선   네, 얼마 전에 동아리에서 알았는데 문정시에서
'농촌 총각 장가보내기' 이딴 거 기획해가지고 베
트남 유학생들이랑 만남을 주선한다고 공문을
보냈대요. 아니, 베트남 애들이 자기 아빠보다 나
이 많은 사람 만날라고 한국에 왔겠냐고요.

민기현   증인, 법정에서는 저희와 협의된 내용만 말씀해
주시는 게…….

박용미   괜찮습니다. 증인, 말씀하세요.

장용선   전적지 관광이라고 아시죠? 참전군인들이 베트
남 참전지역에, 지들이 사람 죽인 곳에 추억 팔이
하러 간대요. 거기서 어떤 노인네들은 어린 베트
남 여자 끼고 다니고. 뻔하죠, 뭐.

이진호   증인, 재판과 관련 있는 얘기만…….

박용미   (소리 높여) 뭐가 관련이 없습니까, 좀 들으세요.

장용선	저 말 좀 할게요. 한국으로 시집온 베트남 여자들 특하면 맞고, 살해도 당하잖아요. 이게 학살이랑 뭐가 달라요? 저 엄마가 베트남 사람이라고 하면 다 안쓰럽게 봐요, 팔려 온 줄 알고. 저희 엄마랑 아빠, 연애해서 결혼한 거거든요.
민기현	네, 잘 들었습니다. 감사합니다. 마무리 발언 부탁드립니다.
장용선	벌써요? 솔직히 여기 있는 분들, 자기가 베트남 사람보다 더 낫다고 생각하죠? 저 베트남 아줌마 불쌍하게 보는 거 다 티 나거든요?
민기현	이상입니다.

피고 측 반대신문

손중재	(민기현이 들어가면) 네, 피고 측 반대신문 시작해주십시오.
박애경	(잔디밭으로 나오며) 네, 피고 측 반대신문 시작하겠습니다. 증인, 앉으세요. 혹시 증인의 할아버지께서는 베트남에 다녀오기 전에도 폭력을 휘두르셨나요?
장용선	모르죠, 전 그때 안 태어났으니까. 할머니 말로는 원래 그런 양반이 아니라고 전쟁 때문에 그렇게 됐다고 하던데요?
박애경	그렇다면 할아버지께서는 전쟁으로 의도치 않게 폭력성이 생겼다고 봐도 될까요?
장용선	근데 그건 할머니 말이고요. 할머니는 술만 안 마

	시면 좋은 사람이라 그랬는데 술 안 마셔도 존나 때렸거든요. 답답하죠.
박애경	원래 전쟁이란 감각이 마비될 정도로 극도의 폭력성이 오가는 곳입니다. 그게 증인의 할아버지한테는 감당할 수 없었던 수준이었던 거고요.
장용선	저기요, 지금 저보고 가해자를 이해하라는 건가요? 아, 그 새끼는 어쩔 수 없이 가족들 다 팬 거다?
박애경	그게 아니라…….
장용선	아니긴 뭐가 아닌데요.
박애경	다음 질문 넘어갈게요. 증인이 동아리에서 전쟁에 대해 공부를 하셨다고요, 할아버지한테서 PTSD를 발견한 적은 없었나요?
장용선	아, 이런 거요? 평소에도 문 쿵쿵 소리나 공사장 소리 들으면 잘 놀라고 그러면 또 존나 패고…….
박애경	네, 그게 PTSD 증상 중 과각성이라고, 작은 소리에도 민감하게 놀라는 현상입니다. 증인은 할아버지의 폭력이 PTSD의 영향이라고 생각해보신 적은 없으신가요?
장용선	그게 뭔 상관인데요, 때린 건 때린 거잖아요.
박애경	제 말은, 지금 할아버지한테 필요한 건 비난이 아니라 치료라는 겁니다. 가족들이 병원에 모시고 갈 생각이나 시도를 해본 적은 있으세요?
장용선	나 때린 사람을 병원에 보내주라고요? 그 새끼가 날 병원에 보내줘야 되는 건 아니고요?

박애경	그분들의 참전으로 대한민국이 발전한 것은 사실입니다. 그렇다면 이 사회가 그들의 아픔을 함께하는 것이 마땅하다는 거지요. 증인도 전쟁으로 얻은 경제발전을 지금 누리고 계시잖아요.
장용선	전 거기서 돈 벌어 와달라고 부탁한 적 없거든요. 남자들끼리 일으킨 싸움에 왜 날 들먹여요? 거기서 뭔 지랄을 겪었든 그게 나랑 우리 엄마를 때릴 이유가 되는 건 아니잖아요. 그리고 제가 뭘 누려요, 맞고만 살았는데.
박애경	용선 씨라고 했죠? 아까 할아버지께서 전쟁 수당으로 받은 돈 가지고 집을 사셨다고 증언했죠?
장용선	네.
박애경	그 집에서 증인과 부모님도 생활했죠?
장용선	네, 그런데요?
박애경	증인과 베트남인 어머니는, 전쟁을 통한 경제적 혜택을 누린 것이 아닙니까?
장용선	저희 외갓집이 더 잘사는데요?
박애경	뭐라고요?
장용선	지금 저희 엄마가 베트남 사람이라서 못산다고 생각하시는 거 같은데, 저희 외갓집이 돈 훨씬 더 많거든요. 저희 엄마 베트남에 건물 다섯 개랑 차도 여러 대 있고요. 아빠가 돈 주고 사 온 거 아니라 연애해서 결혼한 거라고요. 저 독립하라고 외갓집에서 집도 해줬어요. 아빠랑 할아버지 외갓집에 열등감 있거든요, 잘살아봤자 베트남이라고. 엄마가 베트남에 살았으면 더 편하게 살았을

텐데 뭔 혜택을 누렸다는 건데요?

박애경　제 말은, 누가 잘살고 못사는 게 중요한 게 아니라, 심증만으로 참전군인을 범죄자 취급하고 치료가 필요함에도 방치하면 안 된다는 겁니다.

장용선　저기요. 참전군인이랑 같이 살아보셨어요? 지옥이에요. 백번 양보해서 가족들이 병원 가자고 하면 고맙다고 같이 갈 거 같아요? 정신병자 취급한다고 때릴 새끼예요. 멀쩡하게 살아온 일반인이랑 같다고 보시면 안 된다고요.

박애경　멀쩡하게 살아온 일반인이랑 다르니까 다르게 보자고요! 증인한테는 피해자, 가해자가 그렇게 딱딱 나뉘나 본데 그랬으면 이 재판 안 열렸습니다!

장용선　못 나눌 이유는 뭔데요? 사람 죽인 노인네들 벌주자는데 뭐가 어려운데요?

박애경　(소리를 높이며) 저기요!

장용선　(소리를 높이며) 왜요!

박애경　(사이) 그 증인이 한다는 동아리, 무슨 동아리예요?

장용선　왜요?

박애경　그거 혹시 남성 혐오 동아리 뭐 그런 거예요?

박용미　저기요, 지금 민주주의 국가에서 사상 검증 하십니까?

박애경　아까 그쪽도 빨갱이 어쩌고 했잖아요.

장용선　지금 베트남전쟁 얘기하는데 저보고 남혐 하냐고 물어보시는 거예요? 논점 흐리지 마세요, 똑

216

똑한 분이. 저 한마디만 더 할게요.

박애경 하지 마세요.

박용미 아니요, 하세요.

박애경 하지 마세요.

박용미 하세요.

장용선 저기요, 참전군인이라고 앉아 있는 할아버지! 할아버지, 반성하세요. 할아버지 살인자예요. 뭘 가해자이자 피해자예요, 사람 죽였으면 살인자지.

변구윤 너 지금 뭐라고 했어? 너도 빨갱이야?

박애경 증인?

변구윤 (유정호에게) 야, 이 새끼야! 너 참전용사 아니야? 너 왜 가만히 있어?

유정호 그래도 그렇게 이야기하는 거 아니야!

소란스러워지는 법정.

장용선 (소리를 높이며) 좆 까세요, 할배들 존나 냄새나! 늙었으면 방구석에 처박히세요. 왜 나와서 돌아다니고 지랄이야!

손중재 정숙하세요. 더 고성 지르시면 퇴정시키겠습니다.

장용선 안녕히 계세요. 고생하셨습니다.

변구윤 (장용선이 나가는 동시에) 내 어른이니까 참는 거야, 어른이니까!

전환.

9 양측 증인 : 원고와 나무

손중재   여러분, 부디 법정에서는 정숙해주십시오. 한 번 더 체크하겠습니다. 혹시 재정증인 신청 있으신 가요? 있으신가요? (사이) 네, 알겠습니다. 넘어가 겠습니다. 다음으로 피고 측에서 원고 신문 신청 하셨죠?

이진호   네, 맞습니다.

손중재   진행해주세요.

피 고 측 신 문

이진호   (원고, 증인석으로 나오면 잔디밭으로 나오며) 네, 원고. 긴 시간 고생이 많으십니다. 일단 먼저 고통스러 운 기억을 꺼내주셔서 감사와 유감의 말씀을 드 리고 시작을 할게요.

응우옌티쭝   고맙네요.

이진호   네, 시작하겠습니다. 이런 증언이 처음이 아니신 걸로 알고 있습니다. 맞나요?

응우옌티쭝   네, 그렇다고 내가 말할 때 아무렇지도 않은 건 아니에요.

이진호   네, 그렇죠. 이해합니다. 혹시 몇 번이나 증언을 하셨는지 기억하고 계실까요?

응우옌티쫑	몰라요, 수도 없이 했어요. 왜요?
이진호	한국 사람들이 자주 미퐁마을을 방문했죠? 앞서 나왔던 고정수 증인과 함께 평화기행단이라는 이름으로요.
응우옌티쫑	네, 고마웠죠. 베트남에서도 관심 없는 우리 이야기를 듣겠다고 그 멀리서 와준 거니까.
이진호	매번 그 기억을 꺼내고 진술한다는 게 결코 쉬운 일이 아니었을 텐데…… 그럼에도 불구하고 계속하시는 이유는 뭔가요?
응우옌티쫑	했던 말 하고 또 하고, 그래도 들어주지 않으니까. 내가 증인이라고, 우리 마을에 있었던 학살을 제발 좀 알아달라고 그래서 얘기하는 거예요, 됐어요?
이진호	혹시 다른 목적이 있지는 않나요?
응우옌티쫑	무슨 말이에요?
박용미	원고에 대한 예의가 아닙니다.
이진호	원고께서는 마을을 방문한 한국 사람들한테 증언에 대한 대가를 받은 적이 있습니까?
민기현	저기요!
박용미	말조심하십시오.
응우옌티쫑	괜찮아요, 괜찮아. 선물 좀 받았습니다. 왜요, 부러워서 그래요?
이진호	수도 없이 증언을 하셨다고 했죠? 그때마다 받았습니까?
응우옌티쫑	다는 아니어서 아쉽네요. 많이 거절했어요, 당신 같은 사람들이 꼬투리 잡을까 봐서.

이진호	그런데 오늘 재판에 오시면서도 대가를 받으셨다고요, 제가 알기로 이번엔 500만 원 정도?
박용미	이 재판과 관련 없는 이야기입니다.
이진호	관련 있습니다. 배심원 여러분, 500만 원이면 베트남에서 무엇을 할 수 있을까요?
민기현	그게 무슨 상관이죠?
박애경	상관있습니다.
이진호	이는 베트남에서 노동자 평균 월급의 약 15배에 해당하는 금액입니다.
민기현	그 돈은 한국 시민단체에서 성금으로 모아 드린 돈입니다. 원고께서 가해국까지 와서 재판을 열어야 하는 수고에 감사와 위로의 마음으로 드리는 겁니다.
박애경	가해국이라고 하지 마세요. 아직 재판 안 끝났습니다. 그리고 대체 왜 마음을 돈으로 줍니까? 그것도 재판 전에!
응우옌티쭝	(소리를 높이며) 반대로 물어볼게요. 왜 내가 돈을 받으면 안 됩니까? 전쟁 끝나고 지금까지 증언만 하고 살았다고 해도 과언이 아닙니다. 누군가는 말해야 되니까! 그럼 나는 베트남학살 얘기만 나오면 아무 대가도 없이 나와서 증언해야 됩니까?
이진호	저희는 돈을 받으면 안 된다고 말씀드리고 있는 게 아닙니다. 단지, 이 증언의 목적에 대한 합리적인 의심을 말씀드린 겁니다.
박용미	대체 그 합리적 의심이라는 게 뭘…….
손중재	넘어가겠습니다.

이진호	네, 알겠습니다. 현재 미퐁마을에는 당시 사건에서 생존하신 분들이 남아계시죠?
응우옌티쫑	네, 많아요. 그 사람들까지 대신해서 내가 이렇게 나왔습니다.
이진호	정말 대신해서 나왔습니까?
응우옌티쫑	네.
이진호	제가 알기로는 이 재판을 원하지 않는 마을분들도 많다고 알고 있는데요.
응우옌티쫑	그건 아픈 기억을 잊고 싶어서 그런 거예요.
이진호	네, 이유가 어찌 됐건 제 질문은 정말로 원고가 마을을 대표해서 나온 게 맞냐는 겁니다.
응우옌티쫑	(화를 내며) 뭔 말을 하고 싶은 거예요? 내가 마을 사람들 다 반대하는데 돈 때문에 나와서 재판 열었다고 말하는 겁니까? 그럼 나 이 돈 안 받겠습니다. 그럼 됐죠? 문제없는 거죠?
이진호	원고, 원고, 진정하시고요. 저는 그렇게 말한 적 없습니다. 단지 마을을 대표해서 나온 게 맞냐고 물어봤습니다. 다음 질문 넘어가겠습니다. 1968년 사건 당시 원고의 나이가…….
응우옌티쫑	열두 살이요.
이진호	당시의 상황을 어느 정도로 정확하게 기억하고 계신가요?
응우옌티쫑	지금도 눈앞에 생생해요. 내 평생 잊은 적이 없어요.
이진호	한국군이 죽인 것이 맞지요?
응우옌티쫑	네, 확실해요.

이진호　　　그러면 원고의 진술 외에 그걸 증명할 수 있는 게
　　　　　또 있나요?

응우옌티쭝　내 잘못이네. 내가 53년 전에 이렇게 법정 열 줄
　　　　　알고 증거라도 미리 챙겨놨어야 됐는데, 내 잘못
　　　　　이네.

이진호　　　아닙니다. 그렇다면 한 가지 궁금한 게 있는데요,
　　　　　소장에 따르면 당시 방공호에 원고의 사촌 동생
　　　　　응우옌반꺼이도 함께 있었다고 기재되어 있는데
　　　　　요, 본 법정의 초반 원고 진술에서는 어머니, 오
　　　　　빠, 여동생만 있었다고 말씀을 해주셨어요. 혹시
　　　　　둘 중에 무엇이 맞습니까?

응우옌티쭝　제가 말이 잘못 나왔나 본데, 사촌 동생도 방
　　　　　공호 안에 있었어요. 워낙 오래된 기억이다 보
　　　　　니…….

이진호　　　네, 이해합니다. 배심원 여러분, 앞에 사진을 봐주
　　　　　시겠습니까? 원고, 이 벽화가 미퐁마을에 있는 벽
　　　　　화가 맞죠?

응우옌티쭝　네, 맞아요.

이진호　　　병사의 팔에 있는 마크를 봐주십시오. 원고, 사건
　　　　　당시 봤던 부대의 마크가 맞죠?

응우옌티쭝　네, 맞아요. 한국군 부대 마크였어요. 이건 내가
　　　　　확신할 수 있어요.

이진호　　　네, 알겠습니다. 다음 사진입니다. 배심원 여러분,
　　　　　좌측이 1968년 남베트남의 레인저부대 마크, 우
　　　　　측이 대한민국의 장룡부대 마크입니다. 둘 중 무
　　　　　엇이 벽화에 있는 마크와 유사해 보이십니까?

민기현	재판장님, 지금 피고대리인은 검증되지 않은 증거로 유도신문을 하고 있습니다.
박애경	검증된 증거입니다.
손중재	계속 진행하겠습니다.
이진호	배심원 여러분, 여러분은 열두 살 때의 경험이 생생하게 기억나십니까? 뇌 과학 분야에서는 '기억의 불완전성'에 대해 얘기합니다. 배심원분들도 과거에 정말 힘들었던 기억이 시간이 지나고는 좋은 기억으로 바뀐다거나, 자신이 경험하지도 않은 일을 경험한 것처럼 얘기하는 사람들도 보셨을 겁니다. 그렇습니다. 기억은 한번 만들어지고 고정된 형태로 남는 게 아니라 계속해서 변한다는 것이죠. 원고께서는 자신이 살아 있는 학살의 증거이자 부인할 수 없는 증인이라고 하셨죠? 다시 묻겠습니다. 정말 한국군이 맞습니까? 왜곡된 기억일 가능성은 단 1퍼센트도 없습니까? 그리고 그 책임을 지금 대한민국이 지는 것이 맞습니까? 이상입니다.

원 고 측 발 언

손중재	(이진호 들어가면) 원고 측 반대신문 있으신가요?
박용미	재판장님, 저희는 원고를 대상으로 신문을 진행하지는 않겠습니다. 다만 원고의 마지막 발언으로 대신해도 되겠습니까?
손중재	네, 그러시죠.

박용미	감사합니다.
응우옌티쭝	기억이라는 게 변호사님이 말씀하신 것처럼 그럴 수도 있겠네요. 내가 오늘 처음 진술할 때, 어떤 부분은 잘 기억이 안 나가지고. 그런데 이제 좀 기억이 나요. (사이) 다시 눈을 떴을 때, 다시 눈을 떴을 때…… 내가 숨어 있던 그 나무 밑에 누워 있는 한 여자가 보였어요. 아는 여자 같았는데. 위에 옷은 벗겨져 있고 치마도 들려 있어. 가까이 가보니까 피투성이에 한쪽 젖가슴이 칼로 잘려 있어. 그리고 반대로 돌아가 있는 고개를 내 쪽으로 천천히 돌렸어요. 죽었어. 그런데 얼굴이 안 보여서 이렇게, 이렇게 들여다보니까 응우옌티쭝이야. 나는 미안하다고, 미안하다고, 아무것도 못 해줘서 미안하다고 울기만 했어요.
박용미	응우옌티쭝은 원고의 이름 아닌가요? 왜 본인의 이름을…….
응우옌티쭝	내가 그때 죽었으니까요.
박용미	(사이) 네, 원고 응우옌티쭝은 1968년 2월 15일 미퐁마을에서 죽었습니다.
손중재	(사이) 네, 원고 마지막으로 하고 싶은 말이 있으신가요?
응우옌티쭝	(배심원들을 보고 울먹이며) 대체 왜 우리를 죽였습니까? 누가 우리를 죽인 겁니까? 그리고 왜 여기 안 왔어요?
손중재	네, 감사합니다. (원고, 자리로 돌아가면) 바로 마지막 증인을 모시겠습니다. 양측 대리인들께서 같

은 증인을 신청해주셨는데요, 오랫동안 개울가의 한자리에서 미퐁마을을 지켜본 야유나무입니다.

모두가 나무를 본다.

손중재   오래 기다려주셔서 감사합니다.
박애경   증인은 그동안 미퐁마을에서 일어난 모든 일을 다 지켜보셨나요?
민기현   (나무가 말이 없자) 네, 여기 계신 원고 응우옌티쫑은 사건 당일 증인의 옆에 있었다고 하는데 원고를 기억하시나요?
박용미   (나무가 말이 없자) 네, 마지막으로 하고 싶은 말씀이 있으신가요?

긴 사이
나무, 말이 없다.

전환.

4부

손중재   네, 감사합니다. 그럼 수고하셨습니다. 이것으로 이 법정의 모든 증거 조사 절차를 마치겠습니다. 마지막으로 양측 대리인들의 최종변론 시간을 갖도록 하겠습니다. 먼저 원고 측 최종변론 진행해주세요.

원고 측 최종변론

박용미와 민기현, 잔디밭으로 나와 선다.

박용미   네. 오늘 원고 응우옌티쯩은 자신의 가족들을 죽인 군인들이 이 자리에 와서 함께 대한민국에게 책임을 물길 기다렸습니다. 그러나 그분들은 끝내 나타나지 않았습니다. 왜 '나였다, 내가 죽였다'는 사람들은 나타나지 않은 것일까요? 그들은 명분 없는 전쟁에 동원된 피해자이자 학살의 책임을 물어야 할 가해자입니다. 하지만 그들을

226

동원한 국가가 잘못을 부정하고 있기 때문에 그들은 이 자리에 나타나지 못했습니다. 우리 사회에 과연 가해자의 자리는 있을까요?

민기현   지금 여기 있는 우리는 학살을 하지 않았습니다. 그러나 베트남 민간인학살 이후 50여 년 동안 대한민국이 그 어떤 인정과 배상도 하지 않은 것에 대해 우리 대한민국 국민은 어떤 입장을 가져야 할까요? 우리는 어떤 나라에서 어떤 국민으로 살아갈지 선택할 권리가 있습니다. 대한민국은 이 학살들에 대해 책임을 져야 합니다.

박용미   따라서 우리 원고 측은 피고 대한민국의 유죄, 이에 따른 국가자격상실을 청구하는 바입니다. 이상입니다.

피고 측 최종변론

손중재   (박용미와 민기현이 들어가면) 피고 측 최종변론 진행해주세요.

이진호와 박애경, 잔디밭으로 나와 선다.

이진호   네, 국가의 존폐를 논하는 자리에 피고 대한민국의 대리인이라는 이름이 무겁게 느껴집니다. 우선 여기 계신 원고와 무고한 민간인의 희생에 유감을 표합니다. 하지만 원고 측에서 제시한 증거들은 공식적으로 입증된 증거보다 감정에 호소하는 피해당사자 중심의 증언이 많습니다. 이것을 기반으로 어떻게 대한민국이라는 국가의 자격상실을 청구할 수 있는지 궁금합니다. 국가에게 모든 책임을 전가하는 것은 쉬운 일입니다. 그러나 일부 병사의 잘못된 행동을 왜 베트남 참전군인 전체가, 나아가 50여 년이나 지난 지금의 대한민국 국민들이 책임을 져야 할까요?

박애경　공산주의자들에게 남북통일이 된 베트남은 세계에서 가장 빈곤한 몇 안 남은 사회주의 국가로 전락했습니다. 1968년 대한민국은 우리 국민들을 위해 어떤 선택을 했어야 할까요? 대한민국이 파병을 하지 않았다면 베트남으로 빠져나갔을 주한미군은 아직도 우리나라에 주둔 중이고, 우린 미군 없는 우리나라를 상상해본 적이 없습니다. 과연 대한민국은 학살들에 대한 책임이 있을까요?

이진호　따라서 저희 피고 측은 피고 대한민국의 무죄를 주장하는 바입니다. 이상입니다.

평결

손중재　(이진호와 박애경이 들어가면) 네, 감사합니다. 지금부터 배심원분들의 최종평결 순서가 있겠습니다. 평결 방법은 배심원분들이 직접 자리에서 일어나셔서 두 개의 문을 통과해주시면 됩니다. 피고 대한민국은 유죄이므로 국가자격을 상실해야 한다

고 생각하시는 분들은 왼쪽 문을, 피고 대한민국
은 무죄이므로 국가자격을 상실할 필요가 없다
고 생각하시는 분은 오른쪽 문을 통과해주시면
됩니다. 모든 배심원분들이 통과하고 돌아오시면
최종판결 진행하겠습니다. 지금부터 배심원 평결
시작하겠습니다.

전웅대   (원고와 재판장이 나가면) 배심원분들께서는 대리인
의 안내에 따라 이동해주시면 감사드리겠습니다.

대리인들의 안내에 따라 배심원들이 평결을 진행한다. 평결이 끝나면 모
두 자리에 앉는다.

전웅대   이상으로 배심원 평결을 종료하겠습니다.

판결

전웅대   지금부터 베트남전쟁 시기 한국군에 의한 민간인
학살 사건의 판결선고 절차를 진행하겠습니다.

원고와 재판장, 다시 들어온다. 배심원들의 평결은 공연마다 달라지며, 그
때마다 공연의 결론이 바뀐다.

손중재   오늘의 판결은 대한민국의 국민이자 이 재판의
배심원분들에 의한 판결입니다. 긴 시간 동안 자
리를 지키며 피고 대한민국의 유무죄를 가리는
어려운 결정에 함께해주셔서 감사드립니다.

별들의 전쟁   229

손중재   판결선고! 배심원들의 평결 결과는 다음과 같다. 총 배심원 ○○명 중 피고 대한민국이 유죄라고 생각하는 배심원은 ○○명, 피고 대한민국이 무죄라고 생각하는 배심원은 ○○명, 기권은 ○○명. 이상과 같은 이유로 다음과 같이 판결한다. 주문, 피고 대한민국은 유죄! 국가자격을 상실한다.

무죄

손중재   판결선고! 배심원들의 평결 결과는 다음과 같다. 총 배심원 ○○명 중 피고 대한민국이 유죄라고 생각하는 배심원은 ○○명, 피고 대한민국이 무죄라고 생각하는 배심원은 ○○명, 기권은 ○○명. 이상과 같은 이유로 다음과 같이 판결한다. 주문, 피고 대한민국은 무죄! 국가자격을 유지한다.

모든 인물은 재판의 결과에 따라 리액션이 달라진다. 애국가가 흘러나오기 시작하고, 극장의 한쪽에서 환한 빛줄기가 보이기 시작한다. 모든 인물은 그 빛줄기를 보고 강제로 정갈하게 서서 마치 마리오네트처럼 대한민국을 위한 춤을 추기 시작한다. 유죄와 무죄마다 각 인물이 춤을 추는 얼굴과 몸의 정서가 극명하게 달라진다. 천천히 극장의 조명이 어두워지고 극장 안은 암전이 된다. 애국가는 극장 안을 가득 채울 정도로 큰 소리로 나오다 한순간 극장 밖에서 들리는 애국가 소리로 바뀐다. 극장 밖에서 빛이 보인다.

전웅대   이상으로 재판을 마치겠습니다. 긴 시간 함께해 주신 배심원분들께 감사드립니다. 조심히 귀가하십시오. 감사합니다.

배심원의 역할을 맡은 관객들은 자리에서 일어나서 미풍마을 위령비의 비석 안인 극장을 나가, 애국가가 울려 퍼지는 대한민국의 현실인 극장 밖으로 나가기 시작한다.

막

말
잘 듣는
사람
들

시간	현재의 어느 여름, 말복

공간	크고 고급스러운 서울 강남의 '명가 삼계탕', 직원 휴게실

등장인물	차예슬	21세, 삼계탕집 신입 홀 직원
	김미옥	43세, 삼계탕집 홀 매니저
	방은자	39세, 삼계탕집 홀 직원
	구경남	30세, 삼계탕집 홀 직원
	이상태	45세, 삼계탕집 주방장
	최대한	40세, 강남경찰서 강력1반 형사
	강성기	50세, 미옥의 남편, 택시기사
	사장	

* 이 작품에서 통화 내용은 중요한 역할을 한다. 따라서 작품 전반에 걸쳐 통화하는 상대방의 목소리는 관객에게 들려야만 한다.

* 방은자와 사장 목소리는 한 명의 배우가 연기할 수 있다.

1장

─────────

오전 10시 30분, 직원 휴게실 안.

직원 휴게실 한쪽에는 출입문이 있고, 가운데에는 커다란 선반이 있다. 이 선반의 위쪽과 아래쪽에는 잡동사니들이 쌓여 있고, 가운데에는 직원들의 소지품과 옷을 보관할 수 있는 칸이 있다. 또 다른 쪽 벽에는 커다랗고 낡은 거울이 달려 있고, 이 거울의 아래쪽으로 테이블과 의자, 2인용 소파가 놓여 있다. 탈색을 해서 머리가 노란 예슬이 소파에 앉아 휴대폰을 만지작거리고 있다. 경남은 의자에 앉아 예슬을 빤히 바라보고 있다.

경남   예슬아!

예슬   (휴대폰을 만지작거리며) 응?

경남   그 머리, 어디 미용실에서 했어?

예슬   왜?

경남   오빠도 가볼까? 색이 잘 빠진 것 같아서.

예슬   오빠는 하지 마. 안 어울려.

경남   어.

사이

경남   (의자를 조금 더 예슬 쪽으로 끌고 가서) 오빠가 손금 봐줄까?

예슬   (휴대폰을 만지작거리며) 아니.

경남   (다시 자리로 돌아오며) 어.

사이

경남   너, 잠이 가장 많은 연예인이 누군지 알아? (사이)
이미자.

경남, 혼자 웃다가 예슬이 아무 반응도 없음을 깨닫고 웃음을 멈춘다. 갑
자기 팔굽혀펴기를 하더니 벌떡 일어나 거울로 다가가 자신의 배를 드러
내며 보다가 두드린다.

경남   원, 투, 쓰리, 포, 파이브, 식스!

경남, 슬쩍 예슬의 눈치를 살피지만 예슬은 휴대폰만 보고 있다.

경남   아, 맞다! 내 친구 중에 니 나이 또래 여자애를 좋
아하는 애가 있어. 그래서 물어보는 건데, 요새 여
자애들은 어떤 남자 스타일을 좋아해?

예슬   오빠 같은 남자 안 좋아해.

경남   (당황하며) 나? 왜?

예슬   찌질하니까.

경남   (더 당황하며) 내가 찌질해?

예슬   (처음으로 경남을 쳐다보며) 머리부터 발끝까지 다
찌질한데?

경남   (흥분해서) 나 양아치였어! 나 오토바이 타고 다녔
어! 빠라바라바라밤! 안 믿냐? (사이) 너, 어부들

이 제일 싫어하는 연예인이 누군지 알아? 배철수.
(사이, 더 큰 소리로) 아, 맞다!

예슬   깜짝이야.

경남   (선반에서 예슬의 가방을 가져와 넘겨주며) 가방 열어
봐. 줄 거 있어.

예슬   뭔데, 또?

경남   빨리 열어봐!

예슬   왜, 또.

예슬이 가방을 열자 주머니에서 박하사탕을 한가득 꺼내 가방에 넣어주는
경남.

경남   박! 하! 사! 탕!

예슬   아이, 이거 가게 비품이잖아.

경남   괜찮아. 오빠만 믿어. 오빠가 다 책임질게!

예슬   진짜 가지가지 한다. 갖다 놔.

경남   어.

경남, 예슬의 가방을 다시 선반에 가져다 놓는다. 그때 예슬이 휴대폰으로
아이유의 노래를 틀고 따라 부른다. 어설프게 예슬의 노래를 따라 부르는
경남.

경남   누구야?

예슬   아이유.

경남   아, 장기하랑 사귀는 애?

예슬   헤어졌어.

경남	저런. (사이) 아, 오랜만에 음악을 들으니까 몸이 근질근질하네. (셔츠 깃을 세우며) 오빠 옛날에 브레이크 췄거든. 보여줄게. 봐봐. (어설프게 몸을 쓰며) 원 투, 원 투, 나이키.
예슬	(놀라서) 하지 마, 다쳐!
경남	나이키! 팝핀! 원, 투, 쓰리, 포, 파이브, 식스! 캔디! (노래를 부르며) 사실은 오늘 너와의 만남을 정리하고 싶어! 널 만날 거야.
예슬	하지 마.
경남	(노래를 부르며) 이런 날 이해해.

경남, H.O.T.의 〈캔디〉 춤을 추고 예슬이 이를 만류한다. 그때 갑자기 문이 열리고 미옥이 무선전화기로 통화를 하며 들어온다. 미옥, 춤추고 있는 경남의 등을 손바닥으로 때린다. 놀라서 황급히 나가는 예슬과 경남.

미옥	(통화하며) 네? 네, 사장님! 네, 제가 분명히 확인하고 나갔거든요?
사장	자꾸 이러실 거예요?
미옥	아니, 제가 분명히 정리를 하고…….
사장	내가 거짓말한다는 거예요?
미옥	아니, 그런 말이 아니라…….
사장	마감 똑바로 하세요!
미옥	예.
사장	그리고 또! 요즘 들어서 왜 자꾸 현금이랑 정산이랑 차이가 나요?
미옥	어? 그럴 리가 없는데…….

사장	아니, 그럴 리가 없긴 뭐가 그럴 리가 없어.
미옥	죄송합니다.
사장	미옥 씨는 죄송하다는 말밖에 할 줄 몰라?
미옥	죄송합니다.
사장	이게 몇 번째야, 대체! 내가 진짜 이런 얘기까지 안 하려고 했는데, 또 이런 차액 발생하면 이제부터 미옥 씨 월급에서 깔 거야.
미옥	예?
사장	미옥 씨 월급에서 간다고!
미옥	(놀라서) 사장님! 그래도 그건 좀 아닌 것 같은데요.
사장	내가 오죽 답답하면 이러겠어.
미옥	아마도 카드 기계가 자꾸 고장이 나서…….
사장	미옥 씨! (사이) 긴장 좀 하고 직원들 관리, 포스 관리 좀 똑바로 해줘요.
미옥	네.
사장	내가 몸이 100개도 아니고 어떻게 거기에만 계속 붙어 있어! 다른 지점 매니저들 미옥 씨랑 달라요. 얼마나 철두철미한데!
미옥	죄송합니다.
사장	그놈의 죄송하다는 소리 좀 그만하고요! 이 가게가 미옥 씨 가게다, 내가 주인이다, 이렇게 생각하고 일을 해야지. 내가 미옥 씨 아끼는 거 알잖아.
미옥	네.
사장	나만큼 잘해주는 사장이 어디 있어? 안 그래?

미옥	어우, 그렇죠.
사장	오늘 복날이라 단골이랑 단체 많아요. 잘 좀 모시고, 문제없이! 알겠어요?

사장, 전화를 끊는다.

| 미옥 | 예, 사장님. (사이) 씨발년. 이년은 지 할 말만 하고 끊어. 아휴, 씨발년. 돈을 그렇게 처벌면서 이 지랄이냐. 아휴. |

미옥, 다른 곳에 전화를 건다.

미옥	어데고?
성기	왜?
미옥	일 안 해?
성기	일하지. 방금 손님 내렸어.
미옥	지랄하고 자빠졌네. 목소리 들으니까 또 어디서 차 세워놓고 처자빠져 자고 있었지?
성기	그럴 리가 없잖아.
미옥	그럴 리가 없긴, 뭐가 그럴 리가 없어!
성기	이 여편네 또 의심부터 하고 있네.
미옥	됐고! 삼계탕 처먹을 거면 가게로 오든가!
성기	처먹는 게 뭐냐, 처먹는 게! 서방한테!
미옥	(과하게 애교를 부리며) 삼계탕 잡수실 거면 가게로 오세요.
성기	무슨 복날에 닭이야? 남자는 개야, 개. 이따 친목

회 있어.

미옥   친목회, 허구한 날 친목회. 뻥까지 마, 이게 도대체 몇 번째야.

성기   진짜야. 자율방범대 친목회 있다니까.

미옥   니 또 술 처먹으려고 그러지.

성기   안 먹어! 안 먹는다고!

미옥   어휴, 내가 속이 터진다, 터져! 니 술 처먹을 돈 있으면 집에나 좀 가꼬 온 나!

성기   카톡!

미옥   엄마?

성기   야! 콜 들어왔어. 끊어!

미옥   술 적당히 처먹고, 술 먹고 운전하지 말고!

성기   야, 내가 또 음주운전 하면 그게 개지! 그게…….

미옥   은정이 학원 갔다 오면 혼자 있으니까 최대한 빨리 집에 좀 들어가! 빨래 좀 널어놓고!

성기   알았어, 알았다고!

미옥   내가 몸이 100개도 아니고…….

성기   끊어.

미옥   (전화를 끊으며) 아이고, 이 문딩이 화상아, 문딩이 화상아.

은자, 문을 열며 들어온다.

은자   언니야, 오늘 버스에서 어떤 남자가 내한테…….

미옥   (짜증을 내며) 다들 들어오라고 해!

은자   (밖을 향해서) 들어들 오세요! 들어들 오삼!

밖에서 직원들의 대답 소리. 잠시 후, 직원들이 방 안으로 들어온다. 예슬
과 경남은 눈치를 보며 빈자리에 앉고 상태는 어슬렁거리며 마지막에 들
어온다.

미옥	(소리를 높이며) 빨리빨리 들어와! 경남이 지각하지 마. 경고했다.
경남	죄송합니다.
상태	(짜증스럽게) 오늘 고춧가루 들어오지?
미옥	그걸 왜 지금 얘기해요?
상태	아, 뭔 소리 하는 겨. 어제 은자한테 다 이야기 해 놨구먼?
미옥	방은자, 고춧가루!
은자	(과하게 놀라며) 어머, 내 까무뿌다! 미안해요, 주방 장님!
미옥	정신 똑바로 안 차릴래?
은자	아이, 이제 이런 거 경남이 좀 시켜라.
경남	왜 나한테 그래요.
은자	야, 누나가 그런 거 할 짬밥이야?
경남	그럼 내가 그런 거 할 짬밥이야?
미옥	시끄러! 바로 발주 넣어.
은자	알겠다, 언니야.
미옥	언니, 언니 하지 말라고 그랬지.
은자	그럼 언니한테 언니라고 하지 뭐 오빠라 캅니까!
미옥	시끄러!
상태	사장이 또 지랄했구먼.
미옥	상태 씨는 주방이나 신경 쓰세요!

상태	아니, 왜 불똥이 주방으로 튀고 그랴?
미옥	내가 조회시간에 휴대폰 하지 말라고 그랬지, 경남이! 예슬이!
경남, 예슬	죄송합니다.
미옥	너네 요즘 자꾸 붙어 댕긴다. 뭐 연애하니?
예슬	(과하게 싫어하며) 아니요!
은자	허, 야! 니 웃긴다. 우리 경남이가 어때서? 세상에 경남이 같은 남자가 없다.
경남	고마워요, 누님.
미옥	지랄들을 해요. 하여간 요즘 어린것들은 한두 번 얘기해가 들어처먹지들을 않아요! 그리고 홀! 요즘 들어 왜 자꾸 정산하고 현금하고 차이가 나는 거야! 정말 똑바로 안 할래?
홀 직원들	죄송합니다.
은자	언니야!
미옥	또!
은자	매니저님, 제 생각에는요. 최근 들어서 또 이런 일이 발생하는 걸로 봐서는 신입의 문제가 아닐까 싶어요.

직원들, 예슬을 쳐다본다.

예슬	제가 왜요? 저 배운 대로 열심히 했는데요?
은자	아니지. 열심히 하는 게 문제가 아니지, 잘해야지. 어? 아무튼 요즘 애들은 이래 버릇이 없다.
예슬	이모님은 왜 맨날 저한테만 그러세요?

은자	야! 내가 와 니 이모고! 언니라 카라 했지?
예슬	이모님!
은자	이봐. 지가 뭐 켕기는 게 있으니까 이래 승질 내는 거 아이가.
미옥	그만해.
은자	뭘 그만해.
예슬	저 아니에요!
은자	야, 그럼 내가? 머, 경남이가? 지연이가? 언니야가? (사이) 카면 누군데!
예슬	잘 알지도 못하면서 사람 좀 몰아세우지 마세요.
은자	헐, 대박!
경남	(몸을 흔들고 어설픈 애교를 부리며) 누님.
은자	와 이카노.
경남	아, 누님, 그만해요
은자	야, 니, 야 카바 치나? 내 진짜 너무 서운하다, 진짜.
경남	아니, 예슬이가 아니라잖아요.

은자와 경남, 실랑이를 한다.

미옥	그만해! 이것들이 진짜. 남 탓하지 말고 남 욕하지 말고, 각자 자기 맡은 일들이나 똑바로 해! 알겠어?
홀 직원들	네.
예슬	(갑자기) 또 카드 안 되면 어떻게 해요?
미옥	기계 바꿔달라고 했다. 우선 버텨야지 뭘 어떻게

	해? 유도리 있게. 아, 그리고 오늘 카운터에 내만 있을 테니까 그렇게 알고.
은자	오늘 같은 날 언니야가 카운터에 있으면 어떡하노. 지연이도 없다.
미옥	그럼 우짜노? 자꾸 문제가 생기는데.
은자	지연이 그 가시나는 오늘 같은 날 빠지고 지랄이고. 진짜 갖다 발라뿔라마.
미옥	그럼 우짜노? 아가 아프다는데.
은자	몰라.
미옥	아무튼 요즘은 복날에 개 먹으러 가는 사람들보다 삼계탕 먹으러 오는 사람이 더 많은 거 알지?
홀 직원들	네.
미옥	매출 잘 나가는 날이니까 각별히 신경 쓰고!
홀 직원들	네.
미옥	오늘 예약, 점심에 일곱 개, 저녁에 아홉 개야.
홀 직원들	아…….
미옥	경남이 화장실 청소 시간대별로 잘하고.
경남	네.
미옥	근데, 주방장님. 담배 좀 손님 안 보이는 데 가서 피우시면 안 될까요?
상태	왜 갑자기 나한테 불똥이여.
미옥	아니, 주방 옷 입고, 담배 피우는 거 좀 그렇잖아요.
상태	(휴대폰 게임을 하며) 내 맴이니게 신경 꺼.
경남	(손을 들며) 저, 주방장님께 공식적으로 건의드릴 게 있는데요. 홀 직원한테 이래라저래라 안 했으

	면 좋겠는데요?
상태	아니, 어디서 병신 지랄 옆차기 하는 소리가 들리지? 야, 경남아. 나대지 마러. 그러다가 임마, 니 대가리 뽑아다가 손님상에 머릿고기로 내보내는 수가 있어, 새끼야. 싸가지 없게……. 아니다, 이왕 말이 나온 김에 말여, 나 한마디만 더 해도 되나?
미옥	예, 하세요.
상태	(갑자기 소리를 높이며) 야, 홀! 니들은 임마, 주방이 우스워? 니들이 처먹은 그릇은 니들이 씻어! 이 새끼들아. 편의점 문 닫을 때까지 처맞아봐야 정신을 차리지.
홀 직원들	죄송합니다.
상태	사장이 지랄하는 데는 다 이유가 있는 겨. 알겠어?

상태, 신경질적으로 나간다.

미옥	(문밖으로) 예, 뭐. 오늘 어쨌든 잘 부탁드리겠습니다.
은자	(문밖으로) 잘 부탁드려요!
상태	(문밖에서) 몰러! 내 맘대로 할 거여!
경남	(문밖에다) 어휴, 내가 진짜 참는다, 참어.
미옥	(경남에게) 야! 내가 주방장 건들지 말라 그랬지. 문제 좀 일으키지 말자, 문제 좀. (직원들에게) 구령 준비!

홀 직원들	꼬끼오!
미옥	시작!
다같이	만나면 좋은 친구. 명가 삼계탕!
미옥	준비해!

직원들, 영업 준비를 하러 나간다. 미옥, 나가려는 예슬을 본다.

미옥	예슬아?
예슬	네?
미옥	내 좀 보자.
예슬	네.
미옥	일하는 데 불편한 건 없고?
예슬	네.
미옥	사람들은 잘해주고?
예슬	네.
미옥	거기 물티슈 한 장 가져와봐. (예슬이 물티슈를 가져 오는 것을 빤히 쳐다보며) 예슬이는 부모님이 두 분 다 계시니?
예슬	네.
미옥	형제는?
예슬	여동생 하나 남동생 하나 있어요.
미옥	예슬이 집이 많이 어려워?
예슬	엄마가 좀 아프세요.
미옥	아이고, 세상에. 엄마가 아프시구나. 그래, 예슬 아. 니가 어린아가 이런 데서 아르바이트한다는 게 보통이 아니지. 그런데 예슬아. 내가 어젯밤에,

마감한다고 못 물어봤는데, 박여사님 일행분 왜 다시 들어오신 거야?

예슬   아, 그 지갑 잃어버린 것 같다고…….

미옥   지갑?

예슬   예, 근데 다시 찾아봤는데 없었어요. 깜빡하고 집에 두고 온 것 같다고 하시던데.

미옥   아, 나는 또. 계산에 착오가 생긴 줄 알았지.

예슬   아뇨, 아뇨.

미옥   그래, 박여사님은 우리 가게 단골분이시거든. 사장님하고 굉장히 친분이 두터우신 분이야. 딱 오시면 니가 싹! 웃으면서 친절하게 유도리 있게, 쌀랑쌀랑, 알지?

예슬   네.

미옥   응, 나가봐.

예슬   네.

미옥   예슬아?

예슬   네?

미옥   (사용한 물티슈를 넘겨주며) 버려.

예슬   네.

미옥, 예슬이 나가는 것을 빤히 쳐다본다. 그때 동시에 은자가 들어오다 예슬과 부딪힐 뻔한다.

은자   엄마야!

예슬   깜짝이야!

은자   (예슬의 뒤에 대고 짜증을 내며) 야, 앞에 쫌 보고 댕

기라. 처받을 뻔했잖아.

미옥 저 가시나는 뭐 한다고 또 기어들어오지?

은자 (웃으며) 내 분칠을 까무뿌써.

미옥 그만 좀 찍어 발라라.

은자 아니, 써비쓰업 아이가, 써비쓰업!

미옥 야, 내가 신입 군기 잡지 말라 그랬지.

은자 아니, 아가 예의가 없으니까…….

미옥 요즘 애들 다 그렇지 뭐.

은자 자꾸 그래 봐주니까 아들이 싸가지가 없어지는 거 아이가. 어차피 나갈 아들이다!

미옥 내 좀 봐도, 은자야.

은자 아, 몰라. 나, 가 처음 볼 때부터 그냥 맘에 안 들 었어. 가 알바 끝나잖아? 마, 칼같이 퇴근한다. 대 가리 노래가지고.

미옥 부러우면 니도 대가리 노랗게 하든가.

은자 부럽긴 뭐가 부러워. 언니야, 얼굴에 자신 없는 아 들이 마 머리카락 가꼬 장난치는 거거든. 노랗게 하고 빨갛게 하고. 왜? 언니도 빨갛게 노랗게 해 가 오늘 나이트클럽 가가…….

미옥 니, 언제 철들래, 진짜.

은자 (미옥의 머리를 살피며) 아니, 근데 언니야도 미장원 좀 가자.

미옥 내가 미장원 갈 시간이 어디 있노.

은자 그리고 예슬이 야는 진짜 한 달 버티면 오래 버티 는 기다.

미옥 도망가게 만들지나 마, 미친년아.

미옥이 일어나 나가자, 은자도 따라 나간다.

은자   언니야는 내가 도망가면 우짤 낀데?

미옥   니는 나가, 이년아.

은자   언니 너무해! 너무해, 진짜!

암전.

2장

오후 6시 15분, 직원 휴게실 안.

직원 휴게실 문이 열리고, 무선전화기를 든 미옥이 황급히 들어온다.

미옥　　여보세요?

대한　　여보세요?

미옥　　밖이 워낙 시끄러워서요. 한 번 더 말씀해주세요.
　　　　　예약하시려고요?

대한　　아, 예약은 아니고, 혹시 명가삼계탕 사장님 되십
　　　　　니까?

미옥　　사장은 아니고, 매니저입니다.

대한　　사장님 어디 계세요?

미옥　　사장님 지금 안 계세요. 이 지점은 주로 제가 관
　　　　　리해서요. 어디신데요?

대한　　네, 저는 서울지방경찰청 강남경찰서 강력 1반 최
　　　　　대한 형사라고 합니다.

미옥　　(사이) 니가 형사면 나는 고소영이야! (전화를 끊고)
　　　　　이 새끼가 지금 바빠 죽겠는데.

미옥, 나가려는데 다시 전화벨이 울린다.

미옥　　(전화를 받아 짜증을 내며) 야! 장난 전화 하지 마!

여기 영업하는…….

대한   (소리를 높이며) 왜 전화를 끊습니까. 바빠 죽겠는
데!

미옥   (사이) 정말 경찰서예요?

대한   속고만 사셨나. 아까 말씀드렸다시피 강남경찰
서입니다.

미옥   무슨 과, 뭐라고요?

대한   형사과 강력 1반이요.

미옥   성함이?

대한   최대한입니다.

미옥   최대한. 아니, 요즘 보이스 피싱이다 뭐다 참…….

대한   매니저님, 장난할 시간 없습니다. 사장님 연락처
알려주세요.

미옥   왜 그러시는데요?

대한   오늘 낮에 가게에서 절도 사건이 발생했습니다.

미옥   아니, 오늘 낮에 그런 일 없었는데.

대한   피해자가 가게에서 지갑을 도난당했다고 합니
다.

미옥   예?

대한   피해자로부터 고소장 접수되었고, 고소인 조사
마쳤습니다.

미옥   아니, 가게에서 뭘 잃어버렸으면 가게로 직접 찾
아올 것이지, 뭐 한다고 경찰서까지 가가꼬…….

대한   피해 금액이 워낙 커서 피해자가 직접 서로 오셔
서 신고를 했습니다. 사장님 번호요!

미옥   (사이) 010-○○○○-○○○○ 입니다.

대한	○○○○. 예, 감사합니다.
미옥	(갑자기) 저기, 잠깐만요!
대한	예?
미옥	(사이) 사장님 말고 저랑 통화하시면 어떨까요?
대한	왜죠?
미옥	예, 사장님이 워낙 바쁘신 분이고 어차피 여기도 잘 모르세요. 이 지점은 주로 제가 관리해서요. 저랑 해결하시는 게 좀 빠르실 거 같은데…….
대한	아, 그 지점은 매니저님이 직접 관리하시는 거예요?
미옥	예. 예. 예. 예.
대한	알겠습니다. 저녁 시간이라 바쁘실 텐데 괜찮으시겠어요?
미옥	어우! 빨리빨리 끝내죠 뭐.
대한	네, 좋습니다! 그럼 우선 참고인 자격으로 신원조회를 먼저 진행하도록 하겠습니다.
미옥	신원조회요?
대한	성함이 어떻게 되십니까?
미옥	김미옥인데요.
대한	주민등록번호가?
미옥	75○○○○.
대한	뒤에도요.
미옥	아니 뒤에가 왜 필요합니까? 요즘 개인정보보호다 뭐다 해가지고…….
대한	김미옥 씨! 여기는 경찰서입니다. 뒷번호까지 불러주셔야 신원조회가 가능하죠!

미옥	아, 그런 거예요? 예. 2○○○○○○입니다.
대한	75○○○○-2○○○○○○, 맞으십니까?
미옥	예. 아, 근데요. 이거 뭐 기록이나 이런 거 남는 거 아닙니까?
대한	참고인 조사는 신상 기록에 남지 않습니다.
미옥	아, 예.
대한	결혼은 하셨습니까?
미옥	네.
대한	남편분 직업이?
미옥	택시 몹니다. 개인.
대한	자녀는요?
미옥	중학생 딸 한 명이 있습니다. 반장입니다. 2년째. (형사가 웃자 미옥도 따라 웃으며) 야가 저를 닮아가지고.
대한	(웃으며) 아이구, 알겠습니다. 다음으로 몇 가지 질문 드릴게요. 그, 홀에 CCTV 있습니까?
미옥	예, 있습니다. CCTV.
대한	아, 다행이네. 지금 그 CCTV 확인해볼 수 있을까요?
미옥	(사이) 아, 그게…… 때마침 고장이 났습니다. 아니, 내가 주말 지나고 고칠라고 했거든요.
대한	아, 이를 어쩌나……. 간단히 넘어갈 수 있다고 생각했는데. 아무래도 사장님과 통화를…….
미옥	(소리를 높이며) 어, 저기요, 잠깐만! 안 돼요!
대한	왜 그러시죠?
미옥	예, 솔직하게 말씀드릴게요. 사장님이 요즘 굉장

	히 저기압이십니다. 가게 문제가 생긴 거 알면 제 입장이 좀 많이 곤란하거든요?
대한	하아, 난감하네. (사이) 그럼 원래 절차상 사장님과 통화를 해야 되는데 일단은 미옥 씨 진술에 철저히 의존해야 될 것 같습니다. 잘 좀 부탁드리겠습니다.
미옥	(좋아하며) 어우, 아닙니다, 아닙니다. 저도 잘 부탁드리겠습니다.
대한	좋습니다. 가게 내에 직원이 몇 명이나 됩니까?
미옥	예, 홀에 저 포함해가지고 가만있자…… 다섯 명 있습니다. 오늘 한 아가 아파서 결근했고요. 주방에는 주방장 한 분, 주방 아줌마 두 분 있습니다.
대한	직원분 중에 남의 물건을 훔칠 만한 직원 있습니까?
미옥	아유, 그럴 사람 없습니다.
대한	김미옥 씨! 솔직하게, 거짓 없이 말씀해주셔야죠.
미옥	어휴, 우리 형사님 속고만 사셨나. 절대 그럴 사람 없습니다. 형사님! 여기 강남입니다. 강남은요, 아무 직원이나 뽑을 수 있는 게 아닙니다. 매니저인 저가 아주 철두철미한 면접 과정을 통해 뽑은 엘리트 직원들밖에 없어서, 절대 그럴 사람은 없습니다.
대한	미옥 씨가 알아두셔야 될 게 있는데 만약 미옥 씨가 관리하는 홀에서 사건이 발생했을 시 다른 사람에게 특별한 정황이 잡히지 않으면, 지금 현재 혐의가 미옥 씨에게 돌아갈 수도 있습니다.

미옥	(놀라며) 아니, 지금 무슨 말씀하시는 거예요. 지금?
대한	CCTV부터 시작해서…….
미옥	어휴, 나 진짜 생사람을 잡아도 유분수지. 나 진짜 어이가 없다. 뭐 지금 내가 그럴 사람으로 보이……. (사이) 아니, 저 그런 사람 아니…….
대한	자, 자! 흥분하지 마시고요.
미옥	(소리를 높이며) 내가 언제 흥분을 했다고 그러십니까! (사이) 죄송해요.
대한	단도직입적으로 묻겠습니다. 피해자가 범인으로 지목한 사람이 있습니다.
미옥	누군데요?
대한	(천천히) 여성이고, 눈이 크고, 어리고…….
미옥	(사이, 갑자기 정답을 맞히듯 확신 있게) 예슬이!
대한	정확한 이름이?
미옥	차예슬요. 그 머리 노란 애.
대한	차예슬. 머리 노란 애. 그 친구 몇 살입니까?
미옥	스물한 살요.
대한	근무한 지는 얼마나 됐죠?
미옥	아, 2주 정도 됐는데. 근데 아, 뭐 착오가 있는 것 같다. 가는 그럴 애 아니거든요.
대한	2주 보셨다면서요?
미옥	그렇죠.
대한	그 짧은 기간에 사람을 전부 파악하기란 무리가 있죠.
미옥	아니, 그래도 걔가 심성이 굉장히 착한 애니다. 뭐

상고 나오기는 했어도…….

대한 잠시만요! 상고 출신이요?

미옥 예.

대한 역시 상고 출신!

미옥 왜요?

대한 아니, 제 수사 경험상 상고나 공고 출신 애들한테 문제가 자주 생기거든요. 게다가 노란 머리까지. 잠시만요. 신원조회 좀 해보겠습니다.

은자가 갑자기 문을 연다.

은자 언니야! 카드기 고장 났다. 지금 손님들 기다린다. 빨리 나온나.

미옥 니가 알아서 해봐. 유도리 있게!

은자 내보고 우짜라고.

미옥 그러면 손님보고 잠깐만 기다리시라고 해. 언니 금방 나갈 테니까.

은자 아, 으째 그카노!

미옥 (은자를 밀어내며) 긴급 상황이야. 나중에 얘기해줄 게. 빨리 나가!

은자 아이, 진짜. 빨리 나온네!

미옥 (문을 닫으며) 알았어, 이년아. (전화를 다시 받으며) 형사님!

대한 여보세요.

미옥 예, 우리 가게 문제 생겨가지고 지금 나가봐야 될 거 같거든요.

대한	미옥 씨! 놀라지 마십시오. 지금 상황이 굉장히 심각합니다.
미옥	예?
대한	이거 사건은 일반 절도 사건이 아니라 특수절도 사건입니다.
미옥	특수, 뭐요?
대한	제가 신원조회를 해보니까 차예슬은 현재 수배가 떨어져 있네요.
미옥	(놀라며) 수배? 현상수배범? 아유, 말도 안 된다! 갸가 무슨…….
대한	상황을 정확하게 바라보셔야 됩니다. 상고 출신에 노란 머리, 감이 안 오십니까? 도주 및 증거인멸의 우려가 있으니 아무래도 구속수사를 진행해야 될 것 같습니다.
미옥	구속이요?
대한	예, 놀라지 마시고요. 지금 사안이 워낙 심각한지라 적극적으로 협조해주셔야겠습니다.
미옥	구속이면 감옥 가고, 범죄자 되는 거예요?
대한	예, 그렇죠. 어쨌든 어제 뉴스 보셨죠?
미옥	아뇨. 나는 뉴스보다 드라마 좋아합니다.
대한	예, 어제 뉴스에 나온 포천 살인사건 때문에…….
미옥	살인사건!
대한	예, 제가 거기 현장에 있다가 지금 서울로 올라가는 중인데 도착하기까지 시간이 좀 걸릴 것 같습니다. 퇴근 시간이라 차가 엄청 막힙니다.
미옥	그럼 내가 어떻게 해야 돼요?

은자, 갑자기 문을 열고 소리를 지른다.

은자 언니야! 손님들 지랄한다.

미옥 아휴, 니가 좀 알아서 해봐, 니가!

은자 아니, 내가 기계를…….

미옥 현금. 현금 달라고 해, 현금! (문을 닫고 다시 전화기를 잡고) 여보세요!

대한 마침 다른 형사가 사장님과 통화를 마쳤답니다.

미옥 (화를 내며) 형사님, 내랑 사장님하고 통화 안 하시기로 약속했잖아요!

대한 아, 맞다. 죄송합니다.

미옥 CCTV 얘기도 했습니까?

대한 아, 아니요, 그 얘기는 안 하고…… 상황만 간단히 설명드렸습니다. 너무 걱정하지 않…….

미옥 걱정, 지금 내 걱정을 안 하게 생겼습니까, 지금! (사이) 사장님이 뭐라고 하시던가요?

대한 지금 가게가 바쁜 건 아는데 상황이 상황인지라 사장님이 가장 신뢰하는 직원인 미옥 씨가 적극적으로 협조해주시면 좋겠다고 말씀하셨답니다.

미옥 (화색이 돌며) 아, 그래요? 예, 뭐, 사장님께서 그렇게까지 말씀하셨다면 어쩔 수가 없네……. (태도를 전문가처럼 바꾸며) 예, 제가 뭘 어떻게 협조해드리면 될까요?

대한 초범인 경우에는 약식기소를 하기도 하지만 예슬 씨는 상습범이고…….

미옥 아휴, 너무 어렵다. 쉽게 좀 말씀해주세요.

대한	예, 그러니까 제가 갈 때까지 차예슬을 절대 도망가지 못하도록 한곳에 가두어주시면 됩니다.
미옥	가둬요? 제가요?
대한	예, 미옥 씨가요! 그리고 차예슬을 절대 혼자 두지 않습니다. 도주 및 증거인멸의 우려가 있습니다.
미옥	아니, 그냥 다른 형사님 불러주세요.
대한	이게 그렇게 간단한 문제가 아닙니다. 제 담당 사건이기도 하고.
미옥	아니, 그래도 지금 그걸 제가 어떻게⋯⋯.
대한	모든 건 제가 책임지겠습니다. 걱정하지 않으셔도⋯⋯.
미옥	알아요, 알아요. 다 아는데. 그래도⋯⋯.
대한	(단호하게) 김미옥 씨!
미옥	예.
대한	(군인처럼) 차예슬을 절대 혼자 두지 않습니다.
미옥	예, 알겠습니다.
대한	용의자 불러주시죠.
미옥	예. (문을 열고 다급하게) 예슬아! 예슬아! (문을 닫고) 형사님, 이거 전화 잠깐만 끊고 부를게요. 밖이 정신이 하나도 없⋯⋯.
대한	(긴급하게) 안 됩니다! 절대 전화 끊으시면 안 됩니다! 지금 모든 통화 녹취되고 있습니다.
미옥	(놀라며) 녹취요?
대한	서둘러 차예슬 부릅니다.
미옥	아, 진짜 나 미치겠네, 증말. (다시 문을 열고) 은자

야!

은자 (문밖에서) 어?

미옥 은자야! 예슬이 좀 불러줘!

은자 (문밖에서) 뭐라카노?

미옥 예슬이 좀 불러달라고!

은자 (문밖에서) 손님, 계산하고 가세요!

경남 (문밖에서) 계산이요!

암전.

3장

오후 6시 30분, 직원 휴게실 안.

미옥과 예슬, 테이블 위에 전화기를 내려놓은 채 서로를 마주 보고 앉아 있다.

미옥   지금 형사한테 전화가 와 있어.

예슬   형사요? 왜요?

미옥   예슬아. 나는 너를 믿어. 아껴. 알지?

예슬   알죠. 그런데 형사는 왜요?

미옥   니가 지금 절도 혐의를 받고 있대.

예슬   (크게 웃으며) 아, 왜 그러세요? 어디 아프세요? (일어나며) 지금 홀 장난 아니에요. 빨리…….

미옥   (소리를 높이며) 앉아!

예슬   네?

미옥   (더 소리를 높이며) 앉으라고!

예슬   (다시 천천히 소파에 앉으며) 왜 그러세요?

미옥   예슬아. 나는 너를 믿어. 근데 나는 지금부터 형사님이 시키는 걸 해야만 돼.

예슬   장난하지 마세요.

미옥   장난? 니 지금 내가 장난치는 걸로 보여? 경찰들 귀찮게 해서 좋을 거 하나도 없어! 괜히 문제 복잡하게 만들지 말고, 어른들 말 들어! 알겠지?

예슬	예.
미옥	(전화기를 들고) 여보세요?
대한	바꿔주시죠.
미옥	예. (예슬에게 조심스럽게 전화기를 넘기며) 말 잘 듣고!
예슬	여보세요!
대한	안녕하십니까? 저는 서울지방경찰청 강남경찰서 강력1반 최대한 형사라고 합니다.
예슬	그런데요?
대한	차예슬 씨 되시죠?
예슬	네.
대한	지금부터 제가 하는 말에 당황하지 않으시길 바랍니다. 예슬 씨는 지금 절도 혐의를 받고 계십니다.
예슬	장난하세요?
대한	오늘 낮에 가게에서 큰 절도 사건이 발생했습니다. 피해자가 범인으로 현재 차예슬 씨를 지목한 상태입니다.
예슬	저기요, 이건 진짜 말도 안 되는 거 같은데요, 오늘 낮에 가게도 되게 바쁘고……. 혹시 박여사님? 저기요, 박여사님은 어제저녁에 오셨는데. 어쨌든 저는 아닌데요?
대한	아니고 기고 여부는 수사를 통해서 제가 판단할 부분이고…….
예슬	아니라고요. 지금 말도 안 되게 생사람 잡고 계시는데요, 저 안 훔쳤어요. 가게에 CCTV 있으니

까…….

미옥 예슬아! (미안해하며) 그거 지난주에 고장 났어.

예슬 뭐라고요?

미옥 아니, 주말 지나고 내가 고칠라고 했는데…….

예슬 아니, 이게 무슨…….

대한 예슬 씨, 지금 예슬 씨를 범인이라고 지목하는 게 아니잖아요. 예슬 씨가 용의자로 지목이 되었기 때문에 수사를 진행하는 과정일 뿐입니다. 만약 예슬 씨가 수사에 협조하지 않으시면 예슬 씨의 결백을 밝힐 수도 없고, 공무집행방해죄로 처벌을 받으실 수도 있습니다.

예슬 아니, 왜 내가 처벌을 받아요? 저기요, 지금 가게도 되게 바쁘고…….

대한 사장님과 매니저님이 양해해주셨습니다.

예슬 네?

대한 제가 지금 지방의 살인사건 현장에 있다가 서울로 올라가는 중인데 워낙 급한 사안인지라 매니저님이 대신 수사를 진행해주실 예정입니다.

예슬 저기요, 저는 그럴 사람 아니고요. 자꾸 저한테 이러시면 저도 나중에 그 명예훼손인가 뭔가로……. (미옥이 예슬의 등짝을 때리자 화를 내며) 아, 왜 때려요! 저도 명예훼손으로 고소할 거예요. 지금 뭔가 착오가 있으신 것 같은데요, 생사람 잡지 말고 다른데 가서 알아보세요. (전화기를 내려놓고 일어나 문쪽으로 가며) 미친 거 아니야! 진짜.

당황한 미옥, 황급히 일어나 예슬을 잡는다.

미옥	어머머머머, 예슬아! 어른들 말 들어!
예슬	저 아니라고요.
미옥	안다, 나도 아는데. 이런 모든 정황들이 니를 용의자로 지목하고 있다잖아.
예슬	아니, 그렇게 의심이 들면 직접 와서 잡아가든가!
미옥	워낙 급해가지고 어쩔 수 없다고 하시잖아!
예슬	(소리를 높이며) 아, 씨발. 좆같아서.
미옥	(사이, 단호하게 화를 내며) 야! 니만 곤란해? 나도 곤란해. 지금 가게도 바빠 죽겠는데 사장도 그렇고 형사도 그렇고⋯⋯. 어른들 말 들어! 다들 니 도와줄라고 그러는 거잖아!
예슬	(사이) 제가 뭘 어떻게 하면 되는데요?
미옥	나도 모르겠다. 일단 전화 받아보자.
예슬	우선 협조하긴 할게요. 그런데 매니저님도 아시겠지만, 저는 아니라고요.
미옥	안다. 니 결백한 거 아니까 우리 선에서 빨리 끝내자.

미옥, 전화기를 예슬에게 건넨다.

예슬	여보세요.
대한	예슬 씨, 지금 무척 당황스럽다는 거 이해합니다. 하지만 예슬 씨가 수사에 제대로 협조하지 않으시면 문제가 더 커질 수도 있습니다. 재판까지 가

게 되면 적어도 한, 두 달은 구치소에 계셔야 되고, 같이 일하시는 동료들도 경찰서에 참고인으로 출두하셔야 됩니다. 그리고 예슬 씨 가족에게까지 문제가 생길 수도…….

예슬 　(놀라며) 아니, 여기서 우리 가족 얘기가 왜 나와요?

대한 　만약 예슬 씨 선에서 해결이 안 되면 보호자 및 가족에게 연락을 취해야 되니까요.

예슬 　아, 나 진짜 돌겠네.

대한 　제가 신원조회 해보니까 가족 중에…….

예슬 　저기요! (사이) 신원조회하면 저희 아빠 사건도 다 뜨겠네요.

대한 　(사이) 그죠.

예슬 　만약 저한테 무슨 문제 생기면 저희 아빠 사건에도 영향이 가는 거예요?

대한 　(사이) 그럴 수도 있죠. 저기, 예슬 씨?

예슬 　(갑자기 간절하게 부탁하며) 저기요, 저희 아빠는 억울해요. 저희 아빠가 그, 사기를 치실 분이 아니라 보증을 잘못 서신 거거든요?

대한 　네. 압니다. 이해합니다.

예슬 　만약 저한테 무슨 문제 생기면 저희 아빠 재판에도 영향이 가는 거예요?

대한 　(사이) 가족 관련 모든 형사사건은 서로 연결이 되어 있지 않지만, 각자의 수사 과정에 영향을 미칠 수도 있습니다. 만약 예슬 씨가 무죄라는 것이 입증이 된다면 아버님 사건에 피해를 끼치진 않겠죠?

예슬	(사이) 제가 어떻게 하면 되는데요?
대한	협조, 감사드립니다. 지금부터 매니저님의 지시를 따라주시면 됩니다. 아시겠죠?
예슬	네.
대한	매니저님 바꿔주세요.

예슬, 전화기를 미옥에게 넘긴다.

미옥	(예슬을 경계하며) 네, 전화 바꿨습니다.
대한	이제 상황 파악이 좀 되십니까?
미옥	예, 그러네요.
대한	예슬이 아버지도 굉장히 안 좋은 혐의로 재판을 받고 있었어요.
미옥	예.
대한	아무튼 이제부터 저의 지시에 철저히 따라주시면 좋겠습니다.
미옥	(막중한 임무를 가진 듯 예슬을 경계하며) 예, 알겠습니다. 제가 어떻게 합니까?
대한	예슬 씨의 소지품들 어디에 있습니까?
미옥	예, 주로 이 방 안에 있습니다. 직원들이 여기서 옷을 갈아입고 준비를 하거든요.
대한	그럼 지금부터 예슬 씨의 소지품들을 모두 꺼내서 검사해주십시오.
미옥	예, 알겠습니다. (소지품 쪽으로 걸어가 한쪽을 가리키며) 머야, 이거 니 꺼가?

예슬	네.

미옥, 예슬의 바구니를 꺼내어 테이블 위에 올려놓고 뭔가를 꺼내려고 하다가 멈춘다.

미옥	형사님. TV에서 보면요, 보통 이런 증거물품들을 다룰 때 장갑 같은 거 끼지 않습니까. 지문인가 뭔가 보호한다고…….
대한	(사이) 그렇죠.
미옥	할 거면 제대로 해야죠. 제가 또 뭐든 제대로 하는 성격이거든요.
대한	아, 예.
미옥	일회용 장갑도 괜찮습니까?
대한	예, 감사드립니다.
미옥	(한쪽 귀에 전화기를 지지하고 선반 잡동사니에서 비닐장갑을 꺼내며) 아, 감사하기는요. 여기는 비품 창고로 같이 쓰고 있어 가지고…… 여기, 어디, 아, 여깄네. 잠깐만요.

미옥, 창고 구석에서 일회용 장갑을 꺼내어 낀다.

미옥	(다시 전화기를 들며) 형사님. 꼈습니다, 장갑.
대한	좋습니다! 우선 뭐가 보이시죠?
미옥	(가방을 들여다보며) 잠깐, 잠깐만요. 가방, 휴대폰. 치마, 티, 이어폰이요.
대한	그럼 먼저 가방 안을 수색하도록 하겠습니다. 보

이는 것을 모두 말씀해주십시오.

미옥 예. 가방은 핸드백이고요, 가방 안에……. (굉장히 놀라며) 엄마! 이거 뭐야? 박하사탕이 왜 니 가방 안에 들어가 있어?

예슬 아, 아니 그거 아까 경남 오빠가 저한테…….

미옥 니 가게 비품도 손대나?

예슬 아니요, 그게 아니라요…….

대한 미옥 씨. 무슨 일이에요? 뭐가 발견됐어요?

미옥 아닙니다, 별것 아닙니다. 제가 알아서 처리하겠습니다. (예슬을 더 경계하며) 가방 안에 물티슈, 지갑, 화장품 가방, '미움받을 용기'? 책 한 권이 있네요.

대한 또 다른 건 없나요? 그 지갑이 두 개가 아닌지?

미옥 아니요, 지갑은 하나고……. 아, 여기 호주머니가 하나 있다. (황급히 호주머니를 열더니 예슬을 쳐다보며) 담배도 있네요.

대한 담배요?

미옥 (예슬에게) 너 담배도 피우나?

예슬 네.

대한 뭐, 예상했던 것 아니셨습니까?

미옥 그렇기는 하지만, 좀 당황스럽네요.

대한 다음은 지갑을 수색하도록 하겠습니다. 그게 차예슬의 지갑이 맞는지…….

미옥 (지갑을 살펴보며) 예! 차예슬……. 예, 예슬이 거 맞고요. 카드 몇 장, 5천 원짜리 한 장, 천 원짜리 두 장 있습니다.

대한	아무래도 지갑은 버린 것 같습니다. 다음으로 나머지 물건들도 살펴봐주십시오. 거기에 돈이 들어 있는지.

미옥, 물건들을 뒤집으며 살펴본다.

미옥	(군인처럼 장난을 치며) 예! 알겠습니다. 형사님!
대한	네?
미옥	(좋아하며) 나 이러고 있으니까 내가 무슨 형사님 된 것 같은데요?
대한	정말 프로 형사 같으십니다.
미옥	(좋아하며) 어, 그렇죠. 내가 또 뭐 한다 카면 제대로 하는 성격이거든요.
예슬	(황당해하며) 매니저님!
미옥	아무것도 없습니다.

그때, 경남이 무언가를 찾으러 들어온다. 놀라는 예슬과 미옥.

경남	아, 진짜 짜증 나네. 저 인간은 왜 맨날 나한테만 시키는 거야. 지 꼬봉인 줄 아나, 진짜. 지랄하고 앉았네. 어디 주방이 홀 직원한테 이래라저래라야. 가만히 있으니까. (갑자기 비닐 롤을 찾아 들고 매니저에게) 매니저님!
미옥	어, 그래.
경남	주방장이 저한테 뭐 좀 시키지 못하게 해주세요.
미옥	알았다. 나가.

경남	아, 맨날 말로만 알았다니까 지금 또 시키잖아요!
미옥	알았다고! 나가라고!
경남	아, 진짜 짜증 나. 바빠 죽겠는데 여기서 뭐 하는…….
미옥	(경남의 등짝을 세게 때리며) 빨리 안 나가.
경남	(미옥에게 짜증을 내지도 못하고 참으며) 예슬아, 미안해. 짜증 내서.

경남, 비닐 롤을 들고 나간다.

미옥	여보세요?
대한	남자 직원인가 보죠?
미옥	예. 그런 놈이 하나 있습니다. 날라리 같은 놈.
대한	오, 날라리…… 좋습니다. 다음으로 몸수색을 진행하도록 하겠습니다.
미옥	(놀라며) 몸수색이요? 내가 그런 것도 해야 되나? 나 지금 나가봐야 될 것 같은데…….
대한	바쁘신 것 압니다. 빨리 끝내도록 하죠.
미옥	(마지못해) 예, 알겠습니다.
대한	저, 미옥 씨!
미옥	예.
대한	몸수색 중에 흉기 같은 것이 나올 수도 있으니 조심하셔야 됩니다.
미옥	(사이) 예. (예슬을 굉장히 경계하며) 일로 나와! 서! 손 들어! (조심스레 재빨리 예슬의 앞치마 주머니를 뒤

진다.)

예슬	아니, 매니저님……
미옥	(소리를 지르며) 깜짝이야. 어머, 깜짝이야. 앞에 봐. 안 봐? (예슬의 몸을 다 수색하고) 형사님, 아무것도 없습니다.
대한	주머니 같은 것도 제대로 살피셨어요?
미옥	예.
대한	어쩔 수가 없네. 지금 예슬 씨가 무슨 옷을 입고 있죠?
미옥	유니폼에 앞치마 입었죠.
대한	예슬 씨에게 옷을 벗으라고 명령합니다.
미옥	예?
대한	옷을 벗으라고 명령합니다. 몸 어딘가에 돈을 숨겨놓고 있을 수 있습니다.
미옥	설마요.
대한	충분히 그런 짓을 저지를 수 있는 아이입니다. 지금까지 보시고도 모르시겠어요?
미옥	아우, TV에서는 이런 거 안 하던데……
대한	(소리를 높이면서 혼내듯이) 미옥 씨! 이게 TV예요?
미옥	아니요.
대한	드라마예요?
미옥	아니요.
대한	이거, 실제 상황이잖아요. 아직도 모르시겠어요? 사장님께서도 매니저님 믿고 계시잖아요. 빨리 끝내셔야죠.
미옥	예?

예슬	왜 그러세요?
대한	옷을 벗으라고 명령합니다.
미옥	(예슬에게 다가가려다 놀라서) 저기요. 증인 한 명을 신청합니다.
대한	증인이요?
미옥	예, 혹시 무슨 일이 생길지도 모르니까요.
대한	모든 건 제가 책임지겠습니다. 걱정하지 않으셔 도 되고…….
미옥	아니 그게 아니라, 여기는 직원들이 옷을 갈아입 는 데라 CCTV 같은 게 없습니다. 형사님 말대로 재한테서 무슨 흉기라도 나와가지고 사시미로 내 등을 쑤시…….

대한, 웃는 듯 우는 듯 판단하기 어려운 소리를 낸다.

미옥	형사님, 지금 혹시 지금 웃으시는 거예요?
대한	(기침하고) 아우, 갑자기 미세먼지가 들어와가지 고.
미옥	아, 미세먼지 그거 심각하다고. 마스크 꼭 끼고 다니세요.
대한	예, 아무튼 형사보다 훨씬 더 상황을 잘 통제하 고 있는 매니저님의 모습에 정말 놀랐습니다.
미옥	뭐 어쨌든, 저는 증인 한 명을 신청하고 싶습니 다.
대한	편하신 대로 진행하시면 됩니다.
미옥	예. (문을 열고) 은자야! 은자야!

은자　　　(밖에서) 11번에 깍두기 좀 갖다줘라!

경남　　　(밖에서) 깍두기요!

미옥　　　(더 크게) 은자야!

은자　　　(밖에서) 왜!

암전.

4장

오후 7시, 직원 휴게실 안.

미옥과 은자, 예슬이 함께 있다.

은자	(단호하게) 벗어.
예슬	(단호하게) 싫어요.
은자	헐. 대박.
미옥	예슬아. 나 이제 진짜 나가봐야 돼. 부탁 좀 할게. 빨리 끝내자.
예슬	매니저님!
은자	그냥 벗어라. 니 옷 안에 뭐 숨겼는데?
예슬	(화를 내며) 아, 진짜!
은자	쟤 지금 내한테 화내는 것 좀 봐.
예슬	화를 낼 만하니까 화를 내지!
은자	내지? 야, 니 지금 내한테 말 깠나? 니 진짜 옷 안에 뭐 숨겼는데?
예슬	아니라고! 아니라고! 몇 번을 말해야 되냐고?
은자	그라믄 니 와 빼는데? 어? 니가 진짜 깨끗하다 그라믄 벗어! 벗으면 되잖아!
예슬	내가 왜 옷을 벗어야 되냐고!
미옥	(소리를 높이며) 그만해! (사이) 예슬아, 예슬아, 예슬아! 나는 있잖아, 니 인생이 걱정돼서 그래. 니

여기서 알바만 하다가 인생 종칠래? 니 회사 같은 데 취직 안 할 거야?

은자 아! 회사 들어갈 때 빨간 줄 있잖아? 니 빙신 된다.

미옥 조동이 좀! (사이) 예슬아! 잘 생각해봐. (사이, 전화기를 귀에 대며) 형사님, 이거 안 될 거 같습니다.

대한 바꿔주시죠.

예슬 (미옥에게 전화기를 받아 귀에 대며) 여보세요.

미옥은 상황을 지켜보고, 은자는 파우더를 꺼내 얼굴에 바른다.

대한 예슬 씨, 정말 이렇게 나오실 겁니까? 제가 지금 예슬 씨 도와드리려고……. 그럼 이따 저희 남자 형사들 갔을 때 옷 벗고 몸수색하실 거예요?

예슬 여자들 몸수색은 여경이 하는 거 아니에요?

대한 (한숨) 실제 수사 과정은 TV에서 보셨던 것들과 상당히 다르죠. 지금 상황이 예슬 씨에게 굉장히 불리한 상황으로 흘러가고 있습니다. 자꾸 이렇게 나오시면 저도 이 사건에서 손 놓습니다. 다른 형사들 만나보고 싶으세요? 그나마 지금 함께 계시는 분들이 여성분들이라 예슬 씨에게 유리한 상황이라 생각되지 않으세요? 아버님 생각하셔야죠. 모든 게 예슬 씨 행동에 달려 있잖아요? (사이) 잘할 수 있겠죠? 믿어보겠습니다. 매니저님 바꿔주세요.

예슬, 힘없이 전화기를 미옥에게 넘긴다.

은자	웃긴다, 진짜.
미옥	(전화기를 귀에 대며) 예, 전화 바꿨습니다.
대한	제가 잘 설득했습니다. 계속 진행해주시죠.
미옥	얘, 벗자!
은자	벗어!

예슬, 앞치마를 벗어 테이블에 올려놓는다.

은자	진작 이 카지, 맞지?

예슬, 유니폼을 벗어서 테이블 위에 올려놓는다.

미옥	(예슬의 문신을 발견하고 놀라며) 어머!
은자	신발도!
예슬	(신발과 양말을 벗으며) 아이 씨.
미옥	방은자, 살펴봐.

은자, 테이블 위 예슬의 옷들을 검사한다. 무언가 나올 것처럼 생각하고 검사를 하지만 아무것도 나오지 않는다.

은자	아무것도 없는데?
미옥	(전화기를 들며) 아무것도 없다는데요, 형사님?
대한	모든 옷을 탈의했나요?
미옥	예?

대한	속옷까지 벗었나요?
미옥	아니요.
대한	다 벗기십시오. 속옷까지 벗기셔야 합니다.
미옥	네?
대한	시간이 계속 지체되면 서로 힘들어지기만 합니다. 신속한 수사 부탁드립니다. 미옥 씨!
미옥	(한숨을 쉬며) 속옷도 벗으라고 한다.
은자	(놀라며) 에?
미옥	속옷도 벗으라고!
예슬	매니저님!
미옥	(갑자기 소리를 지르며) 벗어! 그냥 좀! 정말 니 때문에 미칠 것 같거든? 제발 부탁 좀 하자. 경찰이 시키믄 시키는 대로 하고, 빨리하고 빨리 끝내자! 동생 있다매, 엄마 아프시다매? 니 계속 이러고 있을 거야? 제발 들어라, 어른 말 좀!
은자	내가 말 좀 할게! (갑자기 미옥의 전화기를 빼앗아 들며) 저, 형사님! 이건 좀 아닌 거 같아요.
대한	네?
은자	이건 좀 아닌 거 같아요. 방법을 바꺼보시는 게 안 낫겠십니까.
대한	누구십니까?
은자	아, 예. 저는 이 가게 부매니저인 방은자라고…….
대한	매니저님 바꿔주세요.
은자	예?
대한	매니저님 바꿔달라고요.
은자	(웃으며) 저랑 얘기하셔도 상관없습니다.

대한	(갑자기 소리를 지르며) 지금 이 상황이 장난 같습니까? 일 잘못되면 당신이 책임질 거야?

은자, 당황하며 전화기를 놓친다. 놀라서 다시 전화를 귀에 가져다 대는 은자.

은자	여보세요! 여보세요!
미옥	와?
은자	끊겼어.
미옥	(화를 내며) 미친년!
예슬	(화를 내며) 미쳤어요?
은자	아, 내가 미쳤는 갑다. 뭐 잘못 눌렀는 갑다.
미옥	어떻게 하니, 이제…….
예슬	왜 설쳐서 난리예요.
은자	미안해. 다시 전화 오겠지.
미옥	하여간 도움이 안 된다, 도움이.

그때, 전화벨이 울린다.

은자	왔다!
미옥	(황급히 전화기를 귀에 대며) 여보세요.
대한	여보세요.
미옥	오, 오. 형사님 진짜 죄송합니다. 우리 직원이 마 버튼을 잘못 눌러가꼬…….
대한	(군인처럼) 다시는 이런 일 없도록 합니다.
미옥	예. 어우, 진짜 죄송합니다.

대한	어디까지 진행했죠?
미옥	(은자와 예슬을 쳐다보며) 어디까지 했더라…… .
은자	어, 쟤, 쟤, 속옷 벗으라고!
미옥	속옷, 속옷 벗으라고…… .
대한	범인의 저항이 심합니까?
미옥	예, 그랬죠. 그런데, 그거는 저희가 너무 불편해가지고, 여가 무슨 목욕탕도 아니고…… .
은자	그래, 목욕탕도 아니고…… .
대한	좋습니다. 그럼 미옥 씨를 위해서, 단지 미옥 씨를 위해서 방법을 바꿔보도록 하겠습니다. 속옷 탈의는 생략하고, 직접 속옷 안을 검사해주시길 바랍니다.
미옥	네?
대한	범인이 속옷을 벗지 못하겠다면 직접 속옷 안을 검사해주시길 바랍니다!
미옥	예…… . 방은자, 쟈 빤쓰랑 브라자 안에 뭐 있나 봐봐.
은자	빤스, 브라자. 어. (예슬에게 다가가) 야, 내 쫌 보게! 일어나! 손 내리고! (문신을 보며) 어디 뭐 몸뚱아리에 낙서를 빽빽 하고. 야는 인생이 구라네.

은자, 예슬의 속옷 사이를 확인한다. 굉장히 불편해하는 예슬.

은자	(당황하며) 아무것도 없잖아!
미옥	(전화기를 귀에 대며) 아무것도 없대요. 형사님! 근데 나는 더 이상…… .

그때, 상태가 문을 열며 들어온다.

상태　　　바빠 죽겠는데…….

미옥, 은자　으아아악!

은자와 미옥, 달려가서 상태를 내보내고 문을 닫는다.

상태　　　(문밖에서) 야, 니들 뭐 하는 거야, 인마! 지금 홀
　　　　　　엉망인데. 니들 빨리 안 나오냐!

미옥　　　우선 나가 있어! 금방 나갈게요!

상태　　　(문밖에서) 빨리 안 나와?

은자　　　알았어요.

상태　　　방은자!

은자　　　왜요!

상태　　　고춧가루는 언제 오는 겨!

은자　　　시켜놨어요!

상태　　　(밖에서) 아, 바빠 죽겠는디 이것들이 진짜, 아우!

미옥　　　(전화기를 귀에 대며) 여보세요!

대한　　　상황이 곤란하시니 서둘러 진행하도록 하겠습니
　　　　　　다. 지금부터 예슬 씨의 소지품, 옷 들을 모두 챙
　　　　　　겨서 다른 장소에 가져다 놓아주시기 바랍니다.

미옥　　　예?

대한　　　잘 들으십시오. 어디에서도 물증이 나오지 않았
　　　　　　죠? 아마도 범인은 가게 내 어딘가, 아무도 모르
　　　　　　는 장소에 돈을 숨겨놓았을 수 있습니다. 이럴 경
　　　　　　우, 범인의 도주 가능성이 있기 때문에 사전에 차

단시켜야 됩니다. 현재 속옷만 입은 상태라면 그
렇게 놓고, 범인의 소지품과 옷가지 들을 포함한
모든 증거 품목들은 범인이 예상할 수 없는 장소
에 가져다 놓아주시기 바랍니다.

미옥　예, 알겠습니다.

대한　신속히 움직입니다.

미옥　예!

은자　뭐라카노?

미옥　(소지품과 옷가지 들을 챙기며) 은자, 언니 나갔다 올
테니까 니 예슬이 좀 보고 있어.

은자　어, 알겠다.

미옥　(예슬이 가리고 있는 옷가지들을 뺏고) 뭐 하노! 내놔
라, 쫌! (은자에게) 쓸데없는 말 하지 말고!

은자　알겠다.

미옥　전화기!

은자　알았다고!

예슬　매니저님!

미옥, 전화기를 은자에게 넘기고 나간다. 은자, 예슬과 눈이 마주친다.

은자　아휴, 목이 마르노. 참말로. (바구니 안의 물을 마시
고) 아, 진짜 와 이리 안 오노, 참말로. (사이) 진짜
뻔뻔하다.

예슬　네?

은자　아이, 경찰이 시키면 시키는 대로 할 것이지, 뭐
잘났다고 뻐팅기노? 뻐팅기기는?

282

예슬	삐팅기긴 누가 삐팅겨요. 그리고, 누가 몸수색할 때 옷을…….
은자	아, 형사님이 다 이유가 있으니까 벗으라 카는 거 아이가!
예슬	아니, 그게 아니라 상식적으로…….
은자	상식? 하하하. 니 상식이라는 게 뭔지 아나? 뭔지나 알고 떠드나?
예슬	이모님!
은자	언니 얘기 들어봐! 상식이라는 건 어른들 말씀에 고분고분 말 잘 듣는 기 이기 상식이야. 어데 마 상식에 상 자도 모르는 게 상식 타령 하고 앉아 있어. 하, 웃겨 죽겠다. 야, 내도 말 나온 김에 얘기할게. 니 내 촉 틀린 적 있는 줄 아나? 응? 내는 니 첨 볼 때부터 이래 될 줄 알았어. 미옥이 언니가 성격이 좋아서 봐주는 거지. 니, 내한테 걸렸으면 반 뒈졌어.
예슬	뭐라고요?
은자	이봐 이봐. 지 생각해가 도와줄라 카는 사람 생각도 모 카고. 어? 대가리 노래가지고, 싸가지도 없어, 이래가 으른들이 마 가정교육, 가정교육 그르는 거거든. 어? 야, 니 느그 엄마 아빠가 니 그래 가르치드나!
예슬	(화를 내며) 야! 너 정말 죽을래?
은자	와, 뭐 훔치는 거로도 안 되가, 죽이게? (흥분해서) 죽이봐! 죽이봐라!
예슬	(소리를 지르면서 은자에게 다가가며) 야!

| 은자 | (예슬의 머리를 자기도 모르게 때리고 놀라서) 미안하데 |
| | 이. |

은자와 예슬, 싸움이 붙는다. 예슬의 힘에 밀린 은자는 겁을 먹고 울기 시
작한다. 그때 미옥이 황급하게 들어온다.

미옥	뭐야, 무슨 일이야?
은자	아니야. 아무것도…….
미옥	전화기 내봐. (전화기를 귀에 대며) 형사님, 우리 가
	게 난리 났습니다. 카드 기계가 또 고장이 나가지
	고. 지금 나가봐야 될 것 같은데. 어떻게, 많이 남
	았습니까?
대한	아, 잠시만요. 지금 동부간선도론데 차가 엄청 막
	합니다. 한 시간 정도 남았다고 뜹니다.
미옥	아, 그러면요. 아까 그 여자 직원 냅두고 내 나가
	봐도 될까요? 지금 가게가 엉망진창이거든요.
대한	죄송합니다, 매니저님. 아무래도 그 여직원은 안
	될 것 같습니다.
미옥	왜요?
대한	좀, 이상하던데?
미옥	예, 좀, 그렇죠. 그럼 어뜩하지?
은자	왜, 내가 있어야 되나?
대한	혹시 직원분 중에 다른 분이라도…….
미옥	아이고, 곤란한데. 홀에 인원도 달리고 주방 인원
	빼 올 수도 없습니다. 가게에 은자랑 저 빼면요,
	남자 직원밖에 없습니다.

대한	지금 상황에서는 남자든 여자든 상관없습니다. 미옥 씨가 믿을 수 있는 분이라면 좋습니다.
미옥	근데 갸도 내가 믿을 만한 아가 아닌데. 그름 어뜩하지. 아! 근처에 남편이 있습니다. 남편을 불러도 될까요?
은자	형부? 탁월한 선택이다!
대한	(놀라며) 괜찮으시겠어요? 남편분까지?
미옥	예, 상황이 상황인지라. 어쩔 수가 없죠. 가게가 진짜 엉망진창이거든요.
은자	그래! 형부 오면 이거 다 끝났다, 이거.
대한	여러모로 죄송합니다.
미옥	아닙니다. 지금 전화하면요, 아마 30분 내로 올 것 같습니다. 그럼 그때까지만 남자 직원한테 맡기고 나가도 될까요?
대한	예, 좋습니다.
미옥	예, 알겠습니다. (은자에게) 가서 경남이 좀 불러와.
은자	경남이?
미옥	그리고 언니 나갈 때까지 홀 좀 맡고!
은자	알겠다. (예슬에게) 야, 니 단디 해라! (나가며) 경남아! 경남아!

은자, 나간다. 미옥, 자신의 휴대폰을 꺼내 성기에게 전화를 건다.

미옥	여보세요? 어데고?
성기	어디긴 어디야.
미옥	장난칠 시간 없다. 급하다, 지금. 가게로 빨리 튀

어온나.

성기   아이, 왜!

미옥   그냥 오라 카면 온나! 오면 얘기해줄께!

성기   남편 일하는데 툭하면 오라 가라…….

미옥   시끄러!

성기   야, 너 내가 돈 못 번다고 나 일하는 게 우습냐?

미옥   아니, 그 말을 하는 게 아니잖아! 그냥 오라 카면
         올 것이지 뭔 말이 많노. 니 술 처묵었나?

성기   야, 택시가 그냥 왔다 갔다 하는 걸로 보이지? 그
         거 아니야. 살아 있는 도시와 호흡하면서…….

암전.

5장

—————

오후 7시 30분, 직원 휴게실 안.

경남은 서 있고, 예슬은 몸을 가린 채 소파에 앉아 있다.

경남	(심각하게) 진짜니? (사이) 너 진짜냐고.
예슬	아니야.

경남, 앞치마를 벗어 예슬에게 덮어준다.

예슬	고마워, 오빠.
경남	(전화기를 귀에 대고) 여보세요.
대한	여보세요.
경남	저기, 죄송한데. 예슬이 계속 저렇게 헐벗고 있어야 돼요?
대한	범인의 도주 가능성이 있기 때문에 현재는 그 상태를 유지해야…….
경남	아니, 이건 말이 안 되는 상황 같아서요. 여자애를 저렇게 벗겨놓고 수사를 하시면…….
대한	매니저님께 상황 설명 못 들으셨어요?
경남	(사이) 듣기는 들었습니다. 그래도 이건 말이 안 되는 상황 같은데요?
대한	죄송하지만 성함이 어떻게 되십니까?

경남	네?
대한	우선 얘기를 더 나누기 전에 참고인 자격으로 신원조회를 해봐야 될 것 같습니다.
경남	(당황하며) 왜 제 신원조회를 하시죠?
대한	사장님과 매니저님 모두 신원조회 절차 마치셨습니다. 형식적인 절차니 걱정하지 않으셔도 되고, 단지 참고인 자격으로 신원 확보를 할 뿐입니다.
경남	저는 그냥 일반 직원일 뿐인데…….
대한	오늘 점심시간대에 어디에 계셨어요?
경남	가게에서 일하고 있었죠.
대한	그럼 범죄 현장에 계셨던 범인의 동료, 아니 목격자로서 신원 확보가 필요하겠네요?
경남	(예슬의 눈치를 보며 작게) 저한테 피해는 없는 거죠?
대한	걱정하지 않으셔도 됩니다. 단지 참고인 자격으로, 기록에 남진 않습니다. 성함이?
경남	구경남입니다.
대한	주민등록번호가?
경남	88○○○○-1○○○○○○예요!
대한	결혼하셨습니까?
경남	안 했습니다.
대한	협조 감사드립니다.
경남	네.
대한	혹시 범인과는 어떤 사이이십니까?
경남	(예슬과 눈을 마주치고) 직장 동료고요, 제가 직장

상삽니다.

대한	개인적으로 어떤 감정적…… .
경남	저 근데…… 왜 아까부터 계속 예슬이한테 범인 이라고 하세요?
대한	예?
경남	아니, 지금 수사 과정이고 예슬이 혐의가 확실한 게 아니면, 용의자 이런 게 맞지 않아요?
대한	예, 제가 말실수를 한 것 같네요. 지적해주셔서 감사합니다. 용의자 맞습니다.
경남	(흥분하며) 그렇죠! 맞죠! 맞죠!
대한	예.
경남	아니, 〈CSI〉 안 보셨어요?
대한	예?
경남	요새 어디서 이렇게 용의자 인권을 무시하면서 수사하나요?
대한	네?
경남	용의자라 함은 범인이 아니니까 인권을 존중해 가면서 수사를 하셔야죠.
대한	경남 씨!
경남	예!
대한	사장님과 매니저님은 적극적으로 협조하고 계십 니다.
경남	그래서요?
대한	만약 경남 씨가 수사에 비협조적이시면 공무집행 방해죄로 처벌을 받을 수도 있습니다. 제 말 무슨 말인지는 이해하실 수 있죠?

경남	네.
대한	수사에 적극적으로 협조해주시겠습니까?
경남	(고민하다) 일단은 그러겠습니다!
대한	수색 절차를 계속 진행하고자 하니 용의자에게 속옷을 벗으라고 명령합니다. 속옷 안에 물품을 숨겨놓았을 수 있습니다.
경남	(당황하며) 아…… 아, 저, 진짜 죄송한데요. 그건 진짜 아닌 것 같아요.
예슬	(경남을 붙잡으며) 오빠, 나 좀 도와줘. 나 진짜 아니야.
경남	너 진짜 아니지?
예슬	(울먹거리며) 오빠, 우리 만난 지 얼마 안 된 거 알아. 근데 오빠 나 어떤 앤지 알잖아. 몰라?
경남	알지.
예슬	오빠 나 진짜 억울해. 나 진짜 아니야. 나 좀 도와줘.
경남	너, 정말 아니지?
예슬	내가 그런 짓을 왜 해! 오빠 나 좀 도와줘. 나 지금 믿을 사람 오빠밖에 없어. (울면서) 오빠, 제발 나 좀 도와줘!
경남	어, 어! 너, 알았어! 야! 너 오빠만 믿어! 오빠가 다 알아서 할게. 알았지?
예슬	어, 오빠.
경남	(전화기를 귀에 대고 크게) 여보세요!
대한	예, 경남 씨.
경남	예, 제가 얘를 좀 아는데요, 아무래도 진짜 아닌

것 같습니다.

대한	경남 씨.
경남	예!
대한	이성을 찾으십시오. 절대 감정에 동요되거나…….
경남	아니, 아니, 감정 이런 게 아니라, 우리 예슬이가 절대 그럴 리가…….

예슬, 경남의 손을 잡는다. 당황한 경남, 곧 예슬의 손을 꽉 잡는다.

경남	제가 이놈을 좀 압니다!
대한	혹시 두 분 연인 관계이십니까?
경남	네?
대한	두 분…… 연인 관계이시냐고…….
경남	(사이) 그럴 수도 있고 아닐 수도 있는 거죠!
대한	아까는 저에게 직장 동료라고 말씀해주셨는데 혹시 거짓 증언 하셨습니까?
경남	아니, 그게 아니라요!
대한	잘 듣습니다, 구경남 씨. 혹시 거짓 증언 하셨을 경우 위증죄가 추가될 수 있고, 범인과 연인 관계라고 하실 경우 현재 범인이 범행 물품을 숨기고 있기 때문에 모든 혐의가 경남 씨에게 돌아갑니다.
경남	(놀라며) 뭐라고요?
대한	지금까지의 정황으로 봐서 경남 씨도 범죄 현장에 계셨고……. 야, 구경남! 너 공범이지?
경남	저기요, 형사님. 저기, 사람을 잘못 보신 것 같은

데, 저는 그런 사람이 아닙니다. 저는 아직 이 친구랑 연인 관계도 아니고, 아무 관계도 아닙니다.

예슬   오빠.

경남   아, 그래요. 뭐 솔직히 까놓고 제가 저 친구를 좀 좋아하기는 했습니다. 그런데 저 친구가 저를 받아주지 않는 상태였고…….. 아니, 이런 걸 말해 뭐 합니까, 형사님! 지금 왜 저를 의심하시는지 제가 이해할 수가 없어요! 저는 살아온 이날 이때까지 그, 가끔 담배꽁초 버리거나 무단횡단 몇 번한 것 말고는 단 한 번도 법을 어긴 적이 없는 사람입니다.

대한   정황상 경남 씨도 혐의에서 완전히 자유롭긴…….

경남   (화를 내며) 아니, 아니라고 몇 번을 말해요! 나는 그런 짓 안 한다고! 나 저런 애, 정확히 모른다고요! (예슬을 보며) 야! 너 나 알아?

대한   경남 씨…….

경남   아, 진짜 짜증 나네. 나는 떳떳하다고! 나는 저런 애랑 다르다고!

대한   (소리를 지르며) 정신 차리세요!

경남   (울먹이며) 아니, 왜 아무 잘못도 없는 선량한 사람을 의심을 해요, 의심을 하긴. 내가 진짜…… 억울하네, 씨발.

대한   뭐? 씨발. 이 새끼가 너 지금 형사한테 욕했어?

경남   욕이 나오니까 욕을 하지요. (울면서) 아니야. 아니라고 했잖아! 아니야! 아니라고!

그때 문이 열리고 미옥과 성기가 들어온다. 놀라는 경남과 예슬.

미옥   뭐야! 너는 또 왜 울어?

경남   아니, 그게요……. 저는 억울해요.

미옥   억울하긴 뭐가 억울해? (예슬에게) 무슨 일 있었어?

경남   저는 아무 짓도 안 했어요! 아이, 씨발. 이건 아니잖아요.

미옥   아니긴 뭐가 아니야! 얘 원래 이런 앤데. 줘봐. (전화기를 귀에 대고) 여보세요!

대한   네, 미옥 씨.

경남   아무튼 저는 이 일하고 아무 상관없으니까 저하고 쟤하고 엮지 말아주세요. 부탁드려요. 아오, 억울해, 씨발. (성기에게) 안녕하세요.

경남, 울면서 문을 닫고 나가버린다.

미옥   (예슬에게) 와 저라노 저거? 무슨 일 있어?

대한   미옥 씨, 미옥 씨!

미옥   (다시 전화기를 귀에 가져다 대며) 예, 예. 형사님.

대한   다행입니다. 다시 돌아와주셔서.

미옥   예, 그런데 무슨 일 있었습니까?

대한   아, 아닙니다. 별일 아니라, 아무래도 경남 씨가 어려서 상황 파악을 못 하는 것 같습니다.

미옥   그렇죠. 쟈가 좀 이상하기는 해요.

대한   수사 과정 이해 못 하고 자꾸 방해만 하셔가지고……

미옥   아이고, 죄송합니다.

대한   아휴, 아닙니다. 미옥 씨 잘못은 아니죠.

미옥   예, 예, 예, 근데 형사님 지금 어디쯤이세요?

대한   아, 예. 40분 정도 남았다고 뜨네요.

미옥   아, 예. 지금요, 저희 남편이 여기 와 있거든요.

대한   오, 듣던 중 반가운 소리네요.

미옥   예. 근데 저는요, 홀이 너무 바빠가 나가봐야 될
           것 같습니다. 어뜨케 잘 좀 부탁드리겠습니다.

대한   아휴, 제가 더 잘 부탁드리겠습니다.

미옥   네, 그럼 저는 이만 나가보겠습니다.

대한   저기, 미옥 씨!

미옥   예?

대한   실례지만, 남편분은 믿을 만한 분이신가요?

미옥, 성기를 쳐다본다.

성기   (심드렁한 얼굴로) 왜?

암전.

6장

오후 7시 45분. 직원 휴게실 안.

성기와 예슬, 서로를 쳐다본다.

성기   안녕. (사이) 나 매니저 남편이다. 네가 걔구나, 반
         갑다. 야. 하하하.

사이

성기   (전화기에 귀를 대고) 여보세요.

대한   여보세요.

성기   예, 전화 바꿨습니다. 제가 매니저 김미옥이 남편
         강성기입니다.

대한   반갑습니다, 강성기 씨. 말씀 많이 들었습니다. 역
         시 듣던 대로 믿을 만한 분이신 것 같은데요.

성기   (좋아하며) 아휴, 무슨 그런 과분한 말씀을……

대한   자초지종을 들으셨겠지만 상황이 조금 급박한지
         라 협조 좀 부탁드리겠습니다.

성기   제가 할 수 있는 한 최선을 다하겠습니다.

대한   우선 참고인 자격으로 신원조회를 먼저 진행하
         도록 하겠습니다. 성함이, 강성기 씨. 맞으시죠?

성기	네.
대한	나이가?
성기	나이가 중요합니까? 마음은 이십대입니다. (크게 웃다가, 사이) 죄송합니다. 원숭입니다.
대한	재밌는 분이시네……. 그럼 6…….
성기	68년생이죠.
대한	예, 택시를 몰고 계신다고.
성기	그렇습니다.
대한	어떻게, 요즘 경기가 많이 어렵죠?
성기	아이고, 말씀 마십시오. 아주 그냥 끔찍합니다.
대한	이건 선생님이니까 말씀드리는 건데…….
성기	(놀라며) 아이고, 선생님이라뇨. 당치도 않습니다.
대한	이게 다 거지 같은 정부가 병신 같은 짓만 하니까 우리 같은 서민들이 이렇게 피해 보는 거 아니겠습니까?
성기	이야, 이거 말이 통하겠는데요? 저, 말 나와서 얘긴데 저는 딱, 여자가 대통령 됐을 때부터 이 사달이 날 줄 알았습니다. 무슨 나이트버슨가 뭔가 만들어가지고, 가뜩이나 손님도 없는데……. 택시 모는 놈들 다 죽으라는 거야, 뭐야!
대한	사람들이 다들 너무 이기적이야. 그죠?
성기	그러니까요. 상식들이 없어요, 상식들이!
대한	걱정 마십쇼! 이제 상식이 통하는 나라가 됐으니까!
성기	아, 그렇구나! 대한민국 만세! (혼자 과하게 웃다가) 아휴, 저는 형사님이라고 그래가지고 굉장히 무

서운 분일 줄 알았는데…….

대한   (웃으며) 아이구, 별걱정을 다 하십니다. 저도 밥 벌어먹고 살아가는 똑같은 서민인데.

성기   그럼 언제 한번 만나서 소주라도 한잔?

대한   (사이) 곱창에 소주?

성기   (과하게 웃으며) 이야! 나 친구 생겼네. 형사 친구. 성함이?

대한   아! 예, 죄송합니다. 제 소개가 늦었네요. 저는 서울지방경찰청 강남경찰서 강력1반 최대한 형사라고 합니다.

성기   아니, 어쩜 성함도 그렇게 최대한 멋있으셔! 외모도 그냥, 범접할 수 없는 아우라가 있을 것 같아요!

대한   (같이 웃어주며) 뭐 그렇긴 한데. 어쨌든, 이제 본론으로 들어갈까요?

성기   아이고, 제가 제 기분에 취해가지고…….

대한   그런데 혹시, 어디 있다가?

성기   오늘 자율방범대 친목회가 있었습니다. 또 복날이니까 개 한 그릇 뚝딱! 소주도 한잔!

대한   아니, 자율방범대 활동까지 하시나 봐요?

성기   아, 제가 이, 사회 정의 같은 데 아주 관심이 많습니다.

대한   이야! 제가 정말 제대로 된 분을 만났네! 30분 정도 걸릴 거라고 들었는데 어떻게 이렇게 빨리 오셨어요?

성기   제가 또 베스트 드라이버 아닙니까! 부우웅, 빵

빵! 국가가 나를 부른다. 저리 비켜라! 마나님 호출받고! 사명감에 힘입어! 빠르고 신속하게 달려왔죠.

대한	운전을 하셨단 말씀이네요.
성기	(웃으며) 그렇습니다.
대한	강성기 씨.
성기	예, 최대한 형사님.
대한	지금 음주운전을 하고 오신 거네요?
성기	(사이) 그렇죠.
대한	제가 선생님, 그렇게 안 봤는데 자주 음주운전을 하십니까?
성기	아니요, 아니요. 절대 그렇지 않습니다.
대한	택시 모시는 분이 어쩌려고 음주운전을…….
성기	아니, 워낙 급한 사안이라 빨리 오라고 해서……. (갑자기 허리를 90도로 숙여 인사하며) 죄송합니다. 정말 죄송합니다. 제가 뭐라고 사죄의 말씀을 드려야 할지…….
대한	(사이) 좋습니다. 지금 강성기 씨의 음주운전보다 훨씬 더 급한 사안이 기다리고 있으니 그 얘기는 나중에 하도록 하겠습니다. 제가 30-40분 안으로 도착합니다. 아무래도 특별한 경우이다 보니 협조 여부에 따라서 눈감아드리든 어떻게 하든 하겠습니다.
성기	(또다시 90도로 숙여 인사를 하며) 고맙습니다. 정말 고맙습니다. 제가 이 은혜를 어찌 갚아야 될까요?
대한	다른 사람들에게 절대 비밀로 하시고.

성기	알겠습니다.
대한	(사이) 좋습니다. 그럼 수사를 재개해보도록 할까요?
성기	예, 형사님.
대한	앞에 있는 범인과는 어떤 관계이십니까?
성기	처음 봤는데요?
대한	전혀 모르는 분입니까?
성기	마누라가 가게 얘기를 잘 안 해줘가지고…….
대한	아, 괜찮습니다. 객관성을 유지할 수 있겠네. 중학생 딸이 있으시다고? 이름이?
성기	은정입니다. 강은정.
대한	앞에 있는 그 아이, 성기 씨의 딸 은정이라 생각하시고 바른길로 인도 좀 부탁드리겠습니다.
성기	예, 알겠습니다.
대한	우선 그 친구, 무릎을 꿇게 합니다.
성기	(예슬에게) 너, 무릎 꿇어.
예슬	네?
성기	(목소리를 높이며) 무릎 꿇으라고! 하시잖아…….

예슬, 무릎을 꿇는다.

성기	예, 꿇었습니다.
대한	'돈이 어딨냐'고 물어봐주십시오.
성기	너, 돈 어디 있어?
예슬	몰라요.
성기	모른답니다.

대한	두 팔을 들라고 합니다. 벌설 때처럼.
성기	너, 두 팔 들어! 벌설 때처럼!

예슬, 팔을 든다.

성기	예.
대한	다시 한번 물어봐주시겠어요?
성기	너, 돈 어디 있어?
예슬	몰라요!
성기	에헤이! 모른다네요?
대한	그럴 줄 알았습니다. 다시 한번 물어봐주시고, 모른다고 하면 뺨을 때립니다.
성기	(놀라며) 예?
대한	말을 안 들으면 때려야죠!
성기	아, 그렇죠.
성기	자, 아저씨가 다시 한번 물을게. 너 돈 어디 있어?
예슬	몰라요!

성기, 뺨을 때린다.

대한	잘못했습니다. 열 번 복창!
성기	잘못했습니다. 잘못했습니다. 제가 잘못……. (예슬에게) 야! 너 '잘못했습니다' 열 번 복창해!
예슬	(사이) 잘못했습니다. 잘못했습니다. 잘못했습니다…….

그때 미옥이 갑자기 들어와 바쁘게 상자에서 뭔가를 찾는다.

미옥   뭐야, 어떻게, 잘하고 있어?

성기   어.

미옥   (신경질적으로) 이것들은 물건을 썼으면 제자리에 갖다 놓는 법이 없어요. 쓰는 놈 따로 있고 치우는 놈 따로 있고……. 아, 여기 있네!

예슬   (미옥에게 달려가 붙잡으며) 매니저님, 저 좀 도와주세요.

미옥   (사이, 예슬을 차갑게 쳐다보다 밀어내며) 얘가 왜 이래. (성기에게) 제대로 좀 해! 형사님 말 잘 듣고!

성기   어.

미옥, 새 행주를 들고 나간다.

사이

성기   (갑자기) 왜 이래? 나 시키는 대로 잘하고 있는데? (다시 전화를 귀에 대며) 여보세요?

대한   그 친구 지금 뭘 입고 있나요?

성기   예, 속옷에 앞치마를 매고 있습니다.

대한   앞치마?

성기   예.

대한   이거, 안 되겠네. 앞치마를 비롯해서 속옷까지 벗으라고 합니다.

성기   (놀라며) 예?

대한   속옷 안에 돈을 숨겨놓을 수 있으니까요!

성기　　　아, 예. (예슬에게) 야, 너 다 벗자!

예슬　　　네?

성기　　　니 옷 속에 뭘 숨겨놨을 수도 있다고……. 형사
　　　　　　님이 시켜서 하는 거야. 널 딸처럼 생각하라고 해
　　　　　　서!

예슬, 문 쪽으로 걸어간다. 당황한 성기.

성기　　　야, 어디 가?

예슬, 밖으로 나가려 한다. 성기, 놀라서 예슬을 완력으로 제압하다 소파
에 내동댕이친다.

성기　　　야, 이게 어딜 도망가려고!

예슬　　　(무릎을 꿇고 빌면서) 아저씨, 살려주세요. 저 여기
　　　　　　서 나가고 싶어요. 제발 나가게 해주세요.

성기　　　아니, 내가 뭘 어쨌다고 그래? 나는 형사가 시키
　　　　　　는 대로 하는 거잖아…….

예슬　　　저 벗기 싫어요, 아저씨. 저한테 왜 이러시는 거예
　　　　　　요. 아저씨 진짜 이상해요!

성기　　　(사이) 내가 이상해? 너 정말 한번 혼나볼래?

조용해지는 예슬.

성기　　　(전화기를 귀에 대며) 형사님?

대한　　　잘하셨습니다. 성기 씨!

성기	당연히 해야 할 일을 했을 뿐인데요, 뭘.
대한	그 친구 좀 바꿔주시겠어요?
성기	예.
예슬	(전화를 귀에 대고) 형사님, 살려주세요. 저 아저씨…….
대한	(예슬에게) 야, 이 씨발년아! 너 지금 도망치려고 했냐? 아이, 씨발. 미치겠네, 진짜. 야! 너 내가 누군지 몰라? 나, 형사야, 형사! 이게 어디서 세상 무서운지 모르고! 너 또 지금부터 말 안 듣고 지랄발광하면 가만 안 둔다. 이 씨발년아. 알겠어? (사이) 왜 대답을 안 해!
예슬	네.
대한	앞에 있는 아저씨 바꿔!

예슬, 전화기를 성기에게 건넨다.

성기	(전화기를 귀에 대며) 네, 전화 바꿨습니다.
대한	제가 알아듣게 잘 얘기했습니다. 이제 말 잘 들을 겁니다.
성기	네.
대한	애가 겁을 먹어서 다 벗기 힘들어하니, 앞치마를 입은 채 속옷만 벗으라고 합니다.
성기	너, 앞치마 입은 채로 속옷만 벗어. (사이) 뭐 해! 너 배려해서 앞치마라도 입으라고 하신 거야! 얼른 벗어! 빨리!

예슬, 천천히 속옷을 벗고 성기는 속옷을 검사한다.

성기   (전화기를 귀에 대며) 형사님! 아무것도 없는데요?

예슬   아저씨, 저 화장실 좀 갔다 오면 안 돼요?

성기   어?

예슬   진짜 급해요. 쌀 것 같아요.

성기   형사님, 얘 진짜 쌀 것 같…….

대한   성기 씨.

성기   예.

대한   그년의 말에 현혹되지 마십시오.

성기   예?

대한   아, 지금 성기 씨를 우습게 보고 있네. 여자 범죄
         자들이 수사 시에 남자 수사관의 주의를 흩트리
         는 가장 흔한 방법입니다. 안 되겠습니다. 우리도
         다음 단계로 넘어갑시다.

성기   다음 단계요?

대한   예, 조금 더 고차원적인 수사를 진행해보도록 하
         겠습니다. 예슬이 속옷 보이시죠?

성기   예.

대한   지금부터 그 속옷을 성기 씨의 몸에 걸쳐주십시
         오.

성기   (놀라며) 예?

대한   그, 범죄심리학에서 가장 흔하게 사용하는 방법
         입니다. 범인의 심리 상태를 파악하기 위해서는
         범인처럼 생각하고 행동하는 것이 정말 중요합니
         다. 일명 이미테이션 이펙트와 관련된……. 뭐 이

런 걸 설명할 시간은 없고. 신속히 속옷을 걸칩니다!

성기　예, 알겠습니다!

성기가 예슬의 속옷을 몸에 걸치려고 팔을 뻗는데 겁먹은 예슬은 비명을 지른다.

예슬　하지 마세요. 아저씨…….

성기　염병하네, 아주. 내놔!

예슬　(속옷을 몸에 걸치는 성기를 보며) 뭐 하시는 거예요?

성기　이펙트다, 인마! 넌 말해도 몰라. 입었습니다!

대한　자, 이제 집중을 합니다! 눈을 감고, 앞에 있는 범죄자가 되어봅니다. 내가 내 앞에 있는 범죄자다. 나는 과연 어디에 숨겼을까? (사이) 성기 씨, 뭐가 떠오르세요?

성기　(사이) 아이, 죄송합니다. 모르겠는데…….

대한　자, 다시 한번 집중해주시고! 자, 나는 범죄자다!

성기　나는 범죄자다!

대한　나는 어디에 숨겼을까!

성기　나는 어디에 숨겼을까…….

예슬　아저씨, 저 진짜 급해요.

성기　어?

예슬　쌀 것 같아요.

성기　형사님, 쟤 진짜 쌀 것 같은데 빨리 어떻게…….

대한　대박 사건! 와, 찾았다. 미치겠네.

성기　예?

대한	성기 씨, 잘 들으십시오!
성기	예, 예, 예.
대한	아무래도 범인은 질 안쪽에 돈을 숨겨놓은 것 같습니다.
성기	(놀라며) 네?
대한	그, 마약 밀매부터 시작해서 밀수품들 들여올 때 흔히들 사용하는 방법인데. 야, 이게 어디 오줌 마렵다고 하면서 도망을 가려고 그랬어! 자, 지금 당장 질 안쪽을 검사해주십시오.
성기	아니, 형사님. 제가 그런 짓을 어떻게 합니까? 말이 되는 소리를…… .
대한	강성기 씨! 언제부터 이렇게 질문이 많아졌습니까?
성기	죄송합니다.
대한	그년은 어린애가 아니라 범죄자입니다, 범죄자! 도둑년이라고! 아시겠어요? 신속한 수사 부탁드립니다.
성기	(사이, 천천히 예슬에게 다가가) 너 다리 벌려!
예슬	네?
성기	니 몸속에…… . 야, 나도 몰라. 형사님이 시키는 대로 하는 거야! 빨리 벌려! 빨리!

예슬, 울며 다리를 벌리고 성기는 다리 사이를 검사한다.

예슬	(고통스러워하며) 아저씨, 아파요!
성기	(전화기를 귀에 대며) 형사님, 아무것도 없어요, 아

무엇도!

대한   어, 이상하네. 아무래도 질 안쪽 깊숙이 숨겨놓은
것 같은데, 지금부터 팔 벌려 뛰기 10회 시킵니다.

성기   팔 벌려 뛰기요?

대한   팔 벌려 뛰기, 10회 실시!

성기   야! 너, 팔 벌려 뛰기 열 번 해.

예슬   네?

성기   (예슬을 강제로 끌고 와서) 이리 와! 이리 와! 딱 서!
팔 벌려 뛰……. (예슬이 말을 안 듣자) 야, 너 때문
에 나 힘들어 죽겠어! 뛰어, 빨리! 팔 벌려 뛰기!
하나, 둘, 셋, 넷, 다섯, 여섯, 일곱, 여덟, 아홉…….

예슬, 힘겹게 팔 벌려 뛰기 10회를 한다.

성기   (전화기를 귀에 대며) 형사님, 아무것도 없어요, 없다
고요!

대한   이야, 정말 고단수네. 좋아요. 그렇다면 그년은
자기 몸에 아무것도 숨기지 않았습니다. 아마도
가게 내 다른 장소에 돈을 숨겨놓은 것 같은데,
그런 고단수의 범죄자들을 통제하기 위해서는
모욕을 주어야 됩니다. 지금부터 그 공간을 개처
럼 기어 다니라고 해주십시오.

성기   형사님! 그런 건 직접 와서 해주세요. 저한테 더
이상 시키지 말아주십…….

대한   성기 씨, 잊으셨어요? 면허, 취소되고 싶으세요?

성기   (사이) 기어! 여기 막 기어 다니래. 개처럼! 기어!

네 발로!

예슬, 천천히 기어 다닌다.

성기   짖어. 멍멍! 개처럼!

예슬, 짖는다.

성기   더 크게! 더 크게!

예슬, 더 크게 짖는다.

성기   너 돈 어디 있어?
예슬   몰라요.
성기   말 안 해?
예슬   아저씨, 저 진짜 몰라요.
성기   말 안 해? 말 안 할 거야?

성기, 예슬을 붙잡고 엉덩이를 때리기 시작한다.

성기   (소리를 지르며) 말해! 말해! 말해!
예슬   (울먹거리며) 아저씨, 근데 저는 정말 몰라요.

울면서 오줌을 싸는 예슬.

성기   (예슬을 밀치고 소리를 높이며) 이게 어디서 오줌을

	싸! 드럽게! (전화기를 귀에 대고) 형사님!
대한	이야, 성기 씨! 어떻게 하나를 알려드리면 열을 아실까?
성기	제가 할 때는 하는 사람입니다!
대한	좋아요! 좋습니다! 야, 정말 독한 년이네. 아, 아무래도 최후의, 최후의 방법을 써야 될 것 같습니다. 우선 문을 잠가주시고!

성기, 걸어가 문을 잠근다.

성기	잠갔습니다.
대한	이건 성기 씨니까 형사들의 일급비밀을 말씀드리는 건데요. 그런 년들을 다룰 때는 끝을 봐야 됩니다. 안 그러면 우리가 지금까지 했던 행동들을 고발하겠느니, 어쩌겠느니 주둥이만 살아서 아주 지랄하거든요.
성기	씨발년이!
대한	자, 그럼 지금부터 그 주둥이로.
성기	그 주둥이로!
대한	성기 씨의 성기를 빨도록 명령합니다.
성기	(화를 내며) 형사님!
대한	지금부터 시키는 대로 안 하시면 어떻게 될 것 같아요? 성기 씨, 미옥 씨, 그리고 은정이라고 했나? 그 중학생? (사이) 모든 건 제가 책임집니다.
성기	(바지를 내리며) 빨어! (사이) 빨리 빨어, 이 씨발년아!

예슬, 천천히 기어가 성기의 허벅지를 잡는다. 조명이 바뀌고 국민체조 음악이 나온다. 예슬과 성기는 음악에 맞추어 안무화된 율동을 시작한다. 미옥, 은자, 경남, 상태 순으로 인물들이 한 명씩 들어와 두 사람과 합류한다. 모든 인물의 눈에는 초점이 없고, 마치 조정을 당하는 듯한 마리오네트처럼 춤을 춘다.

암전.

7장

오후 8시 30분, 직원 휴게실 안.

성기와 예슬은 멍하니 앉아 있다. 그때, 미옥이 문을 두드린다.

미옥 여보! 왜 문이 잠겨 있나. 문 좀 열어봐. 뭐 한다
고 문을 잠가놓고 있노.

성기 (문을 열며) 나 가봐야 돼.

미옥 뭐?

성기 급한 일이 있었는데 깜빡했어. 갈게.

성기, 전화기를 미옥에게 넘기고 급하게 나간다.

미옥 아니, 여보! 여보! 저 인간 저거 또 와 저라노? 엄
마야? 이거 물이야? 천장에 물이 새나. 예슬아, 이
거 좀 닦아봐. 마 됐다. 내가 할께. (대걸레로 오줌을
닦으며) 여보세요?

대한 여보세요?

미옥 아, 예. 형사님. 어떻게······.

대한 아, 강성기 씨께서 수사에 상당한 도움을 주셨습
니다. 감사드립니다.

미옥 아, 예. 그 인간이 도움이 됐다 카니까 다행이네
요. 예, 형사님 언제쯤 도착하세요?

대한	아, 예. 5분에서 10분 사이 도착합니다. 오늘 복날이라 그런지 차가 엄청 막히네요.
미옥	예, 그렇죠. 우리도 이제 막 손님 쫙 빠졌습니다. 형사님! 제가 더 적극적으로 도와드리지 못해 죄송합니다.
대한	아, 아닙니다. 이미 충분히 도움을 주셨습니다.
미옥	아, 예. 그래요?

은자가 문을 연다.

은자	언니야, 카드기 또 고장 났다.
미옥	미치겠다. 거 와 자꾸 그라노.

그때 상태가 들어온다.

상태	(짜증을 내며) 야, 방은자! 내가 고춧가루 갖다달라고 몇 번을 얘기하냐!
은자	어마! 깜빡해뿠따!
상태	아! 정신 좀 차려, 진짜! 까마귀 고기를 처먹었나, 이게.
은자	(밖으로 나가며) 미안해요.
상태	(예슬을 보고) 뭐여? 쟤는 왜 옷을 벗고 있어?
미옥	상태 씨, 잘됐다. 예슬이 좀 봐줘요.
상태	야, 내가 쟤를 왜 보냐?
미옥	아, 상태 씨 아직 모르지. 5분만 봐줘요. 부탁 좀 할게. (은자에게) 은자, 언니 나갔다 올게. 유도리

있게 하고. (대한에게) 형사님, 갔다 올게요.

대한　아, 예.

미옥　예. (상태에게) 부탁 좀 해요.

상태　아, 왜 나한테 부탁을 하고 그랴.

미옥　(전화기를 은자에게 넘기고 나가며) 카드기 땜에 미치겠네, 진짜.

상태　(은자에게) 야, 야, 야, 야. 뭐여?

은자　그래, 주방장님 바빠서 아무것도 몰랐죠. 여 진짜 마 생난리 부르스였어요. 응? 놀래지 마이소. 예슬이 야가 오늘 낮에 손님 지갑에 손을 대뿌써.

상태　그래서?

은자　그래가가 피해자가 직접 경찰서 가가 신고 때려 뿟는기라. 그래서 우리가 수사 중 아입니까.

상태　뭐, 수사?

은자　응, 수사.

상태　아, 형사도 없는데 니들이 뭘 수사를 한다는 겨?

은자　으이그! 형사님이 살인사건 땜에 지금 지방 갔다가 가게로 오고 있는 중이신데, 마 차가 막혀 쪼매 늦는데. 암튼, 예슬이 야가 특수절돈가 뭔가로 수배 중인데, 머 대단한 아라 캅디다. 근데 이런 아는 토낄 수가 있거든예? 그래서 우리가 형사 전화 받으면서 이것저것 수사 중이었어요. 돌아가면서. 일명 아바타 수사?

상태　(혼을 내며) 야! 수사를 마 니들이 으뜨케 하냐, 인마. 수사는 형사가 하는 거지.

은자　에?

상태	아, 그리고 얘는 왜 옷을 벗고 있는 겨?
은자	아, 원래 절도범들은 다 저렇게 하는 거예요.
상태	누가 그래?
은자	형사님이!
상태	너 진짜 미쳤냐?
은자	아뇨.
상태	머여, 아직도 통화하고 있는 겨?
은자	예.
상태	야, 줘봐!
은자	왜 전화를 주방장님한테 줘요?
상태	(소리를 높이며) 줘봐!
은자	(전화를 건네주며) 아, 진짜 미치겠네…….
상태	(전화를 귀에 대며) 여보십니까!
대한	여보세요?
상태	누구십니까!
대한	어, 주방장님. 안녕하십니까! 저는 서울지방경찰청 강남경찰서 강력1반 최대한 형사라고 합니다.
상태	근데요?
대한	지금 예슬 씨가 특수절도 혐의를 받고 계시는데 제가 상황이 여의치 않아서 직원분들께서 많은 도움을 주고 계셨습니다.
상태	얘들이 뭔 도움을 줬다는 겁니까?
대한	수사를 도와주고 계셨죠.
상태	수사를 왜 애들이 합니까? 수사는 형사가 하는 거지.
은자	주방장님! 그래 얘기하면 안 돼!

대한	상황이 상황인지라 워낙 강력범인데 말을 듣지 않아서 혼을 내고 있었습니다.
상태	아니, 그러니까. 강력범을 왜 애들이 혼을 내주냐고! 아, 요즘 형사는 수사를 이런 식으로 해도 되는 겨?
대한	주방장님? 흥분하지 마시고!
상태	내가 지금 흥분 안 하게 생겼나. 뭐, 말이 되는 소리를 해야지! (전화에 대고) 씨발놈아!
대한	씨발놈아?
상태	그래, 이 씨발놈아.
대한	(사이) 자꾸 이렇게 공격적으로 나오시면 공무집행방해죄로 처벌을…….
상태	아니, 뭐, 공무를 집행하고 있어야 내가 공무집행방해를 할 거 아냐. 이 개새끼야! 내가 인마, 산전수전 다 겪은 몸이여. 어디서 주둥아리를 털어. 아가리 똥내 나는 개새끼야. 기집애 저렇게 만들 거면 네가 직접 면상 들이밀고 와서 해. 이 씨발놈아. 너 한 번만 더 주둥이 털잖여? 내가 니 이빨 다 찢어버릴 거야. 알겠냐, 이 개새끼야!
상태	(은자에게) 뭐 하고 있어?
은자	에?
상태	가서 매니저 불러와.
은자	예. (황급히 나가며) 언니야! 미옥이 언니야!

은자, 나간다.

상태	(예슬에게) 야, 너 이름이 뭐라고 했냐? (사이) 괜찮
	은 거?

예슬, 대답이 없고 미옥과 은자는 달려 들어온다.

미옥	왜, 왜? 또 왜?
상태	야, 야, 야, 야! (전화기를 들이밀며) 이거 진짜 형사
	맞어?
미옥	예.
상태	어떻게 알어.
미옥	형사래요. 강남, 강력반.
은자	응, 강력반.
상태	확인해봤어?
미옥	사장님이랑 통화했다는데요?
상태	누가 그래!
미옥	형사가요!

그때, 경남이가 문간에 다가와 선다.

상태	븅신, 지랄 합창하고 앉아 있네, 진짜. 니가 직접
	사장이랑 통화해봤냐고!
미옥	사장이 형사님이랑 통화했다는데 내가 왜?
상태	너 진짜 미쳤냐?
경남	그거 정말 형사 맞아요?

미옥, 다른 사람들과 시선을 마주친다. 갑자기 신경질적으로 자신의 휴대

폰을 이용해서 사장에게 전화를 건다.

미옥   예, 여보세요. 사장님, 어디세요?

사장   밖인데. 왜요?

미옥   어디요?

사장   한남동 지점이요. 왜요?

미옥   예, 혹시 예슬이 사건 알고 계시죠?

사장   뭐, 뭐요?

미옥   예슬이 사건이요.

사장   그게 뭐야?

미옥   아니, 오늘, 가게에서……. 형사님이랑 통화 안 하셨어요?

사장   형사? 왜, 왜? 가게에 무슨 일 있었어요?

미옥   (갑자기 소리를 지르며) 아니, 오, 오늘, 오늘 가게에 서……. 예슬이 사건 모르시냐고요!

사장   아니, 이 여자가 미쳤나. 어디서 소리를 지르고 난 리야! 이 여자 정말 안 되겠네…….

멍해져서 휴대폰을 끊는 미옥. 다시 전화를 귀에 가까이 가져다 댄다. 그때 무대 벽면의 거울 뒷면 공간이 보이면서 와이셔츠에 팬티만 입고 의자에 앉아 통화를 하는 대한의 모습이 보이기 시작한다.

미옥   여보세요!

대한   여보세요?

미옥   당신 진짜 경찰 맞아?

대한   저는 대한민국의…… 로보카 폴리입니다.

미옥	당신 진짜로 형사 맞냐고.
대한	(무대 한쪽 자신의 베란다로 걸어 나오며) 미옥 씨, 저 금방 도착합니다. 아, 배가 고프니까 우리, 삼계탕 한 그릇만 먹고 얘기할까요?
미옥	(소리를 지르며) 당신 진짜로 형사 맞냐고!
대한	(베란다에 놓인 작은 화분에 물을 주며 장난스럽게) 파전 서비스로 주면 얘기해줄게.

주저앉는 미옥, 전화를 바닥에 내려놓는다.

상태	환장하겠다!
경남	거봐! 그럴 줄 알았어. 내가 뭔가 이상하다고 했잖아요!
은자	(예슬에게 달려가 옷을 덮어주며) 이, 이걸 우짜노. 이거. 예슬아, 괜안나? 미안하데이…….

상태, 욕을 하며 나간다. 예슬은 가만히 앉아 있다. 미옥을 비롯한 직원들은 당황해서 어찌할 바를 모른다. 그때 다시 들려오는 국민체조 음악. 대한은 계속 화분에 물을 주다 갑자기 고개를 들어 관객을 직접 바라보고 손가락을 코와 입 쪽으로 가져가 '쉿!'이라고 말한다. 음악이 잠시 멈춘다. 대한이 신호를 주자 다시 들려오는 음악.

막

안
전가
족

이 희곡은 요르고스 란티모스Yorgos Lanthimos의 영화 〈송곳니Dogtooth〉를 참고하여
한국적으로 재창작했음을 밝힙니다.

시간	현재	
공간	인적 드문 곳에 위치한 높은 담이 있는 집, 개 훈련소, 우유 대리점 사무실	
등장인물	아버님	50세, 우유 유통 대리점 사장, 취미이자 특기는 책 읽기
	어머님	47세, 주부, 취미이자 특기는 잠자기와 화장하기, 가족 건강 챙기기
	세인	27세, 큰딸, 취미이자 특기는 그림 그리기와 시 쓰기
	기용	25세, 아들, 취미이자 특기는 운동과 기타 연주
	미수	23세, 작은딸, 취미이자 특기는 약 만들기와 해부학책 읽기
	미쓰김	29세, 아버님 대리점 사무실의 경리, 취미이자 특기는 껌 씹기와 영화 보기
	교관	35세, 개 훈련소 교관, 취미이자 특기는 개 훈련시키기
	개	

＊ 미쓰김과 교관은 한 명의 배우가 연기할 수 있다.

＊ 개는 실제 개가 등장하면 좋다.

1막

1장

낮, 집.

담과 벽, 문이 생략된 공간. 공간의 분리는 조명이 하고 관객이 집 안 내부를 모두 볼 수 있다. 유일하게 집 안과 바깥세계를 이어주는 대문만이 실제로 존재한다. 집은 방 세 개, 거실 겸 부엌, 마당으로 이루어져 있다. 어머님은 방 안 침대에 누워 낮잠을 자고 있다. 아이들은 마당에 놓은 평상에 앉아 미니 카세트에서 흘러나오는 어머님의 목소리를 듣고 있다.

어머님   (녹음 목소리) 오토바이. 오토바이. 오토바이. 오토바이는 성숙한 태도를 가지고 기쁨, 찬성, 환영의 감정을 나타내거나 장단을 맞추려고 두 손뼉을 마주치는 행위이다. 박수는 일반적인 단어이며 오토바이는 조금 더 고급스러운 단어라고 생각하면 된다. 자, 따라해보자. 오토바이!

아이들   오토바이!

어머님	(녹음 목소리) 오토바이!
아이들	오토바이!
어머님	(녹음 목소리) 마지막으로, 오토바이!
아이들	오토바이!
어머님	(녹음 목소리) 자, 그럼 지금부터 열 번 반복한다. 시작!
아이들	오토바이오토바이오토바이오토바이오토바이오 토바이오토바이오토바이오토바이오토바이!
어머님	(녹음 목소리) 잘했다. 그럼, 다음 단어로 넘어가자. 나이트. 나이트. 나이트. 나이트는 핵폭탄이 사람 들을 괴롭히기 전, 다 같이 밤에 모여 비디오테이 프를 보던 모임의 이름이다. 건전하게 비디오테 이프를 보고 토론을 하는 행위 역시 나이트라고 말한다. 자, 따라해보자. 나이트!
아이들	나이트!
어머님	(녹음 목소리) 나이트!
아이들	나이트!
어머님	(녹음 목소리) 마지막으로, 나이트!
아이들	나이트!
어머님	(녹음 목소리) 자, 그럼 지금부터 열 번 반복한다. 시작!
아이들	나이트나이트나이트나이트나이트나이트나이트 나이트나이트나이트!
어머님	(녹음 목소리) 잘했다. 그럼, 다음 단어로 넘어가자. 씨발. 씨발. 씨발. 씨발은 정말로 너무나 기분이 좋을 때 쓰는 말이다. 아버님이 가끔씩 '씨발'이

라고 하실 때는 정말로 너무나 기분이 좋으실 때
이다. 자, 따라해보자. 씨발!

아이들   씨발!

어머님   (녹음 목소리) 씨발!

아이들   씨발!

어머님   (녹음 목소리) 마지막으로, 씨발!

아이들   씨발!

어머님   (녹음 목소리) 자, 그럼 지금부터 열 번 반복한다.
시작!

아이들   씨발씨발씨발씨발씨발씨발씨발씨발씨발씨발!

어머님   잘했다. 자, 고생했다. 오늘은 여기까지 하자.

아이들   (굉장히 좋아하며) 씨발!

막내딸 미수가 미니 카세트를 끈다. 맏아들 기용은 기지개를 켜고, 큰딸 세
인은 갈비뼈를 만져본다.

세인   (갑자기 놀라며) 어! 갈비뼈가 부러진 것 같아.

미수   뭐?

세인   이거 막 움직여.

미수   원래 움직여.

세인   아니야. 다른 때보다 더 심하게 움직이는 거 같은
데?

미수   언니 지금 일부러 크게 숨 쉬고 있지?

세인   응.

미수   크게 숨 쉬면 크게 움직여.

세인   아, 그렇구나. 그럼 대체 언제 부러지지? (미수의

갈비뼈를 만지며) 봐봐.

미수   나는 괜찮아. 오빠는?

기용   나는 싫어. 나는 안 부러졌으면 좋겠다.

세인   나는 부러졌으면 좋겠는데?

미수   나도.

기용   쓸데없는 소리 하지 말고. 미수! 냉장고에서 딸기
         우유 하나 꺼내 와.

미수   싫어.

기용   왜?

미수   아버님이 딸기 우유는 어머님이랑 손님용이라고
         먹지 말랬잖아.

기용   빨리 안 가져와?

미수   (갑자기 소리를 지르며) 아!

기용   알았어. 알았어. 하지 마! 너 또 드러누우려고 그
         러지? (세인에게) 야! 네가 가져와.

세인   너 자꾸 너, 너, 할래? 이게 누나한테.

기용   웃기시네.

세인   네가 가져와!

기용, 세인을 한 대 때린다.

세인   아! 왜 폭력을 써?

세인, 기용을 한 대 때린다.

기용   아! 어쭈, 이게.

기용이 세인을 때리고, 세인도 기용을 때린다. 서로 계속 때린다. 좋아하는 미수.

미수   잠깐! 우리 거칠게 머리 잡아당기기 놀이 할까?
세인   좋아!
미수   술래는 오빠야!
기용   그런 게 어디 있어?
미수   시작!

세인과 미수, 기용의 머리를 잡아당기며 좋아한다. 기용의 비명에 밖으로 나온 어머님이 호루라기를 분다. 놀라서 멈추는 아이들.

어머님   뭐 하는 거야! 공부 다 했어?
아이들   네, 어머님!
어머님   누가 먼저 소리 질렀어?

아이들, 서로를 가리킨다.

어머님   어머님이 소리 지르지 말랬지? 자기 처벌! (사이) 안 들려? 자기 처벌!

아이들이 각자 스스로의 얼굴을 때리기 시작한다. 그때, 아버님의 오토바이 소리가 들린다.

아이들   (굉장히 좋아하며) 어! 아버님이다!

가족들은 재빠르게 집 정리를 시작하며 아버님 맞을 준비를 한다. 안대를 한 미쓰김을 태운 아버님의 오토바이가 대문 앞으로 와 선다. 아버님의 오토바이에는 우유 냉장고 트렁크가 달려 있다.

아버님	목욕은 했어?
미쓰김	(안대를 벗으며) 당연하죠.
아버님	하얀 속옷은?
미쓰김	입었습니다.
아버님	약은?
미쓰김	당연히 먹었죠.
아버님	일 생기면 안 되니까……
미쓰김	알아서 관리할게요!
아버님	생일이었다며? (향수를 넘겨주며) 아내랑 내가 준비한 선물이야.
미쓰김	(향수를 받으며) 이게 뭐예요?
아버님	향수!
미쓰김	어머, 샤넬 No. 5! 마침 향수 다 떨어졌는데…… (갑자기 가방에서 빈 향수병을 꺼내며) 이것 보세요. 완전 운명이다. 지금 뿌려봐도 돼요?
아버님	그래.
미쓰김	감사합니다. (향수를 뿌리며) 이거 완전 비싼 거잖아요. 감사해요, 사장님.
아버님	핸드폰!
미쓰김	(휴대폰을 넘기며) 여기요.
아버님	(휴대폰을 옷 속에 넣으며) 가방에 이상한 것 없지?
미쓰김	(향수를 가방에 넣으며) 당연하죠.

아버님　(미쓰김을 진지하게 쳐다보며) 오늘도 잘 부탁해. 내
　　　　말 이해할 수 있겠지?

미쓰김　네, 사장님.

아버님, 오토바이 클랙슨을 울린다.

어머님　오늘은 네가 열어봐.

기용　네?

어머님　이제 우리 기용이도 해봐야지.

기용　씨발! (달려가 대문을 열고) 다녀오셨습니까, 아버
　　　님!

아버님의 오토바이가 집 안으로 들어오고 기용은 대문을 닫는다. 오토바
이를 주차시키는 아버님.

세인, 미수　(노래) 아버님 출동할 때 붕붕붕. 아버님 귀환할
　　　　때 달달달. 우리를 지켜주는 아버님. 영원히 함께
　　　　해요 우리 집. 우리는……

어머님과 아이들, 아버님에게 큰절을 한다.

가족들　다녀오셨습니까, 아버님.

아버님　그래. 일어나거라. 미쓰김 왔다.

가족들　안녕하세요, 미쓰김!

다 같이 박수를 친다.

미쓰김	안녕하세요!
아버님	여러분! 오늘 하루를 어떻게 보냈나?
세인	(팔을 높이 들며) 저는 인자한 아버님 얼굴을 그려 봤습니다.
아버님	잘했다.
기용	(팔을 높이 들며) 저는 핵폭탄 물리치기 체조를 개발했습니다.
아버님	잘했다.
미수	(팔을 높이 들며) 저는 타이레놀과 박카스를 섞어 새로운 약을 만들었습니다.
아버님	장하다. 그럼 오늘 하루도 수고한 우리 자신에게 다 같이 박수!

다 같이 박수를 친다.

기용	아버님! 오늘 오토바이를 배웠습니다.
아버님	(어머님을 쳐다보며) 그래? 그럼, 좋다. 다 같이 오토바이!

다 같이 박수를 친다.

아버님	(기용에게 비닐봉지를 넘겨주며) 자, 이거 새 우유다. 냉장고에 집어넣어라.
기용	네, 아버님!

기용과 어머님, 집 안으로 들어간다. 미쓰김은 마루에 걸터앉고 세인과 미

수는 그 옆에 딱 붙어 앉아 미쓰김을 관찰하기 시작한다.

미쓰김　　　(불편해하며) 잘 지냈어요?

쑥스러워 대답하지 못하고 웃기만 하는 아이들.

아버님　　　사람이 물어보면 대답을 해야지!
아이들　　　(큰 소리로) 네, 아버님!
세인　　　　아버님! 우리 또 미쓰김이랑 비디오 찍어도 돼요?
아버님　　　그래라.

세인과 미수, 굉장히 좋아하며 집 안으로 들어가 캠코더를 가지고 나온다.
동시에 어머님과 기용은 마당으로 나와 컵에 담긴 딸기 우유를 미쓰김에
게 건네준다.

어머님　　　반가워요, 미쓰김. 이거 미쓰김이 좋아하는 딸기
　　　　　　　 우유!
미쓰김　　　감사합니다.

미쓰김은 딸기 우유를 마시고 세인과 미수는 비디오 찍을 준비를 한다.

아버님　　　(세인에게) 줘봐. 내가 찍어주마.
세인　　　　네, 아버님!
아버님　　　(어머님과 기용에게) 뭐 해? 가서 같이 찍어야지.
어머님　　　네, 여보.
기용　　　　네, 아버님.

가족들과 미쓰김, 아버님이 찍고 있는 캠코더를 바라본다.

아버님   자, 손!

가족들, 손을 흔든다.

아버님   이빨!

가족들, 이빨을 보이며 미소를 짓는다.

아버님   소리!

가족들, 어색하게 소리를 내며 웃는다.

아버님   더! (사이) 더! (사이) 더!
어머님   여보. 여보도 와서 같이 찍어요.
아버님   괜찮아, 나는.
기용   그래요, 아버님! 제가 찍을게요.
아버님   (부끄러워하며) 괜찮다니까.

기용은 아버님에게 달려가 캠코더를 넘겨받고 아버님은 가족들 옆에 선다.

기용   (캠코더로 가족들을 찍으며) 자, 찍습니다. 손!

가족들, 손을 흔든다.

기용	이빨!

가족들, 이빨을 보이며 미소를 짓는다.

기용	소리!

가족들, 소리를 내며 웃는다.

기용	아버님! 웃으셔야 돼요. (사이) 조금 더요! (사이) 조금 더!
아버님	(갑자기 소리를 지르며) 됐다. 그만!

웃음을 멈추고 긴장하는 가족들. 아버님은 기용에게 다가가 캠코더를 빼앗는다.

아버님	기용, 준비 다 됐나?
기용	네, 아버님.
아버님	시작하자.
기용	네, 아버님.
미수	아버님! 우리는 언제 익스트림 스포츠 해요?
세인	맞아요!
아버님	때가 되면!
어머님	(미수의 머리를 쓰다듬으며) 조금만 기다려.
세인, 미수	네, 어머님!
아버님	들어가자!

아버님이 집 안으로 들어가자 미쓰김과 가족들도 급하게 따라 들어간다. 기용의 방 앞에 서는 가족들.

아버님　　자, 그럼 기용의 익스트림 스포츠를 위하여 다 같이 오토바이!

가족들은 박수를 치고, 미쓰김과 기용은 방 안으로 들어간다. 아버님과 어머님은 자신들의 방으로 들어가고 세인과 미수는 마당으로 나와 캠코더를 돌려보며 좋아한다.

기용　　(방 안에서 옷을 벗으며) 이 냄새 처음인데.
미쓰김　　(옷을 벗으며) 그렇겠다. 왜요? 좋아?
기용　　그런 것 같아요. 굉장히 복잡하고 어려우면서 신비로운 기분이 드는데…….
미쓰김　　(좋아하며) 그게 무슨 기분일까?
기용　　시작하죠.
미쓰김　　귀여워!

기용, 급하게 미쓰김을 눕힌다.

미쓰김　　(소리를 지르며) 야! (일어나서 기용을 보며) 천천히!

미쓰김, 기용에게 입을 맞춘 뒤 기용의 성기를 빨기 시작한다.

기용　　하나, 둘, 셋, 넷, 다섯, 여섯, 일곱, 여덟, 아홉, 열!

미쓰김은 눕고, 기용은 그 위에 올라가 움직이기 시작한다.

기용　　　하나, 둘, 셋, 넷, 다섯, 여섯, 일곱, 여덟! 아! 아!
　　　　　아…….

실망하는 미쓰김.

암전.

2장

저녁, 집.

어머님은 부엌에서 음식을 준비하고 있다. 세인은 마당에서 아버님의 발톱을 깎아주고 있다. 미수는 기용의 방에서 두 팔을 들어 자신의 옷을 기용에게 보여주고 있다.

기용   (성의 없이) 돌아! 돌아, 돌아! 좋다.

미수, 팔을 내린다.

기용   (셔츠 두 개를 미수에게 보여주며) 야! 이게 낫냐, 요게
               낫냐?

미수   (오른쪽 셔츠를 가리키며) 이거.

기용   (왼쪽 셔츠를 들고) 그럼 요거 입어야겠다.

미수   왜 물어봤냐?

기용   야! 너, 훈장 몇 개냐?

미수   몰라도 돼. 나가자.

기용   왜, 어차피 알 텐데.

미수   (기용의 머리를 때리며) 얼른! 아버님 화내시겠다.

기용   아! 진짜.

미수, 자신의 옷핀들을 들고 재빠르게 마당 쪽으로 나와서,

미수	(웃으며) 아버님!
아버님	(세인에게) 다 됐나?
세인	네, 아버님.
아버님	들어가자.

아버님과 세인, 주변의 발톱들을 정리하고 집 안으로 들어온다.

| 아버님 | 여보, 아직 멀었어? |
| 어머님 | 다 됐어요. |

가족들, 부엌 상에 둘러앉는다.

| 어머님 | (치킨을 가져와서) 오늘은 특별한 날이지? 짜잔! 오늘의 메뉴는 시조새! |

아이들, 굉장히 좋아하며 박수를 친다.

| 어머님 | 아버님 먼저 덜어드리고, 각자 조금씩 나눠 먹자. |
| 아이들 | 네, 어머님! |

어머님, 아버님의 그릇에 치킨을 담아 건넨다.

| 아버님 | 자 그럼, 기도하자! |

어머님은 미니 카세트를 꺼내 재생 버튼을 누르고 가족들은 오른손을 가슴에 가져다 대고 눈을 감는다.

라디오	(녹음된 아버님 목소리) 나는자랑스러운양식들앞에
	우리가족의무궁한영광을위하여충성을다할것을
	굳게다짐합니다,
아버님	바로!

어머님, 미니 카세트의 정지 버튼을 누른다.

아버님	먹자!
아이들	잘 먹겠습니다, 아버님!

가족들, 아버님이 먼저 먹기를 기다리다 한 입 먹으면 공격적으로 달려들어 먹기 시작한다. 한동안 계속 먹기만 한다.

미수	어머님, 저 라이터 좀 더 주세요.
어머님	(김치를 넘겨주며) 여기.
세인	어머님, 저는 바다 좀 주세요.
어머님	(물을 넘겨주며) 여기.
세인	감사합니다.
기용	아버님, 저는 그 앞에 있는 동전 좀.

가족들, 모두 놀라 기용을 쳐다본다.

어머님	너는 손이 없니, 발이 없니? 어디 아버님한
	테…….
기용	죄송합니다.

기용, 아버님 앞에 있는 단무지를 직접 가져온다. 계속 기용을 쳐다보는 어머님.

아버님	괜찮아. 여보. (사이) 자! 그럼 이제 예약 주문을 시작해볼까?
어머님	돼지고기가 더 필요해요.
미수	저는 수면제와 진통제요.
아버님	저번에 사다준 건?
미수	복합약 개발하는 데 다 썼어요.
세인	저는 살색 물감이요.
아버님	사다준 지 얼마 안 됐잖아.
세인	다 썼죠. 원래 검은색 물감이랑 살색 물감이 제일 먼저 떨어져요. 아버님 얼굴 그리는 중인데 살색이 떨어져서 아버님 얼굴을 검은색으로 칠할 수는 없잖아요.

기용, 갑자기 크게 웃기 시작한다. 세인은 기용에게 그만하라고 눈치를 주지만 기용은 알아채지 못하고 계속 웃는다. 부모님의 눈치를 보며 고개를 숙이고 무릎을 꿇는 세인과 미수.

기용	아니, 웃기잖아요. 검은색 아버님 얼굴.
어머님	(화를 내며) 그만! 어디, 밥상머리에서 아버님을 놀려?

기용, 그제야 눈치를 채고서 재빨리 무릎을 꿇고 고개를 숙인다. 어머님, 아버님의 손가락을 빨아준다. 기용, 어머님이 아버님의 손가락을 빨아주

는 것을 몰래 지켜본다.

아버님　　　　(화를 누르며) 먹어라.

아이들　　　　네, 아버님.

아이들, 다시 먹기 시작한다.

기용　　　　(갑자기) 저는 줄넘기가 많이 낡았는데…….

어머님　　　　(소리를 높이며) 그냥 써!

기용　　　　네.

세인　　　　아버님, 그런데 우리 갈비뼈는 언제 부러질까요?

놀라는 아버님과 어머님.

아버님　　　　왜?

세인　　　　저도 얼른 갈비뼈가 부러져서 아버님처럼 훌륭한
　　　　　　　사람이 되고 싶어서요. 이 뼈다귀들을 보니까 갑
　　　　　　　자기 더 궁금해졌어요.

어머님　　　　그런 거 궁금해하는 거 아니야, 세인아.

세인　　　　아니, 이 뼈다귀들은 이렇게 쉽게 부러지는데 우
　　　　　　　리 갈비뼈는 도대체 언제…….

어머님　　　　(말을 자르며) 부러지는 사람도 있고, 부러지지 않
　　　　　　　는 사람도 있어. 우리가 선택할 수 있는 게 아니
　　　　　　　라 운명이 결정하는 거야.

미수　　　　해부학에서는 굉장한 충격을 받지 않는 한 부러
　　　　　　　지지 않는다고 하던데…….

어머님	그 충격이라는 것은 형이상학적인 것이라서 기본적인 해부학 책에는 제대로 나와 있지 않다.
미수	형이상학적이라는 게 뭐예요?
아버님	어디, 어머님한테 자꾸 말대꾸야? 괜찮아, 여보. 단지 갈비뼈가 부러지는 것이 문제가 아니라 갈비뼈가 부러지면 제대로 걸을 수도 없어.
세인	그럼 어떻게 해요?
아버님	기어 다니는 수밖에.
미수	아. 어떡해!
아버님	물론 다 낫고 나면 아버님처럼 걸을 수 있지만 시간이 오래 걸린다. 굉장히 고통스럽지.
어머님	그리고 갈비뼈가 부러졌다 하더라도 무시무시한 핵폭탄들 때문에 아버님의 탱크 같은 무기가 없이는 절대 밖으로 나갈 수 없다는 걸 잊지 마. 알겠니?
아이들	네, 어머님!
아버님	(갑자기 일어서며) 좋다. 그럼 이제부터 이달의 바람직한 인간상 시상식을 시작하겠다.

아이들, 환호한다.

어머님	(같이 일어서며) 누가 가장 아버님과 어머님의 말을 잘 듣고, 착한 일을 많이 했는지 지금부터 훈장을 꺼내 세어볼까?
아이들	(각자의 옷핀들을 들고 서로 경계하며) 네, 어머님!
어머님	시작!

아이들, 자신들의 옷핀을 경쟁하듯 세기 시작한다. 기용의 것이 가장 많다. 우승자가 된 사실에 굉장히 좋아하는 기용.

기용   씨발! 또 1등이다.

아버님   자, 우리 모두 기용에게 아낌없는 오토바이!

아버님과 어머님은 기용에게 축하의 박수를, 세인과 미수는 성의 없는 박수를 보낸다.

기용   (90도로 인사하며) 감사합니다, 아버님! 이게 다 아버님 덕분입니다.

아버님   장남으로서 우리 기용이가 정말 자랑스럽다. 세인과 미수도 기용을 본받아 분발하도록. 알겠나?

세인, 미수   네, 아버님!

아버님   자, 그럼 기용이 하고 싶은 것을 결정할 시간이다. 우리 기용 오늘 저녁, 무엇을 하고 싶나?

기용   정말 굉장히 고민을 많이 했는데, 나이트가 하고 싶습니다!

어머님   자랑스럽구나, 내 아들!

미수   나이트 좋아!

세인   아, 맞다! 그런데 저번 달에도 나이트 했잖아.

기용   나 1등이야. 또 하고 싶어.

세인   왜 자꾸 같은 걸 해? 이번엔 다른 거 해보자.

아버님   됐다. 괜찮아. 그럼 또 나이트를 하자.

기용   네, 아버님!

아버님   기용! 가서 보고 싶은 것을 틀어봐라.

기용   네, 아버님!

기용, TV 옆에 놓인 비디오테이프 중에서 보고 싶은 것을 고른다. 가족들은 TV 앞에 둘러앉는다.

기용   (가족들을 보며) 자, 그럼 재생합니다.

TV에서 소리가 나오기 시작한다.

세인   (부모님을 보며) 또 이거다.

미수   (부모님을 보며) 저번에도 봤는데.

기용   뭐 어때?

가족들, 집중해서 TV를 보기 시작한다. 점차 가족들의 모습이 영상의 한 부분처럼 보인다.

암전.

3장

아침, 집.

어머님은 방에서 아버님의 출근 준비를 돕고 있다. 세인과 미수는 방에서 그림을 그리고 약을 만진다. 기용은 줄넘기를 들고 마당으로 나온다.

미수	(세인에게 약병을 보여주며) 이거 새로 만든 약인데 먹어볼래?
세인	뭔데?
미수	웃음 나오는 약.
세인	에이, 그런 게 어디 있어?
미수	그래서 내가 만들었잖아. 먹어봐.
세인	정말이야?
미수	효과가 좋으면 진짜로 계속 웃게 될 수도 있다.
세인	(사이) 좋아!

세인, 약병을 받아 마신다.

미수	어때?
세인	(사이) 아직 모르겠어.
미수	좋아. 그럼 누워서 몸을 편안하게 만들어봐. (사이) 얼른!

세인은 눕고 미수는 세인의 몸을 주무르기 시작한다.

기용　　　(줄넘기를 시작하며) 하나, 둘, 셋, 넷, 다섯, 여섯, 일
　　　　　　곱, 여덟, 아홉, 열, 하나, 둘…….

기용, 갑자기 줄넘기를 멈추고 벽을 본다. 집 안쪽을 살피고는 다시 재빠
르게 벽을 본다.

기용　　　(소리를 낮춰서) 형이야? 형 맞지? 형 거기 있지? 아
　　　　　　니야? 말해봐. 형! (자랑하듯) 나 이제 줄넘기 만 개
　　　　　　한다. 형은 8천 개, 나는 만 개. (웃으며) 이제 알겠
　　　　　　냐? 이젠 형이 내가 형보다 줄넘기를 더 잘한다
　　　　　　는 걸 인정해줬으면 좋겠어. 미안해. 형이 돌아오
　　　　　　지 않았으면 좋겠다. (사이) 나는 혹시 내 갈비뼈
　　　　　　가 부러진대도 절대 형처럼 밖으로 나가지 않을
　　　　　　거야. (사이) 배고프지?

기용, 갑자기 집 안으로 달려 들어가 냉장고에서 우유를 꺼내 마당으로 다
시 달려 나온다. 동시에 방에 있던 아버님과 어머님도 마당으로 나온다.

어머님　　(아이들 방을 향해) 얘들아. 아버님 출동하신다.
기용　　　(담 밖으로 우유를 던지며) 형! 이거 먹고 힘내.

아버님과 어머님, 기용을 보고 놀라 멈춰 선다.

어머님　　뭐 하는 거니?

기용	네?
어머님	(소리를 높이며) 뭐 하는 거냐고!

세인과 미수, 마당으로 나오다 멈춰 선다.

어머님	너 또 형하고 얘기한 거야? (사이) 빨리 말 안 해?
기용	(사이) 갑자기 담 밖에서 형이 말을 걸었어요. 제가 대답을 안 할 수도 없잖아요. 그래도 형인데. 형이 배고프다고 해서 우유를 좀 던져줬어요. 그것뿐이에요.
아버님	(화를 누르며) 들어와!

아버님과 어머님은 화가 나서 집 안으로 들어간다. 아이들은 겁을 먹고 따라 들어가 무릎을 꿇고 고개를 숙이고 앉는다.

아버님	너는 또다시 반역을 저질렀다. 다시 한번 말해 봐. 정말 형이 너를 불렀나?
기용	네, 아버님.
아버님	정말?
기용	네, 아버님.
아버님	(기용의 머리에 손을 얹으며) 정말?
기용	(겁을 먹고) 아니요.
아버님	아버님 말씀을 어기고 거짓말을 하면 어떤 처벌을 받나?
기용	(갑자기 무릎을 꿇고 빌면서) 아버님, 그런 게 아니라, 한 번만 용서해주세요. 다시는 안 그럴게요.

어머님, 냉장고에서 생양파 하나를 꺼내 상 위에 내려놓는다.

아버님　　　지금부터 기용이 이 양파 독을 먹고 흘리는 눈물
　　　　　　　은 참회의 눈물이다. 잘 봐둬!

세인, 미수　네, 아버님!

아버님　　　먹어.

기용　　　　아버님, 이거는 진짜…….

아버님　　　(소리 높여) 먹어!

기용, 울먹거리며 천천히 생양파를 먹기 시작한다.

아버님　　　너희도 한 번만 더 담 밖에 있는 민에게 관심을
　　　　　　　두거나 이야기하다 걸리면 이보다 더한 처벌을
　　　　　　　받게 될 거다. 알겠어?

세인, 미수　네, 아버님!

어머님　　　두 개!

아버님　　　그래, 두 개! 명심해!

아이들　　　네, 아버님!

아버님　　　한때 민이가 너희의 남매였다 하더라도 지금은
　　　　　　　저 핵폭탄들 중에 하나가 되었다. 담 밖에서 민이
　　　　　　　가 불러도 절대 대답을 하면 안 돼. 민이는 너희
　　　　　　　를 데려가서 죽게 할 거야. 내 말, 이해할 수 있겠
　　　　　　　어?

아이들　　　네, 아버님!

기용, 계속 양파를 먹고 있다.

아버님	또 그럴 것이냐?
기용	아닙니다. 아버님!
아버님	누구라도 또 이런 짓을 한다면 절대 가만있지 않겠다. 알겠어?
아이들	네, 아버님!
어머님	여보. 이제 출동하셔야죠. 늦겠어요.
아버님	그러지.

가족들은 마당으로 나와 아버님의 출근 배웅을 준비한다. 양파를 먹던 기용도 나오려고 하는데,

어머님	(기용을 막으며) 마저 먹어.

기용, 울먹거리며 제자리에 앉아 양파를 계속 먹는다. 아버님, 오토바이 시동을 건다.

세인, 미수	(노래를 부르며) 아버님 출동할 때 붕붕붕. 아버님 귀환할 때 달달달. 우리를 지켜주는 아버님. 영원히 함께해요 우리 집. 우리는…….

어머님이 대문을 열자 아버님의 오토바이가 대문을 빠져나간다.

세인, 미수	(90도로 인사를 하며) 다녀오십시오. 존경합니다.

어머님, 대문을 닫는다. 그때 갑자기 하늘에 비행기가 지나간다.

| 미수 | 우와. 파랑새다! |
| 세인 | 우와. 파랑새! |

어머님과 세인, 미수는 비행기를 본다. 양파를 먹던 기용도 달려 나와 비행기를 본다.

기용	파랑새가 또 떨어졌으면 좋겠다.
세인	그럼 이번엔 내가 가져야지.
기용	왜?
세인	저번에 떨어졌을 땐 네가 가졌잖아.
미수	나도 갖고 싶다.
세인	그럼 우리 이번엔 먼저 주운 사람이 주인 할까?
기용	안 돼. 내가 남자니까 내가 주인이야!
세인	(화를 참으며) 그런 게 어디 있냐?
기용	어디 있긴, 여기 있지. 난 어른이야!
세인	내 거라고, 내 거! (갑자기 소리를 지르며) 내 거!
어머님	어디 또 소리를 질러!

아이들, 고개를 숙인다.

| 어머님 | 내가 소리 지르지 말라고 했어, 안 했어? |

세인, 갑자기 웃는다.

| 어머님 | 뭐 하는 거야? |

세인, 또 웃는다.

어머님　　너, 지금 나 놀리는 거야?

세인, 어머님을 보며 계속 웃는다.

어머님　　장난치는 거야?

세인, 더 심하게 웃는다.

어머님　　이게 미쳤나. 그만해! 그만하라고!

세인, 더 심하게 웃는다. 당황한 어머님은 마루에 올라서서 호루라기를 분다. 세인, 입을 틀어막고 계속 웃는다.

어머님　　다음에 파랑새 떨어지면 기용이 갖든지 미수가
　　　　　　갖든지 해.

세인, 입을 틀어막지만 웃음은 더 심해진다.

어머님　　세인이 너는 벌이야. 앞으로 파랑새 떨어져도 절
　　　　　　대 못 가져. 알겠어?

어머님은 방으로 달려 들어가고 세인은 고통스럽게 웃기 시작한다. 기용은 거실로 달려 들어가 먹던 양파를 가지고 방으로 들어가 숨긴다. 미수는 방으로 달려 들어가 다른 약을 가지고 마당으로 뛰어나온다.

미수   (약병을 건네며) 언니, 이것 좀 마셔봐.

세인, 고통스럽게 물약을 마신다.

미수   (울면서) 미안해, 언니.

세인   (훌쩍이면서) 아니야. 괜찮아. (사이) 이번에 만든
약, 성공이네.

미수   (더 울면서) 아니야. 진짜 미안해.

세인   (미수를 안아주면서) 괜찮아.

둘이 끌어안고 우는 사이, 세인의 웃음이 멈춘다.

세인   (미수를 보며) 그런데 파랑새, 정말 나는 못 가질
까? 그럼, 나 정말 화가 날 텐데……

미수   어머님한테 잘못했다고 사죄해보는 건 어때?

세인   그래서 될까?

미수   진심을 다해서 사죄하면 용서해주시지 않을까?

세인   그래. 그래 보자.

세인과 미수, 집 안으로 달려 들어가 어머님 방에 노크를 하려다 멈춘다.

어머님   (숨겨놓은 전화기로 아버님과 통화를 하며) 여보, 나 정
말 미칠 것 같아요. 애들이 요즘 왜 이렇게 말을
안 듣죠? 더 심해지면 어떻게 해요? 또 민이처럼
나가면요? 알겠어요. 믿어요. 내가 당신 안 믿으
면 누굴 믿어? 일찍 오셔야 돼요. 네. 저 소리 한

번만 질러도 돼요?

갑자기 비명을 지르는 어머님. 미수는 놀라서 기용의 방으로 도망가지만 세인은 끝까지 방 앞에 있다.

어머님   네. 시원해졌어요. 아, 맞다. 그 훈련하는 개는 어
             떻게 됐어요? 빨리 왔으면 좋겠는데. 네, 네. 오실
             때 초콜릿 하나만 사다줘요. 네. 네.
세인   (용기를 내서) 어머님!
어머님   (놀라서 전화기를 숨기며) 누구니?
세인   어머님, 세인이에요.
어머님   (작은 목소리로) 제가 다시 걸게요. 우선 끊어요.

어머님, 급하게 전화를 끊고 전화기를 숨긴다. 기용과 미수, 방에서 고개를 내밀고 세인을 지켜본다.

어머님   (문을 열며) 왜?
세인   어머님, 제가 아까는 정신이 나갔었나 봐요. 정말
             잘못했어요. 사죄드릴게요.
어머님   또 그럴 거야?
세인   안 그럴게요.
어머님   정말?
세인   다신 안 그럴게요. 정말이에요.

세인, 자신의 뺨을 때리기 시작한다.

어머님	그 말 하려고 온 거야?
세인	(때리는 것을 멈추며) 네.
어머님	가봐.
세인	어머님! 파랑새는…….
어머님	(소리를 지르며) 가!

어머님, 신경질적으로 문을 닫고 침대에 눕는다. 세인은 놀라서 울기 시작하다 기용과 미수가 자신을 지켜보는 것을 발견한다.

세인	(아무렇지도 않게) 또 혼잣말하시네. (고개를 돌리고 울음을 참으며) 많이 아프신가 봐.

암전.

4장

———————

낮, 개 훈련소.

아버님이 멀리서 훈련하고 있는 개들을 보고 있다. 그러다 옆에 놓인 천으로 덮여 있는 개 우리를 발견한다. 천천히 다가가 그 천을 걷으려는 찰나, 교관의 호루라기 소리.

교관   (소리 지르며) 건들지 마세요!

놀라서 뒷걸음질 치는 아버님.

교관   함부로 만지시면 어떻게 해요?

아버님   죄송합니다.

교관   죄송하면 다예요? 이 개가 얼마짜리인 줄 알고…….

아버님   (90도로 허리 숙여 인사하며) 다시 한번 정말 죄송합니다.

교관   그런데 여기는 어떻게 올라오셨어요?

아버님   사무실 갔는데 아무도 없어서 여기저기 기웃거리다가…….

교관   여기는 훈련소 관계자와 동행을 해야지만 출입할 수 있는 곳입니다. 다음부터는 조심 좀 해주세요.

아버님	아, 네. 죄송합니다.
교관	대체 누가 들여보낸 거야? (천을 살짝 걷어 올려 안을 확인한 후) 이 개는 새끼 낳은 지 한 시간도 안 됐어요. 굉장히 예민해져서 누가 보고 있으면 물어서 죽여버린다고요.
아버님	네?
교관	못 알아들으셨어요? 저번에 새끼 낳을 때도 두 마리나 물어서 죽여버렸어요. 누가 훔쳐봐서.
아버님	아니, 어떻게 그런 일이?
교관	지 자식 남들이 보는 게 싫었나 보죠. 또라이 새 끼죠, 또라이 새끼! (사이) 그런데 너무 자주 오신다고 생각하지 않으세요?
아버님	제 개가 얼마나 훈련이 진행됐는지 궁금해서요.
교관	그런 건 전화를 통해서도……. (한숨을 쉬며) 저희도 정확히 알 수는 없어요. 개 상태에 따라서 달라지니까요. 못 믿으시겠으면 직접 데려가셔서 훈련시켜보시던가요.
아버님	네?
교관	아니, 저희를 못 믿으시니까 자꾸 이렇게 찾아오시는 거 아닙니까?
아버님	아니, 그런 게 아니라…….
교관	저희도 이 바닥에서 이름 날 만큼 나 있는 훈련소입니다.
아버님	못 믿는 게 아닙니다. 저는 단지…….
교관	선생님이 자꾸 이러시니까 다시 한 번 설명해드리죠. 저희 훈련소에서는 하루 1교시에서 8교시

까지 복종 훈련을 바탕으로 한 사회화 훈련을 하고 있습니다. 그 외 예절 교육, 재주 뽐내기, 고급 스포츠 등 수준 높은 커리큘럼이죠. 어떻게, 얼마나 훈련받느냐가 개의 등급을 결정한다고요! 물론 태생도 중요하지만.

아버님 아, 네.

교관 질문 하나 하죠. 개와 주인이 같이 밥을 먹을 때 개에게 먼저 밥을 주는 게 맞을까요, 아니면 주인이 다 먹을 때까지 기다리게 한 뒤에 밥을 주는 게 맞을까요?

아버님 그야 당연히 개한테 먼저…….

교관 보세요. 선생님. 그러니까 선생님은 개를 먼저 데려가시면 안 돼요. 주인이 먼저 먹고 개가 기다리고 있다가 주인의 식사가 끝나면 그때 밥을 주셔야죠.

아버님 왜요?

교관 그게 바로 서열이라는 것을 알려주는 겁니다. 누가 위고 누가 아래인지 보여주는 거죠.

아버님 아…….

교관 선생님 같은 분들이 무작정 개를 데려가면 어떻게 되는지 아세요?

아버님 어떻게 되는데요?

교관 통제가 안 되니까 힘들어하다 결국 개를 집 안에만 가둬놓고 키우게 돼요. 그러다 개를 데리고 집 밖을 나가면 어떻게 되는지 아세요?

아버님 모릅니다.

교관	물어요. 보이는 대로! 짖죠. 닥치는 대로! 모든 게 낯서니까 무조건 본능적으로 경계만 하는 거죠. 그러다 자기 주인을 물어버릴 수도 있고요. 스트레스 때문에. 아시겠어요?
아버님	아, 네. 알겠습니다.
교관	어쨌든 선생님 개는 시간이 더 필요합니다. 저희를 믿고 기다려주세요. 제 말 이해하실 수 있겠죠?
아버님	네, 명심하겠습니다.
교관	다음에 오실 때는 이렇게 불쑥 찾아오시지 마시고 미리 연락 좀 주시고 와주세요. 간단한 질문은 전화를 통해서 하셔도 되고요.
아버님	네, 명심하도록 하겠습니다. 저, 그런데 한 번만 보고 갈 수는 없을까요?
교관	선생님! 지금 훈련 중입니다. 훈련 중에 자꾸 패턴을 깨면 버릇 나빠진다고 몇 번을 말씀드려요?
아버님	죄송합니다.
교관	아, 진짜 짜증 나서.

교관, 신경질적으로 나간다.

| 아버님 | (90도로 인사를 하며) 미안합니다. (고개를 들어 교관이 나간 곳을 바라보다) 씨발년. |

암전.

2막

1장

───────────

낮, 집.

세인은 자신의 방에서 그림을 그리고 미수는 마당에서 마론 인형을 분해
하고 있다. 부모님은 방에서 서로의 손을 잡은 채 눈을 감고 있다. 기용의
방에서는 속옷 차림인 기용과 미쓰김이 섹스를 마친 직후이다. 이 장면에
서는 부모님의 방과 기용의 방이 교차로 보여진다.

기용　　　(자랑스럽게) 제 익스트림 스포츠 실력 어때요?

미쓰김　　점점 늘고 있는 것 같아요. 그런데 너무 짧아. 좀
　　　　　　더 길어지도록 노력해보세요.

기용　　　(옷을 입으며) 조종이 쉽지는 않지만 알겠습니다.
　　　　　　그럼 아버님한테 말씀 좀 잘해주세요.

미쓰김　　무슨?

기용　　　뭐, 잘한다, 열심히 한다, 그렇게요. 훈장 받아야
　　　　　　하거든요.

미쓰김	훈장?
기용	네, 훈장이요. 이번 달에도 바람직한 인간상 타야 되는데 며칠 동안 훈장을 못 받아서 걱정이 좀 되네요.
미쓰김	아, 그래?
기용	아버님이 미쓰김도 훈장 엄청 많이 받는 바람직한 사람이라고 하셨는데.
미쓰김	아, 그렇지. 내가 바람직하긴 하지.
기용	오늘 일찍 끝나서 시간이 좀 남았으니까 부탁 하나 더 해도 될까요?
미쓰김	뭐요?
기용	제 손가락 한 번만 뽑아주시면 안 돼요?
미쓰김	뽑아?
기용	어머님께서 가끔씩 아버님 손가락을 뽑아주시는데 그러면 나쁜 기분이 없어진다고 해서요.
미쓰김	기용 씨 기분이 안 좋아?
기용	요즘 계속 좋지가 않네요. 훈장 때문에.
미쓰김	어떻게 하면 되는데요?
기용	제 손가락을 입에 넣으시고 뽑아주시면 돼요.
미쓰김	(기용의 손가락을 입에 넣었다 빼며) 이렇게?
기용	네.
미쓰김	(크게 웃고는) 웃겨.
기용	뭐가요?
미쓰김	좋아. 해줄게.

기용, 손가락을 미쓰김에게 내민다. 미쓰김, 신음 소리를 내면서 기용의 손

가락을 빨아주기 시작한다.

아버님	요즘 우유가 계속 남아돌아. 물량이 넘치는데 본 사에서 자꾸 밀어 넣네.
어머님	그럼 어떻게 해요?
아버님	뭔가 방법을 찾아봐야겠지.

어머님, 아버님의 손을 잡는다. 미쓰김의 입에서 손가락을 빼는 기용.

미쓰김	됐어요?
기용	네, 기분이 한결 좋아지네요. 혼자 해볼 때는 별로 효과 없었는데.
미쓰김	혼자도 해봤어?
기용	아버님한테 말씀하진 말아주세요.
미쓰김	왜?
기용	이건 아버님과 어머님만 할 수 있는 신성한 행위라고 하셨거든요.
미쓰김	(크게 웃으며) 내가 말 안 하면 기용 씨는 나한테 뭘 해줄 건데?
기용	해주긴 뭘 해줘요?
미쓰김	(자신의 팬티를 가리키며) 그럼, 여기 뽑아줘!
기용	싫어요.
미쓰김	왜?
기용	제가 거길 왜 뽑아요?
미쓰김	별로다.

미쓰김, 옷을 입기 시작한다.

어머님	이제 곧 민이 생일이에요. 애들이 또 민이처럼 나 가버리면 어떡해요?
아버님	벌써 1년이야, 잊어. 그래야 우리가 살아.
어머님	내 배로 낳은 자식인데 어떻게 잊어.
아버님	내 말 믿어. 모든 게 안정되고 있어. 미쓰김 덕분에 기용이도 많이 안정됐고.
어머님	정말 그렇게 생각해요? 미안해요.
미쓰김	(기용의 엉덩이를 때리며) 귀여워.
기용	왜 남의 엉덩이는 때리고 그래요.
미쓰김	(웃으며) 귀여워서 그런다. 왜!
기용	왜 반말하세요?
미쓰김	됐어, 인마. 간다, 누나.
기용	누나요? 미쓰김이 왜 내 누나예요?

미쓰김, 기용의 방에서 나와 부모님 방 쪽으로 걸어간다. 중간에 세인의 방 문이 열린 것을 보고는 세인을 지켜본다.

어머님	나 아무래도 임신한 거 같아요.
아버님	뭐라고?
어머님	임신요.

아버님, 큰 소리로 웃는다. 미쓰김, 부모님 방 쪽으로 이동한다.

어머님	웃겨요?

아버님	아니, 좀 당황스럽지만 그래도 좋기는 좋네.
어머님	좋은 거죠?
아버님	좋지 그럼. 일로 와.

아버님은 어머님의 손가락을 빨아준다. 어머님의 신음 소리를 듣고 웃는 미쓰김. 재빨리 다시 세인의 방 쪽으로 이동한다. 아버님과 어머님은 옷을 벗고 조용히 섹스할 준비를 하고 기용은 방에서 운동을 시작한다.

미쓰김	세인 씨. 뭐 해?
세인	(놀라며) 아무것도 안 해요.
미쓰김	나 들어가도 돼?
세인	아버님한테 허락받아야 하는데…….
미쓰김	두 분 얘기 중이셔. (방으로 들어오며) 방해하지 말자.

세인, 티 나지 않게 굉장히 좋아한다.

미쓰김	예쁘다, 세인 씨.
세인	(갑자기 좋아하며) 뭘요. 미쓰김이 더 예뻐요. (사이) 익스트림 스포츠 끝났어요?
미쓰김	응. 요새 자꾸 일찍 끝나네.
세인	무슨 냄새예요?
미쓰김	응?
세인	되게 좋은 냄새 나요.
미쓰김	아, 이거……. (가방에서 향수병을 꺼내며) 샤넬 No.5.

세인	우와, 그게 뭐예요?
미쓰김	이거 몰라?
세인	몰라요.
미쓰김	하긴 바깥세계 물건이니까.
세인	그게 뭔데요?
미쓰김	음……. 이건 사람 냄새 통이라고 바깥세계의 무기인데 이걸 몸에 뿌리면 좋은 냄새가 몸에 막을 만들어줘서 다른 사람한테 내가 보이지 않게 돼. 투명 인간이 되는 거지.
세인	우와, 정말요?
미쓰김	응. 그런데 밤에만 투명 인간이 돼. 낮에는 안 되고.
세인	우와! 사람 냄새 통! 한 번만 만져봐도 돼요?
미쓰김	이거 되게 구하기 힘든 건데……. 그래!
세인	(향수병을 뺏어 들고 굉장히 좋아하며) 씨발! 완전 좋다.
미쓰김	왜 욕을 하고 그래?
세인	욕이 뭐예요?
미쓰김	됐다, 됐어.

세인, 조심스럽게 향수병을 만지면서 좋아한다.

미쓰김	가질래?
세인	네?
미쓰김	갖고 싶어?
세인	아버님한테 허락받아야 되는데.

미쓰킴	걱정 마. 아버님한테는 비밀로 해줄게.
세인	(갑자기 일어나 90도로 인사하며) 감사합니다. 정말 감사합니다.
미쓰킴	대신, 그냥 주는 건 아니야.
세인	그럼요?
미쓰킴	세인이도 나한테 뭐 해줘야지. 내가 위험을 무릅쓰고 주는 선물인데. 가는 게 있으면 오는 게 있는 게 세상의 이치야. 몰라?
세인	잠시만요.

세인, 갑자기 자신의 서랍을 마구 뒤진다.

세인	(연필을 들고) 이거 가질래요? 이거 심이 장난 아니게 부드러워요. 내가 진짜 아끼는 건데. 어쨌든 이거 진짜 좋은 거예요.
미쓰킴	싫어.
세인	(지우개를 들고) 그럼 이거 가질래요? 이거 완전 익스트림이래요.
미쓰킴	싫어.
세인	(옷핀 다발을 들고) 그럼 이거 가질래요? 훈장인데.
미쓰킴	싫어.
세인	(당황해하며) 그럼, 어떻게 하지…….
미쓰킴	세인 씨, 나 그럼…… (치마를 들어 올려 팬티 쪽을 가리키며) 여기 뽑아줘.
세인	손가락이 아니라요?
미쓰킴	응. 바깥세계에선 여길 뽑아.

세인	아, 나쁜 피가 거기서 나오니까!
미쓰김	나쁜 피?
세인	네. 한 달에 한 번 나오는 나쁜 피.
미쓰김	(웃으며) 맞아. 그래서 바깥세계에선 여길 뽑아.
세인	우와, 완전 신기하다. 좋아요! 얼마나요?
미쓰김	딱 열 셀 동안.
세인	거기 뽑아주면 그거 줄 거죠?
미쓰김	그럼.
세인	알겠어요.

미쓰김은 팬티를 벗은 뒤 앉고 세인은 미쓰김의 치마를 들어 올려 빨기 시작한다.

미쓰김	(느끼며) 하나, 둘, 셋, 넷, 다섯, 여섯, 일곱, 여덟, 아홉, 아홉, 아홉, 열!
세인	(입을 닦으며) 됐어요?
미쓰김	좋아.
세인	(향수병을 만지면서) 감사합니다. 정말 감사합니다.
미쓰김	(팬티를 입으며) 아, 맞다! 그런데 그건 냄새가 진해서 아버님이나 어머님한테 들킬 수도 있으니까 내가 들키지 않을 만한 다른 걸로 줄게.
세인	좋아요!
미쓰김	(가방에서 빈 향수병을 꺼내며) 이거 가지고 그거 줘.
세인	(교환하다가) 어! 이건 통에 액체가 없는데요?
미쓰김	그건 투명 액체야. 효과가 더 좋아!
세인	감사합니다. 정말 감사합니다.

미쓰김	갈게.
세인	네, 안녕히 가세요.

미쓰김, 세인의 방을 나와 부모님 방 쪽을 향해 소리 높여 말한다.

미쓰김	저, 나가 있을게요.
어머님	(놀라며) 네.

어머님과 아버님, 허겁지겁 옷을 입는다. 미쓰김, 마당으로 나와서 미수와
인사를 한다.

미쓰김	안녕.
미수	네, 안녕하세요.
미쓰김	뭐 해?
미수	해부요.
미쓰김	왜?
미수	훈장 받아야 되거든요.

미수, 미쓰김을 보며 웃는다. 미쓰김도 미수를 보며 웃는다.

미수	아! 미쓰김도 갈비뼈 부러졌을 때 많이 아팠어요?
미쓰김	뭔 갈비뼈?
미수	집에서 나가려면 갈비뼈가 부러져야 하잖아요.

아버님과 어머님, 방에서 나온다.

364

어머님	(아이들 방을 향해서) 얘들아, 미쓰김 가신다.
아버님	(미쓰김을 돌려세우며) 나 없는 데서 애들하고 얘기 하지 말랬지?
미쓰김	죄송해요.

가족, 모두 마당으로 나와 선다.

| 아버님 | 가지. |

아버님과 미쓰김, 오토바이에 올라 시동을 켠다.

| 아이들 | (노래를 부르며) 아버님 출동할 때 붕붕붕. 아버님 귀환할 때 달달달. 우리를 지켜주는 아버님. 영원 히 함께해요 우리 집. 우리는……. |

어머님은 대문을 열고 오토바이는 대문을 빠져나간다.

| 아이들 | 다녀오십시오. 존경합니다. |

어머님, 대문을 닫는다.

| 어머님 | 먼저들 들어가. |
| 아이들 | 네, 어머님. |

아이들은 방 안으로 들어간다. 어머님은 장독대 뒤에서 조그만 모형 비행기를 꺼내 일부러 눈에 보이는 곳에 놓고 집 안으로 들어가 화장을 고치기

시작한다. 미수는 다시 마당으로 뛰어나오고, 세인도 따라서 같이 나온다.

세인   왜?

미수   인형 두고 갔어. 아! 맞다.

미수, 인형을 찾는다.

세인   미수야! 선물 하나 해줄까?

미수   뭔데?

세인   대단한 거.

미수   그러니까 뭔데?

기용, 방에서 기타 연습을 시작한다.

세인   내가 선물 주면 넌 뭐 해줄 건데?

미수   해주긴 뭘 해줘?

세인   내가 선물 주면 너는 나 뽑아줘. 가는 게 있으면
                오는 게 있는 게 세상의 이치니까.

미수   우와! 그런 말 어디서 배웠어?

세인   해줄 거야, 안 해줄 거야?

미수   아버님, 어머님처럼?

세인   응. 딱 열 셀 동안.

미수   아시면 혼날 텐데…….

세인   알았어.

세인이 집 안으로 들어가려는데 미수가 세인을 잡는다.

미수   알았어. 해줄게.

미수, 세인의 손가락을 빨아주기 시작한다.

세인   하나, 둘. (미수를 밀치며) 아! 이상하다. 이거! (가슴
         에서 뭔가를 꺼내며) 짜잔.

미수   (건네받으며) 이게 뭐야?

세인   사람 냄새 통.

미수   사람 냄새 통?

세인   응.

미수   이게 뭐야? 어디서 났는데?

세인   미쓰김!

미수   우와. 그럼 바깥세계 물건이네.

세인   응.

세인과 미수, 굉장히 좋아한다.

미수   그런데 왜 미쓰김이 언니한테만 선물을 줬어?

세인   부러워?

미수   (갑자기 빈 향수병을 세인에게 넘기며) 안 돼, 언니. 아
         버님이나 어머님한테 들키면 어쩌려고 그래.

세인   처벌받겠지. 그런데 너 이거 정말 안 궁금해?

미수   (사이) 그거 어디에 쓰는 건데?

세인   바깥세계 무기래. 이걸 뿌리면 냄새가 방패가 돼
         서 사람을 보이지 않게 한대. 투명 인간!

미수   거짓말.

세인	정말이야.
미수	해봤어?
세인	아니, 오늘 밤에 해보자.

세인과 미수, 굉장히 좋아한다.

미수	아! 기용 오빠한테도 말할까?
세인	(향수병을 숨기며) 안 돼!
미수	알겠어. (향수병을 뺏으며) 그럼 우선 이거 내 거다. 내가 언니 손가락 뽑아줬으니까.
세인	그래.
미수	(냄새를 맡아본다) 씨발. 냄새 정말 좋다.

기용, 물을 마시러 거실로 나온다. 그때, 세인이 모형 비행기를 발견한다.

세인	어! 파랑새다.
미수	우와. 파랑새.
세인	(갑자기 소리를 지르며) 파랑새!
미수	파랑새다!
기용	(갑자기 마당으로 뛰어나오며) 어디? 어디야?
세인	(비행기를 자랑스럽게 들어 올리며) 여기!
기용	(비행기를 뺏으며) 우와! (비행기 소리를 흉내 내며) 우웅. 우웅. 우웅. 우웅. 우웅.

비행기를 가지고 좋아하며 뛰어다니는 기용을 바라보던 세인은 갑자기 기용의 손을 잡는다.

세인	내 거야!
기용	내 거야!
세인	내가 주웠어.
기용	내 손에 있잖아.
세인	내 거라고!
기용	너는 어머님이 안 된다고 했잖아.
세인	그런 게 어디 있어!
기용	여기 있지. 어디 있기는!
미수	(기용을 때리며) 그거 세인 언니가 주운 거잖아.
기용	(미수를 밀치며) 이게 어디서 오빠한테 말대꾸야!
세인	(기용의 뒤통수를 때리며) 내가 미수 괴롭히지 말라고 했지?

세인, 비행기를 빼앗아 도망친다. 기용이 세인을 잡으려고 하자 당황한 세인은 대문 쪽으로 도망친다.

기용	어, 어! 너 어디 가!

기용은 세인을 쫓아가고 세인은 대문을 열어 비행기를 밖으로 던져버린 뒤 문을 닫는다.

기용	(소리를 지르며) 뭐야, 너!
세인	(기용에게 소리를 지르며) 이 핵폭탄아!
미수	언니!
세인	어?
기용	(충격받아서) 너 지금 나보고 핵폭탄이라고 했어?

세인	그래, 이 핵폭탄아!
기용	(울먹거리며) 너 어떻게 나한테 그런 심한 말을 할 수가 있어? 너 어머님한테 다 이를 거야. 이 핵폭탄아! (집 안으로 향하며) 어머님! 어머님! (세인에게) 내가 못 할 것 같아?
세인	(기용을 따라가다 멈추며) 마음대로 해라, 뭐.

기용, 어머님에게 가서 이른다.

미수	언니, 어쩌려고 그래?
세인	어떻게든 되겠지, 뭐.

어머님과 기용, 마당으로 나온다.

어머님	세인이, 너! 누가 그런 짓 하래?
세인	기용이가 내 걸 자꾸 자기 거라고 했어요. 그런데 이거 진짜 말도 안 되잖아요.
어머님	그게 왜 네 건데? (세인에게 다가가며) 내가 저번에 뭐라고 했어? 다음에 파랑새 떨어지면 세인이는 가질 수 없다고 했어, 안 했어?
세인	했어요.
어머님	그런데 왜 자꾸 말을 안 들어. (세인의 머리채를 잡으며) 너 정말 담 밖으로 쫓겨날래?
세인	(울면서) 저도 파랑새 갖고 싶어요.

어머님, 갑자기 소리를 지르며 발광하기 시작한다. 놀란 세인과 미수는 울

기 시작한다. 그때 아버님의 오토바이 소리가 들리고, 기용이 뛰어가 대문을 연다. 어머님은 자신을 때리며 자학하기 시작하고 아이들은 더 울어댄다. 아버님, 놀라서 어머님에게 달려온다.

아버님   여보! 왜 그래? 무슨 일이야?

아버님이 어머님에게 약을 먹여주고 손가락을 빨아주자 어머님이 진정되기 시작한다.

기용   글쎄요, 누나가 하늘에서 떨어진 파랑새를 장남인 제가 갖겠다고 하니까 갑자기 절 때리고 막 화내다가 파랑새를 담 밖으로 던져버렸어요.
아버님   (세인의 멱살을 잡으며) 너, 누가 담 밖으로 물건 던지래?
세인   (울면서) 기용이가요, 내가 주웠는데 계속 자기가 갖겠다고……
아버님   (기용에게) 지금 파랑새 어디 있어?
기용   저 밖이요. 아버님의 탱크가 필요할 것 같습니다.

아버님, 세인을 바닥에 내팽개치고 대문을 향해 달려간다. 기용, 따라간다. 오토바이를 타지 않고 대문 밖으로 나가는 아버님.

기용   아버님! 탱크는요?
아버님   위험해! 나오지 마! (주변을 경계하는 시늉을 하며) 어디야! 어디 있어?
기용   저기요! 저기! 저기요!

아버님, 황급히 비행기를 주워 대문 안으로 들어와 대문을 닫는다. 아버님을 바라보는 가족들.

아버님   (기용에게 비행기를 넘겨주며) 자, 여기 있다.

기용   씨발!

아버님, 세인에게 다가가서,

아버님   너 한 번만 더 이런 짓 해봐! 가만 안 둔다. 내 말 이해할 수 있겠어?

세인   (울면서) 네, 아버님.

암전.

2장

낮, 집.

세인의 비명 소리. 마당 한쪽에 고양이 사체가 있고, 식칼을 든 기용이 서 있다. 미수는 바닥에 쓰러져 경련을 일으키고 있고 세인이 미수에게 약병을 열어 약을 먹인다. 잠시 후 방에 있던 아버님과 부엌에 있던 어머님이 집 안에서 뛰어나온다.

아버님　　무슨 일이야?

기용　　(울먹거리며) 어쩔 수가 없었어요. 이 핵폭탄이 갑
　　　　자기 나타나서.

아버님과 어머님, 고양이 사체를 보고 아무 말도 하지 못한다.

기용　　(울면서) 너무 무서웠어요. 우리 가족을 지키기 위
　　　　해서 어쩔 수가 없었어요.

어머님, 기용의 손에서 식칼을 내려놓고 안아준다.

기용　　(통곡하면서) 너무 무서웠어요. 우리 가족을 지키
　　　　기 위해서 어쩔 수 없었어요.

어머님　　괜찮아, 기용아.

아버님　　(세인에게) 미수, 괜찮니?

세인	네, 이제 괜찮아질 거예요.
아버님	도저히 안 되겠어.

아버님, 갑자기 집 안으로 뛰어들어간다.

어머님	여보!
세인	아버님!

아버님, 주머니에 빨간 물감과 칼을 숨긴 다음 야구 방망이를 들고 뛰어나온다.

아버님	내가 이 핵폭탄들을 가만두지 않겠다. 기용아! 형 목소리는 들었니?
기용	모르겠어요.
아버님	세인이, 너는?
세인	못 들었어요.
아버님	내가 이것들과 아주 담판을 지어야 할 것 같다.
어머님	여보, 안 돼요.
아버님	어쩔 수 없어. 더 이상 참을 수가 없다. 얘들아, 어머님을 잘 부탁한다.
아이들	(울면서) 아버님! 안 돼요! 위험해요!

아버님, 대문 밖으로 뛰어나간다. 가족들도 아버님의 뒤를 따르지만 어머님이 대문을 닫는다. 미수는 서서히 정신을 차린다. 아버님은 고양이 소리를 괴물처럼 흉내 낸다.

| **아버님** | 비켜! 비켜! 이 핵폭탄들아! |

아버님, 야구 방망이를 이리저리 휘두르면서 큰 소리를 낸다. 집 안에서 가족들은 울면서 아버님을 부른다.

아버님	가만두지 않겠다. 감히 우리 가족을 괴롭혀?
아이들	(절규하며) 아버님, 안 돼요!
아버님	(소리를 지르며) 민아!
기용	(놀라 소리를 지르며) 형!
세인, 미수	(놀라 소리를 지르며) 오빠!

아버님, 주머니에서 빨간 물감을 꺼내 옷과 얼굴에 묻힌다. 머리도 헝클어트린다.

아버님	민아, 아버님이 구해줄게. 거기 그대로 있어. 악!
어머님	여보! (호루라기를 불며) 얘들아, 안 되겠다. 우리 아버님과 민이를 위해서 수영을 하자.
아이들	네, 어머님!

가족들, 대문을 향해 울면서 큰절을 하기 시작한다.

| **아버님** | (절규하면서 칼로 옷을 찢으며) 안 된다, 민아. 우리 민이를 건들지 마라. 이 핵폭탄들아. 민아! 민아! |

갑자기 담 밖의 소리가 멈추고, 노크 소리. 어머님이 대문을 열자 몰골이 엉망이 된 아버님이 들어온다. 놀라는 아이들.

| 아이들 | 아버님, 괜찮으세요? |
| 아버님 | (사이) 민이는, 죽었다. |

가족들, 모두 민이를 부르며 통곡을 하기 시작한다.

암전.

3장

저녁, 집.

상 위에는 미역국 냄비가 놓여 있다. 가족들은 모두 꽃을 들고 마당으로 나와 담 앞에 선다. 기용은 기타를 메고 있다.

아버님   다 모였나?

아이들   네. 아버님!

아버님   그럼 지금부터 민이의 장례식을 시작하도록 하겠다. 먼저 추모사가 있겠다. 아버님인 내가 먼저 시작하도록 하겠다.

기용, 기타를 연주한다.

아버님   민아, 미안하다. 내 근력이 부족하여 너를 지켜주지 못했구나. 미안하다.

어머님   민아, 거기서는 꼭 잘 먹고 잘 살아야 한다. 미안하다.

세인   (울면서) 잘 가! 오빠. 내가 매일 이상한 그림 그려줘서 미안해.

미수   (울면서) 오빠, 내가 매일 이상한 약 먹여서 진짜 미안해.

기용   (울먹거리며) 형! 우리 가족은 내가 지킬게. 잘 가,

	형!
가족들	잘 가!

가족들, 담 밖으로 꽃을 던진다.

아버님	다 같이 묵념! (사이) 바로! 이로써 민이의 장례식 을 마치도록 하겠다.

기용, 기타 연주를 멈춘다.

아버님	들어가자!
아이들	네, 아버님.

가족들, 모두 집 안으로 들어간다. 세인은 끝까지 남아 담 밖을 바라보다 들어간다. 모든 가족이 상 앞에 둘러앉는다.

어머님	오늘 메뉴는 미역국이에요.

가족들, 어머님을 향해 박수를 친다.

아버님	자, 그럼 기도하자!

어머님은 미니 카세트를 꺼내 재생 버튼을 누르고 가족들은 오른손을 가 슴에 가져다 대고 눈을 감는다.

라디오	(녹음된 아버님 목소리) 나는자랑스러운양식들앞에

우리가족의무궁한영광을위하여충성을다할것을
굳게다짐합니다.

아버님　　바로!

어머님, 미니 카세트의 정지 버튼을 누른다.

아버님　　먹자!
아이들　　잘 먹겠습니다, 아버님!

가족들, 아버님이 먼저 드시기를 기다리다 한 입 드시면 먹기 시작한다. 하지만 평소처럼 잘 먹지는 못한다.

미수　　（갑자기） 아버님! 저 핵폭탄들을 물리칠 수 있는
　　　　　　진짜 방법은 없을까요?
세인　　단지 저 괴물 잡것들을 피하는 것 말고, 정말로
　　　　　　맞서는 방법이요.
기용　　그런 게 있을까?
아버님　　좋다! 이 방법은 정말 긴급한 1급 상황이 오기 전
　　　　　　에는 공개하지 않으려고 했었다.
아이들　　뭔데요?
아버님　　이 소리를 들으면 저 핵폭탄들은 감히 다가오지
　　　　　　못하고 도망을 가게 될 것이다. 밥상 치워라!
아이들　　네! 아버님!

다들 상을 치운다. 아버님, 비장하게 일어서더니 대문을 향해 엎드린다.

아버님   (큰 심호흡을 한 후에) 멍! 멍, 멍! 멍, 멍, 멍!

아이들, 유심하게 쳐다본다. 어머님, 갑자기 박수를 친다. 아이들, 따라서 박수를 친다.

아버님   자! 다 같이 해보자.

가족들   네! 아버님!

어머님과 아이들, 아버님과 같은 자세로 엎드린다.

모두   멍! 멍, 멍! 멍, 멍, 멍!

아버님   한 번 더!

모두   멍! 멍, 멍! 멍, 멍, 멍!

아버님   한 번 더!

모두   멍! 멍, 멍! 멍, 멍, 멍!

아버님   마지막!

모두   멍! 멍, 멍! 멍, 멍, 멍!

기용   아버님! 한 번 더 해보죠.

모두   멍! 멍, 멍! 멍, 멍, 멍!

아버님   한 번 더!

모두   멍! 멍, 멍! 멍, 멍, 멍!

아버님   마지막!

모두   멍! 멍, 멍! 멍, 멍, 멍!

아버님   (일어서서 박수를 치면서) 아, 씨발! 너희들이 자랑스
           럽다!

가족들도 아버님을 따라서 일어나 박수를 치다 아버님에게 안긴다. 모두 부둥켜안고 기뻐한다.

아버님	오늘은 저 핵폭탄들이 충분히 겁을 먹었을 것이다. 이제 식사할 수 있겠지?
아이들	(힘차게) 네! 아버님!
아버님	먹자!

가족들, 다시 상을 차려 한동안 말없이 빠르고 거칠게 미역국을 다 먹어치운다.

어머님	어때들? 이제 배불러?
아이들	네! 어머님!
아버님	좋아! 그럼 오늘 하루 동안 굉장히 고생한 너희를 위해 특별 선물 세 개를 수여하겠다.

아이들, 환호한다.

어머님	첫 번째!
아버님	훈장 세 개씩 일괄 수여한다. 더불어 우리 기용은 핵폭탄을 해치웠으므로 추가로 훈장 두 개를 더 수여한다.
기용	감사합니다, 아버님!
세인	(박수를 치며) 좋겠다.
미수	(박수를 치며) 부럽다.
어머님	두 번째!

아버님	어머님 배 속에 너희의 새로운 동생이 있다.
아이들	정말요?
아버님	더불어 우리를 도와 핵폭탄들로부터 집안의 평화를 지킬 '개'라는 것도 어머님 배 속에 있다. 우리를 위해 배 속에 보물을 품고 있는 어머님께 다 같이 오토바이.

가족들, 박수를 친다.

어머님	세 번째!
아버님	지금까지 아버님만의 전용 무기였던 번개를 너희에게도 선사하겠다.

아이들, 굉장히 좋아한다. 어머님, 방으로 들어가 세 개의 야구 방망이를 가지고 나온다.

아버님	(기용에게 방망이를 건네주며) 자, 우리 장남!
기용	감사합니다, 아버님.
아버님	(세인에게 방망이를 건네주며) 자, 우리 큰딸!
세인	감사합니다, 아버님.
아버님	(미수에게 방망이를 건네주며) 자, 우리 막내!
미수	감사합니다, 아버님.

아이들, 방망이를 들고 감격해한다.

아버님	요즘 들어 핵폭탄들의 침범이 잦아지고 있다. 매

일같이 훈련하고 상시 대기하여 멋지게 해치울 수 있도록! 알겠나?

아이들   네, 아버님.

아버님   그럼 다 같이 한번 휘둘러볼까?

아이들   네, 아버님!

아버님이 마당으로 나가자 가족들도 따라 나간다. 아버님이 자리를 잡고 서자 아이들도 각자의 자리를 잡고 선다.

아버님   자, 나를 따라 해봐라. (방망이를 위로 들어 바닥을 내리치면서) 얍!

아이들   (아버님의 행동을 따라 하며) 얍!

아버님   (방망이를 휘두르며) 얍! 얍!

아이들   (아버님을 따라 하며) 얍! 얍!

아버님   (방망이를 휘두르며) 얍! 얍! 얍!

아이들   (아버님을 따라 하며) 얍! 얍! 얍!

아버님   (굉장히 기뻐하면서) 아름답다, 얘들아!

어머님   자랑스럽다, 얘들아!

아이들   (굉장히 좋아하며) 감사합니다. 감사합니다.

아버님   오늘은 특별히 너희가 좋아하는 할아버님의 노래를 듣도록 하겠다.

아이들, 미친 듯이 날뛰며 좋아한다. 어머님은 집 안으로 들어가 카세트를 들고 나온다.

아버님   어떤 노래를 듣고 싶으냐?

기용   아버님이 골라주셔야죠!

아버님   좋다!

미수   (기용과 세인에게) 앉자.

아버님을 제외한 가족들은 모두 마루에 걸터앉는다. 카세트의 재생 버튼을 누르는 아버님. 음악의 간주 부분이 나온다.

아버님   과거, 오늘 같은 상황을 예상하시고 너희 할아버님께서 방언으로 부르신 노래다.

음악의 영어 가사가 나온다. 아버님은 한국말로 진지하게, 원래의 뜻과 전혀 다르게 바꾸어 노래를 부른다.

아버님   저 높은 담 뒤에, 엄청난 핵폭탄들! 너희를 괴롭힐 것이다. 하나, 슬기롭게 대처하여 그 고난, 그 난간 헤쳐 나가리라!

가족들, 한 명씩 춤을 추기 시작한다.

아버님   (흥이 나서) 아버님, 어머님을 믿고 따르라! 이 세상 끝날 때까지 너희를 지켜주리라. 시련! 역경! 모두 함께로 바뀔 것이니 안전하게 살아남아라!

가족들, 함께 미친 듯이 춤을 추기 시작한다.

암전.

4장

낮, 개 훈련소.

아버님이 서 있고 교관이 개 한 마리를 데리고 들어온다.

아버님   (안으려 하며) 반갑다!

교관   (막으며) 안 돼요, 선생님.

아버님   네?

교관   버릇 나빠져요. 훈련이 끝날 때까지는 아무 때나 잘해주시면 안 돼요.

아버님   아, 네.

교관   개는 사랑으로 물고 빨고 키운다고 절대 함께해지지 않아요. 개는 개답게 키워야죠. 훈련 중에는 절대 방해하는 사람이 없어야 해요. 그러니까 반가운 척하지 마세요.

아버님   저……. 그럼 훈련이 언제쯤 끝날 수 있을까요?

교관   아직 시간이 더 필요하다고요.

아버님   얼마나요? 저희 가족이 너무 기다리고 있어서…….

교관   (신경질을 내면서) 그럼 그냥 지금 가져가실래요? 훈련이 끝나지도 않았는데?

아버님   (90도로 허리 숙여 인사하며) 죄송합니다. 정말 죄송합니다.

교관   또 이러시네. 아니, 저한테 뭐가 그렇게 죄송하세

	요? (사이) 개는 미친 개가 될 수도 있고 말 잘 듣는 온순한 개가 될 수도 있어요. 인내와 정성이 필요하죠. 그 선택은 철저히 주인의 행동에 달려 있는 거고요.
아버님	네.
교관	길들여질 때까지 충분히 기다려주셔야 돼요. 안 그러면 어떤 개가 될지 저희도 책임질 수 없어요. 훈련이 완성되지 않으면 개가 가출을 해버릴 수도 있고요. 이해하실 수 있겠어요?
아버님	네.
교관	친구 같은 개를 원하세요?
아버님	아니요.
교관	그럼 주인을 지키고 복종하는 개를 원하세요?
아버님	네.
교관	그럼 기다리세요. 아시겠어요?
아버님	네.
교관	자, 이제 '앉아'라고 해보세요.
아버님	(개에게) 앉아! (사이) 앉아! (사이, 더 크게) 앉아!

말을 듣지 않는 개.

교관	아셨죠? 시간이 더 필요해요. 저희가 연락 따로 드릴 때까지 방문은 삼가주세요. 훈련에 방해가 되네요.
아버님	(90도로 인사를 하며) 네, 명심하도록 하겠습니다.

교관, 나간다.

아버님   (고개를 들며) 개 키우는 개 같은 것들. 싸가지가
         없어, 싸가지가!

암전.

3막

1장

낮, 집.

어머님은 방에 누워 있고 세인은 방에서 그림을 그리고 있다. 아버님과 미수는 마당에서 방망이 휘두르기 연습을 한다. 기용과 미쓰김은 섹스를 막 끝냈다.

미쓰김   씨발.

기용   (기분 좋아하며) 어? 그렇게 좋았어요?

미쓰김   (어이없어하며) 됐다. 말을 말자. 그런데 좀 길게 할 수는 없나?

기용   조종이 잘 안 되네요.

미쓰김   한 번 더 할래?

기용   (옷을 입으며) 미쓰김은 가만 보면 참 이상해요. 왜 자꾸 스포츠를 길게, 여러 번 하려고 하는 거예요? 할 때마다 힘들어하는 소리 내면서.

미쓰김	그게 힘들어하는 소리가 아니라…….
기용	이해가 안 돼, 정말.
미쓰김	나도 네가 이해가 안 된다.

미쓰김도 일어나 옷을 입기 시작한다.

미쓰김	아! 어젯밤 꿈에 네가 나왔다.
기용	제가요?
미쓰김	응.
기용	왜요?
미쓰김	모르지. 그런데 비행기 타고 있더라.
기용	비……. 뭐요?
미쓰김	비행기.
기용	그게 뭔데요?
미쓰김	(웃으며) 몰라. 어머님한테 물어봐.
기용	그게 뭐냐니까요.
미쓰김	모른다니까. 어머님한테 물어보라고.
기용	말해줘요. 왜 말을 하다 말아요.
미쓰김	내가 말해주면 너는 나한테 뭐 해줄 건데?
기용	(잠시 고민하다) 됐어요.
미쓰김	(웃으며) 거봐. 간다, 누나.
기용	아니, 왜 미쓰김이 내 누나냐고요!

미쓰김, 기용의 방에서 나와 부모님 방으로 가다가 중간에 세인의 방문이
열린 것을 본다.

미쓰김	안녕?
세인	(퉁명스럽게) 안녕하세요.
미쓰김	나 들어가도 돼?
세인	(무관심하게) 마음대로 하세요.
미쓰김	뭐야? 오늘은 기분이 안 좋아?
세인	아뇨.
미쓰김	그런데 말투가 왜 그래?
세인	미쓰김이 마음에 안 들어요.
미쓰김	(웃으며) 너네 집 식구들 오늘 왜 그러니? (사이) 왜 마음에 안 드는데? (사이) 왜? 말해봐! 꿍하지 말고.
세인	(갑자기 미쓰김을 째려보며) 미쓰김은 사람이 왜 거짓말을 해요?
미쓰김	무슨?
세인	그 사람 냄새 통, 투명 인간인가 뭔가 된다고 했잖아요.
미쓰김	(크게 웃으며) 해봤어, 그거?
세인	내가 그거 밤새도록 계속해봤는데 안 되던데요?
미쓰김	안 돼?
세인	며칠 동안 계속해봤는데도 안 됐어요. 내가 그거 동생한테 선물했는데 얼마나 부끄러운 줄 알아요? 거짓말쟁이 됐잖아요. 미쓰김, 거짓말한 거 맞죠?
미쓰김	고장 났나 보지. 미안하다.
세인	고장 난 걸 주면 어떻게 해요.
미쓰김	미안하다고.

세인	(화를 내며) 됐어요.
미쓰김	(사이) 좋아. 그럼 사과의 의미로 오늘은 정말 더 대단한 선물을 줄게.
세인	안 믿어요.
미쓰김	그래? (가방에서 비디오테이프를 꺼내 보이며) 이래도?
세인	(슬쩍 보면서) 그게 뭔데요?
미쓰김	너희가 그렇게 좋아하는 비디오테이프.
세인	우리도 비디오테이프 많아요.
미쓰김	차원이 다르지. 바깥세계 비디오테이프. 완전 멋진 오빠들 나와! 바깥세계도 나오고!
세인	(일어나 미쓰김에게 다가가며) 정말요?
미쓰김	그럼! 너희 가족만 비디오 찍니? 바깥세계에선 요샌 이런 거 잘 안 써서 구하느라 꽤 힘들었어. (사이) 내가 세인이 주려고 되게 특별히 구한 건데.
세인	뽑아주면 돼요?
미쓰김	오! 이것 봐라.
세인	뽑아줄게요. 그거 줘요.
미쓰김	대신 이거 빌린 거니까 나 다음에 올 때 돌려줘야 돼. 알겠어?
세인	알겠어요.
미쓰김	그리고 이번 선물은 더 대단한 거니까 이십 셀 동안 뽑아줘.
세인	(잠시 고민하다가) 좋아요. 벗어요!

세인은 비디오테이프를 뺏어 숨기고, 미쓰김은 치마를 올려 팬티를 벗고 다리를 벌린다. 세인은 미쓰김의 성기를 빨아주기 시작한다.

미쓰김   (느끼며) 하나, 둘, 셋, 넷, 다섯, 여섯, 일곱, 여덟, 아

홉, 열, 열하나, 열둘, 열셋, 열넷, 열다섯, 열여섯,

열일곱, 열여덟, 열아홉, 열아홉, 열아홉, 스물!

세인   (입을 닦으며) 됐죠?

미쓰김   (팬티를 올리고 나갈 준비를 하며) 망가뜨리면 안 된

다.

세인   (90도로 인사를 하며) 감사합니다. 정말 감사합니

다.

미쓰김   갈게.

미쓰김, 방을 나와 가려다 말고 멈춰 선다.

미쓰김   세인아, 너 그거 알아? 너 되게 잘 뽑아.

암전.

2장

낮, 집.

미수는 마당에서 방망이 휘두르기 연습을 하고 있고, 세인은 마루에 걸터 앉아 무언가를 깊이 생각하고 있다. 아버님은 방에서 책을 읽고 있고, 어머님은 부엌에서 설거지 중이다. 기용은 어머님의 뒷모습을 바라보고 있다.

기용	어머님! 비행기가 뭐라고 하셨죠?
어머님	(놀라서) 뭐?
기용	비행기를 뭐라고 하셨더라…….
어머님	누가 그래?
기용	네?
어머님	누가 그런 말 했냐고?
기용	(사이) 어머님이 저번에 우리한테 비행기라고 하셨잖아요. 기억 안 나세요?
어머님	이 어머님은 기억이…….
기용	(둘러대며) 뜻 설명해준 거는 기억이 나는데 그 뜻이 뭔지를 까먹었어요.
어머님	내가 정말 그 말을 했니?
기용	네.
어머님	정말?
기용	네.
어머님	정말?

기용　네.

어머님　비행기…… 그러니까 비행기는……. 아, 그래. 비
행기는 붉은 태양이야.

기용　(이제야 알겠다는 듯) 아! 맞다. 그거였지. 그 쉬운
걸 왜 까먹었었지? 감사합니다. 감사합니다, 어머
님.

어머님은 방으로 들어가 아버님에게 기용에 대한 이야기를 한다. 기용은
마당으로 뛰어나와 미수에게 말을 건다.

기용　미수! 너 붉은 태양 타봤냐?

미수　너 왜 그래? 어디 아파?

기용, 다시 세인에게 말을 건다.

기용　야! 너 붉은 태양 타봤냐?

세인　(갑자기 이소룡 흉내를 내며) 아뵤! 내 가족의 원수,
각오는 하고 왔겠지! 이것은 주먹이 아니라 기를
모아서!

세인, 기용에게 다가와 마구 때린다. 놀라는 기용과 미수.

기용　(세인을 밀치며) 뭐야, 너 왜 그래?

세인　(맞는 흉내를 내며) 싸움을 하고 싶다면 내가 상대
해주지! (기용을 마구 때리며) 아뵤!

기용　(세인을 막으며) 너 어머님한테 이른다. 하지 마!

세인	알았어. 안 할게. (기용을 일으켜주다 다시 때리며) 눈 찌르기!
기용	하지 말라고!
세인	미안해. 안 할게.
기용	(세인을 경계하며 방으로 들어가다) 진짜 하지 마, 너.
미수	언니!
세인	(다시 기용을 때리며) 아뵤!
기용	(소리 지르며) 하지 말라고! 가만 안 둔다!

기용은 부모님 방으로 달려가고 미수는 세인의 이상한 행동을 바라본다.

미수	언니, 어쩌려고 그래?
세인	(갑자기 남자 목소리로) 생각하지 마. 가슴으로 느껴!
기용	아버님, 어머님! 신고합니다! 누나가 이상해요.
어머님	왜?
기용	(세인을 흉내 내며) 자꾸 아뵤! 내 가족의 원수, 각오는 하고 왔겠지! 막 이래요.
어머님	뭐?
기용	(세인을 흉내 내며) 내 가족의 원수, 각오는 하고 왔겠지!

아버님과 어머님, 마당으로 나오려다 말고 멈춰 선다. 아버님과 어머님은 세인의 방으로 들어가 물건들을 뒤진다. 기용이 마당으로 나오려는데 세인이 공격 자세를 취하자 겁을 먹는다.

기용   하지 마! 너 이제 큰일 났다.

세인, 계속 기용을 괴롭힌다.

기용   하지 말라고!

아버님은 비디오테이프를 발견하고 라벨을 확인한 뒤 괴성을 지른다. 마당에 있던 아이들, 놀라서 긴장한 채 벌 받는 자세로 선다. 아버님과 어머님, 마당으로 뛰어나온다.

아버님   (비디오테이프를 들이밀며) 너, 이거 어디서 났어?
세인   (놀라며) 네?
아버님   너, 이거 어디서 난 거야?
세인   모, 몰라요.

아버님, 세인의 머리채를 잡고 대문으로 끌고 간다.

어머님   여보!
기용, 미수 아버님!
아버님   (대문을 열고 세인을 밀어내면서) 말해. 바른대로 말 안 해?
세인   (나가지 않으려고 버티며) 아버님, 잘못했어요.
아버님   너 정말 대문 밖으로 나가서 핵폭탄들과 만나볼래?
세인   (나가지 않으려고 버티며) 아버님, 제발요. 잘못했어요. 다시는 안 그럴게요. 살려주세요.

아버님	저거 어디서 났냐고?
세인	(울먹거리며) 미쓰김이요.

놀라는 가족들.

아버님	여보. 가져와!
어머님	(빠르게 집 안으로 들어가며) 네, 여보!
아버님	두 개!
어머님	네, 여보!

아버님, 대문을 닫은 뒤 다시 세인을 끌고 마당 가운데로 돌아온다. 어머님, 양파 두 개를 기지고 나와 세인 앞에 내려놓는다.

아버님	먹어라.
세인	아버님, 잘못했어요.
아버님	(소리 지르며) 먹으라고!
세인	다시는 안 그럴게요…….
아버님	(비디오테이프를 때려 부수면서) 먹어! 안 먹어? 당장 먹어!
세인	(겁에 질려 울면서) 네! 아버님!

세인, 울면서 급하게 양파 두 개를 먹는다.

아버님	여보. 이것들 싸줘.
어머님	네, 여보!
아버님	당장!

어머님은 집 안에서 비닐봉지를 가지고 나와 부서진 비디오테이프 조각들을 담아서 아버님에게 넘긴다. 아버님은 비닐봉지를 들고 오토바이를 타고 집 밖으로 나간다. 눈치를 보고 있는 기용과 미수. 어머님은 아버님의 배웅을 마치고 세인에게 달려와 한 대 세게 때린다. 그리고 방으로 들어간다.

기용   (눈치 보면서 방으로 들어가며) 나 때문에 그런 것 아니다.

세인은 소리 내어 울기 시작하고, 미수는 입을 막고 소리를 지른다.

미수   괜찮아?
세인   (울면서) 아니, 죽을 것 같아.
미수   그러니까 내가 하지 말랬잖아. 기다려. 내가 약 가지고 올게.

미수, 집 안으로 들어가려고 한다.

세인   브루스!
미수   뭐?
세인   날 브루스라고 불러줘.
미수   브루스?
세인   어. 얼른!
미수   (사이) 브루스.

세인, 고개를 뒤를 돌렸다가 멋있는 자세와 표정으로 미수를 쳐다본다.

| 세인 | 또. |
| 미수 | 브루스. |

세인, 또 고개를 뒤를 돌렸다가 멋있는 자세와 표정으로 미수를 쳐다본다.

| 미수 | 브루스. |

세인, 또 고개를 뒤를 돌렸다가 멋있는 자세와 표정으로 미수를 쳐다본다.

| 미수 | (웃으며) 브루스! |

세인과 미수, 웃는지 우는지 알 수 없는 표정으로 브루스 놀이를 계속하다 통곡하기 시작한다.

암전.

3장

―――――

낮, 우유 대리점 사무실.

아버님은 손에 비닐봉지를 들고 들어온다. 미쓰김이 달려 들어온다.

미쓰김	왜요? 사장님. (사이) 오늘도 가요?
아버님	미쓰김, 올해 몇 살이라고 했지?
미쓰김	스물아홉이요.
아버님	남자친구는 있나?
미쓰김	없어요.
아버님	부모님은?
미쓰김	아빠는 없고, 엄마는 따로 살아서 안 본 지 오래됐어요.
아버님	그럼 혼자 사는 거야?
미쓰김	그렇죠, 뭐.
아버님	(갑자기 미쓰김을 때리며) 야, 이 씨발년아!

미쓰김, 쓰러진다.

미쓰김	사장님! 왜 그러세요!
아버님	너 같은 사회악들이 이 세상을 망치고 있어. 너 같은 핵폭탄들이 이 세상을 오염시키고 있다고! 어디서 굴러먹다 온 개뼈다귀 같은 년을 받아줬

더니 은혜를 이런 식으로 갚아? 어?

미쓰김　　잘못했어요, 사장님.

아버님　　(미쓰김의 머리채를 잡으며) 돈 필요하다고 해서 알
바까지 시켜줬는데 그 은혜를 이런 식으로 갚냐
고! 네가 우리 집에 악의 씨앗을 들여놓은 벌이
다.

미쓰김　　잘못했어요, 사장님.

아버님　　(미쓰김의 머리를 바닥에 박아대며) 개씨발년! 거지 같
은 년!

미쓰김, 의식을 잃는다. 아버님, 천천히 일어서서 미쓰김을 내려다본다.

아버님　　이래서 가정교육이 중요하다는 거야. 이 핵폭탄
아. 내가 너희한테 순순히 당할 것 같아?

아버님, 침을 뱉고는 자리를 뜬다.

암전.

4막

1장

밤, 집.

기용의 비명. 미수가 기용의 방에서 야구 방망이를 들고 서 있다. 각자의 방에서 자고 있던 아버님, 어머님, 세인은 놀라서 기용의 방으로 달려간다. 기용, 통증을 호소하며 울고 있다.

아버님   무슨 일이야?

어머님   미수야! 무슨 일이냐고 물으시잖아!

미수   어쩔 수가 없었어요. 핵폭탄이 들어왔었어요.

기용   아니에요. 거짓말이에요. 얘가 갑자기 절 때리기 시작했어요.

미수   아니에요. 절대 아니에요. 핵폭탄을 보고 죽이려 고 한 것뿐이에요.

기용   네가 이유 없이 날 때리기 시작했잖아.

미수   아니야. 나 진짜 핵폭탄을 봤어. 핵폭탄이 오빠를 잡아먹으려고 했어. 그래서 내가 이걸로 죽이려고 한 거야.

아버님 정말이냐?

미수 (무릎을 꿇고 억울하다는 듯이) 그럼요. 제가 왜 거짓말을 해요?

세인 정말 핵폭탄이었어?

미수 (갑자기 소리를 지르며) 그렇다고, 그렇다고!

미수, 갑자기 쓰러져서 경련을 일으키기 시작한다.

세인, 어머님 미수야!

어머님과 세인, 미수를 챙긴다.

기용 아버님! 이거 다 거짓말······.

아버님 (소리를 지르며) 조용히 해!

세인, 주머니에서 약병을 꺼내 미수에게 먹인다.
긴 사이, 미수가 천천히 정신을 차린다.

아버님 고생했다, 미수야!

기용 아버님!

아버님 시끄러! 지금 미수는 핵폭탄을 죽이려고 한 거야. 모르겠어? 널, 그리고 우리 가족을 지키려고 한 거라고! 그런데도 동생을 탓해?

기용 아버님······.

| 아버님 | 요즘 들어 핵폭탄들의 침범이 잦다. 미수의 용감 |
| | 한 행동에 다 같이 오토바이! |

가족들, 미수에게 박수를 친다.

아버님	또한 미수에게는 특별 훈장 세 개를 수여한다.
기용	아버님!
아버님	넌 문단속이나 똑바로 해! 동생에게 감사해하고!
	알겠어?
기용	네, 아버님.
아버님	전원 취침 실시!

기용을 두고, 가족들은 모두 각자의 방으로 돌아간다.

어머님	왜 그러셨어요?
아버님	앞으로 외부인 출입을 철저히 금지해야겠어.
어머님	그럼 익스트림 스포츠는 어떻게 하고요?

아버님, 어머님을 쳐다본다.

| 어머님 | 정말 그게 말이 된다고 생각해요? |
| 아버님 | 방법은 하나뿐이야. 날 믿어. 알겠어? |

어머님, 이불에 고개를 처박고 소리를 지른다.

암전.

2장

낮, 집.

기용은 자신의 방을 청소하고 옷을 갈아입는다. 아버님과 미수는 마당에서 야구 방망이 휘두르기 연습을 하고 있다. 어머님은 거실에서 세인의 머리를 빗겨주고 화장을 해준다.

어머님	예쁘다.
세인	그럼 어머님, 저도 이제 어른이 되는 거예요?
어머님	그래. 기용이도 익스트림 스포츠를 통해 어른이 된 것처럼 너도 이제 어른이 되는 거야.
세인	그럼 저도 갈비뼈가 부러질 가능성이 커지겠네요.
어머님	뭐?
세인	미수가 어른이 되면 갈비뼈가 더 쉽게 부러질 수 있다는데요. 늙어서.
어머님	아니야. 그렇지 않아. 갈비뼈가 부러지는 것은 정말 운명이야. 이 어머님을 봐봐. 부러지지 않고도 잘 살아가잖니.
세인	알겠습니다, 어머님!
어머님	다 됐다. 어디 보자. 우리 세인이 이제 정말 어른이 다 됐네. 예쁘다.
세인	감사합니다.

어머님   (큰 소리로) 여보. 다 됐어요.

아버님과 미수, 집 안으로 들어온다.

미수   (세인을 보며) 이야, 진짜 예쁘다.
아버님   자, 가자.
세인   네, 아버님.

가족들, 모두 기용의 방 앞으로 이동한다. 세인이 갑자기 아버님의 팔짱을 낀다. 놀라는 가족들.

아버님   기용아!
기용   (문을 열고 나오며) 네, 아버님.

기용과 세인, 나란히 선다.

아버님   너는 이 집안의 장남으로서 세인이를 잘 가르쳐 주어야 한다. 알겠나?
기용   네, 아버님.
아버님   자, 그럼 세인이의 첫 번째 익스트림 스포츠를 위하여 다 함께 오토바이.

가족들은 기용과 세인을 향해 박수를 치고, 둘은 인사를 한다.

미수   아버님, 저는 언제 익스트림 스포츠 할 수 있어요?

아버님	시끄러! 모든 것에는 때가 있어.
미수	네, 아버님.
아버님	들어가라.
기용, 세인	네, 아버님.

기용과 세인, 방 안으로 들어가 침대 앉는다. 아버님과 어머님, 미수는 거실 상에 둘러앉아 손을 잡고 눈을 감는다.

기용	(사이) 우리 이렇게 둘이 나란히 앉는 것 처음이다. 그치?
세인	아니.
기용	(사이) 날 봐.

세인, 기용을 본다.

기용	입맞춤. (사이) 내 입에 입맞춤해.
세인	왜?

기용, 세인의 얼굴을 잡고 억지로 입맞춤을 한다.

기용	말 들어. 원래 다 이렇게 하는 거야. (기용, 일어나서 옷을 벗으며) 벗어.

세인, 기용을 따라 옷을 벗는다. 어색하게 서 있는 두 사람.

기용	누워.

세인, 천천히 침대에 눕는다. 기용이 세인의 다리를 벌려 자신의 성기를 넣으려 한다.

기용　　　　간다!

세인　　　　잠깐! (사이) 브루스!

기용　　　　뭐?

세인　　　　브루스!

기용　　　　야!

세인　　　　(갑자기 일어서며) 날 브루스라고 불러줘. 얼른!

기용　　　　싫어.

세인　　　　(이소룡 흉내를 내며) 아뵤! 얼른.

기용　　　　야! 너 자꾸 그러면 아버님한테 이른다.

기용, 세인의 입을 막고 힘으로 제압해서 침대에 눕힌다.

기용　　　　야! 너 왜 그래. 어? 가만히 있어. 원래 다 이렇게
　　　　　　　하는 거야. (자신의 성기를 세인의 성기에 집어넣는다.)
　　　　　　　아, 쓰라려.

세인, 비명을 지른다.

암전.

3장

─────────

저녁, 집.

가족들, 거실 상 주위에 빙 둘러앉아 있다. 테이블 위에는 케이크가 놓여 있다.

아버님　　오늘은 아버님과 어머님의 결혼기념일이다.

기용　　　오토바이.

아이들, 어머님과 아버님에게 박수를 친다.

어머님　　오늘은 이 어머님이 아버님을 위해 준비한 선물이 있단다.

미수　　　뭔데요?

어머님, 일어나서 노래를 부른다. 노래가 끝나면 가족들, 박수를 친다.

아버님　　고맙소.

어머님　　오늘은 특별한 날이니 너희에게 딸기 우유를 선사할게.

아이들, 굉장히 좋아한다. 어머님은 딸기 우유를 가족들에게 나눠준다.

아버님   자, 들자. (사이) 마시자!

가족들, 딸기 우유를 마신다.

기용   그럼, 이제 저희가 준비한 축하 공연이 있겠습니다. 세인, 미수 위치로!

세인과 미수, 일어선다. 기용, 기타를 잡고 선다.

기용   하나, 둘, 하나, 둘, 셋, 넷!

기용의 연주가 시작되면 세인과 미수는 어설픈 율동을 하기 시작한다. 어머님과 아버님은 흐뭇하게 바라본다. 아이들은 노래를 부른다.

아이들   아버님! 어머님! 결혼기념일을 축하합니다. 아버님! 어머님! 결혼기념일을 축하합니다. 핵폭탄이 쳐들어와도 우리는 안전해. 핵폭탄이 쳐들어와도 우리는 안전해. 아버님! 어머님! 결혼기념일을 축하합니다.

세인의 움직임이 이상하게 변형되기 시작한다. 세인, 자신의 갈비뼈를 계속해서 때린다. 기용은 기타 연주를 멈추고, 미수도 율동을 멈추고는 세인을 본다. 당황하는 가족들.

아버님   그만.

세인, 계속 움직인다.

아버님   그만하라고!

세인의 점점 더 격렬해지는 움직임. 어머님, 일어나서 세인을 잡고 움직이는 것을 저지시킨다.

어머님   너 자꾸 왜 그러니! 왜 이렇게 말을 안 들어?

세인, 어머님을 째려보고는 상으로 달려가 케이크를 거칠게 먹기 시작한다. 일부러 아버님의 얼굴 가까이 가서 거칠게 케이크 먹는 모습을 보여주고 어머님에게도 보여준다. 세인의 케이크 접시를 뺏는 어머님. 세인, 갑자기 미친 듯이 비명을 지르기 시작한다. 그 소리는 마치 우리에 갇힌 동물의 그것 같다. 가족들이 이상한 세인의 행동에 어찌할 바를 모르는 찰나, 세인은 자신의 방으로 달려 들어간다.

아버님   가봐!
기용, 미수   네, 아버님.

세인, 빈 향수병을 들고 방에서 뛰쳐나와 마당으로 달려 나간다.

아버님   됐다. 놔둬라. 와서 먹자.
기용, 미수   네, 아버님.

가족들, 서로 아무 말 없이 케이크를 먹는다. 세인, 빈 향수병을 꺼내 뿌리고 마당에 놓여 있던 방망이를 들고선 대문으로 달려가 문을 연다. 멈칫하는 세인. 뒤를 돌아 아버님의 오토바이를 쳐다본다. 다시 대문을 닫고 방망이로 자신의 갈비뼈를 여러 번 가격한다. 굉장히 고통스럽지만 해방감이 보이는 얼굴로 오토바이를 향해 기어가는 세인. 오토바이 뒤에 달린 우유 냉장고 트렁크에 숨는 세인.

아버님   안 되겠다. 데려와!

아이들   네, 아버님!

기용과 미수, 마당으로 나와 세인을 부르며 찾지만 찾을 수가 없다.

기용   누나가 없어졌어요.

어머님   뭐?

아버님   그게 말이 돼? 찾아!

가족들, 집 안 구석구석과 마당을 살펴보며 세인을 부르지만 보이지 않는다.

미수   브루스! 브루스!

아버님   여보, 아무래도 안 되겠어. 내가 나가봐야 할 것 같아.

어머님   그래요, 여보!

아버님, 대문을 열고 나가서 세인을 찾는다. 가족들은 나가지 못하고 대문 앞에서 아버님을 지켜만 본다.

미수   (갑자기 쭈그려 앉아서) 멍! 멍, 멍! 멍, 멍, 멍!

기용과 어머님도 따라서 짓기 시작한다.

가족들   멍! 멍, 멍! 멍, 멍, 멍!

가족들의 개 짖는 소리도, 아버님의 세인을 부르는 소리도 점점 커지지만
세인은 대답이 없다.

암전.

5막

1장

────────────

아침, 집.

가족들은 각자의 방 안에서 옷매무새를 만지고 있다. 방을 나와 마당으로
향하는 어머님과 아버님.

어머님   아버님 출근하신다.

아이들   네, 어머님.

기용과 미수, 마당으로 나온 뒤 손을 꼭 잡는다.

어머님   다녀오세요, 여보.

아이들   (90도로 인사를 하며) 다녀오십시오, 아버님.

아버님   그래, 이상한 생각들 하지 말고, 무슨 일 생기면
바로 연락하고.

어머님   네, 여보! (배에 손을 대며) 이 아이 아무래도 여자아

이인 것 같아요.

아버님, 어머님을 안아준다.

미수   아버님!

미수, 아버님에게 달려가 손가락을 빨아준다. 가족들, 놀란다.

미수   저도 이제 익스트림 스포츠 해도 될 것 같아요.
           힘내세요, 아버님.
아버님   이거, 우리 막내가 어른이 다 됐네. (웃으며) 간다.

아버님, 오토바이에 올라 시동을 건다.

아이들   (노래를 부르며) 아버님 출동할 때 붕붕붕. 아버님
           귀환할 때 달달달. 우리를 지켜주는 아버님. 영원
           히 함께해요 우리 집. 우리는……

어머님이 대문을 열자 아버님의 오토바이는 대문을 빠져나가고 아이들은
큰절을 한다.

가족들   다녀오십시오. 존경합니다.

대문을 닫는 어머님. 그때, 비행기 소리.

기용   어! 파랑새다.

미수   파랑새!

어머님과 기용, 미수가 하늘을 바라본다.

막

사
랑하는
대한민
국

시간	2016년
공간	대한민국 서울, 극장
등장인물	여덟 명의 배우

* 이 작품은 배우들의 발언이 특징인 공연으로, 특정 이름이
　거론되지 않는 한 배우들은 텍스트를 나누어 돌아가면서
　발언한다.

* 배우들은 1인 다역을 연기할 수 있다.

1
기다리고 있는 사람들

극장 한쪽 벽에는 큰 스크린이 있고, 작품이 진행되는 중간에 사용되는 영상들이 이 스크린을 통해 관객들에게 보여진다. 관객들이 극장에 들어오면 이 스크린을 통해 파도가 치고 있는 바다의 영상이 보이고, 큰 파도 소리가 들린다.

배우들은 앉거나 서 있다. 마치 누군가를 기다리고 있는 듯하다.

관객 입장이 끝나면 노래 <그대로 멈춰라>가 흘러나온다. 배우들은 갑자기 노래에 맞추어 춤을 춘다.

◀ 노래 <그대로 멈춰라> ▶
즐겁게 춤을 추다가 그대로 멈춰라 즐겁게 춤을 추다가 그대로 멈춰라
서 있지도 말고 앉지도 말고 눕지도 말고 움직이지 마
즐겁게 춤을 추다가 그대로 멈춰라 즐겁게 춤을 추다가 그대로 멈춰라

노래가 끝나면 배우들은 객석을 보고 바로 선다.

전환.

2

배우로서의 세월호 말하기

배우들은 관객들을 보고 발언을 하기 시작한다. (이 장면에서는 기본적으로 배우들이 발언하는 화술을 사용하지만, 중간중간 서로 대화를 나누는 듯하거나 연기를 하는 듯한 화술을 사용하기도 한다.)

(관객에게) 안녕하세요. 우리는 2016년 대한민국에서 살아가고 있는 국민들입니다. 직업은 배우입니다.

(배우들이 돌아가면서) 저는 국민배우 ○○○입니다.

여러분은 대한민국을 사랑하십니까? 목숨을 다 바쳐 사랑하십니까?

이번 혜화동1번지 6기동인 2016 기획초청공연 〈세월호〉의 주제는 '세월호 이후의 연극, 그리고 극장'입니다. 세월호! 세월호 하면 어떤 생각이 드시나요? 세월호! 혹시 자기 자신의 머릿속에 드는 생각들을 잠시 확인해보시겠습니까?

우리는 육하원칙으로부터 출발했습니다. (서로 대화하듯이) 누가? 우리가. 언제? 지금. 어디서? 극장에서. 무엇을? 세월호를. 왜? 공연해야 하니까. 어떻게? 하지만 '어떻게'라는 지점에서 부딪혔습니다.

(대화하듯이) '세월호 이후의 연극, 그리고 극장'에서는 어떻게 세월호에 대해 이야기해야 하지?

(관객에게) 고민 끝에 우리는 우선 극장에서 배우인 우리가 가장 잘할 수 있는 방식으로 세월호를 이야기해보기로 했습니다.

배우들은 스타일 연기를 하듯이 과장된 몸으로 선다.

햄릿 (스타일 연기를 하듯이) 사느냐 죽느냐 그것이 문제로다.

오셀로 국가를 위해 세운 내 공적만은 그 누구든 인정해줄 것이오!

맥베스 부인 지워져라, 이 망할 흔적 같으니! 지워져! 하나, 둘, 2시다! 이제 실행할 시간이다. 지옥은 컴컴하기도 하다.

리어왕 바람아, 불어라! 내 뺨을 찢어라! 날뛰어 불어닥쳐라!

맥베스 부인 아니, 왜 그렇게 겁을 내세요? 누가 알까 봐 겁낼 건 없잖아요. 우리의 권력을 심판할 자가 어디 있어요?

톰   난 어떨 거라고 생각하세요? 참을 수 있을 거라
         고 생각하세요?

비프   좋아요. 공정하게 따져보죠.

맥베스 세월아! 너는 내가 하려고 했던 무서운 일에 선수
         를 쳤구나. 하려던 계획은 어찌나 빠른지 즉각적
         인 실행을 동반하지 않으면 도무지 따를 수가 없
         구나.

톰   엄마는 늙고, 추한 마귀라고요!

미스 리 그렇게 잘난 사람이 왜 자기 앞에 진실은 외면
         해? 자기 앞의 진실은 안 보여? 두 눈 똑바로 뜨
         고 봐. 난 안 보이냐고!

비프   이제라도 진실을 아셔야 돼요. 당신과 우리가 어
         떤 사이인지.

도라   그럼 그렇다고 말해. 그게 진심이라면 그렇다고
         말하라고! 정의 앞에서, 비참한 인민들 앞에서!
         아이들이 죽어가고, 사람들이 교수형을 당해도
         그렇다고 말하라고! 제발!

규복   난 사람이 아니라 짐승이 되고 말았어. 난 돼지
         야!

로돌포 그건 당신 생각이야? 아저씨 생각이야?

파올리나 그런데 왜! 희생하는 사람은 항상 나 같은 사람
         이야? 왜 뭔가를 희생해야 할 때면 그건 우리여
         야 하지? 왜, 왜!

스탠리 다시는 나한테 그따위 말투 쓰지 마. 돼지, 폴란
         드종, 더러워, 쌍놈, 기름! 도대체 자기들을 뭘로

알고 있는 거야? 무슨 여왕이야?

니나 저 늦지 않았죠? 정말 늦지 않았죠?

아버지 아들아! 여자를 조심해라!

마샤 지겨워. 지겨우니. 지겨워서. 지겨우므로. 지겨우니까.

연산 왜들 우느냐? 난 단지 역사란 것이 제대로 쓰여져 있는지 확인하고 싶을 뿐이다.

다시 바로 서서 관객들을 바라보는 배우들.

전환.

3
제대로 알기

배우들은 관객들을 보고 다시 발언을 하기 시작한다.

(관객에게) 이런 방식으로 세월호를 이야기하면 될
까요? 그런데 질문들이 생기기 시작했습니다.

(대화하듯이) 그래서 누가 잘못한 거야? 누가 벌
받았는데? 유가족들 돈은 받았어? 그거 세금 아
니야? 학생들 대학은 갔어? 특별법이 뭐야? 특조
위가 특별법 만든 거야? 아니, 특별법이 특조위
를 만든 건데……. 특조위는 뭔데? 특별조사위원
회, 줄임말. 그냥 다 유가족한테 좋은 거 아니야?
인양은 대체 언제 끝나? (관객에게) 그리고 한동안
침묵.

(관객에게) 우리는 워낙 많은 뉴스들을 봐와서 세
월호에 대해 잘 알고 있다고 생각했지만 누구 하
나 정확한 정보를 알고 있는 사람은 없었습니다.
(대화하듯이) 제대로 모르는데 어떻게 공연을 하

지? 그냥 비유, 은유 써서 드라마 하면 안 돼? (관객에게) 그리고 한동안 침묵.

(대화하듯이) 인간은 호기심의 동물이라고, 그래도 어디 한번 제대로 알아볼까? 세월호라는 게 그냥 쉽게 다룰 내용은 아니잖아. 그렇잖아. (관객에게) 밀려오는 죄책감에 또다시 침묵.

(대화하듯이) 어디서부터 어떻게? (관객에게) 우선, 영상부터 시작했습니다.

[영상] 세월호 침몰 당시 영상

배우들은 아무 말도 하지 않고 관객과 함께 세월호 침몰 당시 영상을 본다.

(관객에게) 우리는 순간 깨닫게 됐습니다. 2014년 4월 16일에 전 국민이 함께 TV를 통해 보고 있던 영상은, 사람이 죽어가고 있는 순간의 영상이었다는 것을 말입니다. 전 국민이 다 함께 사람들이 수장되고 있는 영상을 보고 있었습니다. 사람들이 사람들을 잡아먹는 장면을 우리 모두 함께 보고 있었습니다. 사람들이 사람들을 잡아먹는 장면.

영상을 다 보고 우리는 어떤 범죄 현장의 목격자가 된 기분이었습니다. 그리고 그것을 오랫동안 묵인해온 방관자가 된 기분이었습니다. 순간 가슴속 깊은 곳에서 2년여 전 그날처럼 정의감이 솟구쳐 올랐습니다. (대화하듯이) 씨발! 그래서 누가 잘못한 거지? 누가 처벌을 받은 거지? (관객에게) 분명 피해자들은 명확히 존재하는데, 가해자가 누구인지 정확히 모르고 있었습니다. (대화하듯이) 유병언? 박근혜? 검색해볼까? (관객에게) 순간 목격자가 가해자의 범죄 사실을 묵인하면 공범자가 될 수도 있다는 생각이 들었습니다. (대화하듯이) 전 국민이 목격자인데, 왜 우리는 다 함께 가해자를 찾으려고 노력하고 있지 않은 거지?

(관객에게) 우리는 가슴속에 벅차오르는 갑작스러운 정의감과 죄책감에 우선 공연은 뒤로하고 미친 듯이 스터디를 하기 시작했습니다.

그때 스태프 한 명이 스터디 자료 한 뭉텅이를 들고나와 바닥에 던져놓는다. 배우들은 자료 뭉텅이에서 자료를 골라 열정적으로 스터디하는 움직임을 보여준다.

[영상] 배우들의 스터디 자료 영상

생존자, 사망자, 미수습자, 유가족들, 잠수부들, 배·보상금, 청해진해운, 선원들, 언딘, 해경, 경찰, 정부, 특별법, 특조위, 집시법, 언론사의 기사와 뉴스들, 커뮤니티 댓글들

『세월호, 그날의 기록』, 세월호 기록팀, 진실의 힘

『금요일엔 돌아오렴』, 416세월호참사 작가기록단, 창비

『다시 봄이 올 거예요』, 416세월호참사 작가기록단, 창비

『수상한 작업실 세월호 번외편 : 다시, 봄』, 고정순 외 4명

『세월호 이후의 사회과학』, 김종엽 외 13명, 그린비

『대형사고는 어떻게 반복되는가』, 박상은 지음, 사회운동

『가만히 있는 자들의 비극』, 이충진 지음, 컵앤캡

『세월호는 우리에게 무엇인가』, 이충진 지음, 이학사

『국가란 무엇인가』, 유시민, 돌베개

그 외 인터넷으로 만날 수 있는 대한민국 모든 언론사의 기사와 뉴스 들을 참고 및 발췌

영상이 나올 때 배우들은 스크린 앞에 다가가 열정적으로 스터디하는 움직임을 더 보여준다. 마치 하나의 무용 같다. 곧 지치는 배우들. 스터디를 그만두고 자리에 앉는다. 극장 바닥에는 온갖 자료가 흩어져 있다.

        (관객에게) 생각보다 세월호와 관련된 자료 및 정보 들이 너무 많았습니다. 나의 일이 아니기에, 우리의 일이 아니기에 크게 신경 쓰지 않았습니다.

배우들은 둘러앉아 서로 대화하기 시작한다.

질문입장1   (답답해하며) 특별법을 왜 만든 건데?

대답입장1   그러니까 특별법은 진상조사를 위해 만든 건데, 국정조사라고 정부에서 하긴 했는데 제대로 조사를 안 하는 것처럼 보이니까 유가족들이 요청한 거지.

대답입장2   그래서 급하게 만들어지고 이상한 게 많아서 다시 만들어야 한다는 거잖아.

질문입장2 뭐가 이상한데?

대답입장1 우선은 특별법에 특조위한테 조사권밖에 안 줘서 기소권이랑 수사권이 없고.

질문입장1 기소가 뭐야?

대답입장1 검사가 법원에 심판하자고 신청하는 거. 조사하는 건 다 할 수 있잖아.

대답입장2 조사하고 기소하고 수사를 해야 뭔가를 밝힐 수 있는 거고.

질문입장2 바보 같네.

대답입장1 또 지금 문제가 특조위가 뭔가를 해야 하는데 그러기에는 특별법에서 말하는 기간이 너무 짧고!

질문입장1 늘려주면 되잖아.

대답입장1 그런데 세금이 나간다 어쩐다 하면서 안 된다는 거고.

대답입장2 또 정부랑 유가족 측에서 말하는 그 기간의 기준이 다르고.

질문입장2 아니, 그럼 처음부터 제대로 하면 됐잖아.

대답입장1 그때도 이건 아니라고 말이 많았는데 정부가 이렇게 안 하면 특별법 안 만들어준다고 해서 계속 싸우다가 우선 급하니까 먼저 시작한 거지.

대답입장2 다들 이런 일은 처음이었고, 정신도 없었고.

대답입장1 그런데 정부에서는 시간 다 됐다고 돈을 안 주면서 그만하라고 하고.

질문입장1 뭐 밝혀진 게 있어?

대답입장1 제대로 없지, 아직.

질문입장2 좆같네.

질문입장1　청문회 하지 않았어? 한 번? 두 번?

대답입장1　청문회도 세 번인가 할 수 있는데 두 번밖에 못 했어. 그리고 거기서도 밝혀진 게 많이 없고.

질문입장2　돈 없는데 어떻게 특조위를 계속해?

대답입장2　지금 남아 있는 사람들은 돈 안 받고 한대. 파견된 공무원들은 다 돌아갔고, 남아 있는 사람들은 다 자기 의지로.

질문입장1　대박. 착하다. 왜 그러는데?

질문입장2　특검은 뭔데? 특별 검사?

대답입장1　응. 검사가 고위 공무원들 검사할 수 있는 거. 이번에는 두 번을 할 수 있다고 특별법에 되어 있는데.

대답입장2　신청을 해도 검사를 해주지 않으니까 문제가 되는 거.

질문입장1　왜 안 해줘?

대답입장1　이게 또 이상한 게, 특조위에서 이게 문제다 하고 수사를 해달라고 신청하면 검사가 필요하잖아.

대답입장2　그런데 그 검사를 대통령이 지정하게 되어 있는 거야.

질문입장2　그럼 대통령은 어떻게 조사해?

대답입장1　그러니까 이상한 거지. 그래서 자꾸 특검 요청을 하는데도 특검 허락이 안 되고 시간은 가다 끝나 버린 거고.

대답입장2　그리고 또 그 안에 여·야당 사람들이 추천한 사람들이 있어서 또 그 안에서 정치하고 앉아 있고.

질문입장2　그럼 특조위, 없애야 하는 거 아니야? 엉망이잖아.

대답입장1	그런데 아무리 지금의 특조위가 별로라고 해도 유가족들이 기댈 곳이 그것밖에 없으니까. 썩은 동아줄?
질문입장1	그럼 그걸 제대로 만들면 되겠네?
대답입장1	그래서 지금도 계속 농성하고 있는 거고.
대답입장2	그런데 말도 많아. 세금을 왜 그런데 쓰냐, 이제 그만할 때도 되지 않았냐.
질문입장2	뭐 밝혀진 게 없는데 뭘 그만하라는 거야? 배 들잖아, 이제.
대답입장1	그것도 말이 많아.
질문입장1	아, 머리 아프다.
질문입장2	뭐야. 우리 뭐 어떻게 해?

(관객에게) 우리는 너무 답답했습니다. 분명 사실은 하나일 텐데 모두들 다른 말을 하고 다른 입장을 가지고 있었습니다. 우리는 우리가 이해할 수 있도록 더 명확히 정리해보기로 했습니다.

배우들은 관객을 보고 일렬로 바로 선다. 스터디를 통해 정리한 내용들을 바탕으로 만든 세월호 타임테이블을 관객을 보고 돌아가면서 발언하기 시작한다. 배우들이 발언할 때 스크린에서는 핵심 키워드가 관객에게 보여진다.

[영상] 세월호 타임테이블

2014년 4월 15일 오후 9시

세월호가 인천항을 떠났다. 수학여행 가는 단원고 학생 325명을 포함, 총 476명이 타고

430

있었다.

2014년 4월 15일 오후 10시

승객들은 불꽃놀이를 구경했다. 배에는 허가된 것보다 두 배나 많은 짐들이 실려 있었다.

2014년 4월 16일 오전 8시 49분

승객들은 아침 식사 후 쉬고 있었다. 이때까지 승객들은 비상시 안전교육을 받지 못했다.

갑자기 배가 크게 기울었다.

2014년 4월 16일 오전 8시 52분

단원고 2학년 6반 고 최덕하 군이 119에 최초 신고를 했다. 3분 뒤, 세월호에서도 조난

신고를 했다.

2014년 4월 16일 오전 8시 56분

가만히 있으라는 선내방송이 나왔다. 이 방송은 이후 한 시간 동안 되풀이됐다.

2014년 4월 16일 오전 9시 24분

근처를 지나던 둘라에이스호가 탈출시키면 구조하겠다고 다급히 세월호와 교신했다. 세

월호 선장과 선원들은 아무런 조치를 취하지 않았다.

2014년 4월 16일 오전 9시 32분

해경 123정이 현장에 도착했다. 선장과 선원들이 가장 먼저 탈출했다.

2014년 4월 16일 오전 9시 50분

해경 123정은 배 안에 승객들이 갇혀 있다는 것을 알았지만 탈출하라는 방송을 하지 않

았다. 산림청 구조 헬기와 소방 헬기가 현장에 도착했을 때 구조 활동도 못 하게 했다.

2014년 4월 16일 오전 10시

박근혜 대통령의 첫 지시가 내려왔다. "인명 피해가 없도록 구조에 최선을 다하라."

2014년 4월 16일 오전 10시 21분

어업지도선 전남 201호가 우현 쪽 난간에 매달려 있던 승객들을 구조했다. 이것이 세월

호 참사 마지막 구조였다.

2014년 4월 16일 오전 11시

"단원고 전원 구조"라는 뉴스 속보가 떴다. 가족들은 진도체육관에 도착한 후 오보란 걸

알았다.

2014년 4월 16일 오후 5시 15분

박근혜 대통령이 중앙재난안전대책본부를 방문해서 말했다. "구명조끼를 입었는데 왜 발견이 안 되지요?"

2014년 4월 16일 오후 11시 59분

정부는 잠수부 178명이 수색 중이라고 발표했다. 그러나 실제 수색은 단 두 번, 몇 분간 시도한 것이 다였다.

2014년 4월 17일

가족들은 바지선을 타고 사고 현장에 들어가 민간 잠수부들을 만났다. 해경이 그들의 구조를 막는다는 걸 알게 됐다.

2014년 4월 17일

박근혜 대통령이 진도체육관에 방문했다. 경호관들이 가족들을 에워싸고 막았다.

2014년 4월 17일 오후 10시

해경은 세월호 선장 이준석 씨를 경찰서에서 조사하지 않고 해경의 아파트로 데려갔다. 그날 아파트 CCTV는 사라졌다.

2014년 4월 18일 오전 11시 50분

세월호가 완전히 침몰했다.

2014년 4월 18일 오후 4시 5분

세월호에서 구조된 단원고 강민규 교감이 진도체육관 뒤 야산에서 숨진 채 발견되었다.

2014년 4월 19일

참사 4일째 날, 드디어 잠수부가 배 안에 들어갔다. 살아 있는 사람을 찾지 못했다.

2014년 4월 20일

1분 1초가 다급한 때에 구조는 없었다. 가족들은 청와대를 향해 걸었다. 경찰들이 몰려와서 가족들을 가로막았다.

2014년 4월 24일

실종된 단원고생의 어머니가 말했다. "우리 아이는 실종자가 아닙니다. 아직 수습이 안 된 미수습자입니다."

2014년 4월 27일

참사 12일째 날, 정부는 사실상 인양과 다름없는 방식을 제안했다. 피해자 가족들은 반발했다.

2014년 5월 16일

박근혜 대통령이 유가족 17명을 청와대로 불렀다. 유가족 뜻대로 특별법을 만들어서 진상규명을 하겠다고 약속했다.

2014년 5월 17일

서울광장에서는 3만여 명의 시민들이 희생자를 추모하는 촛불집회를 열었다. 청와대를 향해 행진하던 시민들은 경찰에 연행되었다.

2014년 5월 19일

박근혜 대통령이 눈물을 흘리며 세월호 참사 관련 대국민 담화를 발표했다. 해경을 해체하고 책임자를 엄벌하겠다고 선언했다.

2014년 5월 22일

유가족과 국민 들은 세월호참사국민대책회의를 만들었다. 세월호 참사가 왜 일어났는지 철저히 밝히자고 뜻을 모았다.

2014년 5월 27일

유가족들은 세월호 참사가 되풀이되지 않도록, 누구든 가리지 않고 철저히 수사할 수 있는 특별법을 만들자고 말했다. 국회의원들과 비서실장 등은 곤란해하며 결론을 내지 않았다.

2014년 6월 25일

참사 71일 만에 단원고 생존 학생 73명이 등교했다.

2014년 7월 1일

국정조사를 시작한 지 한 달이 됐지만 파행을 거듭했다. 어떤 국회의원들은 세월호 참사를 조류독감에 비유했다.

2014년 7월 2일

국정조사를 지켜보던 대책위는 진실을 밝히려면 기소권과 수사권이 보장된 특별법이 반드시 필요하다고 뜻을 모았다. 전국 방방곡곡을 다니며 천만인 서명운동을 벌였다.

2014년 7월 10일

유가족은 국회에서 특별법을 논의하는 자리에 가족들도 함께할 수 있도록 부탁했다. 같은 날, 김기춘 비서실장은 청와대는 컨트롤타워가 아니라고 말했다.

2014년 7월 14일

서명지가 쌓여가도 정부는 약속을 지키지 않았다. 유민 아빠 김영오 씨 등 세월호 유가족 15명이 단식 농성을 시작했다.

2014년 7월 15일

단원고 생존 학생 46명이 단원고에서 국회의사당까지 40킬로미터 22시간을 걸었다. 친구들의 억울한 죽음을 밝혀내기 위해, 유가족이 원하는 특별법을 만들어달라고 호소했다.

2014년 7월 18일

유가족들이 보상금을 받으려고 단식한다거나, 단원고 학생들의 대학특례입학을 요구한다는 거짓말이 모바일 메신저와 인터넷에 퍼지기 시작했다.

2014년 7월 22일

세월호 소유주로 알려진 유병언 전 세모그룹 회장이 죽은 채 발견됐다고 보도됐다.

2014년 7월 25일

참사 100일째 날, 세월호에서 건져 올린 업무용 노트북에서 '국정원 지적사항'이라는 문건이 100여 개 발견됐다.

2014년 8월 22일

유가족은 약속을 지켜달라고 박근혜 대통령을 찾아갔다. 경찰 수십 명이 유가족을 에워싸고 막았다.

2014년 8월 28일

유민 아빠 김영오 씨는 46일의 단식을 중단했다. 특별법을 만들어달라고 호소했지만, 정부는 여전히 답이 없었다.

2014년 8월 30일

90일 동안 열렸던 세월호 국정조사가 끝났다. 청문회도 진상규명도 없었다.

2014년 9월 6일

자유청년연합과 일베저장소 회원 30여 명이 단식 중인 유가족 앞에서 피자와 치킨을 먹었다.

2014년 9월 16일

교육부가 학교 앞 1인 시위와 노란 리본 달기 등을 금지하란 내용의 공문을 각 시·도 교육청에 보냈다.

2014년 10월 6일

검찰이 세월호 참사의 수사 결과를 발표했다. 선원이 배를 잘못 조종한 단순 실수라고 결론 내렸다.

2014년 10월 29일

세월호 295번째 희생자 단원고 황지현 양의 시신이 수습되었다. 이날은 황지현 양의 열여덟 번째 생일이었다. 이후 수습된 시신은 없다.

2014년 11월 5일

유가족은 117일 동안 국회 앞 농성장을 지켰다. 하지만 대통령은 단 한 번도 눈길을 주지 않았다.

2014년 11월 7일

국회가 특별법을 만들기로 합의하고 통과시켰다. 그러나 기소권도 수사권도 보장되지 않았다. 오직 조사권만 보장되었다.

2014년 11월 11일

정부가 세월호 수색을 중지하겠다고 발표했다. 아직 바다에서 돌아오지 못한 사람이 아홉이었다.

2014년 11월 18일

정부가 세월호 참사 사고대책본부를 철수시켰다. 유가족만이 남아서 팽목항을 지켰다.

2014년 11월 19일

해체된다던 해경은 국민안전처 산하 해양경비안전본부로 명칭만 바뀌었다.

2014년 12월 17일

특별법에 따라 세월호참사특별조사위원회(이하 특조위)가 만들어졌다.

2015년 1월 1일

새해가 밝았다. 그러나 유가족과 미수습자 가족들의 달력은 2014년 4월 16일에 멈춰 있었다.

2015년 1월 13일

드디어 특조위 첫 회의가 열렸다. 유가족이 뽑은 이석태 위원이 위원장에, 새누리당이 추천한 조대환 위원이 부위원장에 올랐다.

2015년 1월 16일

새누리당 김재원 의원이 특조위를 '세금도둑'이라고 비난했다.

2015년 1월 17일

조대환 부위원장이 특조위 내부자료를 새누리당에 넘긴 것이 드러났다. 독립적인 수사를 위협했다.

2015년 1월 23일

특조위에 파견됐던 정부 부처 공무원들과 새누리당 추천 민간 위원들이 철수했다. 특조위 업무가 중단됐다.

2015년 1월 26일

유가족은 가만히 있을 수 없었다. 서울에서 진도까지 20일을 걸으며 세월호 인양을 위해 전국서명운동을 벌였다.

2015년 2월 4일

다시 특조위가 복구됐다. 유가족들은 특조위원들에게 노란 리본을 달아주었다.

2015년 2월 17일

특조위는 예산안과 조직 구성, 시행령안을 정부에 제출했다.

2015년 2월 26일

미수습자 가족들이 세월호 선체 인양을 촉구하며 청와대 앞에서 1인 시위를 시작했다. 일부 언론은 정부가 인양을 제안했을 때는 반대했다가 이제 와서 인양을 해달라고 요구하는 유가족을 비난했다.

2015년 3월 17일

이석태 특조위원장이 정부 도움을 호소했다. 한 달 전에 올린 예산안 등을 정부가 집행하지 않고 답변도 주지 않아서 일을 할 수 없다고 알렸다.

2015년 3월 27일

정부가 세월호 특별법 시행령안을 발표했다. 독립적인 수사를 할 수 없고, 정부 통제 아래 움직이게 만드는 내용이었다.

2015년 3월 30일

유가족들은 다시 광화문으로 나왔다. 특조위를 무력화시키는 세월호 특별법 시행령을 폐기해달라고 요구했다. 경찰들은 또 유가족들을 막고 범죄자 다루듯 체포해 갔다.

2015년 4월 1일

정부는 유가족이 억대 배상금을 받을 것처럼 발표했다. 언론은 유가족이 보상금을 더 많이 받아내려고 농성하는 것처럼 보도했다.

2015년 4월 2일

유가족들이 머리를 밀었다. 정부와 언론이 주는 모욕을 더 이상 참을 수 없다고 밝혔다. 세월호 특별법 시행령 폐기와 세월호 인양을 요구하며 416시간 농성을 시작했다.

2015년 4월 5일

해수부가 세월호 사고 배상 및 보상 설명회를 열었다. 유가족에게 배상금을 받는 대신 정부에 어떤 이의 제기도 하지 않겠다는 서약서를 쓰라고 요구했다.

2015년 4월 16일

세월호 참사 1주기에 대통령은 남미로 순방을 떠났다. 광화문광장과 서울시청광장에 추모행렬이 길게 이어졌다. 경찰은 차벽으로 광화문광장을 막고 시민들에게 물대포를 쐈다.

2015년 4월 18일

세월호 참사 1주기 범국민대회가 광화문 일대에서 열렸다. 경찰은 6중으로 차벽을 누르고 시민들에게 캡사이신이 들어간 물대포를 쐈다. 유가족 얼굴을 조준해서 최루액을 뿌리기도 했다.

2015년 4월 22일

드디어 정부가 세월호를 인양하겠다고 발표했다. 하지만 세월호 특별법 시행령에 대해서는 아무 말도 하지 않았다.

2015년 4월 28일

이준석 선장이 무기징역을 선고받았다.

2015년 5월 11일

정부가 낸 특별법 시행령이 공포됐다.

2015년 5월 27일

정부는 여전히 특조위에 예산을 주지 않았다. 특조위는 아무 일도 할 수 없었다.

2015년 5월 29일

국회가 특별법 시행령을 시정할 수 있도록 국회법을 개정하기로 합의했다. 국회의원 211명이 찬성했다. 유가족과 특조위는 제대로 된 진상조사를 할 수 있는 시행령이 다시 태어나기를 고대했다.

2015년 6월 25일

박근혜 대통령은 국회가 올린 국회법 개정안을 거부했다. 세월호 특별법 시행령을 시정할 수 있는 방법이 사라졌다. 유가족은 분노했다.

2015년 7월 16일

박래군 세월호참사국민대책회의 위원장이 구속됐다. 세월호 참사 1주기를 전후해 불법집회를 주도했다는 이유였다.

2015년 8월 4일

드디어 정부로부터 특조위 예산이 들어왔다. 그러나 여덟 달 만에 반 토막이 난 채였다.

2015년 8월 19일

세월호 인양 업체로 선정된 상하이샐비지가 첫 수중조사를 시작했다. 정부는 유가족이 참관하지 못하게 막았다.

2015년 9월 1일

유가족들은 팽목항에서 배로 2시간 30분 걸리는 동거차도 산꼭대기에서 인양을 지켜보기 시작했다.

2015년 11월 18일

세월호의 닻이 사라진 것을 특조위 수중조사에서 발견했다. 핵심 증거물이 사라지자 특조위는 증거 훼손을 의심할 수밖에 없었다. 그동안 해수부는 특조위 수중조사를 막아왔다.

2015년 11월 19일

새누리당 추천 특조위 위원들이 기자회견을 열었다. 세월호 참사 당일 박근혜 대통령 행적 조사를 하면 전원 사퇴를 하겠다고 협박했다.

2015년 12월 14일

드디어 청문회가 열렸다. 새누리당 추천위원들은 모두 불참했다. 증인들은 기억이 안 난다고 미리 짠 것처럼 똑같이 대답했다.

2015년 12월 16일

청문회 3일 차, 언론은 세월호 청문회를 무시했다. MBC와 SBS 등은 아예 보도하지 않았고, JTBC 1건 KBS 단신 보도 2건이 전부였다.

2016년 1월 1일

또다시 새해가 밝았다. 그러나 유가족과 미수습자 가족들의 달력은 여전히 2014년 4월 16일에 멈춰 있었다.

2016년 2월 13일

유가족이 기소권, 수사권이 보장되도록 특별법을 고치자는 서명운동을 시작했다.

2016년 2월 16일

단원고 재학생 학부모들은 신입생오리엔테이션 행사까지 중단시키며 희생 학생들이 사용하던 교실을 재학생들에게 돌려줄 것을 요구했다.

2016년 2월 19일

특조위가 국회에 특검을 요청했다.

2016년 3월 7일

특검 요청이 처리되지 않자 예은 아빠와 동수 아빠가 단식과 삭발로 특검 요청을 처리해달라고 호소했다.

2016년 3월 8일

해수부가 세월호 앞쪽 갑판을 자르겠다고 발표했다. 특조위가 반대했다. 아직 돌아오지 못한 미수습자를 찾는 판국에 진상규명을 위한 핵심 증거를 훼손하는 일이라며 답답해했다.

2016년 3월 10일

국회는 끝까지 특검 요청을 무시했다.

2016년 3월 28일

특조위 주최 2차 청문회가 열렸다. 해경과 해수부가 내놓은 증거가 조작됐다는 정황이 드러났다. 지상파와 종편은 1차 청문회에 이어 2차 청문회도 생중계하지 않았다.

2016년 4월 13일

20대 총선에서 새누리당이 참패를 했다. 서울 은평갑 선거구에서는 '세월호변호사' 박주민이 당선되었다.

2016년 4월 16일

광화문광장에서 '세월호 참사 2년 기억 약속 행동 문화제'가 열렸다. 억수같이 비가 왔다. 4.13. 총선 결과 때문인지 이례적으로 차벽이 전혀 설치되지 않았다.

2016년 5월 24일

대법원은 뇌물 수수 혐의로 기소된 해양항만청 간부들과 청해진해운 대표에게 무죄를 선고했다.

2016년 6월 9일

특조위가 참사 당일 대통령의 일곱 시간을 조사하기 위해 검찰을 찾아갔으나 30분 만에 거부당했다. 조사권은 특별법에 명시되어 있는 특조위의 권리였다.

2016년 6월 14일

해양경비안전본부에 소속된 대부분의 세월호 참사 책임자들이 승진했다고 보도됐다.

2016년 6월 15일

세월호 침몰 당시 제주해군기지로 향하는 철근 400톤이 선적된 사실이 드러났다.

2016년 6월 17일

진상규명 활동을 해오던 세월호 민간 잠수사 김관홍 씨가 숨진 채 발견됐다.

2016년 6월 20일

해양수산부는 특조위 활동이 6월 말 종료됨을 통보했다. 유가족들은 특조위 강제 종료를 반대하며 서울정부청사 앞에서 농성을 시작했다.

2016년 6월 30일

청와대 홍보수석이 세월호 참사 당시 KBS 보도국장에게 전화해 해경 비판 보도를 하지 말라고 압박한 녹취록이 공개됐다.

2016년 7월 1일

특조위의 공식적인 활동 기간이 종료되어 예산 지급이 중단됐다. 파견직 공무원들은 돌아갔지만 나머지 직원들은 평소와 똑같이 스스로 출근했다.

2016년 7월 20일

해양수산부가 세월호 인양 후에 선체를 세 조각으로 절단하겠다고 발표했다. 선체 부실의 이유에서였다. 유가족과 미수습자 가족들은 증거 훼손과 시신 유실 등을 이유로 반발했다.

2016년 오늘

세월호 전체 탑승객 476명 중 생존 172명, 사망 295명, 미수습 9명. 지금 이 순간에도 유가족들은 광화문에, 미수습자 가족들은 팽목항에 남아 있다.

어디선가 들려오는 파도 소리. 한동안 관객을 보고 가만히 서 있는 배우들.

전환.

4

세월호와 대한민국

(대화하듯이) 그러니까! 왜 못 구했냐고! 왜 침몰했냐고! 누가 잘못한 거냐고! 말을 해달라고, 씨발!

(관객에게) 우리는 대한민국 사람이라 1+1=2라는 답을 원했습니다. 하지만 모든 질문들이 답을 향해 가는 듯 보이면서 결국은 모두, 넘을 수 없는 큰 벽에 부딪히고야 말았습니다. 도무지 이해가 가지 않았습니다.

(대화하듯이) 어떻게 하지? 이거 뭐, 어떻게 공연을 해야 하는 거지?

배우들이 들어가고 스태프 한 명이 태극기가 물에 빠져 있는 수조를 들고 들어온다.

스태프　　연출이 과제를 던져줬어요. 아니, 공부를 시켰어요. 제가 한 과제 중에는 침몰 원인에 대해 조사하는 것도 있었거든요? 그런데 이게 또 증거가 있어야 이거다 저거다 판결이 되는데 지금 그 가장 중요한 증거인 배를 확인을 할 수가 없어서 어쩔 수가 없다고 하잖아요. 아니, 그런데 솔직히 정부도 못 밝히는 침몰 원인을 민간인인 저보고 어떻게 밝혀 오라는 건지. 배를 확인을 할 수가 없는데 어떻게 하라는 건지. 배가 나와야죠. 그래야 알죠. 그래서 인양해야 돼요. 무조건! (물에 빠진 태극기를 들어 올리며) 아니, 그냥 이렇게 건지면 되는데. 그럼 원인이 나오는데. 아니, 왜 이렇게 오래 걸리는 건지? 참.

스태프, 다시 태극기를 물에 넣어놓고 나간다. 무대 위에는 태극기가 물에 빠져 있는 수조 하나만 덩그러니 남아 있다.

[영상] KBS 애국가

극장에 애국가가 울려 퍼진다. 배우들이 걸어 나와 수조 앞에서, 가슴에 손을 얹고 무릎을 꿇고 앉아 애국가가 끝날 때까지 물에 빠진 태극기를 바라본다. 애국가가 끝나면,

(태극기를 바라보며) 솔직히 말하겠습니다. 우리는 세월호 이후의 연극, 그리고 극장에서 어떻게 세월호 이야기를 해야 할지 판단하기 어려웠습니다. 세월호는 끝난 사고가 아니라 2016년 지금, 아직도 진실을 밝히기 위해 조사가 진행 중인 사건이라는 것을 깨달았기 때문이었습니다. 세월호

는 선박이 침몰한 사고이자 국가가 국민을 구조
하지 않은 사건입니다. 다시 말해 우리는 교통사
고를 교통사건이라고 부르지 않으며, 살인사건
을 살인사고라고 부르지 않습니다. 세월호는 선
박이 침몰한 사고이자 국가가 국민을 구조하지
않은, 아직도 진실을 밝히기 위해 조사가 진행 중
인 사건이므로 2016년 지금 우리는, 늘 해오던
방식과는 다른 방식으로 공연을 해야 된다고 생
각했습니다. 어떻게? 이렇게.

(관객에게) 세월호에 가까이 가면 갈수록 대한민
국을 믿지 못하겠고, 대한민국이 무서웠습니다.
슬퍼하고, 분노했지만 그러면서 동시에 우리에게
느껴지는 학습된 무력감을 거부할 수 없었습니
다. 세월호는 대한민국이라는 배에 타고 있는 하
나의 작은 배일 뿐이었습니다.

배우들이 주머니에서 노란색 종이로 접은 종이배를 하나씩 꺼내어 든다.

갑자기 대한민국에 타고 있는 또 다른, 무수히
많은 배들이 보이기 시작했습니다. 보고 싶지도,
인정하고 싶지도 않았지만 보이는 것들을 보지
않을 수 없었습니다. 만약 그 많은 배들이 세월호
처럼 침몰한다면?

배우 한 명이 수조 속에 노란 배 하나를 빠뜨린다.

(수조에 빠져 있는 태극기와 노란 배를 바라보며) 아마도 우리 대한민국은 이렇게 침몰하게 될 것입니다. 그러면 그 안에 있는 우리들도 함께 수장되고야 말 것입니다. 우리는 살고 싶었습니다. 늘 사는 게 힘들어서, 불만이 많아서, 습관적으로 욕을 하는 대한민국이었지만 늘 하던 방식대로 대한민국을 무시하면 우리 역시 살 수 없을 거라는 생각이 들었습니다. 우리는 살고 싶었습니다. 그래서 가장 미워하고 탓하던 대상 대한민국을 사랑해보기로 결심했습니다.

(자신들이 들고 있는 노란 배를 바라보며 다짐하듯) 사랑한다, 대한민국. (수조 앞에 자신들이 들고 있는 노란 배를 내려놓고 관객을 바라보며 희망차게 큰 소리로) 사랑한다, 대한민국!

배우들은 극장 바닥에 흩어져 있는 자료들을 치우고, 관객에게 자랑스럽게 대한민국에 대해 말하기 시작한다.

면적은 99,720제곱킬로미터 세계 109위. 인구는 약 51,619,330명 세계 26위. 1인당 국민소득은 연 3천만 원 세계 28위. 평균수명은 79세. 영어 명칭은 Republic of Korea. 홈페이지는 www.korea.go.kr. 국어는 한국어이며, 문자는 한글을 쓰되 한자도 혼용! 통화는 원화(won貨)이며, 국기는 태극기(太極旗), 국가(國歌)는 애국가, 국화는 무궁화. 아시아 대륙의 동쪽 끝 한반도에 있는 나라로서, 최초의 국가인 고조선은 BC 108년까지 존재. 고구려, 백제, 신라의 삼국시대를 거쳐 중세에는 고려가 세워졌으며, 이후 조선이 건립되어 근대까지 이어짐. 현대 들어 35년의 일제강점기를 거쳐 제2차 세계대전 뒤 미국과 소련 군대의 한반도 분할 주둔으로 남북으로 나뉘었고 6.25 전쟁 이후 휴전 중. 1948년 대한민국 정부가 수립되었고 헌법을 제정, 공포.

그래서 우리는 헌법을 들여다봤습니다.

유구한 역사와 전통에 빛나는 우리 대한국민은 3.1운동으로 건립된 대한민국임시정부의 법통과 불의에 항거한 4.19민주이념을 계승하고, 조국의 민주개혁과 평화적 통일의 사명에 입각하여 정의·인도와 동포애로써 민족의 단결을 공고히 하고, 모든 사회적 폐습과 불의를 타파하며, 자율과 조화를 바탕으로 자유민주적 기본질서를 더욱 확고히 하여 정치·경제·사회·문화의 모든 영역에 있어서 각인의 기회를 균등히 하고, 능력을 최고도로 발휘하게 하며, 자유와 권리에 따르는 책임과 의무를 완수하게 하여, 안으로는 국민생활의 균등한 향상을 기하고 밖으로는 항구적인 세계평화와 인류공영에 이바지함으로써 우리들과 우리들의 자손의 안전과 자유와 행복을 영원히 확보할 것을 다짐하면서 1948년 7월 12일에 제정되고 8차에 걸쳐 개정된 헌법을 이제 국회의 의결을 거쳐 국민투표에 의하여 개정한다.

헌법의 서문입니다. 아름답습니다.

초고속 경제성장, 대한민국 짱이에요! 한 개도 아니고 두 개도 아니고 네 개의 계절을 가진 나라, 대한민국 짱이에요! 초고속 스피드 인터넷 초강국, 대한민국 짱이에요! 백의의 민족, 동방예의지국, 붉은 악마! 최고의 민족성! 대한민국 짱이에요! 전 세계에 자랑스러운 한류 열풍! 대한민국 짱이에요! 어느 나라든 여행이 가능한 자랑스러운 우리의 여권, 대한민국 짱이에요! 우리는 배달의 민족, 무엇이든 주문할 수 있는 나라, 대한민국 짱이에요! 원하기만 하면 24시간 어디서든 편하게 음주가 가능한 나라, 대한민국 짱이에요!

과하게 웃기 시작하는 배우들. 계속 웃는데 웃고 있는 게 힘이 든다. 모두 웃기를 포기하고 좌절하며,

(대화하듯) 그러니까! (화를 내며) 왜 못 구했냐고! 왜 침몰했냐고! 누가 잘못한 거냐고! 말을 해달라고, 씨발! (관객에게) 또다시 한동안 침묵.

(대화하듯) 어떻게 사랑하라는 거야, 씨발. 아무것

도 모르겠는데. 그러게. 사랑해야 된다는 거 억지 아닐까? 그래도 욕을 한다는 건 관심이 있는 거니까 사랑할 수도 있는 거 아닐까? 그런데 이게 대한민국이라는 국가의 잘못이야? 국가의 3요소! 국민, 영토, 주권! 다시 말해 국민, 영토, 정부. 지금 국민인 우리가 화를 내야 하는 대상은 국가가 아니라 정부 아니야? 영토에다 화를 낼 수도 없잖아. 그러면 지금의 정권이 바뀌면 괜찮아질 거라는 거야? (관객에게) 또다시 침묵. (대화하듯) 아니 자꾸 숨기기만 하고, 이해를 할 수가 없는 거짓말을 계속하는데 어떻게 사랑하라는 거야, 씨발.

(관객에게) 우리는 아무리 궁금해도 진상조사와 수사를 할 수 없습니다. 우리는 민간인이기 때문입니다. 정부가 권한을 준 사람들만이 진상조사와 수사를 할 수 있기 때문입니다. 그때 누군가 이런 말을 했습니다. (대화하듯) 원래부터 그랬잖아. 한두 번이야?

만약 그전에 한두 번이 아니었던 다른 참사들을 제대로 알게 된다면! 그것들은 모두 끝난 사건들이니까 정확한 원인들이 밝혀졌을 것이고, 그걸 통해 앞으로 그런 일이 생기지 않도록 한다면!

우리는 살고 싶습니다. 죽고 싶지 않습니다.

그래서! (소리를 높여) 사랑한다, 대한민국!

엉뚱하고 막연한 희망이 생겼습니다. 우리는 제
대로 알고 싶었습니다.

전환.

대한민국 참사의 역사

(관객에게) 우리는 우선 과거 대한민국의 주요 선박 침몰 사고들에 대해 알아봤습니다.

배우 한 명이 대한민국 주요 선박 침몰 사고들에 대해 관객들에게 PT한다.

[영상] 대한민국 주요 선박 침몰 사고

1953.1.9. 창경호 침몰 (사망 300여 명, 생존 7명)

- 전남 여수항에서 부산항으로 가던 대동상선 소속 창경호가 부산 해역에서 침몰한 사고.

- 창경호 : 화물용 범선을 여객선으로 개조한 배로 당시 만들어진 지 20년이 넘은 배.

- 탑승정원 240명 / 당시 탑승객 약 300여 명.

- 화물적재중량 100톤 / 당시 적재량 200톤 이상.

- 사고 원인 : 정원 초과, 적재량 초과, 노후된 선박, 배를 개조시켜 복원력 상실, 구명장비 부재, 육지 본사 창고에 구명보트와 구명목 두고 운항.

- 처벌 : 선장은 업무과실치사죄 징역 3년, 선주 징역 2년 선고, 선원들 전원 무죄 선고.

- 사고 처리 : 탑승인원 및 적재량 파악 난항, 구조 중 많은 시신 유실, 3년 뒤 인양 후 해골 3구 추가 발견.

1953.1.25. 행운호 침몰 (사망 100여 명, 생존 10여 명)

- 충북 해역에서 군산으로 가던 한국미곡창고주식회사(현 CJ대한통운) 소속 행운호가 충남 서천 앞바다에서 침몰한 사고
- 탑승정원 90명 / 당시 탑승객 200여 명 (피해자 대부분이 겨울방학이 끝나고 학교로 돌아가던 학생).
- 사고 원인 : 정원 초과, 적재량 초과, 복원력 상실.
- 처벌 : 선원 및 선주 구속. 이후 선고 정보 없음.
- 사고 처리 : 탑승인원 및 적재량 파악 난항.

1970.12.15. 남영호 침몰(사망 326명, 생존 12명)

- 제주도 서귀포를 출발해 부산항으로 가던 남양상선 소속 남영호가 여수 앞바다에서 침몰한 사고.
- 탑승정원 295명 / 당시 탑승객 338명.
- 화물적재중량 130톤 / 당시 적재량 540톤 이상.
- 사고 원인 : 정원 초과, 적재량 초과, 설계의 실수로 배의 복원력 상실.
- 처벌 : 선장은 업무상과실치사죄 징역 2년 6개월, 선주 징역 6개월 벌금 3만 원, 통신장 벌금 1만 원 확정. 공무원, 해경 등 4명 무죄.
- 사고 처리 : 해경의 뒤늦은 대처로 구조 작업 실패, 일본 어선이 먼저 구조 시작.

1973.1.25. 한성호 침몰(사망 60여 명, 생존 48명)

- 전남 목포에서 전남 조도로 가던 목포한일기선 소속의 한성호가 진도 앞바다 부근에서 침몰한 사고.
- 한성호 : 14여 년 전 인양된 창경호의 엔진으로 다시 만들어진 당시 14년 된 배.
- 탑승정원 90명 / 당시 탑승객 100여 명.
- 사고 원인 : 정원 초과, 적재량 초과, 노후된 선박, 구명장비 부재, 기상악화에도 무리한 운행.
- 처벌 : 선장과 선주, 매표원 업무상과실치사 혐의로 구속. 이후 정보 없음.

- 사고 처리 : 탑승인원 및 적재량 파악 난항, 선체가 산산조각 난 것으로 판단, 수색 작업 중지.

1993.10.10. 서해훼리호 침몰(사망 292명, 생존 70명)

- 전북 위도에서 전북 부안 격포항으로 가던 서해훼리 소속 서해훼리호가 전남 해역에서 침몰한 사고.

- 탑승정원 221명 / 당시 탑승객 362명.

- 사고 원인 : 정원 초과, 적재량 초과, 배의 구조 불안정으로 배의 복원력 상실, 구명장비 오작동, 기상악화에도 무리한 운행, 연료 절약 위해 위험한 항로 선택, 규정보다 적은 승무원 수, 사고 후 선실에 있으라는 안내방송.

- 처벌 : 선장 및 선원 사망, 회사 경영진, 해운항만청 공무원 업무상과실치사죄로 기소, 집행유예.

- 사고 처리 : 탑승인원 및 적재량 파악 난항, 해경의 초기 대응 실패.

(관객에게) 한동안 침묵. 이것은 우리가 알게 된 무수히 많은 크고 작은 선박 침몰 사고들 중 극히 일부분입니다. 해양수산부와 한국해양연구에 따르면, 1983년에서 1999년 사이에만 대한민국의 인근 해에서 1,290척의 선박이 침몰했다고 합니다. 이 숫자는 교전, 피격, 폭격, 암초에 파선, 자연재해의 피해 경우가 제외된 수라고 합니다.

반복되어온 주원인은 정원 초과, 적재량 초과, 노후선박, 복원력 상실, 무리한 운항, 구조장비 부실! 그리고 2014년 4월 16일, 세월호는 다시 적재량 초과, 노후선박, 복원력 상실, 무리한 운항,

구조장비 부실의 이유로 침몰했습니다. 언제나 그랬듯 한결같이 탑승인원은 제대로 파악이 안 됐고, 구조 역시 제대로 이루어지지 않았습니다.

(대화하듯) 그래도 국가가, 아니 정부가 뭔가 하지 않았을까? (관객에게) 그래서 우리는 반복되는 선 박 침몰 사고들 이후 정부가 취한 조치를 알아보 았습니다.

또 다른 배우 한 명이 선박 침몰 사고들 이후 정부의 조치들에 대해 관객 들에게 PT한다.

[영상] 선박 침몰 사고 이후 정부의 조치

〈1993년 서해훼리호 사건 이후 정부의 행동〉

1993년	서해훼리호 사건 이후 정부는 여객선 안전규제를 정비한다고 발표.
1996년	여객선 안전관리 지도, 감독 업무를 해운항만청에서 해양경찰청으로 이전. 그러나 정부보조금을 민간기업인 해운조합에게 주며, 과적·과승 규제 및 단속에 대한 책임을 넘김. 화물의 과적과 과승을 감시하는 운항관리자를 90명까지 확대.
2008년	정부는 '여객선 안전관리지침'을 전면개정. 운항관리자에 대한 해경의 교육마저 해운조합에게 넘김.
2009년	정부는 '해운법 시행규칙'을 개정하여 선령제한을 25년에서 30년으로 늘림. 이후 선사들은 노후선박을 사들이기 시작하며 15년 이상 된 배가 29.4%에서 63.2%로 급격히 증가. 12월에는 여객 선사 및 선주에 대한 양벌규정도 완화(양벌규정은 위법행위를 한 당사자와 그 행위의 주체인 법인 혹은 개인도 함께 처벌하는 규정). 과적·과

	승을 어긴 당사자에게만 책임을 묻고 배의 실소유주나 경영주에게는
	책임을 묻지 않음. 사업주의 경영 의욕을 떨어뜨린다는 이유.
2010년	서해훼리호 사고가 잊히기 시작하자 정부가 정보보조금을 지급하지
	않음. 해운조합은 운항관리자를 90명에서 62명까지 감소시킴.
2014년	개조 및 증축 시 절차가 까다롭지 않아 중고 수입 여객선의 52.8%
	가 다양한 방식으로 개조. 경영 의욕이 고취된 해운사들은 더 많은 이
	윤을 보기 위해 비정규직 고용을 선호. 여객 선원 802명 중 602명,
	즉 75%가 비정규직.

〈정부의 지침에 따른 청해진해운의 세월호〉

- 청해진해운은 세월호의 15명의 선원 중 9명을 비정규직으로 고용.

- 청해진해운은 2013년 1년 광고선전비로는 2억 3천만 원, 접대비로는 6천 60만 원

  을 지출. 안전교육으로는 소화훈련 3번과 교육비 54만 원 지출.

- 세월호 역시 2013년에 일본에서 사 온 배를 무리하게 증축하여 사용.

- 청해진해운의 실소유주인 고 유병언 회장은 양벌규정 완화의 '선박소유자의 책임제한'

  의 상법에 따라 세월호 참사와 관련되어 횡령 및 배임 혐의로 기소되었을 뿐 사망 후에

  는 결국 공소권 없음 처분을 받음.

(관객에게) 한동안 침묵. 그 뒤 우리는 다양한 참

사들을 알아보기 시작했습니다.

[영상] 참사들의 역사

1970.4.8. 와우아파트 붕괴 (사망 34명, 부상 40명)

- 서울 마포구 5층 아파트 한 동이 붕괴.

- 원인 : 부실공사, 부실감사, 부적절한 부지, 사고대처 미흡.

- 처벌 : 관련자들 구속, 징역 4년 전후 선고 김현옥 서울시장 사퇴, 1년 뒤 내무부장관으

로 임명.

1970.10.14. 모산 수학여행 참사 (사망 45명, 부상 30명)

- 충남 아산 모산역 부근 건널목에서 수학여행 버스가 통일호 기차와 충돌.

- 원인 : 안전규칙 무시, 버스 탑승정원 초과, 교사 미탑승.

- 처벌 : 관련자들 사퇴 및 직위 해제, 버스 회사 사업자 면허 취소 처분.

1970.10.17. 원주 삼광터널 열차 충돌 (사망 14명, 부상 59명)

- 강원 원주 삼광터널 안에서 수학여행 학생단을 태운 열차와 화물 열차가 정면충돌.

- 원인 : 제어장치 조작 착오, 보고 체계 부실.

- 처벌 : 철도직원들 직무 태만, 과실치사상 혐의로 구속. 이후 판결 자료 없음.

1971.12.25. 대연각 호텔 화재 (사망 163명, 부상 63명, 실종 7명)

- 서울 중구 충무로 소재 22층짜리의 대연각 호텔에서 일어난 화재.

- 원인 : 안전시설 미설치.

- 처벌 : 신고 담당자 해직.

1973.8.18. 광진교 버스 추락 (사망 17명, 부상 28명)

- 서울 광진교에서 운행 중이던 버스가 다리 난간을 뚫고 추락.

- 원인 : 정비 불량, 과속, 난폭 운전, 안전시설 열악.

- 처벌 : 버스기사 업무상과실치사 혐의로 구속. 이후 자료 없음.

1974.11.3. 대왕코너 화재 (사망 88명, 부상 35명)

- 서울 브라운호텔 객실 앞에 설치된 조명등 합선으로 발생한 화재. 이후 정전이 되어 추
  가 피해 발생.

- 원인 : 준공검사 미승인, 소방시설 개수 명령 무시, 종업원들의 승객 통제.

- 처벌 : 사장 업무상과실치사혐의로 징역 1년, 그 후 보석. 담당 기관 책임자들 직위 해제.

1977.11.11. 이리역 폭발(사망 59명, 부상 1,343명, 이재민 9,973명)

- 인천발 광주행 한국화약 화물 열차가 고성능 폭발물을 싣고 이리역에서 대기하던 중 폭발.

- 원인 : 정식 책임자 부재, 교행 원칙 무시.

- 처벌 : 호송원 징역 10년, 교통부장관 경질.

1981.5.14. 경산 열차 추돌(사망 55명, 부상 233명)

- 부산발 서울행 열차가 버려진 오토바이와 충돌, 현장 확인 위해 후진하다 뒤이어 오던 열차와 충돌.

- 원인 : 안전시설 부실, 보고 체계 부실, 안전교육 미비, 열악한 근로 환경.

- 처벌 : 기관사 금고 5년, 부기관사 3년, 철도청장 사임, 오토바이 운전자 징역 1년 6개월.

1984.1.14. 대아호텔 화재(사망 38명, 부상 68명)

- 부산 부전동 대아호텔 헬스클럽에서 일어난 화재.

- 원인 : 석유 취급 부주의, 안전점검 부재, 피난시설 미비, 업주의 건물 용도 무단 변경.

- 처벌 : 대아그룹 회장 소방건축법 위반, 업무상과실치사, 허위공문서, 뇌물수수로 구속 후 무죄 판결.

1988.4.1. 천호대교 버스 추락(사망 19명, 부상 35명)

- 서울 천호대교에서 시내버스가 강물로 추락.

- 원인 : 폐타이어 사용, 난폭 운전, 천호대교 내구 부실.

- 처벌 : 버스회사 관계자들 대폭 구속기소 및 교체, 버스 기사 최종 무죄 판결.

1990.11.4. 소양호 버스 추락(사망 21명, 부상 21명)

- 강원 인제 군축교에서 서울 방향으로 가던 버스가 화물차와 충돌 직후 소양호로 추락.

- 원인 : 영업용 차령 제한 위반, 행정당국의 운수업 및 운전자의 관리 허술.

- 처벌 : 버스기사 업무상과실치사상 등 혐의로 구속. 이후 자료 없음.

1993.1.7. 우암상가아파트 붕괴 (사망 28명, 부상 48명, 이재민 370명)

- 청주 우암상가아파트에서 원인을 알 수 없는 화재가 발생하여 가스가 폭발, 붕괴.

- 원인 : 무리한 설계, 증축, 부실공사, 화재는 직접적 붕괴 원인 아님.

- 처벌 : 상가 공동대표 5인 금고 3년부터 징역 1년 6개월에 집행유예 2년까지 선고.

1993.3.28. 구포역 열차 전복(사망 78명, 부상 198명)

- 부산 구포역 인근 삼성종합건설 공사현장에서 무궁화호 열차가 선로 함몰을 발견, 급제
  동 중 전복.

- 원인 : 건설사의 사전 협의 없는 지반 발파 작업.

- 처벌 : 삼성종합건설 2천만 원 과징금에 6개월 영업정지, 대표 업무상과실치사 등으로
  기소, 무죄 선고.

1993.7.26. 아시아나항공 733편 추락(사망 68명, 부상 38명)

- 김포국제공항을 출발한 아시아나항공 여객기, 착륙 위해 접근 중 전남 해남 야산에 추
  락.

- 원인 : 악천후, 공항시설의 부족, 파일럿의 무리한 착륙 시도.

- 처벌 : 아시아나항공 서울 - 목포 구간 노선 면허 3개월 정지.

1994.10.21 성수대교 붕괴(사망 32명, 부상 17명)

- 서울 한강 성수대교 상부 트러스가 무너짐.

- 원인 : 부실공사, 부실관리, 안전관리 소홀, 내부 결함, 과적차량 통과.

- 처벌 : 이원종 서울시장 경질, 이영덕 국무총리 사직, 건설관계자들 금고 1-3년 및 집행
  유예 2-5년 선고, 담당 공무원들 금고 2년, 징역 10개월, 집행유예 2-5년, 벌금 500

만 원 등 선고

1994.10.24. 충주호 유람선 화재(사망 29명, 실종 1명)

- 충주호에서 충주호관광선 소속 충주 제5호 유람선에서 화재가 발생, 전소

- 원인 : 구조대의 현장 도착 지연, 승객에 대한 안전조치 미흡, 안전점검과 감독 소홀.

- 처벌 : 충주호관광선 대표 및 승무원 3명 구속. 이후 판결 자료 없음.

1994.12.7. 아현동 도시가스 폭발(사망 12명, 부상 101명)

- 서울 아현1동 한국가스공사 지하실에서 계량기 점검 시 밸브 틈새로 방출된 가스가 환
  기통 주변 모닥불 불씨에 점화되어 폭발.

- 원인 : 작업 사전 준비 미흡, 안전관리감독자 현장 미배치, 업무협조 미흡, 기자재 성능
  저하, 안전관리 소홀, 기술 능력 부족.

- 처벌 : 자료 없음.

1995.4.28. 대구 상인동 가스 폭발(사망 101명, 부상 202명)

- 대구 상인동에서 대구도시철도 1호선 공사 도중에 가스 폭발.

- 원인 : 무허가 굴착 작업, 늦은 신고

- 처벌 : 공사 관계자 9명 징역 5년 선고

1995.6.29. 삼풍백화점 붕괴(사망 502명, 부상 937명, 실종 6명)

- 서울 서초동 삼풍백화점이 붕괴, 전 건물이 20초 만에 주저앉음.

- 원인 : 부실공사, 무리한 공사 강행, 부적절한 부지, 안전 무시, 부실 설계, 유지관리 부
  실.

- 처벌 : 삼풍그룹 임원진 징역 7년 전후, 관련 공무원들 징역 10개월-2년, 추징금 200-
  300만 원.

1999.6.30. 씨랜드 청소년수련원 화재(사망 23명, 부상 6명)

- 경기 화성 청소년수련원에서 모기향으로 인한 화재 발생. 취침 중이던 유치원생 19명
  과 인솔교사 및 강사 4명 등 23명이 숨지고 6명이 부상.

- 원인 : 전기 누전으로 추정, 늦은 신고, 인솔교사 부재, 방화시설 점검 미비, 가연성 소개
  건물.

- 처벌 : 최고책임자 화성군수 무혐의, 관련 공무원들 징역 1년, 수련원장 징역 1년, 금고
  4년, 벌금 500만 원, 유치원장 금고 2년 6개월.

1999.10.30. 인천 인현동 호프집 화재(사망 52명, 부상 71명)

- 인천 인현동 4층 상가건물에서 발생한 화재.

- 원인 : 전기 합선, 대피공간 없는 내부구조, 정부 관리 및 단속 소홀, 건물주와 경찰의 유
  착관계.

- 처벌 : 호프집 주인 징역 5년, 보안계장 및 인테리어 기사 금고 1년에 집행유예 1년.

2003.2.18. 대구 지하철 참사(사망 192명, 부상 148명, 실종 6명)

- 대구도시철도 1호선 중앙로역에서 방화로 일어난 화재.

- 원인 : 방화, 낙후된 소방 기술, 사고 관리 시스템 부재, 부실한 사회 안전망과 저질 전동
  차.

- 처벌 : 방화범 무기징역, 기관사들 금고 4-5년, 관제사들 금고 3년.

2005.10.3. 상주 콘서트 압사 참사(사망 11명, 부상 82명)

- 상주시민운동장 가요콘서트를 관람하기 위해 입장 중 일어난 압사 사고.

- 원인 : 경찰 병력 배치 부족, 경찰 및 시 공무원 사고수습 처리 미비.

- 처벌 : 상주시장 금고 1년 6월에 집행유예 2년, 주최자 징역 8개월에 집행유예 3년, 방
  송PD 금고 10개월에 집행유예 2년.

2005.10.6. 이천 물류창고 붕괴(사망 9명, 부상 5명)

- 이천 GS물류센터 신축 공사를 위해 콘크리트 구조물을 조립 중 구조물이 연쇄적으로 붕괴하여 발생.

- 원인 : 안정성이 검증되지 않은 공법의 무리한 적용, 무리한 작업 일정, 현장 대리인 부재.

- 처벌 : 현장소장 징역 1년 6개월에 집행유예 3년, 관련자들 500~700만 원 벌금형 선고.

2007.2.11. 여수출입국관리사무소 화재(사망 10명, 부상 18명)

- 여수 화장동 여수출입국관리소의 외국인 보호시설에서 일어난 화재.

- 원인 : 직접적 원인 미확인, 이중 잠금장치, 소방시설 미작동, 안전교육 미비.

- 처벌 : 경비 및 관리 직원들 징역 10개월 - 1년.

2008.1.7. 이천 냉동창고 화재(사망 40명, 부상 9명)

- 이천 (주)코리아 2000의 냉동 물류창고에서 발생한 화재.

- 원인 : 허술 행정, 조급한 공사 강행.

- 처벌 : 용접공들 금고 1년 6개월, 방화관리자들 징역 10개월 -1년 및 집행유예, 책임자들 금고 10개월 및 집행유예 2년.

2014.2.17. 경주 마우나오션리조트 체육관 붕괴 (사망 11명, 부상 124명)

- 경주 마우나오션리조트에서 부산외대 신입생환영회 중 체육관 붕괴.

- 원인 : 구조설계 부실, 건물 유지 및 안전관리 부실.

- 처벌 : 공사, 설계, 건축책임자들 금고 10개월 - 1년 6개월.

2014.10.17. 판교 공연장 환풍구 붕괴(사망 16명, 부상 11명)

- 성남 분당 판교테크노밸리 야외 공연장 인근 환풍구 덮개가 무너져 관람객 추락.

- 원인 : 부실시공된 환풍구, 행사 허가 관련 안전관리 부실.
- 처벌 : 환풍구 시공업체 대표들 징역 10개월 - 2년 및 벌금 200만 원 선고, 주최 관계
  자들 금고 1년.

> (관객에게) 우리나라는 참 일관된 역사를 가진 나라라는 걸 다시 한 번 깨달았습니다. 김영삼, 김대중, 노무현, 이명박, 박근혜 정부들은 '규제완화'와 '민영화'가 경제성장을 돕는다고 했고 누구든지 돈을 좇는 일은 부끄러운 일이 아니라 인간의 본성에 합당한 일인 것처럼 만들었습니다. 정부와 기업의 상부상조는 신자유주의 대한민국의 성장을 위한 필수 조건! 우리나라는 정말 쉽게 변하지 않는 나라입니다. 그래서 우리가 그렇게도 자주 이야기하는 것 같습니다. 사람은 쉽게 변하면 안 된다. 국가를 구성하는 3요소! 영토, 국민, 주권! 다시 말해 영토, 국민, 정부! 영토가 변할 수는 없습니다. 정부도 변하지 않습니다. 국민도 변하지 않습니다.

배우들은 서로에게, 관객에게, 수조에 빠져 있는 태극기에게 과하게 응원의 박수를 보낸다. 아니, 박수를 보내려고 노력한다. 그리고 수조에서 태극기를 꺼낸다. 물이 뚝뚝 떨어진다. 이 태극기를 극장 한가운데 벽면에 걸어 놓고 씁쓸하게 바라본다.

> (태극기를 바라보고) 규제완화! 공공부문의 민영화! 안전과 위험 부분의 외주화! 고용조건의 유연화!

그때 어디선가 춘앵무 음악이 들려오기 시작한다. 배우들은 왕 앞에서 궁중무용을 추는 무용수들처럼 아름다운 미소를 지으며 춘앵무를 추기 시작한다. 하지만 미소를 짓는 것이 쉽지는 않다. 점차 음악이 왜곡된 소리로 변형되기 시작하고, 배우들의 움직임도 왜곡된 형태로 변형되기 시작한다. 배우들은 굉장히 천천히, 절규하듯 말을 하기 시작한다.

> (느리게 절규하듯) 우리는 살고 싶습니다. 죽고 싶지 않습니다. 지금은 위기 상황. 북한이 아니라, 국민의 목숨이 위기. 원인을 알면 될까? 착각이었습니다. 우리는 늘 알았고, 쉽게 잊어버렸습니다. 가장 무서운 것은 우리의 건망증! (원래의 몸과 소리로 돌아와서 강하게) 망각!

[영상] 망각

배우들이 '망각'이라고 말하는 동시에 극장 전체에 망각이라는 큰 글자가 스크린에 떨어진다. 한동안 관객에게 보여지는 큰 글씨 '망각'.

전환.

국민배우들이 탄 세월호 :
극중극 〈막차 타는 사람들〉

시간	2016년
공간	경기 광역버스 안

등장인물		
	재성	50대, 버스 운전기사
	지연	20대, 대학생, 종현의 연인
	종현	20대, 대학생, 지연의 연인
	선기	50대, 독실한 기독교 신자
	경일	50대, 술에 취한 회사원
	정화	40대, 귀인초등학교 안전담당교사
	두진	30대, 연극배우이자 대리기사
	은정	10대, 고등학생

달리는 버스 안. 이 버스는 막차라서 사람이 많이 타고 있지 않다. 사람들은 각자의 자리에 앉아 있다. 연인인 지연과 종현은 휴대폰으로 함께 영상을 보고 있다. 지연이 영상을 보다 웃으면, 선기가 시끄럽다고 째려본다. 경일은 술에 취해 자고 있고, 정화는 휴대폰을 보고 있다. 두진은 앞자리에서 팔짱을 끼고 고개를 숙인 채 자고 있다. 운전기사 재성은 졸음을 참으며 운전을 하고 있다. 계속 졸음을 참으려고 노력하는 재성. 그때 갑자기 버스가 무언가를 친다. 급정거를 하는 버스. 놀라는 사람들.

지연   (놀라서) 뭐야?

종현   아저씨, 뭐예요? (지연에게) 괜찮아?

지연   응. 자기는?

두진   뭐예요?

재성   아…… 저기, 다치신 분 안 계시죠?

경일   (잠에서 깨어 신경질을 내며) 운전을 똑바로 하란 말이야!

사람들, 웅성댄다.

재성   죄송합니다. 뭐가, 이렇게, 갑자기 뛰어들어가지고……. 다치신 분 안 계신 거죠?

선기   (신경질을 내며) 아, 지금 어떻게 알아요? 놀래라!

두진   고라니인가……

그때 버스 밖에서 비명 소리가 난다. 놀라는 사람들.

은정   (울먹이며) 준수야! 준수야! (버스 문을 두드리며) 저
           기요, 저기요!

재성, 버스 문을 연다. 교복을 입은 은정이 버스 밖에서 말을 한다.

은정   (다급하게) 아저씨, 앞바퀴에 제 친구가 깔렸어요!

사람들, 놀라서 비명을 지른다.

두진   오진다, 씨발.

은정   (울면서) 제발 어떻게 좀 해주세요.

당황하는 사람들.

선기   아, 아저씨! 뭐 좀 해야 되는 거 아니에요?

종현   아저씨, 내려서 뭐 좀 해보세요!

선기   그러니까!

재성, 어쩔 줄 몰라 한다.

재성   아, 씨발!

| 은정 | (버스 밖에서) 아저씨, 움직이지 마세요! 좀 더 움직이면 목이 꺾일 것 같아요. |

사람들, 놀라서 비명을 지른다.

| 지연 | (다급하게) 자기야! 119! 119! |
| 정화 | (나서면서) 제가 하겠습니다. |

정화, 휴대폰으로 전화를 건다.

정화	여보세요. 네, 네. 일산 가는 1300번 버스인데요. 앞바퀴에 사람이 깔린 것 같아서요. 네. 저, KT 근처에서. 아, 네. 맞습니다. 네, 네…… 네.
종현	(전화를 끊는 정화에게) 아저씨, 119 신고한 것 맞죠?
정화	네.
두진	112에 신고해야 되는 것 아닙니까?
지연	지금 사람이 깔렸다잖아요!
종현	사람이 다쳤으니까…….
정화	아, 119에 전화하면 112도 오고 그래요.
경일	(일어나서 화를 내며) 그러니까! 운전을 똑바로 해야지! 똑바로 안 하니까…….
종현	아저씨, 움직이지 마세요! 밑에 사람이 다쳐요.
경일	아이 씨…….
은정	(더 크게 울면서) 준수야, 준수야…….

두진의 휴대폰이 울린다.

두진   (휴대폰을 받으며) 아, 네. 대리기삽니다. 아, 네네,
       지금 가고 있습니다. 네, 가는 길에 사고가 나서
       요. 네, 10분이면 됩니다! 네, 가는 길에 사고가 나
       서요. 죄송합니다, 죄송합니다. 금방 가겠습니다.
       네, 네!

지연   (재성에게) 아저씨! 운전하면서 앞에 학생들 있는
       거 못 봤어요?

선기   그러니까. 못 봤어요?

재성   (당황하며) 아니, 애가 지 발로 뛰어들어온 걸 나
       보고 어쩌라고……. (두진에게) 애 뛰어오는 거 봤
       죠?

두진   네?

재성   봤잖아요. 애가 지 발로 뛰어서 이렇게…….

선기   봤어요?

두진   (당황하며) 아, 몰라요, 몰라요.

재성   아니, 뭘 몰라. 같이 운전하는 사람끼리 이러는
       거 아니에요.

두진   왜 저한테 물어보시는 건데요?

재성   제일 앞에 타고 있었잖아. 봤어요, 못 봤어요?

두진   아, 모른다고요. 저 졸고 있어서 못 봤어요.

재성   (화를 내며) 이 새끼가……. 졸기는 뭘 졸아? 진짜
       이럴 거야?

두진   (발끈하며) 아저씨! 나 지금 대리기사라고 무시하
       는 거예요?

재성	뭐?
두진	나도 직업 있어요. 나 연극배우야.
경일	(화를 내며) 아, 시끄러. 뭐라고 떠들어대는 거야.

사람들, 소란스러워진다. 갑자기 밖에서 들리는 은정의 비명 소리. 조용해지는 사람들.

은정	준수야, 좀만 참아. 눈 좀 떠봐, 준수야.
정화	(갑자기 아는 척을 하며) 어, 저기. 저는 귀인초등학교 안전담당교사 김정화라고 합니다. 이런 사건, 사고에는 보험 처리가 굉장히 중요합니다.
선기	맞네, 보험! 이거 뭐 버스회사에서 보험 해줍니까? 원래 교통사고 나면 지금 당장 안 아파. 한 달 뒤에 아프거든!
두진	받아야지, 받아야지.
지연	우리 뭐 피해보상금 같은 거 받아야 되는 것 아니에요?
정화	그러려면 증거가 필요한데…….

사람들, 웅성댄다.

정화	이런 사건, 사고는 시시비비를 정확히 따져야 합니다.
선기	그러니까요. (울먹이며) 어떻게 하니, 어떻게 해……. (갑자기) 여러분, 다 같이 기도합니다. 하늘에 계신 우리 아버지, 저 버스 밑에 깔린 어린

영혼을 불쌍하게 여기시어, 놀라우신 은혜와 성
령님의 가호와 감동으로, 이 버스를 다시 한번 번
쩍 들어 올려서, 저 아이의 심장이 다시 한번 벌떡
벌떡 뛰게 하시고, 모세가……

그때 버스가 꿀렁 움직인다. 놀라서 조용해지는 사람들.

은정	(소리를 지르며) 준수야!
지연	뭐야, 이거 버스가 왜 이래요?
두진	이거, 밑에 깔린 애가 꿀렁대는 거 아니에요?
선기	버스가 이렇게 무거운데?
지연	아 왜요. 사람이 긴급 상황에 처하면 힘이 어마무 시하게 세진다고 하잖아요.
재성	(은정에게) 야, 애 살아 있지? 숨 쉬는 거지? (사이) 빨리 말 좀 해봐.
은정	(울면서) 지금 준수 눈에서 피가 나와요.

사람들, 소란스러워진다.

정화	기사님, 우리 차 후진합시다.
지연	안 돼요, 지금 여기서 움직이면 과다출혈로 애가 사망할 수도 있는 거 아니에요?
정화	아니, 선생님. 지금 애기 눈에서 피가 나온다잖아 요!
종현	아저씨, 그러다가 애 눈이라도 튀어나오면 책임 질 거예요?

| 정화 | 아니, 그런 식으로 말씀하시면 안 되죠…….

그때 경일이 벌떡 일어나 창밖으로 나가려고 한다. 소리 지르면서 말리는 사람들.

종현	(화를 내며) 아저씨, 움직이지 마시라고요.
경일	싫어. 나는 나갈 거야.
종현	아저씨, 아저씨가 움직이면 밑에 있는 학생이 위험해질 수 있어요.
경일	뭐라는 거야?
종현	저 학생 죽으면 아저씨가 책임질 거야?
경일	내가 왜 책임을 져?
종현	그리고 지금 창문으로 나가면 밖에 차들이 쌩쌩 달려서 아저씨도 사고 날 수 있다고요.
경일	(다시 자리에 앉으며) 아이, 씨발.

버스 밖에서 더 크게 들리는 은정의 울음소리. 한동안 말이 없는 사람들.

두진	아, 씨발. 빨리 가야 되는데…….
선기	아, 119 언제 오노…….
종현	몇 시고, 지금?
지연	6분 남았어, 막차.
종현	저기, 죄송한데요. 저희 집이 좀 멀어가지고, 막차는 꼭 타야 되거든요. 지하철이 바로 이 앞이니까…….
선기	막차, 저도 타야 돼요!

두진	아, 나는 손님 기다리는데…….
재성	안 돼요! 여러분이 다 목격자예요. 아무도 못 내려요.
두진	그럼 우리 차 끊겨서 다 집에 못 가면 아저씨가 우리 택시비 줄 거예요?
재성	(화를 내며) 지금 그런 소리가 나와요?
두진	아, 여기 블랙박스 있네!
재성	아니, 블랙박스 있어도, 사각지대가 있어서…….
선기	아니, 아저씨! 그러면 버스회사에서 택시비 줍니까?

선기와 두진, 일어나서 따진다.

| 재성 | 아, 진짜, 사람들이 왜 이렇게 이기적이야! |

그때 또 버스가 꿀렁거린다. 은정의 비명 소리.

| 종현 | 아저씨! 아저씨가 목격자 필요한 거잖아요! 그러면 우리 중에 한 명만 남읍시다. |

사람들, 웅성거리다 종현의 의견에 동의한다.

| 재성 | 아, 그러면, 여러분 다 연락처 남겨주세요. 혹시 모르니까. |

재성, 수첩을 꺼내 돌린다.

재성	여러 명의 목격자가 필요한 거니까, 경찰서에서 전화 오면, 애가 뛰어든 겁니다.
종현	알았어요, 알았어요!

다들, 수첩에 이름과 번호를 쓴다. 재성, 수첩을 받아 챙긴다.

재성	알았어요. 그럼, 어떤 분이 목격자 해주실 거예요?
종현	저희는 집이 진짜 멀어요.
지연	네, 저 진짜 가봐야 돼요.
선기	저도 지금 가봐야 돼요, 애가 아파요.
두진	저는 지금 손님이 기다리고 있어요.
재성	아, 그럼 누가 여기서 목격자를 해요! (사이) 그럼 가위바위보 해요.
사람들	네?
재성	누구든 한 명은 남아야 할 것 아니에요?
두진	참나, 아저씨. 지금 애가 차 밑에서 저러고 있는데 무슨 가위바위보예요!

그때 또 버스가 꿀렁거린다. 은정의 비명 소리. 사람들은 황급히 가위바위보를 한다.

종현	안 내면 남기. 가위바위보!

정화, 안 낸다.

종현	저기요, 이 아저씨 안 냈어요.
재성	그럼 아저씨가 목격자 해주시고, 나머지 분들은 내리세요.
종현	제 여자친구가 제일 가벼우니까 먼저 좀 내릴게요.
은정	안 돼요! 움직이시면 안 돼요!
선기	잠깐, 잠깐! 제가 얘기해볼게요. (은정에게) 학생, 학생 사정은 알겠는데 지금 어른들끼리 회의를 다 해봤어. 그런데 모두를 위해서 우선은 한 명만 남고 얼른 다 가보기로 했거든?
은정	안 돼요, 안 돼요!
선기	안 되긴 뭐가 안 돼? 학생 때문에 문제 생기면 다 책임질 거야?
은정	그래도 지금 움직이시면 눌려서 준수가…….
선기	어허, 가만있어! 어른들 말 들어!

은정, 다시 울기 시작한다. 지연, 천천히 앞좌석 쪽으로 걸어간다. 버스카드기에 환승 카드를 찍는다. 놀라는 사람들.

지연	(사람들을 보면서) 그래도, 환승은 해야죠.
종현	자기야, 앞에서 기다려!
두진	제가 먼저 내릴게요!

두진, 카드를 찍고 내린다.

선기	학생, 좀만 기다려. 괜찮다이.

474

선기, 카드를 찍고 내린다. 경일, 황급히 달려가서 카드를 찍고 내린다. 은
정의 비명 소리.

종현   진짜, 저 아저씨 남 생각 안 하지. (앞으로 가서 카드
를 찍으며) 미안합니다, 미안해.

버스 안에는 정화와 재성만 남아 있다. 은정은 울고 있다.

재성   (정화에게) 저기, 고맙습니다. 아, 애가 갑자기 뛰어
들어가지고……. 멀쩡히 잘 가고 있는데…….

정화   (휴대폰이 울리자 받으며) 네, 여보세요. 네, 1300
번……. 네, 보이시죠? 네. 네, 잠시만요.

정화, 앞으로 가서 카드를 찍고 내린다.

은정   (놀라며) 아저씨!

재성   어디 가? 목격자 해줘야지! 어이…… 어이! 아, 진
짜 사람들이 왜 이렇게 이기적이야!

재성, 담배를 꺼내 문다.

재성   아, 씨발.

은정, 계속 울고 있다.

막

배우들은 일자로 선다.

(관객에게) 다시 인사드리겠습니다.

(배우들이 돌아가며) 우리는 국민배우 ○○○입니다.

솔직히 고백하겠습니다. 우리는 대한민국의 공식 서류상으로 무직입니다. 대부분 평균연봉이 100만 원 미만이기 때문에 소득세를 납부할 수 없습니다. 연 100만 원 미만. 우리들 대부분의 장래희망은 연기를 하면서 돈을 벌고 세금을 납부할 수 있는 배우가 되는 것입니다. 만약 우리가 저 버스에 타고 있었다면 다르게 행동할 수 있었을까요?

국민. 헌법에 제시되어 있는 국민의 4대 의무는 국방의 의무, 근로의 의무, 교육의 의무, 납세의 의무입니다. 우리는 대한민국의 국민으로서 국민의 의무를 성실히 수행하지 않고 있습니다. 이런 우리가 감히 국가를 원망하고 정부를 탓할 자격이 있을까요? 하물며 국민의 4대 의무를 수행하고 있는 다른 국민들에게 이래라저래라 왈가왈부할 수 있는 자격이 있을까요? 죄송합니다. 저희가 저희의 주제 파악을 하지 못한 것 같습니다. 진심으로 사과드리겠습니다. 죄송합니다.

배우들, 관객들 앞에 무릎을 꿇고 앉는다. 그때 스태프 한 명이 생마늘을 가져와 배우들에게 나누어준다. 관객들 앞에서 생마늘을 씹어 먹으며 반성하는 배우들.

              (관객에게) 여러분, 앉아계신 자리가 많이 협소하시죠? 하지만 이 극장에서는 늘 있는 일입니다. 20년이 넘고 유구한 역사와 전통을 자랑하는 이 극장에서는 충분히 일어날 수 있는 일입니다. 연극은 원래 그런 것이니까요.

조명, 깜빡거린다.

              (관객에게) 조명이 또 문제가 있네요. 하지만 이 극장에서 드문 일은 아닙니다. 20년이 넘고 유구한 역사와 전통을 자랑하는 이 극장에서는 충분히 일어날 수 있는 일입니다. 연극은 원래 그런 것이니까요.

암전.

              (관객에게) 조명이 나갔습니다. 배우가, 혹은 관객이 다칠 수도 있지만 어쩔 수 없습니다. 20년이 넘고 유구한 역사와 전통을 자랑하는 이 극장에서는 충분히 일어날 수 있는 일입니다. 연극은 원래 그런 것이니까요.

              저희 같은 국민배우들의 꿈의 무대, 유구한 역사

와 전통을 자랑하는 이 극장! 우리는 이번 공연을 준비하면서 깨달았습니다. 우리 또한 극장이라는 이름의 또 다른 세월호 안에 타고 있다는 것! 우리는 우리가 탄 세월호가 침몰하지 않았으면 좋겠습니다.

전환.

7

우리는 모두 아프다

암전 속에서 배우들은 댓글 화술 연기를 한다.

지랄들을 한다, 아주. 너네가 무슨 독립투사냐?

그만들 좀 하자, 먹고살기도 힘들다. 너네만 힘드냐?

국가가 싫으면 꺼져. 이 병신 같은 루저 새끼들아.

조용히 해라, 가만히 있어라. 이게 국민들의 뜻이다.

그렇게 잘나신 분들이 돈은 왜 필요하십니까?

잊을 만하니까 잊는 거다.

따로 국가 하나 만들어서 너네끼리 모여 살면 안

되겠니?

다수의 국민들이 외면하는 데엔 이유가 있는 거야. 왜 그걸 너네만 몰라?

조명이 켜진다. 배우들은 일자로 선다.

(관객에게) 연출은 이 공연의 준비 과정부터 계속해서 외쳐왔습니다. 아닌 걸 아니라고 하자! 분노하자! 화내자! 참지 말자! 아름다운 척하지 말자! 괜찮은 척하지 말자! 우리는 정말로 공연이 아닌 투쟁을 해야 할 지경이었습니다. 그렇지만 우리는 '괜찮은 척하지 말자'라는 말을 들으며 연출에게 물었습니다. '안 괜찮은 척할 수도 있지 않아?' 물론 정말 괜찮은데 안 괜찮은 척하시는 분이 있을 수도 있을 거라 생각합니다. 그런데 정말 안 괜찮은 걸까요? 혹은 정말 괜찮은 걸까요? 2014년 4월 16일, 일상의 삶을 영위하던 우리들은 어떤 끔찍한 범죄 현장을 목격한 목격자들입니다. 목격자들.

배우들, 자리로 돌아가서 앉아 관객을 바라본다.

[영상] PTSD! 트라우마!

(관객에게) PTSD! 트라우마! 외상후스트레스장애

라고도 말하죠. 외상이란 자연적으로 존재하는 것이 아니라 사회에 의해 구성되는 것이며 사건, 구조, 인식과 행위 간의 인과관계에게 발생하는 것입니다.

지역사회 참사 피해자 구분은 크게 다섯 가지로 한다고 합니다.

[영상] 지역사회 참사 피해자 구분

1차 피해자는 직접피해자. 2차 피해자는 피해자의 가족이나 친인척. 3차 피해자는 재난 상황에 참여했던 재난 관리자들, 구조 및 복구 작업에 참여한 사람들. 4차 피해자는 재난 이 일어난 지역사회에 거주하는 사람들. 5차 피해자는 매스컴이나 대중매체를 통해 간접 적으로 심리적인 스트레스를 겪는 사람들.

(관객에게) 우리는 몇 차 피해자일까요? 우리는 혹시 어딘가 굉장히 아픈데, 아픈 걸 모르거나, 아픈 걸 참고 있는 것은 아닐까요?

머리가 아프다고 두통약을 먹고, 생리통이 있다고 생리통약을 먹고, 불면증이 있다고 수면제를 먹는 것은 일시적인 통증 완화일 뿐이지 정확한 치료는 아닙니다.

납득되지 않는 경험은 계속되는 고통을 만들어 냅니다. 이 고통을 외면하려고 노력하면서 다양한 양식의 행동 패턴들이 나오게 되는 것이죠. 심지어 나의 고통을 남의 고통으로 착각하기도 하면서. 고통을 외면하면 할수록 더욱더 고통스러워질 것입니다. 고통은 외면한다고 사라지는 것이 아니라는 걸 인정해야 합니다. 우리는 고통을 직접 대면해야 합니다. 고통을 받아들이면 달라질 힘이 생길 겁니다. 그리고 이 모든 고통과 혼란의 원인은 진실을 알 수 없기 때문입니다.

여러분!
사람은 사람이 구해야만 합니다.
그래야만 사람이 사람을 잡아먹은 광경에서 진정으로 벗어날 수 있을 것입니다.

노래가 나오고, 배우들은 노래의 결과 완전히 반대되는 움직임으로 춤을 춘다.

◀ 노래 <울고 싶어라> ▶

울고 싶어라 울고 싶어라 이 마음
사랑은 가고 친구도 가고 모두 다
왜 가야만 하니 왜 가야만 하니 왜 가니
수많은 시절 아름다운 시절 잊었니
떠나보면 알 거야 아마 알 거야
떠나보면 알 거야 아마 알 거야

전환.

8

사랑하는 대한민국을 위하여

배우들은 일자로 서 있다.

(관객에게) 세월호 이후, 많은 국민들은 내 일처럼 슬퍼하고 분노했습니다. 그런데 우리 지금 무엇을 하고 있나요? 세월호 이후, 피해자 가족들은 반국가 세력, 친북좌파, 돈에 환장한 사람들이 되어 있습니다. 그런데 우리 지금 무엇을 하고 있나요? 세월호 이후, 우리는 여전히 먹고살기 힘들고 바쁩니다. 그런데 우리 지금 무엇을 하고 있나요? 세월호 이후, 연극 그리고 극장은?

혜화동1번지 6기동인은 2015년에 이어 2016년에도 기획초청공연 〈세월호〉를 이어갑니다. 작년 첫 기획초청공연이 세월호를 언급하는 것으로 시작되었다면, 올해 두 번째 기획초청공연은 세월호를 기억하겠다는 의지를 담았습니다. '세월호를 기억하겠습니다'라는 다짐은 적극적인 실천과 연대를 위한 시작점입니다.

이상이 혜화동1번지 기획초청공연 '세월호 이후의 연극, 그리고 극장'의 공식 기획의도 중 일부입니다.

우리는 기억을 하겠다는 의지에서 적극적인 실천과 연대의 시작점으로 이 공연을 한다……고 말합니다. 하지만 이런 생각이 들었습니다. 과연 이방식이 맞는 것일까? 기억을 하는 것이? 적극적인 실천과 연대를 한다면, 우리는 극장이 아니라 광화문으로 나가야 하는 것이 아닐까? 연극이 아닌 운동을, 투쟁을 해야 하는 것이 아닐까?

굳이 광화문까지 갈 필요가 있나요? 그래서 우리는 극장에서 운동, 투쟁을 하고자 합니다. 더 이상 침묵하고 싶지 않습니다. 가만히 지켜보고만 싶지 않습니다.

이 공연을 준비하며 우리는 많은 피해자 가족분들을 지켜봤습니다. 처음에는 그분들이 불쌍했습니다. 하지만 제대로 알아가면 갈수록 그분들이 고마웠습니다. 감당하기 어려운 비난과 인간이하의 취급을 받으면서도 진실을 밝히기 위해 끈질기게 버티고 계셨습니다.

시작이 어땠고, 과정이 어쨌든, 사신들의 고통이 타인들의 고통이 되지 않도록 지금 그 자리에 서서 버티어주고 계시는 것이 고마웠습니다. 마치 우리 대한민국을 대표하는 국가대표 같았습니다. 이 자리를 통해 마음을 전합니다. 감사합니다.

우리는 죽고 싶지 않습니다. 내 가족과 친구들이 있는 이 대한민국에서 살고 싶습니다. 그래서 대한민국을 사랑하기로 했습니다. 대한민국에 대해 더 제대로 알 것입니다. 기억하지 않고 행동할 것입니다.

배우들은 북을 치고, 지라시를 들어 관객들에게 나누어주며 선동 구호를 하기 시작한다.

[영상] 선동 구호 문구

사랑한다 대한민국 대한민국 (사랑한다)

진실들을 말해달라 알고 싶다 (알고 싶다)

특조위의 조사 활동 보장하라 (보장하라)

세월호를 온전하게 인양하라 (인양하라)

고통을 피하지 말자 똑바로 보자 (똑바로 보자)

침묵하면 또 죽는다 행동하자 (행동하자)

기억하면 또 죽는다 행동하자 (행동하자)

죽기 싫다 살고 싶다 대한민국 (대한민국)

사랑한다 대한민국 대한민국 (사랑한다)

배우들, 다시 일자로 선다.

(관객에게) 약 5천만 명의 대한민국 국민 중, 오늘은 ○○명의 국민이 우리의 극장에서 함께해주셨습니다. 우리의 연극이 시대의 정신적 희망은 안 되겠지만, 적어도 단 한 분이라도 극장을 들어오기 전과 극장을 나갈 때 달라질 수만 있다면 그것만으로도 성공한 것 아닐까요?

우리가 가장 두려운 것은 정부의 검열도, 처벌도, 감시도 아닙니다. 우리의 공연이 별로다, 억지다, 쓰레기다라는 평가를 받는 것도 아닙니다. 내년에도 다시 세월호는 해결되지 않았다고 말하면서 공연을 하게 될까 두렵습니다. 혹시 운이 나빠 내가 무슨 일을 당했을 때, 아무도 나를 구하러 오지 않게 될까 두렵습니다. 우리 가족이 무슨 일을 당했을 때, 아무도 우리 가족을 구해주지 않게 될까 두렵습니다. 내가 그리고 우리가 또 이 모든 것을 잊어버리고 다시 살아가기만 할까 봐 두렵습니다.

살고 싶습니다. 죽고 싶지 않습니다. 고통을 외면하지 않고 받아들이겠습니다. 사랑한다, 대한민국!

배우 한 명이 앞으로 나와 마지막 타임테이블을 발화한다.

2016년 7월 29일. 드디어 참사 836일 만에 세월호 인양의 첫 단추인 뱃머리 들기가 성공했다. 당초 5월 초 인양 예정이었으나 여섯 차례나 연기된 바 있다. 김영석 해수부 장관은 현장 관계자들에게 "미수습자들이 하루빨리 가족의 품으로 돌아가도록 인양 작업에 최선을 다해달라"고 당부했다.

◀ 노래 애국가 ▶

[영상] 각종 참사가 가득한 애국가 영상

[영상] 바다

배우들, 관객을 바라보고 있다.

암전.

관객들은 공연이 끝나고 극장 밖으로 나간다. 배우들은 극장 앞에서 피켓을 들고 서 있다.

막

공연장 바깥,
당신의 자리

       이사할 집을 보기 위해 한 시간 넘도록 지하철을 타고 나선 길이었다. 나와 동거인은 단 한 번도 생활공간으로 생각해본 적 없는 낯선 동네에 가고 있었다. 이사를 앞둔 그때 우리는 쥔 돈이 많지 않았다. 서울의 가장자리로 휩쓸리고 있다는 기분. 알 수 없는 패배감이 둘 사이에 흘렀다. 동거인의 얼굴에는 피로와 긴장이 겹쳐 있었다. 그날 지하철역 출구를 막 빠져나왔을 때 내가 가장 처음 본 것은 전동 휠체어였다. 곧고 길게 뻗은 길 위에서 나는 동거인에게 말했다. "우리 이 동네에 살게 될 거 같아." 그것은 이곳에 살고 싶다는 말이기도 했다. 계약 기간이 곧 끝날 월셋집은 오르막과 내리막이 파도처럼 반복되는 골목 끝에 있었다. 나는 그 동네에 살았던 2년 동안 단 한 번도 휠체어를 보지 못했다. 그 동네라고 장애인이 없지 않았을 것이다. 그저 장애인이 이동할 수 없는 지리적 조건이었음을, 그제야 깨달았다. 장애인이 제 의지대로 이동할 수 있는 길이라면 천식이 있는 내가 걷기에도 숨이 모자라지 않을 터였다. 우리는 얼마 후 휠체어가 다니는 새로운 동네에 짐을 풀었다.

그해 가을 서울 강서구에서는 장애 아동을 둔 주양육자들이 특수학교를 짓게 해달라며 무릎을 꿇었다. '성공적으로' 특수학교를 운영 중인 서울 강남구 밀알학교에 자연히 관심이 쏠렸다. 20여 년 전 장애 아동을 위한 학교를 만들고 싶다는 건축주의 의뢰를 받은 건축가는 먼저 해외 사례를 찾아보았다고 했다. 그것이 소용없는 일임을 깨닫는 데 오랜 시간이 걸리지 않았다. 대부분의 선진국이 통합교육을 하고 있었기 때문이다. 그 나라들은 특수학교가 필요하지 않았다. 한숨으로 시작된 설계와 착공 과정에서 한정된 대지와 지하철이 지나다니는 바닥은 난관이라고도 할 수 없었다. 특수학교를 짓는다는 소식에 지역이 들끓었다. 설득과 소송의 지난한 시간이 이어졌다. 여러 운이 기가 막히게 작용해 밀알학교는 지역사회에 겨우 정착할 수 있었다. 학교 관계자는 밀알학교의 시설 덕에 비장애인 지역 주민들이 얼마나 많은 혜택을 보고 있는지 내게 말했다. 그것은 어째서 장애 당사자의 필요에 앞서 설명되어야 하는가. 나는 학교를 돌아보는 내내 그 말에 걸려 넘어져 있었다. 그보다 내게 중요하게 다가온 것은 건축가의 마음이었다. 유걸 건축가는 밀알학교를 취재하는 이유를 다 안다는 듯 강서구 특수학교 논란을 언급했다. "20년이 지난 지금도 사회가 같은 논의를 반복하고 있다는 게 안타깝습니다. 밀알학교가 좋은 사례로 이야기되고 있지만, '장애인을 위한 좋은 학교'가 있다는 건 자랑스러운 일이 아닙니다. 애초 설계 의도대로 이 학교가 언젠가는 통합교육을 하는 학교로 쓰일 수 있으면 좋겠어요."

표제작 「생활풍경」은 강서구 특수학교 논란을 집요하게 채집해 쌓아 올린다. "우리가 장애 예술고를 해달랍니까, 장애 과학고를 해달랍니까? 그냥 여러분이 다녔던, 그 길 가다 발에 차이는 의무교육 학교를 하나 지어달라고 하는 겁니다"라고 말하고 또 말해야 했던 사람들의 목소리는 "왜 또 우리를 나쁜 사람 만듭니까?"라는 목소리와 대결한다. '내'가 나쁜 사람이 안 되는 게 중요한 사람은 무엇이 '나쁜 일'인지 알고 있는 사람이기도 하다. 알기 때문에 불편해한다. 이들은 "내 사는 게 안 힘들면 모르겠는데, 남 힘든 것까지 보면서 어떻게 계속 참고 사냐"라며 악을 쓴다. 장애인의 불평등이 비장애인의 불행과 '경합'하는 세계를 드러내는 말들 사이를 숨 가쁘게 따라가다 보면 연극은 어느새 다큐멘터리의 얼굴을 하고 관객을 응시한다.

극단 신세계의 작품을 우리가 '다르다'라고 할 때, 가장 많이 이야기되는 것은 불편함이다. 그들은 환상 대신 변화를 바라는 마음을 무대 위에 심는다. 그리하여 객석의 관객은 외면해왔거나 몰랐던 존재와 사건과 상황과 감정을 꼼짝없이 직면해야 한다. 관객은 공연의 일부가 되어 '입장'을 정해야 하고(「생활풍경」), '판단'을 내려야 하며(「별들의 전쟁」), '응시'해야 한다(「사랑하는 대한민국」). 생각하지 않음이 어떻게 적극적인 가해가 되는지를(「말 잘 듣는 사람들」), 인간다움이 얼마나 연약하게 휘어지는지를(「안전가족」) '목격'해야 한다. 연극을 관람하는 일은 일종의 계약이라서, 극이 상연되는 동안 관객과 배우는 서로에게서 도망칠 수 없다. 이것은 퍽 낭만적인 이야기처럼 들리지만, 극단 신세계의 무대를 보는 시간은 꼭 그렇게 흘러가지 않는다. 적어도 그 시간만큼은 무대 위 배우도, 객석의 관객도 이 세계의 고통을 공평하게 나눠 진다.

극장이라는 공간을 떠올릴 때 나는 내게 허락된 환상의 몫을 먼저 상상하곤 한다. 가장 좋아하는 건 아무래도 암전의 순간. 그것은 생활이나 일상과의 단절을 의미하는 신호 역할을 한다. '익명의 공동체'를 이룬 관객들은 약속한 듯 숨소리조차 내지 않는다. 그 완전한 몰입의 시간 덕분에 나는 때때로 생을 견디곤 했다. 공연이 끝나면 배우들은 커튼콜을 통해 나를 다시 현실의 자리로 안전하게 데려다 놓았다. 죽고, 죽이고, 헤어지고, 사랑하고, 슬프고, 기쁜 순간들은 모두 커튼콜을 거쳐 허구의 세계로 차곡차곡 수납된다. 배우들의 어딘가 후련한 얼굴은 시간에 금을 긋는다. 자, 여기까지. 그 얼굴을 등 뒤에 두고 집으로 돌아가는 길에는, 많은 것을 잊는다. 잊어도 좋은 것들. 없어도 사는 데 지장 없는 것들. 그런 무용함이야말로 예술의 본질 같은 거라고 생각하면서 나는 집으로 돌아온다.

그러나 극단 신세계의 작품들은 그렇게 내가 돌아온 자리가 어떤 폐허 위에 세워져 있는지를 직면하게 만든다. 그들은 무대를 단절의 공간이 아닌 연결의 공간으로 재배치한다. 연출가 김수정은 여러 인터뷰에서 극단 신세계가 '공연장 바깥'을 주목하고 있음을 공공연히 밝힌다. 공연이 끝나도 삶은 끝나지 않으니까. 그 삶을 감당하는 일은 우리가 연루된 세계를 어떤 방식으로든 '함께' 책임지는 일이어야 하니까. 작품 대부분을 공동창작으로 만드는 것도 그러한 생각과 무관치 않을 것이다. 극단 신세계의 단원들은 연출·배우·작가의 포지션에 한정되지 않고 모두가 공부하고, 쓰고, 읽고, 만든다. 한 편의 연극을 올리기 위해 80~100개의 장면이 만들어지고 허물어진다. 그 과정에서 선택과 변형과 집중을 통해 하나의 이야기를 꿰어나간다. 이것은 말처럼 쉬운 일은 아닐 것이다. 주제가 정해지면 창작자들은 빠짐없이 해당 주제를 낱낱이 조사한다. 공식 문서와 사진, 영상과 구체적인 숫자를 수집한다. 이를테면 「별들의 전쟁」은 베트남전에 참전한 한국군의 민간인 학살 수가 총 90여 건에 희생자 수가 9천여 명임을 배우의 입을 통해 '증언'한다. 또한 32만 명 이상이 파병되었고 5천여 명이 전사했으며 1만 여명이 다쳤고 13만여 명이 고엽제 피해를 입었다고 밝힌다.

　　　모든 무대는 단 한 번뿐이다. 같은 대본과 같은 배우와 같은 무대에서도 상연을 거듭할수록 많은 것이 어긋나고 달라진다. 연극은 '시간 예술'이기 때문이다. 희곡집은 모래알처럼 손아귀를 빠져나가는 시간과 기억을 한 데 담는 그릇이다. '본다'와 '읽는다' 사이 간격은 좁아지고, 배우의 몸을 입지 않은 글자들은 읽는 사람 각각의 자유로운 해석을 기다린다. 독자는 희곡집에 영원히 붙들린 단어들 사이를 헤매며 무대를 볼 때 오해한 것과 이해한 것이 무엇인지를 헤아려보게 된다. 놓친 것과 알게 된 것의 의미 역시 곱씹는다.

　　　극단 신세계는 일상의 첨예한 정치를 직격하고, 사실을 재구성한다. 상상과 해석의 자리에 극단 신세계가 결정한 정확한 '입장'을 둔다. 특수학교 논란이, 베트남 전쟁의 가해국으로서 한국이, 세월호 참사 등이 그 입장 위에 가지런히 놓인다. 희곡집 『생활풍경』 속 등장인물들이 원하는 것은 간단해서 어렵다. "사과하는 게 뭐가 그렇게 어렵다고 사과를 안 하나 (「별들의 전쟁」)." 권력을 쥔 누구도 제대로 사과하지 않는 현실을 향해 『생활풍경』은 묵직한 질문을 남긴다. "내년에도 다시 세월호는 해결되지 않았다고 말하면서 공연을 하게 될까 두렵습니다(「사랑하는 대한민국」)." 두려운 예언은 실현되었다. "다들 이런 일은 처음이었고, 정신도 없었고"라는 말은 참사 앞에 선 사람들의 황망함을 드러내는 대사였지만, 우리는 두 번째에도 처음처럼 굴었다. 아니, 두 번째라는 말은 틀렸다. 수십 수백 명의 잃지 않아도 좋을 목숨들이 목록으로 존재한다. 그 사이 이태원 참사 책임자는 독재자의 사망 44주기 추모식에 대통령으로서는 처음으로 참석해 세월호 참사 책임자와 손을 맞잡았다. 우리는 우리가 처벌한 줄 알았던 사람에게 사실은 아무런 일도 벌어지지 않았음을 알게 되었다. 그러니 이 희곡집의 모든 이야기가 슬프게도 생생한 현재다. 여전한 시절과 시대를 폭로한다. 새로운 세계를 기다리고 바라는 공연은 계속될 것이다. "지금 이곳에는 당신들의 자리가 있어요. 기다릴게요.(「별들의 전쟁」)"

장일호 (작가, 『시사IN』 기자)

제42회 서울연극제 공식선정작

공연 기간 2021. 05. 14.~2021. 05. 23.
공연 장소 아르코예술극장 소극장

공동창작 | **연출** 김수정 | **극작** 김수정 원아영 | **조연출** 배규진 | **무대감독** 서민지 | **무대디자인** 송지인 | **조명디자인** 박소라 | **의상디자인** 김우유 | **그래픽디자인** 미르그라피 | **음악감독** 이율구 | **음향감독** 전민배 | **영상감독** 박영민 | **사진** 이로 | **조명오퍼레이터** 조성민 | **음향오퍼레이터** 한새롬 | **자문** 고신일 | **법률자문** 박선영(법무법인 해마루) | **기획** 김진각 | **홍보** 고주영 전웅 | **출연** 강주희 고용선 권아름 김동진 김보경 김선기 김해미 김현규 남선희 남호성 민현기 박미르 손종복 이강호 이재웅 정우진 조현지 하재성 홍은표

한국문화예술위원회 중장기 창작지원사업 [젠더트러블 프로젝트]

공연 기간 2021. 08. 21.~2021. 08. 29.
공연 장소 아르코예술극장 소극장

공동창작 | **연출** 김수정 | **극작** 김수정 전웅 조가희 | **조연출** 조가희 | **무
대감독** 전웅 | **무대디자인** 송지인 | **무대어시스턴트** 이송이 | **조명디자인**
윤해인 | **의상디자인** 김우유 | **그래픽디자인** 미르그라피 | **음악감독** 이
율구 | **음향감독** 전민배 한창운 | **안무** 김도희 | **영상·촬영감독** 박영민 |
촬영 고상석 | **사진** 이로 | **조명오퍼레이터** 고주영 | **음향오퍼레이터** 한
사빈 | **자문** 고경태 구수정 심아정 이길보라 | **법률자문** 박선영(법무법인
해마루) | **기획** 김진각 | **홍보** 박슬기 서민지 | **출연** 강주희 고용선 김보경
남호성 민현기 박미르 백혜경 손종복 이강호 이재웅 정우진 홍은표

제38회 서울연극제 공식선정작

공연 기간 2017. 05. 18.~2017. 05. 28.
공연 장소 알과핵 소극장

연출 김수정 | **극작** 김수정 | **드라마터그** 김연재 | **조연출** 하재성 | **무대
디자인** 이상호 | **조명디자인** 윤해인 안베잇먼 | **의상디자인** 김미나 | **그
래픽디자인** 윤종연 | **음악감독** 이율구 | **음향감독** 전민배 | **사진** 신재
환 | **영상감독** 박영민 | **조명오퍼레이터** 이창현 | **음향오퍼레이터** 강지
연 | **극단기획** 박미르 이강호 | **진행** 이은정 권주영 | **출연** 김두진 김보경
김선기 김시영 김정화 김형준

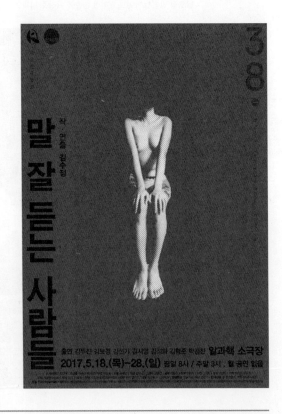

2014년 서울연극센터 유망예술지원사업 뉴스테이지 선정작

공연 기간 2015. 01. 29.~2015. 02. 01.
공연 장소 대학로예술극장 소극장

연출 김수정 | **극작** 김수정 | **번역** 김현경 | **드라마터그** 전강희 | **조연출**
최민경 이도연 | **무대감독** 김미란 | **무대·의상디자인** 이시하 | **조명디자**
인 조희란 | **소품디자인** 이수빈 | **분장디자인** 조은 | **음악감독** 조용욱 |
사진 이지락 | **기획** 박근희 서현진 | **그래픽디자인** 한혜나 | **출연** 박설헌
노기용 김미수 박세인 김수정

혜화동1번지 6기동인 2016년 기획초청공연 [세월호]

공연 기간 2016. 08. 03.~2016. 08. 07.
공연 장소 연극실험실 혜화동1번지

공동창작 | **연출** 김수정 | **구성 및 글쓰기** 김수정 | **조연출** 박미르 이창현 | **조명디자인** 윤해인 | **그래픽디자인** 윤종연 | **음악감독** 이율구 | **음향감독** 전민배 | **사진** 신재환 | **영상감독** 박영민 | **오퍼레이터** 권주영 이강호 | **극단기획** 김보경 홍정민 | **법률자문** 박선영 | **진행** 김형준 | **출연** 강지연 김두진 김선기 김정화 이은정 하재성

극단 신세계 희곡집『생활풍경』독자 북펀드에 참여해주신
모든 분께 감사의 마음을 전합니다.

EA조	박지수	정혜윰
SMJH	본	정혜인
강명진	송민석	조인숙
강은하	수달	주황나무
강인철	신미나	지니
고재귀	연자	지동섭
권은정	오성경	차화연
권지현	오채윤	채시원
극단 호 정희원	원유진	최보희
김보연	유희경	최승은
김인아	윤돈선	최우석
김현주	윤민권	한동균
김혜준	이다빈	한유선
김화진	이소망	한이랑
김효섭	이소영	한인철
남승완	이원석	한지혜
느리고기쁜나무	이재권	홍세림
박동명	이정옥	황시운
박상은	이정환	
박서영	이하나	
박영아	이하징	
박종관	이현순	

극단 신세계 희곡집

생 활 풍 경

초판 1쇄 발행 2023년 12월 4일

지은이　극단 신세계
펴낸이　김태형
펴낸곳　제철소

등　록　제2014 - 000058호
전　화　070 - 7717 - 1924
전　송　0303 - 3444 - 3469
전자우편　right_season@naver.com
인스타그램　@from. rightseason

© 극단 신세계, 2023
ISBN 979 - 11 - 88343 - 67 - 6　03810

이 책은 한국출판문화산업진흥원의 '2023년 중소출판사 출판콘텐츠 창작 지원 사업'의 일환으로 국민체육진흥기금을 지원받아 제작되었습니다.